La griffe du mal

DÉJÀ PARUS DU MÊME AUTEUR

Cauchemar
Le secret écarlate
Le tueur d'anges
Mortelle signature
La blessure du passé
Le silence du mal
Le fruit défendu
Rapt
L'ombre pourpre
Et vous serez châtiés
Black Rose
L'innocence volée
Pulsion meurtrière
Collection macabre
Les couleurs de l'aube
Un parfum de magnolia
Parfum de Louisiane

ERICA SPINDLER

La griffe du mal

Collection : BEST-SELLERS

Titre original : ALL FALL DOWN

Traduction française de LOUISE ACHARD-MADDALENO

*Ce roman a déjà été publié dans la même collection
en juillet 2001*

HARLEQUIN®
est une marque déposée par le Groupe Harlequin
BEST-SELLERS®
est une marque déposée par Harlequin S.A.

*Photo de couverture
Visage de femme :* © BERNHARD LANG/GETTY IMAGES

Si vous achetez ce livre privé de tout ou partie de sa couverture, nous vous
signalons qu'il est en vente irrégulière. Il est considéré comme « invendu » et
l'éditeur comme l'auteur n'ont reçu aucun paiement pour ce livre « détérioré ».

*Toute représentation ou reproduction, par quelque procédé que ce soit, constitue-
rait une contrefaçon sanctionnée par les articles 425 et suivants du Code pénal.*

© 2000, Erica Spindler. © 2001, 2012, Harlequin S.A.
83/85, boulevard Vincent-Auriol, 75646 PARIS CEDEX 13.
Service Lectrices — Tél. : 01 45 82 47 47
www.harlequin.fr
ISBN 978-2-2802-4857-0 — ISSN 1248-511X

Pour Dianne Moggy, mon éditrice et mon amie.

1

Charlotte, Caroline du Nord
Janvier 2000

La penderie était exiguë et encombrée de vêtements ; une chaleur étouffante y régnait. Dans l'obscurité qu'un filet de lumière tamisée, en provenance de la chambre, empêchait d'être complète, La Mort attendait. Patiemment. Sans un mouvement, sans un soupir.

C'était cette nuit ou jamais. L'homme allait arriver d'un moment à l'autre. Comme ses semblables, il allait payer pour ses crimes impunis — pour s'être attaqué aux plus faibles, aux plus démunis. La Mort avait prévu tout dans les moindres détails, sans rien abandonner au hasard. L'épouse s'était absentée avec les enfants. Ils étaient loin de là, bien à l'abri.

Quelque part dans la maison, un bruit se fit entendre — le bruit sourd d'un meuble qu'on heurte, suivi d'un juron. Une porte claqua. Aux aguets, La Mort appuya son front à la porte. Par l'entrebâillement, Elle embrassa d'un coup d'œil la pièce en désordre, le lit défait, le linge sale qui jonchait le parquet.

L'homme entra en titubant dans la chambre et se dirigea vers le lit, manifestement ivre. Le petit réduit obscur s'imprégna immédiatement d'une âcre odeur de tabac et d'alcool — l'alcool consommé ce soir-là entre compagnons de beuverie, parmi les rires, les blasphèmes, les pieds de nez à la justice.

L'ivrogne perdit l'équilibre et vint buter sur la table de chevet. La lampe roula par terre et l'homme s'écroula à plat ventre sur le lit, la tête tournée de côté, pieds et bras ballants.

Les minutes passèrent. La respiration du dormeur se mua en ronflements sonores, quasiment ceux d'un individu en état de coma éthylique, en tout cas de qui ne se réveillerait pas aisément.

Qui se réveillerait trop tard.

Son heure avait sonné.

La Mort sortit furtivement de la penderie et s'avança jusqu'au lit, avec dégoût… Fumer au lit était une habitude dangereuse : il fallait éviter de tenter ainsi le sort. Cet homme-là manquait de bon sens. C'était un imbécile, incapable de tirer les leçons de ses erreurs — un imbécile dont le monde se passerait volontiers.

Du bout de sa chaussure, La Mort poussa la corbeille à papier sous la main pendante de l'ivrogne. Bien sûr, la cigarette était l'une de celles qu'il fumait d'ordinaire, et la boîte d'allumettes provenait du bar dont il sortait ce soir-là. La pointe soufrée s'enflamma au premier frottement sur la bande de friction. Elle émit un petit sifflement au contact du tabac qui absorbait la flamme.

Avec un sourire satisfait, La Mort laissa tomber la cigarette allumée dans la corbeille à papier et quitta la pièce sans se retourner.

2

Charlotte, Caroline du Nord
Mercredi 1ᵉʳ mars 2000

Figée sur le seuil de la chambre d'hôtel, le sergent Mélanie May regardait fixement le cadavre ligoté, par les poignets et les chevilles, aux montants du lit.

La jeune femme, entièrement nue, était allongée sur le dos, les yeux grands ouverts, la bouche bâillonnée par un morceau de sparadrap. Le sang avait reflué du visage et du torse vers le ventre, les hanches et les cuisses qu'il colorait d'une vilaine teinte bleuâtre. La rigidité cadavérique semblait totale, ce qui signifiait qu'elle devait être morte depuis plus de huit heures.

Mélanie avança d'un pas mal assuré. L'appel du commissaire Greer avait interrompu sa toilette matinale. Tout en s'enroulant précipitamment dans une serviette, elle avait dû lui faire répéter trois fois ce qu'il lui disait. Aucun homicide n'avait été commis à Whistletop depuis son entrée dans la police trois ans plus tôt ; du reste, pareil événement ne s'était sans doute jamais produit dans la petite commune située à la périphérie de Charlotte.

Greer lui avait ordonné de se rendre illico au motel Sweet Dreams.

Avant toute chose, elle s'était arrangée pour faire garder Casey, son petit garçon de quatre ans. La question réglée, elle avait enfilé son uniforme en un clin d'œil, bouclé son ceinturon-holster et attaché sur la nuque ses cheveux blonds, encore humides, en une austère torsade. Elle enfonçait la dernière épingle à cheveux quand la sonnette de l'entrée l'avait avertie de l'arrivée de la voisine, qui venait veiller sur Casey.

A présent, moins de vingt minutes plus tard, elle contemplait avec horreur sa première victime d'assassinat, se retenant à grand-peine de vomir.

Pour se réconforter, elle tourna les yeux vers les autres occupants de la pièce. Elle était apparemment la dernière à découvrir la scène que son partenaire, Bobby Taggerty, photographiait consciencieusement. Avec sa silhouette filiforme et sa tignasse d'un roux flamboyant, le jeune homme ressemblait à une allumette. Dans un coin de la chambre, leur supérieur participait à une discussion animée avec deux hommes appartenant à la brigade d'enquête — section homicide — du CMPD, la police judiciaire de Charlotte/Mecklenburg. A l'extérieur, deux policiers portant l'uniforme de la même unité tenaient compagnie à quelques gardiens de la paix du district. Un homme que Mélanie n'avait jamais vu — sans doute quelque expert ou médecin légiste du CMPD — examinait le cadavre, accroupi près du lit.

Pourquoi la police de Charlotte était-elle déjà sur les lieux ? se demanda Mélanie, perplexe. Et pourquoi en aussi grand nombre ? Certes, le commissariat de Whistletop n'était qu'une antenne rattachée aux forces de l'ordre du CMPD, composées de mille quatre cents agents assermentés et dotées d'installations ultraperfectionnées — dont un laboratoire d'analyses spécialisé dans les affaires criminelles. Et, bien entendu, son commissariat travaillait en étroite collaboration avec l'ensemble de ces forces. Néanmoins, le protocole exigeait d'entamer la procédure par une enquête préliminaire de la police de Whistletop, suivie d'une demande d'assistance en bonne et due forme.

Ce n'était pas un meurtre ordinaire. Il s'agissait d'un événement important.

Et Mélanie n'était pas prête à se laisser évincer — fût-ce par des forces aussi impressionnantes que celles du CMPD.

Déterminée à imposer son point de vue, la jeune femme franchit le seuil d'un pas décidé. L'odeur nauséabonde qui l'atteignit arrêta net son élan ; pas une odeur de décomposition — le cadavre n'en était pas encore à ce stade — mais celle des excréments et de l'urine fréquemment évacués en cas de mort violente.

Mélanie se boucha le nez, réprimant un haut-le-cœur. Elle ferma un instant les yeux et serra les dents. Il n'était pas question de vomir devant les types du CMPD. Ils considéraient déjà leurs collègues de Whistletop comme une bande de fumistes et de tire-au-flanc, incapables de se débrouiller seuls. Elle n'allait pas les conforter dans leur opinion — même s'il était impossible d'en disconvenir totalement.

— Hé, vous ! Princesse !

Mélanie rouvrit les yeux. L'homme qui se tenait près du lit, l'air écœuré, lui faisait signe d'approcher.

— Vous préférez tomber dans les pommes ou vous remuer les fesses et vous rendre utile ? J'aurais grand besoin d'un coup de main.

Du coin de l'œil, elle vit son supérieur et les deux policiers tourner la tête de son côté. Contrariée, elle avança vers l'individu qui l'interpellait.

— Je m'appelle Mélanie May. Sergent May. Pas « Hé, vous » ni « Princesse ».

— Comme vous voudrez.

Il lui tendit des gants de latex.

— Enfilez ça et venez par ici.

Elle prit les gants d'un geste sec, les enfila et s'agenouilla près de lui.

— Quel est votre nom ?

— Parks.

L'haleine de Parks empestait l'alcool ; à en juger par son allure, ce meurtre l'avait probablement arraché à une sacrée beuverie.

13

— CMPD ?

— FBI.

Il eut un soupir excédé.

— Pourrions-nous enfin nous y mettre ? Cette poulette ne se rafraîchit pas vraiment à vue d'œil.

Mélanie ne chercha pas à masquer sa surprise ni l'aversion que lui inspirait Parks, bien qu'il parût se moquer comme d'une guigne de son opinion.

— Que voulez-vous que je fasse ? s'enquit-elle sans aménité.

— Vous voyez ce truc, là, sous son cul ?

Il pointa l'index vers un objet plat, minuscule, qu'on voyait dépasser de dessous le corps.

— Je vais la soulever légèrement. Il faudrait m'attraper ça.

La jeune femme opina. Même si la victime n'était pas une personne très charpentée, la mort rendait le corps très difficile à déplacer, fût-ce pour un homme aussi solidement bâti. Avec un « han » de bûcheron, Parks souleva le cadavre de quelques millimètres. Mélanie récupéra le morceau de carton brillant — un emballage de préservatif déchiré dont le contenu avait disparu.

Parks le lui prit des mains et l'examina un instant, le front plissé. Sa présence intriguait Mélanie. A quel titre la victime méritait-elle le déplacement, non seulement de deux bataillons de police, mais aussi du FBI ?

Il leva sur elle des yeux injectés de sang.

— Avez-vous une petite idée de ce qui a pu se passer ici, May ? Pouvez-vous émettre une hypothèse ?

— La teinte bleuâtre de sa peau et l'absence de toute plaie visible laissent supposer qu'elle est morte étouffée ; à l'aide d'un oreiller, sans doute, dit-elle en désignant celui qui se trouvait près de la tête de la jeune femme. A part ça, je ne sais pas encore.

— Observez la scène, décryptez les signes. Tout ce que nous voulons savoir se trouve sur place.

Il indiqua les sous-vêtements vaporeux posés sur un fauteuil et la bouteille de champagne vide renversée par terre.

— Vous voyez ceci ? J'en déduis qu'elle venait s'amuser. Personne ne l'a obligée à entrer dans cette chambre ni à s'allonger sur ce lit.

— Et le fait d'être ligotée faisait partie du jeu ?

— A mon avis, oui. Le corps est exempt de contusions. Pour attacher un adulte non consentant à un lit, il faut déployer de sacrés efforts. Même un hercule n'y parviendrait pas sans avoir recours à la violence. Regardez ses poignets et ses chevilles. Ils sont presque impeccables ; la peau serait tout arrachée si elle s'était débattue longtemps.

Mélanie vit qu'il avait raison. On ne remarquait que de légères rougeurs provoquées par les liens.

— Le type est âgé d'une trentaine d'années à peine. Beau gosse. Ni pauvre, ni vraiment riche, il aime en jeter plein la vue. Il doit conduire un véhicule haut de gamme, d'une marque étrangère. Une voiture de sport. BMW ou Jaguar.

Mélanie protesta, incrédule.

— Rien ne vous permet d'affirmer ces choses-là.

— Ah non ? Observez donc la victime. Cette nana n'était pas une gonzesse quelconque mais une minette de luxe — jeune, riche, superbe. Une fille à papa, une fille de bonne famille...

— Attendez, coupa Mélanie. Savez-vous qui c'était ?

— Joli Andersen. La cadette de Cleve Andersen.

— Merde, grommela Mélanie.

Elle comprenait mieux, à présent. La famille Andersen était l'une des plus anciennes et des plus influentes de la ville de Charlotte. Elle occupait une place de tout premier plan dans les milieux financiers et politiques et participait à l'administration des principaux comités de bienfaisance. Cleve Andersen était certainement en relation directe avec le cabinet du maire et celui du shérif...

— Voilà pourquoi vous êtes ici, dit-elle, poursuivant à haute voix ses réflexions. Ainsi que les gars de la PJ. Parce que c'est une Andersen.

— Tout juste. Avec une victime comme celle-ci, l'information circule à toute allure. La femme de chambre

15

découvre le cadavre, se met à hurler et se précipite dans le bureau du directeur du motel. Le premier souci de ce dernier est de vérifier l'identité de la nana… Au bout du compte, je me fais virer du lit pour aller donner un coup de main et proposer une petite expertise.

Mélanie fronça les sourcils.

— La famille est déjà au courant ?

— Parbleu, oui. Ils étaient au parfum avant vous et votre commissaire, princesse.

Après cette parenthèse, il reprit le cours de son analyse.

— Tout cela ne fait que confirmer ma théorie. Cette nana a toujours évolué dans la haute société. En aucun cas elle ne se serait laissé draguer par quelque vulgaire pompiste.

— Et les stupéfiants ? Elle était peut-être toxicomane, ou particulièrement rebelle…

— On ne trouve aucune trace de drogue sur les lieux. Quant à la rébellion, voyez plutôt les vêtements qu'elle portait, le coupé sport garé devant la chambre, le train de vie qu'elle menait. Cela ne colle pas.

Mélanie se souvint de ce qu'elle avait lu à propos de Joli dans les journaux à potins de la ville. Une fois de plus, il avait raison.

— Alors, pourquoi aurait-elle suivi un inconnu dans une chambre d'hôtel ?

— Qui vous a dit qu'elle ne le connaissait pas ?

Le regard de Mélanie effleura le visage naguère si beau de la jeune femme, à présent figé dans la mort. L'expression terrifiée de ses yeux grands ouverts était glaçante.

— Et puis il l'a tuée, dit-elle, imaginant les derniers moments de la jeune fille.

— Oui. Ce n'était pas prémédité. Selon moi, elle a commencé à protester quand le jeu a tourné au vinaigre. A moins qu'il n'ait pas réussi à bander et qu'elle se soit moquée de lui. Ce type est certainement impuissant et la moindre raillerie peut le mettre hors de lui. Il la bâillonne pour la faire taire mais elle se met alors à se débattre pour de bon — ce qui le perturbe davantage encore. Elle ne réagit pas

16

comme prévu, son scénario tombe à l'eau. Il écrase donc un oreiller sur sa figure pour la contraindre à se taire et à obéir.

— S'il n'avait pas prémédité son geste, pourquoi s'être muni du sparadrap ?

Mélanie secoua la tête.

— Je crois plutôt qu'il avait tout prévu.

— Je ne dis pas qu'il en était à sa première expérience. Sans doute avait-il déjà répété sa petite mise en scène des dizaines de fois, et souvent avec des prostituées. C'est comme une pièce qu'il aurait inventée et qu'il peaufinerait à chaque représentation. La super-nana. Les cordes. La soumission de la victime. Le bâillon. Et finalement, le meurtre. Menez une petite enquête auprès des professionnelles du coin. Vous en découvrirez une qui doit connaître l'énergumène.

Mélanie le dévisagea, à la fois incrédule et horrifiée. Il devait être lui-même psychopathe pour deviner avec une telle précision comment fonctionnait le cerveau d'un être aussi pervers.

— Vous n'avez pas l'impression de vous aventurer un peu loin ? Ce ne sont là que des hypothèses.

— En quoi consiste le travail d'un policier, selon vous ? A avancer des hypothèses, à lier entre eux des faits. Mon intuition me trompe rarement.

Il jeta un coup d'œil à la ronde et brandit l'emballage vide.

— Quelqu'un aurait-il mis la main sur un préservatif usagé, par hasard ?

Personne n'avait rien trouvé de tel. L'un des policiers s'approcha. Il prit le paquet et l'orienta vers la lumière, plissant les yeux pour déchiffrer l'inscription.

— « Agneau, qualité supérieure », lut-il tout haut. Décidément tout le monde n'a pas encore compris que le latex est la seule protection valable.

Parks se rembrunit.

— Je doute qu'il ait eu de véritables rapports sexuels avec elle. Du moins, de ceux qui nécessitent un préservatif.

— Le paquet est bien ouvert, pourtant. Et la capote a disparu.

Le policier fourra le paquet dans un sachet plastique qu'il scella aussitôt. Il inscrivit un mot sur l'étiquette.

— Il l'aura probablement emportée. Ou jetée dans la cuvette des toilettes.

Parks secoua la tête.

— C'est elle qui a apporté la capote. Pas lui.

Le détective haussa les sourcils.

— D'où tenez-vous cela ?

— L'idée de se protéger ne lui a pas même effleuré l'esprit. Regardez cette pièce : s'est-il seulement soucié de faire un peu de ménage ? J'aperçois d'ici ses empreintes sur la bouteille de champagne.

— Et alors ?

— Alors, poursuivit Parks, pourquoi un impuissant totalement désorganisé aurait-il pris soin de faire disparaître un préservatif usagé mais omis d'effacer ses empreintes ? Je parie que cette chambre grouille littéralement de pièces à conviction et d'indices biologiques.

Tandis que Parks exposait sa théorie au détective de la PJ, Mélanie inspecta avec précaution l'espace situé autour du lit, soucieuse de n'effacer aucun indice. Elle avait sa petite idée. Si Joli avait apporté le préservatif et que l'assassin ne s'en était pas servi, l'objet devait être quelque part dans le lit ou à proximité, tout comme l'emballage.

Son intuition fut couronnée de succès et Mélanie brandit bientôt la capote encore pliée, visiblement inutilisée.

— N'est-ce pas ce que vous cherchiez, les gars ?

Les deux hommes se retournèrent et Mélanie esquissa un sourire.

— Il était tombé entre le matelas et le montant du lit. La prochaine fois, il faudra fouiller plus attentivement.

Une lueur amusée brilla dans l'œil de Parks. L'inspecteur lui arracha le préservatif, l'air furieux.

— Il n'est même pas venu là pour baiser, ce taré.

— Oh, si, il n'est venu que pour ça, répliqua Parks en se relevant et en ôtant ses gants. Simplement, il ne le fait pas avec son pénis. Examinez les orifices du cadavre. Je ne serais pas surpris qu'il ait laissé quelque chose à l'intérieur. Une brosse à cheveux. Une mini-lampe de poche. Ou des clés de voiture. Avec un peu de chance, ce seront les siennes.

Mélanie de nouveau le dévisagea, la gorge sèche. Depuis le début, elle avait réussi à se concentrer sur sa tâche sans s'appesantir sur le crime, à oublier que la victime dont ils parlaient avec un tel détachement était encore, quelques heures plus tôt, un être humain plein de vie, une personne sensible avec des joies, des peines, des espoirs et des rêves — exactement comme elle.

A présent elle ne pouvait plus se duper.

Une main plaquée sur la bouche, la jeune femme se leva d'un bond et quitta la pièce au pas de course. Dehors, elle réussit à atteindre le véhicule le plus proche — une Ford Explorer. Se retenant d'une main à la portière avant, elle se plia en deux et vomit.

Parks apparut derrière elle, un rouleau de papier hygiénique à la main.

— Ça va mieux ?

— Ouais.

Elle prit le papier et s'essuya la bouche, profondément humiliée.

— Merci.

— C'est votre premier macchabée ?

Evitant son regard, elle hocha imperceptiblement la tête.

— Quelle idée d'aller se faire zigouiller dans votre circonscription ! Deux rues plus loin, elle vous aurait évité tous ces désagréments.

Mélanie se tourna vers lui.

— Etes-vous toujours d'un cynisme aussi écœurant ?

— Dans l'ensemble, oui.

L'ombre d'un sourire effleura ses lèvres puis disparut.

— Il n'y a pas de quoi en faire tout un plat, vous savez. Certaines personnes ne sont pas taillées pour ce genre de boulot, voilà tout.

— C'est-à-dire des personnes dans mon genre ? Le genre de flic tout juste bon à faire carrière à Whistletop ?

— Je n'ai rien dit de tel.

— C'était superflu.

Mélanie se redressa, furieuse, comme si une minute plus tôt elle n'avait pas été à deux doigts de s'évanouir.

— Vous ne savez absolument rien sur mon compte. Vous ne pouvez même pas soupçonner de quoi je suis capable ou pas.

— En effet, je l'ignore totalement. Surtout, n'y changeons rien, voulez-vous ?

Sur ces mots, il monta dans la Ford, s'installa au volant et démarra sans autre forme de procès.

3

À 3 heures de l'après-midi, Mélanie fonctionnait sur les nerfs, à grand renfort de caféine. Après avoir vomi et s'être rincé la bouche avec un Coca acheté au distributeur de boissons du motel, elle s'était tout de go remise à la tâche. Les experts du CMPD étaient arrivés ; avec Bobby, elle avait travaillé à leurs côtés, rassemblant indices et pièces à conviction, les scellant dans des sachets de plastique. Le médecin légiste était venu noter ses premières observations, suivi par les employés municipaux chargés du transport des cadavres à la morgue. Mélanie et Bobby avaient ensuite regagné le commissariat de Whistletop pour y commencer officiellement leur journée.

La jeune femme se servit une énième tasse de café, ignorant à la fois sa migraine et ses crampes d'estomac. Elle n'avait pas le temps de se soucier de sa fatigue ou de ses malaises. Cette affaire faisait bouger bien du monde : le FBI, la PJ, tout le gratin de la ville de Charlotte — et les inévitables amateurs de potins scabreux.

La victime avait été jeune, belle et riche ; sa mort, sordide et obscène : évidemment, elle défrayait la chronique.

— May ! tonna le commissaire depuis le seuil de son bureau. Taggerty ! Rappliquez par ici. Tout de suite !

Mélanie regarda Bobby, qui leva les yeux au ciel.

Manifestement, quelque chose avait mis le commissaire sur orbite. Et le commissaire Gary Greer sur orbite était un spectacle à ne pas manquer. Deux mètres sous la toise, bâti comme un taureau de combat et noir comme l'ébène, il inspirait à la fois crainte et respect à ceux qui l'approchaient. En dépit de son imposante présence physique — ou peut-être à cause d'elle, précisément —, il se départait rarement de son flegme. Quand il se mettait en colère, le phénomène mobilisait aussitôt l'attention générale.

En fait, Mélanie ne l'avait vu qu'une seule fois hors de lui — quand il avait découvert que l'un de ses agents, en échange de quelques gâteries de la part des prostituées concernées, fermait les yeux sur les délits de racolage sur la voie publique.

La jeune femme prit son bloc-notes et se leva précipitamment. Bobby lui emboîta le pas. Une fois dans le bureau du commissaire, ils s'assirent sur les sièges qu'il leur désignait.

— Je viens d'avoir le grand patron au téléphone. Cet enfoiré de Lyons suggérait poliment que nous retirions nos billes de cette enquête. Dans l'intérêt général, il valait mieux laisser l'affaire au CMPD.

— Quoi !

Mélanie bondit de sa chaise.

— Vous n'avez pas accepté…

— Sûrement pas. Je lui ai dit d'en parler à mon postérieur tout noir et tout poilu. Rien de tel pour remettre ce vieux Jack à sa place.

Mélanie sourit. Le commissaire avait lui-même appartenu à la brigade d'enquête du CMPD et ses exploits lui avaient valu de nombreuses décorations. Quatre ans plus tôt, il avait été blessé par balle dans l'exercice de ses fonctions ; l'incident avait failli lui coûter la vie. Une fois remis, il avait reçu de son épouse un ultimatum : il devait choisir entre son couple et son emploi. Trop jeune pour rester inactif — il n'avait que quarante-six ans —, il avait coupé la poire en deux, et sauvé son couple, en acceptant ce poste dans un petit commissariat de quartier. Quoiqu'il se prétendît satisfait de sa décision, Mélanie le soupçonnait d'aspirer, comme elle, à mener de véritables enquêtes criminelles.

— Ils ne pourront pas nous évincer, poursuivit-il en triturant son nœud de cravate pour le desserrer. Le meurtre

22

a été commis sur le territoire de cette commune et j'ai des comptes à rendre à la population locale. Que ça leur plaise ou non, ils ne se passeront pas de nous.

Il pinça légèrement les lèvres.

— C'est une grosse affaire. Nous allons devenir le point de mire général. Il faut s'attendre à de multiples pressions pour que les choses soient résolues au plus vite et il y aura des remous. La presse est déjà en ébullition et Andersen commence à poser ses jalons. Gardez la tête froide et faites votre boulot. Ne vous laissez pas gagner par l'hystérie générale.

Greer marqua une brève pause.

— A dire vrai, reprit-il, les gars du CMPD ont plus d'expérience. Ils ont davantage de personnel, des équipements plus récents, des moyens plus importants. D'accord, nous acceptons leur aide. Mais c'est l'unique concession qu'ils obtiendront de notre part. D'autres questions ?

— Oui, dit Mélanie. Ce type du FBI — un certain Parks —, d'où sort-il, au juste ?

— J'étais sûr que vous n'alliez pas tarder à m'interroger sur son compte.

Pour la première fois de l'après-midi, le commissaire sourit franchement.

— Drôle d'énergumène, non ?

Bobby s'esclaffa.

— C'est un euphémisme. Le bougre est d'un cynisme et d'une insolence hallucinants.

— Avec un sacré penchant pour la dive bouteille, ajouta Mélanie.

Le commissaire fronça les sourcils.

— Il avait bu ?

— Bu ? répéta la jeune femme. Le terme est un peu faible. Il donne plutôt l'impression d'être imbibé d'alcool du matin au soir.

Les traits impassibles, le commissaire parut méditer cette information.

— Connor Parks est un profileur, dit-il enfin. Jusqu'à

l'an dernier, il occupait un poste important à Quantico, au bureau d'études du comportement. J'ignore les détails de l'histoire, mais il semble qu'il ait provoqué quelque scandale au sein du Bureau — ce qui a mis un frein à sa carrière.

Un profileur. Rien d'étonnant. Mélanie avait assisté à un séminaire organisé par le FBI sur cette activité. Les explications du spécialiste l'avaient fascinée. Selon lui, chaque assassin laissait inconsciemment sa signature sur le lieu de son forfait. Le rôle du profileur consistait à décrypter cette signature, à se mettre à la fois dans la peau du prédateur et dans celle de la proie pour comprendre comment s'était déroulé le crime — et, surtout, qui en était l'auteur.

C'était exactement ce à quoi s'employait Parks le matin même.

— Comment se fait-il qu'il soit chargé d'intervenir dans cette minable affaire ? s'enquit Bobby.

— Il a été rétrogradé à un poste subalterne de la brigade criminelle de Charlotte.

Le commissaire regarda tour à tour les deux coéquipiers.

— Ne vous y trompez pas. Alcoolique ou pas, le bonhomme s'y connaît. Il vous sera utile.

— Vu son foutu caractère, il n'a pas intérêt à être incompétent, maugréa Mélanie.

Elle nota « appeler Parks » sur son calepin puis leva de nouveau les yeux sur le commissaire.

— Et ensuite ?

— Vous allez interroger les amis de la victime, les membres de sa famille et ses anciens camarades de classe ou de faculté. Etablissez une liste de ses fréquentations, des endroits où elle sortait et de ses activités. Allez d'abord faire un tour au siège de la PJ pour vous assurer qu'ils n'ont pas déjà envoyé quelqu'un. Si c'est le cas, arrangez-vous pour collaborer avec leurs hommes. Nous devons présenter un front uni. Andersen serait furieux de constater que nous nous tirons dans les pattes. Et j'aurais immédiatement le maire sur le dos.

« Ce qui ferait une jolie paire », songea Mélanie.

24

— Rien de plus ? demanda Bobby.

— Si, gronda le commissaire. Filez d'ici en vitesse !

Ils ne se le firent pas répéter et quittèrent le bureau de leur chef au pas de course. Mélanie commença par appeler Mia, sa sœur jumelle. Celle-ci décrocha instantanément.

— Mia, c'est Mel.

— Mélanie ! Mon Dieu, je regardais justement les infos à la télé. Cette pauvre fille !

Elle baissa la voix.

— C'était horrible ?

— Pire que ça, répondit Mélanie d'un ton sinistre. C'est pour cela que je t'appelle. J'ai besoin d'un service.

— Vas-y.

— C'est l'affolement, ici, et je ne crois pas que je pourrai partir assez tôt pour passer prendre Casey à la maternelle. Cela t'ennuierait-il de le faire à ma place ?

Tout en parlant, Mélanie contempla le portrait du bambin dans un cadre posé sur son bureau et esquissa machinalement un sourire.

— J'aurais pu demander à Stan de s'en charger mais je n'ai pas le temps d'écouter un sermon sur la nécessité de renoncer à mon travail et le préjudice que subit Casey en ayant une maman flic.

— Il déconne complètement. En tout cas, je serai ravie de prendre Casey à l'école. Et puisque je passerai devant le pressing, veux-tu que je récupère ton uniforme, comme d'habitude ?

— Tu me sauves la vie. Sur tous les plans, dit Mélanie.

Du coin de l'œil, elle vit que Bobby l'attendait sur le pas de la porte.

— Ecoute, ne te fais pas passer pour moi cette fois, veux-tu ? Sa maîtresse d'école en est toute perturbée.

— Quelle petite nature ! s'exclama Mia d'un ton réjoui. A quoi bon être de vraies jumelles si on ne peut pas en profiter pour s'amuser un peu ? Du reste, Casey adore ça. C'est notre petit jeu à nous.

Mélanie secoua la tête. Mia et elle étaient à la fois de

25

vraies jumelles et de vraies triplées. Tout le monde croyait qu'elles plaisantaient en disant cela ; c'était pourtant la vérité. Mélanie et Mia se ressemblaient trait pour trait et elles avaient une troisième sœur, Ashley — qui était également leur portrait craché.

Quand les triplées se promenaient ensemble, avec leurs cheveux du même blond, leurs yeux bleus et leur teint de porcelaine, les passants se retournaient sur elles. Leurs plus proches amis eux-mêmes les avaient parfois confondues.

— Tu te souviens de la façon dont nous bernions nos professeurs ? murmura Mia, amusée.

— A trente-deux ans, je n'ai pas encore perdu la mémoire, tout de même ! L'initiative venait toujours de toi. Et c'était moi qui me faisais punir.

— Essaie de renverser les rôles aujourd'hui, sœur chérie.

Bobby s'éclaircit bruyamment la gorge, tapota ostensiblement de l'index le cadran de sa montre et désigna du menton le bureau du commissaire. Mélanie lui adressa un petit signe d'assentiment.

— Je le ferais si j'avais le temps, Mia. Pour le moment, j'ai une affaire de meurtre sur les bras.

Le « Bonne chance, Sherlock ! » de sa sœur résonnant à son oreille, Mélanie raccrocha et se hâta de rejoindre son coéquipier.

4

Le bureau du procureur du district de Mecklenburg était situé dans le quartier huppé de Charlotte, au second étage des anciens bâtiments du palais de justice. Construit à une époque où ne proliféraient pas encore les tours à bureaux — ces cubes inélégants garnis de salles à plafonds bas découpées en rangées de box rigoureusement identiques — le palais de justice faisait à présent partie de l'Esplanade du Gouvernement, où il côtoyait des merveilles de l'urbanisme contemporain telles que le siège de la chambre correctionnelle.

Pour Véronica Ford, substitut du procureur, ces immeubles ressemblaient ni plus ni moins à des cages à lapins. Ils symbolisaient à ses yeux la froide impersonnalité de la vie moderne, de même que le vieux palais de justice, image d'une grandeur déchue, évoquait les fastes d'antan. Dans son esprit, il représentait le cadre idéal où évoluaient — lentement, mais sûrement — les rouages d'une justice immanente ; un endroit où, bien que souvent engluée dans un dispositif juridique imparfait et démodé, l'équité pouvait encore triompher.

Il correspondait aussi parfaitement à l'impression qu'elle avait de Charlotte, une ville où se fondaient l'ancien Sud et le nouveau, mélange d'arbres en fleurs et de gratte-ciel, de nonchalance méridionale et de commerce effréné. Une ville où elle s'était sentie chez elle dès son arrivée, neuf mois plus tôt.

Bien que déjà en retard à sa réunion, Véronica emprunta l'ascenseur désuet mais fiable qui menait au second et gravit ensuite, sans se presser, le majestueux escalier du troisième étage, promenant la main sur la rampe en fer forgé ouvragé. Véronica aimait le droit. Elle aimait le rôle qui était le sien dans l'application de la loi et se plaisait à penser qu'elle contribuait à faire du monde un endroit un peu plus vivable. Que ce fût naïveté de sa part, ou manque de modestie, elle en était toutefois réellement persuadée.

Sans ces convictions, à quoi bon faire carrière au ministère public ? Elle eût gagné beaucoup plus d'argent en travaillant dans un cabinet privé.

— Bonjour, Jen, lança-t-elle au passage à l'hôtesse d'accueil, sur le palier du dernier étage.

Enceinte de son premier enfant, la jeune femme rayonnait littéralement de bonheur. Elle sourit au magistrat.

— Bonjour, Véronica.

— Y a-t-il des messages pour moi ?

— Quelques-uns, répondit Jen en désignant une pile de feuilles. Rien d'urgent, en tout cas.

Véronica s'approcha du bureau, posa sur le comptoir son gobelet de café à emporter de chez Starbucks et tendit à Jen, avec un clin d'œil complice, un sachet portant la même inscription.

— J'ai apporté un petit quelque chose pour le bébé.

— Un de ces délicieux croissants aux amandes ? Ce sont ses préférés.

— Ceux-là mêmes.

La mine gourmande, la jeune femme plongea la main dans le sachet.

— Véronica Ford, vous êtes un trésor. Nous vous remercions infiniment, le bébé et moi.

Véronica eut un rire léger et feuilleta rapidement ses messages sans rien y trouver qui ne puisse attendre.

— Suis-je très en retard ? Rick est-il déjà là ?

Rick Zanders était le responsable de la section des parties civiles. Les substituts du procureur appartenant, comme Véronica, à cette section, s'occupaient de toutes les violences commises à l'encontre des individus — à l'exception des homicides et des crimes perpétrés contre les enfants. Ces infractions allaient du viol à l'agression à main armée en passant par le harcèlement sexuel ou le kidnapping. Le groupe se réunissait tous les mercredis après-midi pour discuter des affaires en cours, s'informer des éléments nouveaux, mettre au point des stratégies et proposer une éventuelle assistance.

— Il est arrivé il y a un instant et il avait plusieurs coups de fil à passer avant la réunion.

Jen jeta un coup d'œil sur sa montre et tourna légèrement la tête vers la porte située derrière elle.

— A mon avis, vous avez encore dix minutes… Je crois que Rick connaît intimement la famille Andersen.

Elle baissa la voix jusqu'au murmure.

— Vous êtes au courant, pour le meurtre ?

— J'ai regardé les actualités.

Véronica fronça les sourcils.

— Qu'avez-vous entendu d'autre ? En sait-on davantage que ce que dit la presse ? Y a-t-il des suspects ?

— Pas à ma connaissance. Je suis sûre que Rick est mieux informé.

Jen réprima un frisson.

— C'est tellement horrible. Joli était vraiment une charmante fille. Et ravissante, aussi.

Véronica songea à la blonde séduisante qu'elle avait vue le matin même à la télévision. Elle n'habitait pas Charlotte depuis assez longtemps pour connaître personnellement la famille Andersen mais elle avait entendu parler d'eux. A ce qu'on disait, Joli Andersen avait un brillant avenir devant elle.

— Il paraît qu'elle est morte étranglée, chuchota encore Jen.

— Etouffée, corrigea Véronica.

— Pensez-vous qu'on va arrêter l'assassin ?

D'un geste protecteur, l'hôtesse plaça une main sur son ventre arrondi.

— Ce n'est pas très rassurant de savoir qu'un type aussi dangereux se promène dans les rues de Charlotte. S'il a tué une fille comme Joli Andersen, personne n'est en sécurité.

Véronica savait que Jen n'était pas seule à éprouver pareille appréhension, ce jour-là. Les mêmes mots — ou une variation sur ce thème — avaient dû être prononcés dans chaque foyer de la ville au cours des dernières heures. Un meurtre de ce genre et une victime comme Joli rappelaient à chacun à quel point le monde peut être terrifiant — et le destin, aveugle.

— En tout cas, Jen, je peux vous affirmer que les moyens mis en œuvre pour cette chasse à l'homme seront d'une ampleur considérable.

Véronica enfouit ses messages dans sa poche, reprit son porte-documents et son gobelet de café.

— Et dès qu'on aura mis la main sur lui, son compte sera bon.

Visiblement soulagée, l'hôtesse ébaucha un sourire.

— La justice finit toujours par triompher.

Véronica acquiesça et se dirigea vers la salle de conférences où les autres magistrats — à l'exception de Rick — étaient déjà rassemblés. Comme on pouvait s'y attendre, le meurtre de Joli Andersen était au centre de toutes les conversations. Elle salua à la ronde, posa ses affaires à un emplacement libre de la longue table et rejoignit tranquillement un groupe de ses collègues. Ils lui adressèrent tous la parole simultanément.

— N'est-ce pas invraisemblable ?

— J'ai appris que Rick et Joli s'étaient fréquentés pendant quelque temps. Cela a dû lui causer un sacré choc.

— En êtes-vous certain ? Il est vraiment beaucoup plus âgé que…

— … il paraît qu'on a fait appel au FBI.

— L'un des meilleurs profileurs. On dit que…

— Des pratiques sexuelles plutôt spéciales seraient à l'origine du crime.

L'attention aussitôt en éveil, Véronica se tourna vers l'auteur de cette information croustillante.

— D'où tenez-vous cela ? Personne n'en a parlé à la télévision ni dans la presse.

— J'ai un ami à la brigade criminelle de la PJ. Il n'a pas fourni de détails, seulement affirmé que c'était… écœurant.

Rick entra sur ces entrefaites, le visage livide. Les conversations cessèrent instantanément et les substituts regagnèrent leurs places. Il s'éclaircit la gorge.

— Avant que quelqu'un m'interroge, je tiens à vous dire que je n'en sais guère plus que vous. Le meurtre a été commis à Whistletop, dans un motel. Elle est morte étouffée. Aucun suspect n'a encore été identifié. Le FBI s'emploie à établir un profil de l'assassin. On aurait retrouvé des indices biologiques — dont j'ignore la nature — sur les lieux du crime. Par égard pour la famille Andersen, la police a accepté de ne pas dévoiler à la presse les aspects les plus sordides du crime.

Il passa sur son front une main tremblante. A en juger par sa mine, Véronica soupçonna que les rumeurs concernant une liaison entre Joli et lui devaient être fondées. Cette liaison passée pouvait-elle faire de lui un suspect ? Probablement. Dans cette enquête, aucune piste ne serait écartée.

— Si nous nous mettions au travail ? suggéra Zanders. Eh bien ? Quoi de neuf ?

Laurie Carter prit la parole.

— J'ai une attaque à main armée tout à fait intéressante. Deux voisines, femmes au foyer, commencent à se quereller à propos d'un paquet de sucre emprunté par l'une d'elles. La dispute tourne au vinaigre et l'une des femmes assomme l'autre avec une poêle à frire.

Les rires fusèrent autour de la table. Un magistrat du nom de Ned House haussa les sourcils.

— Une poêle à frire suffit-elle à caractériser une attaque à main armée ?

— Hé, intervint une autre juriste, avez-vous jamais essayé d'en soulever une ? Cela pèse très lourd.

— La victime en sait quelque chose, renchérit Laurie. Elle a atterri à l'hôpital avec une sérieuse commotion, un nez cassé, de belles entailles nécessitant des dizaines de points de suture.

Rick secoua la tête.

— C'est une plaisanterie ?

— Pas du tout. L'histoire n'est pas si simple : la victime n'aurait pas emprunté uniquement du sucre à sa voisine. Il semble qu'elle ait dansé en cachette le cha-cha-cha avec le mari de Mme Poêle-à-Frire.

Ned fit claquer sa langue contre son palais.

— Et les gens se croient en sécurité, en banlieue.

— Réquisitoire modéré, dit Véronica. De toute façon, les jurés compatiront avec la femme bafouée.

— A moins que ce ne soit un jury à prédominance masculine, rétorqua Ned.

— Peu importe. Il s'agit d'une communauté fondée par des puritains. Hommes ou femmes, les jurés estimeront en conscience que cette garce a bien mérité sa raclée.

Rick se rallia à l'opinion de Véronica.

— Vous n'obtiendrez rien de plus qu'une inculpation pour voies de fait non aggravées. Réquisitoire modéré.

Deux autres agressions et une tentative de viol furent la matière de la suite de la séance. Chaque fois, l'avis de Véronica était sollicité par ses confrères. Bien qu'elle ne travaillât avec eux que depuis neuf mois, elle avait déjà une expérience de trois ans au bureau du procureur de Charleston. Dans ces fonctions, elle s'était forgé une réputation d'avocat général d'une adresse et d'une efficacité redoutables.

Elle détestait les brutes et les tyrans, haïssait les crapules qui s'en prennent lâchement aux plus faibles — aux femmes et aux enfants, aux personnes âgées. Elle avait voulu consacrer sa vie à la défense de la veuve et de l'orphelin, à la poursuite implacable de leurs agresseurs.

Ce sacerdoce se traduisait par un taux d'inculpation de quatre-vingt-dix-sept pour cent. Véronica s'étonnait de l'admiration que suscitait ce chiffre chez ses collègues ; pour sa part, il ne lui avait jamais semblé bien difficile à atteindre. Quand elle se chargeait d'une affaire, elle ne baissait pas les bras avant d'avoir obtenu gain de cause, voilà tout.

Rick se tourna vers elle.

— Véronica, comment évolue l'affaire Alvarez ?

Les autres substituts observèrent attentivement leur collègue. Initialement, Rick ne s'était pas prononcé en faveur de l'accusation. L'affaire serait trop difficile à gagner, affirmait-il. Le viol d'une petite amie ou d'une compagne donnait toujours lieu à des procès extrêmement aléatoires. Celui-ci présentait d'autant plus de risques que la jeune fille en question jouissait d'une réputation douteuse et que le garçon — issu d'une famille en vue — était un élève brillant, capitaine de l'équipe de football de son lycée.

Mais Véronica s'était lancée dans la bagarre. Elle avait vu les contusions sur le corps d'Angie Alvarez. Elle avait écouté son récit et discerné une terreur non feinte dans son regard. On était en Amérique, avait dit Véronica à Zanders. Ce n'était pas parce qu'un garçon jouait bien au ballon ou que son père avait une belle situation qu'il pouvait se croire au-dessus des lois. Les interdits étaient les mêmes pour tous.

Elle s'était promis — et avait promis à Rick — de gagner ce procès. Et elle tiendrait promesse.

Véronica sourit, se remémorant l'attitude suffisante du garçon lors de leur premier entretien. Un sale petit crétin plein d'arrogance. Elle le tenait, à présent.

— J'ai trouvé une autre fille, annonça-t-elle.

Rick se redressa.

— Est-elle prête à témoigner ?

— Tout à fait prête.

— Pourquoi n'a-t-elle rien dit jusqu'alors ?

— Elle avait peur. Sa mère lui répétait qu'en réclamant justice, elle obtiendrait tout le contraire, que sa réputation serait salie et qu'aucun garçon valable ne voudrait plus jamais d'elle. Elle l'avait suppliée d'oublier l'incident et de faire comme s'il ne s'était rien passé.

— Qu'est-ce qui a changé entre-temps ?

— C'est simple. Elle n'a pas pu oublier.

Véronica cacha ses mains sous la table pour que personne ne la vît s'assouplir les doigts. Elle ne voulait pas laisser deviner à quel point cette affaire l'avait affectée.

— Du reste, plus on est nombreux, plus on rit, ajouta-t-elle. Croyez-moi, l'animal ne manquait pas d'activité.

— Il y en a eu d'autres ? demanda Laurie en secouant la tête d'un air écœuré.

— C'est tout à fait probable. Mes témoins ont eu des échos. Nous menons notre petite enquête.

— Epingle vite ce salopard, maugréa Laurie.

— C'est chose faite.

Véronica sourit avec assurance.

— A ce stade, l'unique question qui se pose encore ne concerne plus que la taille et le nombre d'épingles à utiliser.

5

Il était près de 19 heures quand Mélanie put enfin quitter son travail pour aller chercher Casey chez sa sœur. La journée avait été stimulante, épuisante, instructive. Elle avait appris plus de choses au cours des douze dernières heures que durant toutes ses études à l'Académie de police, des choses dont les manuels qu'elle consultait à la moindre occasion n'avaient pas pu lui donner la moindre idée.

Enquêter sur un homicide était une rude entreprise qui requérait patience, logique, intuition — qualités qu'on peut développer, rarement acquérir. Les rapports avec la famille et les amis de la victime exigeaient non seulement beaucoup de tact et de doigté, mais aussi un esprit alerte et une bonne dose d'endurance.

Les proches de Joli l'avaient dépeinte comme une jeune femme épanouie, pleine de vitalité, une femme qui aimait les hommes et faisait volontiers la fête. A partir des informations ainsi recueillies, Mélanie avait établi une liste des clubs et des individus que la victime avait fréquentés au cours de l'année ; une liste, sur les deux tableaux, très importante.

Toutes les personnes interrogées étaient profondément bouleversées, parfois anéanties. Ménager leur souffrance et leur désarroi avait été la plus délicate tâche des policiers — plus pénible encore, peut-être, que la découverte du crime. Comment rester indifférent devant leur chagrin, leur détresse ?

Incapable de rester de marbre, Mélanie avait fini par éviter leurs regards.

La jeune femme arrêta sa voiture devant la vaste demeure de style colonial qu'habitait sa sœur. Comme l'ex-mari de Mélanie, Mia avait choisi le sud-est de la ville, un quartier huppé où se succédaient, encerclés de hautes grilles, les complexes résidentiels. Mélanie s'y était toujours sentie mal à l'aise. Un tel étalage d'opulence l'oppressait presque.

Elle sortit de son automobile. A quatre pattes sur la terrasse couverte, Casey jouait avec les figurines de ses héros préférés. Mia le surveillait, assise dans la balancelle. Le sourire aux lèvres, Mélanie prit le temps de savourer le tableau qu'ils formaient : les cheveux blonds de Mia et sa robe de coton léger agités par la brise, le mouvement de la balancelle, le joyeux babil de l'enfant. Une scène charmante, paisible, domestique, comme issue d'un tableau d'Andrew Wyeth.

Mélanie inclina la tête. La plupart du temps, regardant sa jumelle, elle ne voyait simplement que sa sœur, Mia. Mais parfois, comme en cet instant, elle éprouvait l'étrange sentiment de contempler son propre reflet — l'image de la femme qu'elle était avant son divorce, peut-être.

Casey, levant les yeux, la reconnut et se leva d'un bond.

— Maman ! s'écria-t-il en dévalant les marches pour s'élancer à sa rencontre.

Elle ouvrit grand les bras. Il se blottit étroitement contre elle. Mélanie, le serrant tendrement, ferma les yeux. La douceur de cette étreinte effaçait la laideur de sa journée.

Elle l'aimait avec une intensité presque douloureuse. Avant Casey, cette idée lui aurait paru saugrenue : comment le fait d'aimer quelqu'un pouvait-il faire souffrir ?

Puis l'obstétricien avait posé Casey sur son sein et elle avait compris. Instantanément. Irrévocablement.

— Tu t'es bien amusé ? demanda-t-elle en s'écartant légèrement pour le regarder dans les yeux — des yeux du même bleu limpide que les siens et ceux de ses sœurs.

Il acquiesça avec jubilation.

— Tante Mia m'a emmené manger une glace. Après, on est allés au parc et elle m'a poussé sur la balançoire ; et j'ai descendu le grand toboggan, maman !

— Le grand toboggan ?

Mélanie écarquilla les yeux d'un air admiratif. S'il en mourait d'envie depuis plusieurs semaines, chaque fois jusqu'alors qu'il entreprenait de gravir l'échelle, il perdait courage avant d'avoir atteint le sommet.

— J'avais la frousse, mais tante Mia m'a suivi jusqu'en haut et puis elle est descendue derrière moi, comme promis.

Sa mère l'embrassa sur la joue.

— C'est mon grand garçon courageux. Tu dois être très fier de toi.

Il hocha vigoureusement la tête en souriant d'une oreille à l'autre.

— Mais il faut faire très attention parce que tu peux tomber, comme tante Mia. Elle a un œil tout abîmé.

Mélanie leva les yeux sur sa sœur qui se tenait en face d'eux, au bord de la terrasse couverte. Casey avait raison, constata-t-elle avec consternation. Mia arborait un œil au beurre noir et une joue sérieusement contusionnée.

— Tu es tombée du toboggan ?

— Bien sûr que non.

Mia sourit à son neveu.

— Cette maman qui croit n'importe quoi ! En fait, j'ai trébuché sur une chaussure.

— Une de ces stupides grosses bottes d'oncle Boyd, renchérit Casey.

— Une botte ne peut pas être stupide, corrigea Mélanie.

Elle reporta son attention sur sa sœur.

— Ce genre de maladresse ne te ressemble pas.

Mia ignora sa remarque.

— As-tu le temps de venir prendre l'apéritif ? Boyd a une réunion ce soir. Je suis donc libre comme l'air.

Pour la seconde fois de la journée — après leur conversation matinale, au téléphone —, Mélanie perçut une fêlure dans sa voix.

— Après une journée pareille, je prendrai le temps, dit-elle d'un ton léger.

Elle ébouriffa les cheveux de son fils — une toison

indisciplinée de boucles dorées — et le guida vers le porche. Après avoir ramassé les jouets, ils entrèrent tous les trois à l'intérieur. Mélanie choisit une chaîne de dessins animés, installa son fils devant la télévision puis rejoignit sa sœur qui débouchait une bouteille de chardonnay dans la cuisine.

Elle se jucha sur l'un des tabourets disposés le long du bar.

— Tu veux en parler ? proposa-t-elle.

— De quoi ?

Mia emplit un verre de vin blanc bien frais pour sa sœur avant de se servir à son tour.

— Je ne sais pas. De ce que j'entends dans ta voix. Quelque chose te contrarie.

Mia la dévisagea un instant puis se détourna et alla chercher un paquet de cigarettes dans un tiroir. Elle en tira une et l'alluma d'une main tremblante.

Mélanie regarda sa jumelle inhaler une longue bouffée, retenir longuement la fumée comme si elle en attendait quelque miraculeux soulagement. Elle s'abstint de tout commentaire d'ordre sanitaire, sachant que Mia n'était pas une fumeuse invétérée ; le tabac l'aidait seulement à se calmer dans les moments difficiles.

— Ce doit être grave. Je ne t'avais pas vue allumer une cigarette depuis plusieurs mois.

Mia inhala une autre bouffée.

— Boyd me trompe.

— Oh, Mia.

Mélanie se pencha sur le bar et posa une main sur celle de sa sœur.

— En es-tu certaine ?

— Pratiquement.

Mia marqua une pause, respirant par saccades irrégulières.

— Il sort fréquemment le soir. Il rentre parfois très tard et trouve toujours une excuse plausible : une réunion avec l'administration de l'hôpital, avec le personnel, ou quelque association médicale.

Elle esquissa une moue écœurée.

— Il trouve toujours quelque chose.

— Et tu crois qu'il te ment ?

— J'en suis persuadée. Quand il rentre à la maison, je le sens… à son attitude… à son… odeur.

Visiblement humiliée, elle s'éloigna vers l'évier, baissa la tête.

— Une odeur de parfum bon marché… et de sexe.

Mélanie laissa retomber sa main sur ses genoux, furieuse. Peu favorable au mariage de sa sœur avec Boyd Donaldson, elle aurait voulu la dissuader de l'épouser. En dépit de sa prestance et de sa brillante situation, elle ne l'avait jamais apprécié, percevant intuitivement une sorte de décalage entre le personnage et le rôle qu'il jouait. Il ne lui inspirait pas confiance.

A présent, elle regrettait d'avoir exprimé haut et fort sa désapprobation. Si elle avait été plus discrète, Mia aurait peut-être moins hésité à se confier.

— As-tu cherché à en savoir davantage ? L'as-tu fait discrètement surveiller par quelqu'un, ou bien as-tu appelé l'hôpital quand il était censé y être, par exemple ?

— Non.

Mia ouvrit le robinet, éteignit sa cigarette sous le filet d'eau et jeta le mégot dans la poubelle.

— Je n'ai pas osé. Comme si, comment dire… je ne souhaitais pas réellement savoir.

Parce que, confrontée à une preuve, elle aurait été contrainte de réagir. Ce qui n'était pas vraiment le fort de Mia.

— Oh, Mia, je comprends. Bien sûr. Cependant, tu ne peux pas indéfiniment te cacher la tête sous l'aile. S'il te trompe, il faut absolument t'en assurer. Ne serait-ce que pour ta santé…

— S'il te plaît, Mélanie, tu ne vas pas commencer. Je me sens déjà assez démolie comme cela, merci.

La jeune femme passa une main sur son visage.

— Il s'agit de ma vie, de mon couple et je m'en sortirai toute seule, d'une façon ou d'une autre.

— « Mêle-toi de tes affaires », c'est ça ? dit Mélanie,

vexée. Ne compte pas sur moi pour écouter passivement le récit de tes déboires. Ce n'est pas mon genre.

— C'est plutôt le mien, n'est-ce pas ?

— Je n'ai pas dit cela.

— Tu l'as pensé si fort !

Les deux femmes s'affrontèrent du regard. Mia capitula la première.

— En fait, j'ai déjà suivi tes conseils. Je me suis demandé ce que tu ferais en pareil cas, et je me suis insurgée. Devine la suite.

Mélanie avala péniblement sa salive.

— Que s'est-il passé ?

— Il s'est mis dans une rage folle.

La jeune femme désigna son œil au beurre noir.

— Voilà le résultat.

Incrédule, Mélanie la dévisagea un moment.

— Tu ne veux pas dire… qu'il t'a frappée ?

— C'est exactement ce que je dis.

— L'enfant de salaud !

Mélanie se leva d'un bond.

— Ce bon à rien, cet enfoiré… je vais lui faire la peau, je le jure, je vais…

Mélanie ravala sa rage, s'efforçant de se contrôler. Elle ferma les yeux, inspira profondément et compta jusqu'à dix. Adolescente, son impétuosité lui avait causé quelques ennuis ; elle avait même failli se retrouver en maison de redressement. Sans l'intervention d'une assistante sociale compréhensive, elle n'y aurait probablement pas échappé.

A l'âge adulte, elle avait appris à tempérer son ardeur. A réfléchir avant d'agir. Mais le naturel réapparaissait parfois, en certaines circonstances ; à l'égard de ses sœurs — et de Mia, en particulier —, elle avait toujours manifesté un féroce instinct de protection.

— Que vas-tu faire ? parvint-elle à articuler, les dents serrées.

Mia eut un soupir désemparé, presque puéril de la part d'une femme de trente-deux ans.

— Que pourrais-je faire ?

— Eh bien, alerter les flics. Porter plainte, et le faire coffrer. Le quitter, pour l'amour du ciel !

— Dans ta bouche, cela semble si facile.

— C'est faisable. Il suffit de le faire.

— Comme tu as quitté Stan ?

— Tout juste.

Mélanie contourna le bar pour rejoindre sa sœur. Elle lui prit les mains et plongea les yeux dans les siens.

— Rien ne m'a été plus difficile que de quitter Stan. Mais c'était la meilleure solution. J'en étais convaincue, et je le suis toujours.

Mia se mit à pleurer.

— Je ne suis pas aussi forte que toi, Mélanie. Je ne suis pas courageuse. Je ne l'ai jamais été.

— Tu peux l'être.

Elle serra les doigts de sa sœur.

— Je t'y aiderai.

— Non, c'est inutile. Je ne suis qu'une pleurnicheuse lâche et stupide, incapable de…

— Arrête ! J'ai l'impression d'entendre notre père. Ou ton mari. Ce n'est pas vrai. Crois-tu que je n'ai pas eu peur quand j'ai quitté Stan ? J'étais morte de trouille. Je n'avais jamais eu à me débrouiller seule, encore moins avec un enfant à charge. Je ne savais pas comment je parviendrais à nous faire vivre, en admettant que j'en sois capable. Et je redoutais qu'il essaie de m'enlever Casey.

La jeune femme frissonna en se remémorant sa frayeur et le soin avec lequel elle avait dû mesurer chacune de ses décisions. Son ex-mari, avocat de renom, était l'un des associés du cabinet le plus important de la ville. Il n'aurait eu aucun mal à se faire attribuer la garde de l'enfant — il le pouvait encore. En l'occurrence, il avait préféré utiliser ses relations pour lui interdire l'accès à l'Académie de police de Charlotte/Mecklenburg.

Elle l'avait quitté, malgré tout. C'était indispensable, pour elle, comme pour Casey. Elle n'était pas la compagne que

Stan souhaitait avoir, bien qu'elle eût longtemps essayé de se conformer à son « idéal » — celui d'une épouse effacée, d'une femme d'intérieur satisfaite de laisser son mari décider de sa vie à sa place. Elle avait lamentablement échoué et risqué d'y perdre sa personnalité, de se transformer en un être frustré, aigri, déprimé.

Leur vie de couple était devenue un véritable enfer, une guerre permanente. Comment élever un enfant dans un tel climat ?

— Tu en es capable, répéta-t-elle farouchement. J'en suis persuadée, Mia.

— Je voudrais être comme toi. Mais je ne le suis pas.

Mélanie étreignit fermement sa sœur.

— Tout va s'arranger, tu verras. Nous n'allons pas baisser les bras. Je vais te tirer de là. Je t'en donne ma parole.

6

Quand Mélanie et Casey arrivèrent chez eux, une heure et demie plus tard, après être passés chercher un en-cas au McDonald's, ils trouvèrent Ashley qui les attendait. Sa sœur ne fut pas surprise de la voir là. Visiteuse médicale sur le territoire des deux Carolines, Ashley s'arrêtait souvent chez Mélanie sur le chemin du retour.

— Regarde qui est là, Casey, dit la jeune femme en se garant dans l'allée du jardin. Tante Ashley.

Oubliant son repas spécial junior, l'enfant sauta de voiture sitôt libéré de sa ceinture de sécurité.

— Tante Ashley ! Regarde ce que je rapporte de chez Mia ! Un Megaman !

Mélanie sourit en voyant son fils se précipiter dans les bras offerts de sa tante. Ses sœurs avaient toujours tenu une place essentielle dans sa vie et leur amour pour Casey lui réchauffait le cœur.

Son sac en bandoulière et la boîte repas à la main, elle se dirigea vers eux.

— Eh bien, sœurette, la promenade a-t-elle été productive ?

Ashley souleva son neveu et l'installa à califourchon sur sa hanche avant de se tourner vers elle.

— Tu connais l'essor des laboratoires. Les drogues pharmaceutiques se vendent comme des petits pains, de nos jours.

Mélanie s'esclaffa. Sa sœur était un véritable paradoxe. Sa réussite professionnelle ne l'empêchait pas de croire fermement aux vertus des tisanes et autres remèdes naturels.

Dès que l'un d'entre eux était malade, elle préparait une décoction miracle à base de plantes au lieu d'avoir recours aux médicaments dont la vente assurait sa subsistance.

Les deux femmes gravirent les marches de la terrasse.

— Tu aurais dû t'installer à l'intérieur, il y a moins de moustiques.

— Je sais.

Ashley cala Casey plus confortablement sur sa hanche.

— La soirée était trop belle pour m'enfermer.

Mélanie déverrouilla la porte et alluma la lumière dans l'entrée. Elles gagnèrent la cuisine en éclairant les pièces au passage. C'était une petite maison ancienne de trois pièces : deux chambres et un séjour-cuisine. Bien que sa surface fût inférieure à celle de la seule chambre principale de la somptueuse villa de Stan, Mélanie l'adorait. Elle lui trouvait un charme qui compensait largement la modestie de ses dimensions. Située dans l'un des quartiers les plus anciens de Charlotte, elle avait de hauts plafonds, de jolis parquets cirés et était percée d'une multitude de fenêtres.

Par-dessus tout, elle en avait fait l'acquisition toute seule, sans l'aide de son ex-mari ou de qui que ce soit.

— As-tu dîné ? demanda-t-elle à sa sœur tout en installant Casey à la table de la cuisine. Je m'apprêtais à faire une salade composée. Il y en aura assez pour deux.

— Merci, je n'ai pas faim.

Ashley ôta sa veste de tailleur et la posa sur le dossier d'une chaise.

— J'ai pris un déjeuner tardif avec un médecin.

Mélanie la détailla brièvement et remarqua son extrême minceur. Légèrement plus grande que ses sœurs, elle était également dotée de courbes plus appétissantes. Ce soir, toutefois, ses hanches semblaient flotter dans son pantalon.

— As-tu été souffrante, ces derniers temps ?

— Non. Pourquoi ?

— Je te trouve bien mince.

Ashley haussa un sourcil narquois.

— Par rapport à quoi ? A mes rondeurs habituelles ?

44

— Non, idiote. Je voulais dire trop mince.

— Je ne trouve pas, dit-elle en s'approchant du réfrigérateur. Aurais-tu de la bière au frais ?

— Je crois que oui. Sers-toi.

Mélanie déballa le cheeseburger de son fils, le posa sur une assiette avec son sachet de frites et présenta le tout à Casey, prélevant une frite au passage.

— Maman, un Coca, s'il te plaît.

— Non. Un verre d'eau, mon amour. Et un jus de fruits ensuite, si tu as encore soif.

Casey, sachant que c'était peine perdue, protesta pour la forme et attaqua son cheeseburger. Mélanie lui servit l'eau minérale puis sortit les ingrédients dont elle avait besoin du réfrigérateur.

— Sais-tu ce qui est arrivé à Joli Andersen ?

— Je l'ai entendu à la radio.

Ashley but une gorgée de bière et émit un soupir de satisfaction.

— Rien de tel qu'une bonne bière glacée à la fin d'une journée éprouvante.

— Une vraie remarque de colporteur, dit Mélanie avec un clin d'œil.

— Oui, n'est-ce pas ? J'ai peut-être manqué ma vocation.

Elle but encore à longs traits avant de poser sa chope sur le bar.

— Raconte-moi donc ta journée.

Tout en découpant des lanières de laitue dans un saladier, Mélanie haussa les épaules.

— Que veux-tu savoir, au juste ?

— Rien que l'essentiel. Par exemple, était-ce réellement sordide ? As-tu botté les fesses de tes collègues du CMPD ? As-tu abîmé tes chaussures en vomissant ?

Elle avait posé la dernière question en riant mais porta une main à sa bouche en voyant l'expression de sa sœur.

— Oh, Mel, je voulais seulement te taquiner. Tu n'as pas réellement…

— Réussi à m'humilier publiquement ? Eh bien, si. J'ai dégobillé devant tout le monde.

— Oh, petite sœur, je suis désolée.

— Ce n'est pas grave. J'ai…

La gorge subitement nouée, elle toussa pour s'éclaircir la voix.

— C'était la chose la plus horrible que j'aie jamais vue, Ash. Et tous les autres semblaient trouver cela… acceptable. Cela fait partie de leur quotidien, je suppose.

Elle se mit à éplucher un concombre — pour s'occuper les mains, car elle n'avait plus vraiment faim.

— Ils parlaient de ce qui était arrivé à cette malheureuse de façon si cavalière. Avec si peu, comment dire… si peu d'émotion. C'est ce qui a achevé de m'écœurer. Jusque-là, j'avais réussi à tenir le coup, en me concentrant sur ma tâche.

Ashley l'étreignit brièvement.

— Dégueulis ou pas, je sais que tu as été formidable. Je suis fière de ma sœur Superflic.

Mélanie sourit. Plus que n'importe qui, Ashley l'avait encouragée dans sa vocation. Elle avait toujours paru comprendre non seulement sa volonté mais aussi son besoin de s'engager dans cette voie.

— Tu sais, Ash, j'ai trouvé ce travail fascinant. Sur le lieu du crime, il y avait un type du FBI — un profileur. Il avait une manière stupéfiante de…

— Maman, c'est quoi, le FBI ?

Mélanie regarda son fils qui, apparemment, n'avait pas perdu une miette de leur conversation.

— C'est le Bureau fédéral d'investigation, chargé des enquêtes criminelles les plus importantes, et qui dépend du gouvernement fédéral.

— Ah bon, dit l'enfant, la bouche pleine. Est-ce que vous parlez de cette dame ?

Mélanie fronça les sourcils.

— Quelle dame ?

— Celle qui a été ratatinée.

— Assassinée. Qui t'a raconté cela ?

— C'est tante Mia et ma maîtresse qui en parlaient ensemble.

Ashley esquissa une moue et Mélanie inspecta l'assiette de son fils ; elle était impeccable, à l'exception d'un morceau de pain et d'un cornichon qu'il avait ôté de son cheeseburger.

— Tu as fini, mon ange ?

Il opina et se mit à bâiller.

— Je peux regarder la télé, maintenant ?

Sa mère se pencha sur la table et essuya sa bouche avec une serviette tout en se reprochant de le garder éveillé si tard.

— Désolée, mon chéri, il est l'heure de faire dodo. Tu as déjà une demi-heure de retard.

— Mais, maman, articula-t-il d'une voix pâteuse, je ne suis pas fatigué.

— C'est tout de même l'heure de dormir.

Mélanie le prit par la main et le guida vers la porte.

— Dis bonsoir à tante Ashley.

L'enfant obtempéra puis réussit à soutirer à sa mère la promesse de lui raconter trois histoires avant de regagner la cuisine.

Mélanie adressa à sa sœur un sourire d'excuse.

— Je reviens tout de suite.

— Ne t'en fais pas. Je serai là.

Quand elle rejoignit Ashley un quart d'heure plus tard, Mélanie la trouva debout devant l'évier, les yeux fixés sur le rectangle de la fenêtre, avec une expression d'infinie tristesse.

Inquiète, elle s'approcha.

— Ash ? Est-ce que ça va ?

Sa sœur se retourna et ses traits s'éclairèrent.

— Bien sûr. Notre petit diable est-il endormi ?

— Pas encore. Il était trop énervé.

Elle se rembrunit.

— Je m'en veux d'avoir manqué de discrétion tout à l'heure, en parlant de mon travail devant lui. Il entend absolument tout. Je devrais faire attention à ce que je dis en sa présence. Ce n'est plus un bébé.

— Apparemment, sa maîtresse et notre sœur devraient y songer aussi.

Ashley chipa une rondelle de concombre dans le saladier.

— Si tu poursuivais ce que tu commençais à me raconter à propos de ce type du FBI ?

— Tu aurais dû le voir. Il examine le lieu du crime, analyse ce qu'il voit et décrit avec précision ce qui a dû se passer. J'ai trouvé cela hallucinant.

Ashley eut un clin d'œil malicieux.

— Adieu la brigade crottes de chien, bonjour l'homicide.

Mélanie songea à toutes les plaintes qu'elle avait reçues concernant le chien ou le chat d'un voisin, à toutes les contraventions qu'elle avait délivrées pour stationnement illicite, tout en aspirant à effectuer un travail plus intéressant. Aujourd'hui, enfin, son vœu était exaucé.

Mais à quel prix ?

Honteuse, elle regarda sa sœur.

— Le plaisir que j'éprouve à m'occuper d'un meurtre me donne l'impression d'être un monstre. Tu comprends ce que je veux dire ?

— Oublie un peu tes scrupules.

Ashley passa derrière elle et prit un bâtonnet de carotte sur la table.

— Tu n'as aucune responsabilité dans le meurtre de Joli Andersen, dit-elle avant de mordre dans le légume croquant.

— Bien sûr, seulement… Je sais déjà qu'une fois cette affaire résolue, il me sera encore plus pénible de reprendre mes activités habituelles au commissariat de Whistletop.

— Sans l'intervention du salaud que tu as épousé, tu ne serais pas enterrée dans ce trou à rats. Cet enfoiré mériterait vraiment une bonne correction, un de ces jours.

— Ashley !

Mélanie jeta un coup d'œil derrière elle, sur la porte d'une chambre donnant dans le séjour.

— D'abord, surveille un peu ton vocabulaire. Casey pourrait t'entendre. Ensuite, n'oublie pas que Stan restera toujours son père.

— N'est-ce pas uniquement pour cela que nous lui laissons la vie sauve ?

— Très amusant.

Mélanie parsema la salade de morceaux de fromage et tendit le paquet à sa sœur.

Ashley se mit à grignoter machinalement des cubes de cheddar.

— C'est plus fort que moi, Mel. Je lui en veux à mort de t'avoir empêchée d'entrer à l'Académie de police de Charlotte. C'était ton rêve de toujours, et il t'en a dépossédée.

— Le commissariat de Whistletop n'est pas le CMPD mais je travaille tout de même dans la police.

Elle prit une bouteille de vinaigrette sur une étagère. Un sourire espiègle se dessina sur ses lèvres.

— Ce qui est une véritable épine dans le pied de Stan, du reste. Il ne supporte pas l'idée que l'ex-épouse de l'incomparable Stan puisse être un simple flic. La vue de mon uniforme le fait enrager. J'adore croiser, ainsi vêtue, la femme d'un de ses collaborateurs.

Elle s'esclaffa.

— Il faut voir leurs mines horrifiées !

A vrai dire, elle détestait l'uniforme autant que Stan, et ce n'était pas pour des raisons esthétiques. Il symbolisait la médiocrité de sa situation. Au commissariat de Whistletop — contrairement aux usages en vigueur au CMPD —, on ne s'habillait pas en civil. Le commissaire tenait à ce que ses agents fussent immédiatement reconnaissables dans l'exercice de leurs fonctions.

Tout en assaisonnant la salade, elle haussa légèrement les épaules.

— Qui sait ce que l'avenir me réserve ? Si je réussis à me distinguer ici, l'influence de Stan au CMPD ne suffira peut-être plus à m'en écarter. Voilà pourquoi je tiens non seulement à m'occuper de cette affaire, mais surtout à contribuer à la résoudre. Ce n'est pas en brassant du vent que j'obtiendrai quelque chose.

— Excellent principe. Je vois que tu as pensé à tout,

49

ajouta Ashley d'un ton moins assuré. Tu n'as jamais manqué de détermination.

Mélanie fronça les sourcils.

— Toi aussi, Ash, tu as toujours su ce que tu voulais, su défendre tes convictions. C'est plutôt Mia…

Elle laissa sa phrase en suspens, songeant à la situation dans laquelle se trouvait leur sœur, et soupira.

— Tu n'as pas parlé avec Mia depuis un certain temps, n'est-ce pas ?

— Pas depuis lundi dernier, jour de notre rituel café hebdomadaire ensemble, toutes les trois. Pourquoi ? Que se passe-t-il ?

Soudain privée de tout appétit, Mélanie écarta son assiette de salade.

— Boyd l'a frappée.

Elle résuma le récit de Mia. Les joues d'Ashley s'enflammèrent sous l'effet de la colère.

— Quelle ordure, ce type ! Qu'a-t-elle fait ?

— A ton avis ?

— Rien, n'est-ce pas ? Elle a trop peur de lui.

— Exactement.

Mélanie se leva et alla se poster devant la fenêtre. Elle resta un moment immobile, le regard fixe, puis, se retournant vers sa sœur :

— Qu'allons-nous faire ?

— Que pourrions-nous faire ? Il s'agit de son couple, Mel.

— Mais enfin, il la frappe ! Nous ne pouvons pas le permettre.

— C'est elle qui le permet. Pas nous.

— Comment peux-tu réagir ainsi ? Tu sais parfaitement combien c'est dangereux pour elle. Ce le serait pour chacune d'entre nous, à cause de notre passé. Nous sommes toutes les trois vulnérables à l'agressivité d'autrui. Inconsciemment nous adoptons une mentalité de victime.

— Parle pour toi.

Ashley préleva une rondelle de concombre dans l'assiette de sa sœur et n'en fit qu'une bouchée.

— Notre père était un monstre, c'est entendu. Mais il n'est plus de ce monde et, en ce qui me concerne, la question est réglée.

— Certes. C'est pour cela que tu fuis les hommes et évites de t'engager dans une relation amoureuse.

Ashley plissa les yeux.

— Il ne s'agit pas de moi et de ma vie sentimentale.

— Non, il s'agit d'aider Mia : entreprise dans laquelle tu ne sembles pas non plus disposée à t'engager.

Durant quelques secondes, Ashley demeura immobile. Mélanie vit cependant qu'elle tremblait.

— J'aime notre sœur autant que toi, Mélanie. Ne t'avise pas de t'engager sur cette voie.

— Je n'ai jamais laissé entendre…

— Si, justement. A ta manière.

Ashley regarda sa sœur droit dans les yeux.

— Tu veux que je te dise ? Tu l'as rendue trop dépendante. Tu t'occupes continuellement d'elle, volant à son secours à la moindre occasion. Tu la couves depuis notre plus tendre enfance. Qu'attend-elle de toi, cette fois ? Que tu divorces à sa place ? Que tu envoies son mari en prison ? Que tu lui loges une balle dans la tête ?

— Désopilant, Ashley.

— Ça ne me fait pas rire. Tu dois la laisser grandir, maintenant.

Mélanie se cabra, maîtrisant à grand-peine son indignation.

— Ainsi, tu me conseilles de ne pas intervenir et de la laisser à la merci de cette brute ? Charmante attitude. Fraternelle. Solidaire.

— Tant qu'elle n'aura pas fait un geste pour s'aider elle-même, oui, je pense que tu ne devrais pas t'en mêler. Sois là pour elle, d'accord. Encourage-la. Mais cesse de résoudre ses problèmes à sa place.

— Tu es peut-être capable d'agir ainsi, moi pas.

Ashley eut un soupir excédé.

— Epargne-moi ces airs de vertu indignée, veux-tu ?

51

Si tu la protèges avec un tel acharnement, c'est parce que tu te sens coupable.

— Coupable ? répéta Mélanie, haussant théâtralement les sourcils. De quoi devrais-je me sentir coupable ?

— Question idiote, Mel. Tu as honte d'avoir été la préférée de papa alors que Mia était son souffre-douleur.

— N'importe quoi. Pourquoi devrais-je…

— Parce qu'il n'avait aucune raison de s'en prendre à elle et pas à toi, alors que vous vous ressembliez comme deux gouttes d'eau.

Comme sous l'effet d'une gifle, Mélanie recula d'un pas et s'écarta vivement de sa sœur. Profondément ébranlée, elle avança sur le seuil du séjour, guettant un bruit dans la chambre de son fils, puis revint sur ses pas.

— Je n'y étais pour rien, articula-t-elle enfin péniblement. C'était la faute de notre père. Je n'ai aucune raison d'en avoir honte.

— Bien sûr que non. Mais tu ne peux pas t'en empêcher. Tu t'efforces continuellement de réparer a posteriori cette injustice.

— Tu n'y comprends rien. Tu n'as jamais compris.

— Parce que j'étais exclue du petit club des jumelles, n'est-ce pas ? rétorqua Ashley, lèvres pincées. Avec moi, la ressemblance était moins parfaite.

— Nous n'avons jamais formé un club à deux, mais un trio, avec toi, Ash…

— Oh, je t'en prie, coupa la jeune femme.

Sa voix se fit âpre.

— J'étais la troisième du lot, la dernière roue du carrosse. Je le suis toujours.

— Tu me rends dingue quand tu es comme cela.

Ashley fit un pas vers elle puis s'arrêta.

— Il ne t'est jamais venu à l'idée que c'est parce que je suis différente que je suis lucide ? Que j'y vois plus clair que vous dans tout cela : toi, Mia, papa…

— Mia a besoin de moi. C'est la plus sensible de nous trois. La plus vulnérable. C'est pour cela que papa s'en prenait à elle ; il savait qu'elle ne se défendrait pas. Et c'est pour cela que je devais la défendre.

Ashley s'apprêtait à répondre quand la sonnerie du téléphone l'interrompit. Mélanie décrocha.

— Oh, bonsoir, Stan.

Ashley esquissa une grimace et prit sa veste.

— Il faut que je parte.

— Stan, peux-tu patienter un instant ?

Mélanie posa la main sur le combiné.

— S'il te plaît, ne pars pas.

Sa sœur eut un signe de refus ; une lueur de désarroi vacilla un bref instant dans ses yeux.

— J'appellerai.

Mélanie lui tendit la main, regrettant leur controverse.

— Tu viens prendre un café vendredi ?

— J'essaierai. Je ne peux rien promettre.

— Je t'aime.

Ashley lui sourit.

— Moi aussi, frangine.

Elle se dirigea vers la porte puis, faisant volte-face, la mine belliqueuse :

— Salue cet enfoiré de ma part et qu'il aille griller en enfer.

Mélanie la regarda sortir puis reporta son attention sur son interlocuteur.

— Que puis-je faire pour toi, Stan ?

— Laquelle de tes sœurs était-ce ? Miss Mauviette ou Miss Chipie ?

Mélanie ignora le sarcasme.

— C'était Ashley. Elle vient de partir. Elle m'a dit de te saluer.

— Tu parles. Elle m'enverrait plus volontiers griller en enfer.

Mélanie faillit s'esclaffer.

— Que voulais-tu, Stan ?

— Cette affaire, aujourd'hui, le meurtre… Y participes-tu ?

— Si j'y participe ? répéta Mélanie, feignant de ne pas comprendre.

Il soupira bruyamment.

— L'enquête : y participes-tu ?

— Le crime s'est produit à Whistletop. Oui, je participe à l'enquête.

Elle sourit à part soi, devinant sa fureur.

— Tu comprendras sans doute que je ne suis pas autorisée à te fournir des détails.

Stan jura entre ses dents.

— Je me fous pas mal des détails. Je ne veux pas que ma femme ait quoi que ce soit à voir dans…

— Ton ex-femme, corrigea-t-elle. Dieu merci, Shelley porte cette croix à ma place, à présent. Tu ne l'as pas oublié, j'espère ?

— Arrête tes conneries, Mélanie. Je n'ai rien oublié du tout.

— Et n'étant que mon ex, poursuivit-elle, tu n'as aucune remarque à émettre sur mes faits et gestes. Pas la moindre. Ce que je fais ne concerne que moi. Compris ?

— Sauf quand ce que tu fais risque de mettre mon fils en danger.

— Notre fils va très bien. Il est heureux, aimé et en bonne santé. Ma participation à cette enquête ne le met pas plus en danger que tes activités juridiques.

— C'est sur ce point que nos opinions divergent.

Mélanie eut un rire sans joie.

— Nos opinions divergent sur tous les plans, Stan. Si tu n'as rien d'autre à me dire, il est tard et je suis fatiguée.

— J'ai autre chose à te dire. Il faut que nous parlions de l'avenir, Mélanie. De l'avenir de Casey. Il entre à l'école primaire, l'année prochaine.

Mélanie jeta un coup d'œil sur sa montre, puis sur son assiette encore pleine.

— J'en suis tout à fait consciente, Stan.

— Dans ce cas, tu es également consciente du fait que la meilleure école de la ville se trouve dans mon quartier ?

Ses paroles ne firent pas mouche immédiatement. Quand elle en saisit tout le sens, une pointe d'appréhension lui serra le cœur. Elle se raisonna aussitôt. Cela ne signifiait pas forcément ce qu'elle craignait ; sans doute opérait-elle des déductions hâtives. Après tout, ils étaient divorcés depuis trois ans et Stan avait toujours paru plus que satisfait de prendre son fils un week-end sur deux.

— La meilleure ? répliqua-t-elle. Selon quels critères ? Les écoles de mon quartier ont une excellente réputation. Elles ne sont peut-être pas aussi luxueuses mais...

— Voyons, Mélanie, dit-il tranquillement, patiemment, du ton dont on raisonne un enfant rétif, ne crois-tu pas qu'il serait temps d'oublier un peu nos propres désirs pour penser à ce qui serait préférable pour Casey ?

— Tu veux dire : celui qui serait préférable pour lui, n'est-ce pas ?

— C'est bien possible, en effet.

Elle ferma les yeux avec force et compta mentalement jusqu'à dix. Le cauchemar qui l'avait hantée tout au long de la première année de leur divorce se réalisait : Stan allait essayer de lui enlever la garde de leur fils.

Les doigts crispés sur le combiné, elle respira à fond.

— Je sais déjà qui est préférable pour lui. C'est moi. Je suis sa mère, Stan.

— Ne suis-je pas son père ? Je peux lui apporter un foyer stable, entre deux parents, dans une maison de rêve, au sein d'un magnifique complexe résidentiel ; un complexe protégé par une grille d'enceinte, soit dit en passant.

— Sans oublier la piscine, les leçons de tennis et les déjeuners au club, dit Mélanie d'un ton sarcastique. Pour faire bonne mesure, tu peux assaisonner l'ensemble d'un petit séjour annuel en Europe, non ?

— Ces choses-là sont importantes.

— Qu'y a-t-il de plus important que l'amour, Stan ? Que la constance ? Il est avec moi depuis sa naissance. Un changement brutal le perturberait. Du reste, tous ses amis de l'école maternelle...

— Les enfants s'adaptent.

La désinvolture, l'insouciance avec laquelle il formula cette réponse la scandalisèrent. C'était de la vie de Casey qu'il s'agissait. De ses sentiments. Que cet homme pût balayer tout cela d'une pichenette était intolérable.

— Sale égoïste, murmura-t-elle d'une voix tremblante. Tu ne te soucies vraiment que de toi.

— C'est toi qui le dis.

— Je ne te laisserai pas faire.

— Tu ne pourras pas m'en empêcher.

— Maman ?

Debout sur le seuil de sa chambre, Casey observait sa mère avec de grands yeux inquiets. Le téléphone avait dû le réveiller — s'il s'était seulement endormi. Mélanie reprit contenance et le rassura d'un sourire.

— Je raccroche dans une seconde, mon ange. Remets-toi vite au lit et je viendrai te faire un câlin, d'accord ?

Casey hésita un instant puis obtempéra.

— Le moment est vraiment mal choisi pour aborder ce sujet, reprit Mélanie au téléphone. Nous en reparlerons une autre fois.

— Tu n'y échapperas pas, Mélanie. J'ai l'intention de demander au juge la garde de notre fils. Et je l'obtiendrai.

7

La salle de conférences de la chambre correctionnelle était trop surchauffée ; la personnalité des individus entourant la grande table ovale, trop puissante. Aucun d'entre eux n'avait l'habitude d'être contrarié. Mélanie promena son regard sur les membres de l'assemblée : le maire de Charlotte, Ed Pinkston, Fred Lyons (le patron de la PJ), le commissaire Greer, le procureur général, d'autres représentants de chacun de ces bureaux ainsi que du SBI (le bureau d'enquête des Etats de Caroline), Connor Parks accompagné d'un autre homme — également du FBI, supposa-t-elle. L'absence du maire de Whistletop était surprenante ou, plutôt, de mauvais augure, corrigea-t-elle en remarquant les traits figés de son supérieur.

La mort de la fille d'un notable local remontait maintenant à huit jours ; le père réclamait des comptes — et aussi la presse. C'était pour cette raison qu'étaient réunis tous ces dignitaires.

Hélas, la police n'en savait pas davantage aujourd'hui que le lendemain du meurtre.

Il n'y aurait pas de poignées de main, ce matin-là ; pas d'accolades, d'encouragements ni d'éloges mutuels. En revanche, une ou deux têtes pourraient tomber — celle de Mélanie, notamment. Les hommes de la PJ eux-mêmes ne semblaient pas rassurés.

Le maire de Charlotte se leva pour déclarer la séance ouverte. Avant qu'il ait pu prononcer un mot, la porte de la salle s'ouvrit. Cleve Andersen franchit le seuil en compagnie d'un autre homme. Un silence embarrassé accueillit son apparition.

— Excusez mon retard, dit-il d'un ton brusque en gagnant l'extrémité de la table où il prit place auprès de Pinkston.

Le maire s'éclaircit la gorge.

— Cleve, nous n'avions pas prévu...

— J'ai jugé ma présence nécessaire, coupa Andersen. Les décisions qui vont être prises ici me concernent, et concernent ma famille.

Il marqua une pause, ébaucha même un sourire — comédien accompli face à son auditoire.

— Vous le savez, je n'ai pas l'habitude de me laisser diriger.

Il désigna l'homme qui l'accompagnait.

— Voici mon avocat, Bob Braxton.

Se calant dans son siège, il se tourna vers le reste de l'assemblée.

— Pourrions-nous commencer, à présent ?

Visiblement désemparé, le maire demeura interdit. De toute évidence, l'élu local n'aurait pas l'audace de s'opposer au personnage le plus influent de la région.

Connor Parks le fit à sa place.

— Pardonnez-moi, dit-il en se levant. Avec tout le respect que je vous dois, monsieur Andersen, votre place n'est pas ici.

Un profond silence suivit ses paroles. Tous les regards convergèrent vers Andersen qui se leva à son tour, très raide, les traits crispés comme pour maîtriser sa colère.

— Jeune homme, c'est ma fille qui fait l'objet de cette réunion.

— Voilà précisément pourquoi vous ne devriez pas être là. Nous n'avons pas le temps de prendre des précautions pour vous ménager. Retournez au sein de votre famille endeuillée, monsieur Andersen. Votre place est auprès des vôtres. C'est là que vous vous rendrez le plus utile.

Le visage blême de Cleve Andersen s'empourpra brusquement. Mélanie retint son souffle. Parks ne faisait que formuler ce que chacun pensait probablement tout bas.

58

Quoiqu'elle admirât sa témérité, elle s'interrogeait sur son discernement. Il n'avait pas vraiment cherché à modérer son propos ni manifesté le minimum d'égards requis envers Andersen.

— Je ne vous connais pas, dit le banquier. Quel est votre nom, monsieur ?

— Je m'appelle Connor Parks ; j'appartiens au FBI.

— Eh bien, monsieur Parks, laissez-moi vous dire une chose : je n'ai pas atteint la position qui est la mienne en me tenant à l'écart de la mêlée et en attendant que les autres agissent à ma place. Je prends des initiatives. Et je fais avancer les choses.

— Je le répète, avec tout le respect qui vous est dû, nous ne sommes pas dans le monde des affaires, répliqua Parks. Nous sommes ici pour faire appliquer la loi. C'est un domaine qui vous est étranger. Cette fois, je crains que vous ne soyez obligé de rester à l'écart. S'il vous plaît, laissez-nous faire notre boulot.

— Cleve, intervint le maire d'un ton conciliant en posant une main sur l'épaule d'Andersen, l'agent Parks n'a pas tort. Aucun père ne devrait entendre ce dont nous allons parler aujourd'hui. Il serait plus sage que vous partiez.

L'homme vacilla. Son masque d'assurance et de détermination s'effondra brusquement, donnant à tous un aperçu de l'être humain qu'il dissimulait — un être anéanti dont l'apparente dignité ne tenait plus qu'à un fil.

Il se tourna vers Pinkston.

— J'ai déjà enduré le pire pour un père, dit-il d'une voix monocorde où perçait un léger tremblement, lorsqu'on m'a annoncé la mort de ma fille. Assassinée.

Son regard fit le tour de la table et s'arrêta finalement sur Connor Parks.

— Je veux qu'on arrête l'assassin. Je veux que justice soit faite. Et j'obtiendrai gain de cause, quoi qu'il en coûte. Est-ce bien compris ?

Sans attendre de réponse, il se tourna vers son avocat.

— A partir de cet instant, je vous confie la défense de mes intérêts, Bob. Vous agirez en mon nom.

A l'instar de tous, Mélanie le regarda se diriger vers la porte. Sa souffrance lui brisait le cœur. Elle comprenait son besoin d'assister aux débats ; réduit à un rôle passif, un homme de sa trempe devait être au supplice.

Quand la porte se fut refermée derrière lui, personne ne souffla mot durant quelques instants. Puis le maire toussa discrètement et reprit le cours de la séance. Après avoir réprimandé Parks pour son manque d'égards envers le père de la victime, il donna la parole au commissaire et au patron du CMPD. Ils détaillèrent le déroulement de l'enquête — fournissant la liste des personnes interrogées, répétant ce qu'ils avaient appris — et affirmèrent aux élus qu'aucune piste n'avait été négligée.

— Je ne veux pas entendre parler de pistes, rétorqua Pinkston. Je veux entendre parler de suspects ; je veux que vous vous engagiez à mettre la main sur cet abominable porc et que vous m'expliquiez comment vous allez vous y prendre.

Le patron de la PJ se tourna vers Pete Harrison, son inspecteur principal.

— Harrison ?

Le détective acquiesça d'un mouvement de tête et prit la parole.

— Nous avons un suspect. La nuit du meurtre, Joli Andersen avait passé la soirée dans un club en compagnie de quelques amis. L'un des clients la poursuivait de ses assiduités, semble-t-il. Il la draguait même de manière agressive. Exaspérée, elle a fini par l'humilier publiquement en le traitant de pauvre loque et en lui conseillant d'aller se faire voir ailleurs. Le type a pris la mouche. Il a juré qu'il lui ferait regretter ses paroles et a quitté les lieux en claquant la porte. L'un des associés du club l'a aperçu sur le parking, plus tard, dans la nuit, à peu près à l'heure où Joli est partie. Hélas, personne ne le connaissait. C'était la

60

première fois qu'il venait et il a réglé ses consommations en espèces. Personne ne l'a revu depuis lors.

L'avocat d'Andersen manifesta une incrédulité consternée.

— Si je comprends bien, vous ne parvenez pas à retrouver cet énergumène ?

— Nous ne l'avons pas encore retrouvé, corrigea Harrison. Ce n'est qu'une question de jours, croyez-moi. Nous avons transmis son portrait-robot à tous les patrons de bars de la région. Il ne tardera pas à réapparaître.

— Et quand il sortira de son trou, intervint Roger Stemmons, l'adjoint de Harrison, nous serons là.

Connor Parks prit la parole.

— Je déteste jouer les rabat-joie… Je crois qu'il ne faut pas fonder trop d'espoirs sur cette piste. Cet individu présente, comme notre suspect, les caractéristiques d'une personnalité inadaptée, mais ce que nous savons de lui par ailleurs ne correspond pas au profil recherché.

Pour la seconde fois de la matinée, l'attention générale se concentra sur Parks.

— Le profil recherché ? répéta le maire.

— Du baratin de psy, grommela Stemmons en jetant son stylo sur la table.

— Il s'agit du portrait psychologique du meurtrier, expliqua Connor. Nous l'établissons en comparant ce que nous savons des comportements criminels habituels avec les détails relevés sur les lieux d'un crime particulier. Ils coïncident généralement avec une précision remarquable.

Il regarda Stemmons avec une pointe d'ironie.

— Il n'y a rien de mystérieux ni de surnaturel dans cette démarche. Elle est purement rationnelle. Nos estimations se fondent sur des données recueillies lors d'enquêtes pour homicides et sur de nombreux interrogatoires de tueurs ou d'agresseurs en série.

Stemmons se renfrogna. Le maire se cala plus confortablement dans son siège.

— Eh bien, parlez-nous de cet inconnu, monsieur Parks. A quelle espèce d'individu avons-nous affaire ?

61

— Le tueur est un homme de race blanche, commença Connor. Agé de vingt-cinq à trente-cinq ans, il est séduisant et en bonne condition physique. Il pratique un sport ou s'entraîne dans un club de musculation. Il exerce une profession libérale — médecin, avocat, comptable... S'il ne roule pas sur l'or, du moins donne-t-il le change : vêtements de luxe, voiture de prestige. Une BMW, par exemple ; pas une grosse cylindrée, plutôt une série 300, à mon avis. Une occasion récente.

L'un des membres du bureau d'investigation régional lui demanda de justifier son raisonnement. Connor répéta la théorie qu'il avait exposée à Mélanie sur le lieu du crime la semaine précédente — à savoir qu'un homme devait répondre à certains critères physiques et de standing pour qu'une jeune femme aussi belle et riche que l'était Joli Andersen l'eût accompagné de son plein gré dans cette chambre.

— C'est exact, confirma Mélanie. Les amis et collègues de Joli que j'ai interrogés m'ont tous affirmé que si elle était friande d'aventures sans lendemain, elle sélectionnait toutefois rigoureusement ses amants d'un soir. Pour lui plaire, il fallait être beau gosse ; et pas fauché, non plus.

— L'évidence même, dit Connor. Ses voisins le décriront sans doute comme un homme charmant. Un garçon tranquille, plutôt réservé. Il habite ou travaille dans les parages de l'endroit où s'est produit le meurtre — d'où son choix du motel Sweet Dreams.

— Pouvez-vous nous indiquer une distance approximative ? s'enquit Lyons.

— Une dizaine de kilomètres, à mon avis. Pas plus de vingt, en tout cas.

Sa réponse provoqua quelques remous dans l'assemblée. Connor poursuivit sa démonstration sans se troubler.

— Comme le suggère le caractère madone/putain de son rituel et l'absence de pénétration naturelle de sa victime, c'est un refoulé obsédé par sa relation à la mère. Sa vie sexuelle et sentimentale n'est qu'une suite d'échecs cuisants. S'il est marié, il s'agit d'une union malheureuse.

— Pas d'antécédents criminels ? questionna Bobby Taggerty.

— Bonne question. Quelques contraventions ou menus délits, tout au plus. Son casier judiciaire est vierge. Il fréquente des prostituées ; son nom pourrait être mentionné lors d'une arrestation pour racolage sur la voie publique.

Connor marqua une pause.

— Notre lascar n'avait encore jamais tué mais il recommencera.

Un murmure courut autour de la table de conférence. Harrison parla le premier.

— Vous en êtes certain, Parks ?

— Absolument. Il entretient son fantasme depuis longtemps. Avec Joli, le scénario s'est enrayé. Contrairement aux prostituées sur lesquelles il l'avait expérimenté jusque-là, Joli a refusé d'aller plus loin. En voulant la contraindre à lui obéir, il l'a assassinée. Ce meurtre lui a procuré une puissante jubilation sexuelle. Il voudra l'éprouver de nouveau. Ce besoin deviendra une véritable obsession.

— Il faudrait enquêter dans les hôpitaux, les cabinets médicaux et juridiques situés dans le périmètre, et commencer à établir une liste d'individus correspondant à cette description, dit Harrison.

— En suivant la même démarche auprès des clubs de musculation et des salles omnisports, nous pourrions comparer les listes et opérer des recoupements.

Connor approuva d'un hochement de tête.

— Je vous conseille en outre d'interroger les prostituées des quartiers concernés. Comme je viens de l'expliquer, notre homme met au point les détails de son fantasme avec elles, depuis pas mal de temps. Certaines filles, dans le coin, doivent être en mesure de le reconnaître à son rituel.

L'homme qui accompagnait Connor se leva. Il se présenta comme étant Steve Rice, responsable du département régional du FBI.

— Nous devrions placer sous surveillance permanente le cimetière où Mlle Andersen est enterrée. En y installant

63

des caméras vidéo, par exemple. Les tueurs de ce genre viennent volontiers rôder près de la tombe de leurs victimes afin de revivre leur fantasme. Bon nombre d'entre eux s'y sont fait arrêter, surpris en train de se masturber.

— Seigneur, maugréa Braxton, visiblement écœuré.

— Si la surveillance s'avère infructueuse, poursuivit Rice, essayez de l'appâter en faisant publier un article à sensation sur Joli dans la *Gazette de Charlotte*. Demandez-leur d'y joindre une ou deux photos intéressantes. Cela va ranimer en lui toutes sortes d'émotions. Et gardez les caméras braquées sur la sépulture. Croyez-moi, le piège est efficace.

Durant quelques instants, d'autres directions possibles furent examinées. Quand la discussion commença à se tarir, le maire de Charlotte déploya toutes les ressources de sa langue de bois.

— Ce que je viens d'entendre aujourd'hui est tout à fait encourageant et, dans le contexte qui nous occupe…

Tandis qu'il pontifiait, Mélanie laissa le cours de ses pensées s'orienter vers ses préoccupations personnelles — ou plus exactement, son unique préoccupation, à savoir son conflit actuel avec Stan à propos de la garde de Casey.

Les mains croisées sur la nuque, elle se mit à masser les muscles tendus de son cou. Elle avait laissé passer plusieurs jours avant de le rappeler. Elle s'était donné le temps de se préparer et d'affûter ses arguments. Prête à raisonner calmement, à défendre son cas avec élégance — à supplier si nécessaire —, elle n'avait cependant pas réussi à garder son sang-froid et s'était finalement emportée, comme d'habitude.

Etait-elle donc incorrigible ? Pourquoi entrait-elle toujours aussi stupidement dans son jeu ? La jeune femme réprima un soupir. C'était la même chose avant leur divorce. Elle était tout feu tout flamme et lui, glacial. Elle défendait ses idées avec passion, lui avec une logique implacable, désincarnée. A chacune de leurs fréquentes disputes, plus elle s'échauffait, plus il se montrait rationnel ; c'était alors l'inévitable, la sempiternelle escalade de violence verbale. En définitive, elle s'était rendu compte qu'il utilisait son extraordinaire capacité de détachement comme un avantage pour la manipuler — et pour lui démontrer constamment sa supériorité.

L'astuce fonctionnait parfaitement. Après ces escarmouches, elle avait l'impression d'être hystérique, folle à lier.

Elle s'était promis de ne plus jamais lui fournir l'occasion de la mettre dans cet état. Pourtant, elle venait de tomber une fois de plus dans son piège.

— … encore quelques détails administratifs à régler, disait Pinkston. En premier lieu, la question des deux unités de police impliquées dans cette enquête.

Ici, Mélanie prêta l'oreille. Elle jeta un coup d'œil vers Bobby. Manifestement, son coéquipier s'attendait au pire et sa réaction la démoralisa.

— Nous avons décidé de modifier la situation. Nous sommes convaincus qu'en divisant les tâches entre les deux unités, nous risquons de compromettre nos chances de succès. Actuellement, Le CMPD est officiellement la principale unité chargée de l'affaire Andersen. Bien entendu, les policiers recevront l'aide du FBI et du SBI, mais la responsabilité de l'enquête reposera essentiellement sur eux.

— Ça ne rime à rien ! lança Mélanie, incapable de refréner son indignation.

Elle se leva, les joues en feu.

— Pardonnez ma brusquerie, monsieur le maire, mais le meurtre a été commis à Whistletop. Nous sommes tous prêts à mener cette enquête à son terme et impatients de remettre le meurtrier entre les mains de la justice.

— Je n'en doute pas, chère madame. Et croyez-moi, votre commissaire a plaidé de façon tout à fait convaincante pour que l'affaire soit confiée au WPD. Nous estimons toutefois qu'en l'occurrence, c'est l'expérience qui compte le plus.

— Mais…

— La décision est déjà prise, agent May, dit Pinkston, d'un ton qui se voulait compatissant mais qui ne masquait pas le moins du monde son irritation. Le WPD se verra

65

confier une mission importante dont M. Braxton vous parlera mieux que moi. Bob ?

L'avocat se leva et, après s'être éclairci la voix, déclara :

— M. Andersen s'engage à offrir une importante récompense à quiconque fournira des informations contribuant à l'arrestation de l'assassin. Le commissariat de Whistletop sera chargé de superviser le standard.

— Quoi ! se récrièrent à l'unisson Mélanie et Bobby.

La jeune femme entendit les hommes de la PJ ricaner dans leur dos et son sang ne fit qu'un tour. Une réplique acerbe sur le bout de la langue, elle pivota brusquement vers Harrison et Stemmons. Mais Bobby avait également remarqué leur manège ; prévoyant sa réaction, il lui donna un petit coup de pied sous la table.

Steve Rice se leva.

— Sans vouloir contrarier M. Andersen et sa famille dont je respecte l'immense douleur, je dois vous avertir que ce genre de démarche n'a généralement pour résultat que de compliquer notre tâche et celle de la police. Dès demain midi, nous serons tellement occupés à nous lancer sur de fausses pistes qu'il ne nous restera pas une minute à consacrer à celles qui pourraient s'avérer intéressantes. Je vous recommande vivement de faire entendre raison à votre client.

— Mais ne serait-ce pas un moyen d'inciter un témoin hésitant à se manifester ? rétorqua l'avocat. Une prime de cent mille dollars représente une puissante motivation.

Mélanie soupira. La mention de la somme provoqua un véritable tohu-bohu autour de la table. Ce genre de récompense attiserait la convoitise de tous les profiteurs sans scrupule de la région — sans compter les appels des cinglés habituels.

La jeune femme ne décoléra pas jusqu'à la fin de la réunion. Seul élément positif : l'avocat d'Andersen accepta de s'employer à convaincre son client de réduire considérablement le montant de la prime.

Dès la clôture de la séance, Mélanie accosta son supérieur dans le couloir.

— Pourquoi ne nous avez-vous rien dit ? Nous nous sommes fait démolir par ces salopards. Ils nous ont ridiculisés.

— Je n'en savais rien moi-même.

Le commissaire semblait aussi furieux qu'elle.

— Ils m'ont mis devant le fait accompli ; j'ai été averti deux minutes avant la réunion.

— Voilà donc ce que faisait notre illustre maire ce matin, maugréa Mélanie. Il se terrait piteusement dans son trou.

— Enfoirés de politiciens, renchérit Bobby.

Greer secoua la tête.

— Ne le jugez pas trop sévèrement. Il n'était pas de taille à lutter. Les ordres venaient de très haut.

— Encore un tour d'Andersen, je parie, avança Bobby en enfonçant les mains dans ses poches. Qui est-il allé trouver : le préfet ?

Le commissaire n'opposa aucun démenti.

— C'est toujours la même chanson, dit Mélanie avec amertume. Ils sont dans la course, et nous, sur la touche.

— Non, corrigea Bobby, ses traits d'ordinaire placides déformés par la colère, nous sommes affectés au standard, condamnés à écouter les élucubrations de tous les guignols et de tous les escrocs du pays.

Il donna un coup de pied dans un mégot qui traînait sur le parquet.

— Enfoirés de politicards, répéta-t-il.

— Je comprends votre déception et je la partage, dit Greer. Nous avons tout de même quelques menues consolations. D'abord, sans participer activement à l'enquête, nous n'en sommes pas exclus. Rien ne nous interdit l'accès aux interrogatoires ou aux séances d'identification. Ensuite, j'ai réquisitionné quelques flics de la PJ pour nous aider au standard.

Une lueur de malice brilla dans son regard.

— Un prêté pour un rendu.

Bobby se dérida imperceptiblement ; Mélanie en était

incapable. Cette affaire avait représenté la chance de sa vie — son unique espoir d'accéder à un travail digne de ses attentes. A présent, il fallait y renoncer.

Décidément, la vie était parfois décourageante.

— Essaie de voir les avantages de la situation, Mel, lui dit Bobby quelques instants plus tard, sur le parking où elle avait garé sa jeep. Puisque nous ne sommes plus dans la course, personne ne pourra nous imputer la moindre responsabilité, en cas d'échec.

— En cas d'échec ? Pour nous, l'échec est consommé, rétorqua Mélanie, écœurée. Notre unique avantage était de participer à cette enquête, bon sang.

— Je sais bien, camarade. J'en ai gros sur le cœur, moi aussi.

Comme elle le regardait sans rien dire, il se mit à rire et lui donna une petite bourrade.

— Bon, peut-être un peu moins gros que toi, admit-il. C'est surtout une question d'amour-propre. Le standard ? Merde, alors.

— Merci de me remonter le moral, grommela Mélanie. Je me sens de bien meilleure humeur. J'exulte littéralement !

8

Le mardi était jour de corvée pour les membres de la section personnelle du bureau du procureur. Ce jour-là, l'un des substituts se mettait à la disposition de la police pour passer en revue les différentes plaintes et en évaluer objectivement l'intérêt.

Si la plupart d'entre eux redoutaient le moment où arrivait leur tour, ce n'était certes pas le cas de Véronica Ford. Elle appréciait ces contacts avec la police ; le fait d'avoir accès à de nouvelles affaires encore vierges de toute influence extérieure la passionnait. Elle avait ainsi l'impression d'être au cœur même de l'action, de pouvoir en mesurer la cadence.

Certains jours, il ne se passait pas grand-chose. Aujourd'hui, en revanche, les policiers ne savaient plus où donner de la tête. Le viol et les agressions en tout genre semblaient être subitement devenus un loisir en vogue dans le département. Véronica se demanda si le phénomène était dû à la pleine lune ou à l'amorce d'une récession économique — l'une et l'autre produisant des effets déplorables sur l'ordre public.

Jen l'appela par l'Interphone.

— Véronica, une certaine Mélanie May, agent de police, demande à vous voir.

— Mélanie May, répéta Véronica, reconnaissant ce nom.

La coïncidence la surprit d'autant plus qu'elle remplaçait Rick ce matin-là pour sa prestation hebdomadaire auprès de la police afin qu'il pût assister à la réunion au sommet sur l'affaire Andersen. La grande nouvelle glanée à son issue

était l'annonce de la fameuse prime de cent mille dollars.
Dans les couloirs, on ne parlait que de cela.

— Elle travaille au commissariat de Whistletop.

— Je sais d'où elle vient. Envoyez-la-moi.

Quelques secondes plus tard, Mélanie May se présentait
à sa porte. Avec un sourire, Véronica lui fit signe d'entrer.

— Asseyez-vous, agent May.

Sa visiteuse lui rendit son sourire et choisit l'un des sièges
disposés devant le bureau.

— Votre visage ne m'est pas inconnu, dit-elle. Nous
serions-nous déjà rencontrées quelque part ?

Véronica désigna la rangée de gobelets Starbucks qui
garnissait une étagère de sa bibliothèque.

— Nous avons un penchant commun pour le café.

— Je vois. Nous fréquentons le même lieu de perdition !
J'avoue avoir un faible pour le cappuccino. Et vous ?

— Je préfère l'espresso bien corsé.

Le substitut se cala dans son siège.

— En fait, quand la réceptionniste vous a annoncée, je
savais exactement qui vous étiez. Je vous avais repérée chez
Starbucks. Votre uniforme et votre badge m'ont permis de
vous identifier.

— Vous êtes observatrice.

— J'appartiens au ministère public ; nous travaillons
en relation étroite avec la police. Je possède en outre une
excellente mémoire.

L'agent May se leva et s'approcha de la collection de
gobelets à emporter.

— Pourquoi six, si je puis me permettre… ?

Véronica eut un sourire teinté d'autodérision.

— Pour tout dire, ma collection a débuté par un oubli ;
un matin, j'ai dû acheter un second gobelet, ayant omis
d'emporter le mien. J'ai jugé bon d'en avoir un de rechange.

— Puis vous avez oublié le second ?

— Exactement. Et ainsi de suite.

Le substitut esquissa une grimace.

— Au lieu d'admettre que tout collectionneur présente des

70

tendances compulsives obsessionnelles, j'entretiens l'illusion de contribuer au respect de la nature en n'utilisant pas de gobelets en carton. Cela permet de sauver des arbres. On peut toujours se convaincre de n'importe quoi, je présume.

— Une juriste scrupuleuse, commenta Mélanie. Ce n'est pas fréquent.

Véronica haussa un sourcil amusé.

— Seriez-vous allergique aux juristes, par hasard ?

— Pas aux magistrats. Mon ex-mari est avocat. Il exerce dans un cabinet privé.

Le substitut se pencha vers elle.

— Un ramassis de tartufes qui empochent des honoraires scandaleux en freinant le cours de la justice. Très peu pour moi. Je préfère mille fois envoyer un salopard au trou.

Mélanie s'esclaffa.

— Tenez, voici une bonne occasion de vous régaler. J'ai là une ordure de tout premier ordre.

— Racontez-moi tout.

— Il s'appelle Thomas Weiss, dit Mélanie en lui tendant le procès-verbal. Une brute. Il a envoyé sa compagne à l'hôpital. Et il n'en est pas à son premier exploit. Cette fois, cependant, c'était assez grave pour que la jeune femme décide de porter plainte.

Véronica parcourut rapidement le dossier. Après avoir noté le nom et l'adresse de la victime et celui de son employeur, elle fit de même pour l'accusé.

— Il est patron d'un restaurant, à ce que je vois.

— Oui. Le Blue Bayou, à Dilworth.

— J'y ai dîné deux ou trois fois. C'est un établissement agréable. On y déguste une cuisine cajun assez savoureuse.

— En effet, je le connais aussi.

— La plaignante est donc l'une des serveuses.

Véronica pinça les lèvres.

— Il l'avait déjà brutalisée auparavant ?

— Oui.

— Mais elle n'avait pas porté plainte ?

71

— Si, mais elle s'était rétractée ensuite. Cette fois, elle tiendra bon.

— Comment le savez-vous ?

— Il lui a dit qu'il la tuerait. Elle est vraiment terrorisée.

Véronica émit une vague formule de regret et jeta les documents sur la table.

— Désolée. A classer sans suite.

— Sans suite ? répéta Mélanie, stupéfaite. Pourquoi ? C'est une affaire sérieuse.

— L'accusation n'est pas assez étoffée. Et je ne me lance pas dans la bagarre si je ne suis pas certaine de gagner. Si vous considérez la situation sous cet angle, vous n'avez rien de plus que le témoignage de la victime. Et une victime épouvantée, de surcroît. Une femme effrayée qui s'est déjà rétractée à plusieurs reprises ne fait pas un bon témoin.

Mélanie se pencha en avant, une flamme dans le regard.

— Elle ne changera pas d'avis, cette fois. Je vous le garantis. Cette fois...

Véronica l'interrompit d'un geste.

— Si la victime bafouille, si elle manifeste le moindre signe d'hésitation, les juges s'interrogeront. L'agresseur jouit d'une excellente réputation. Patron d'un restaurant bien fréquenté, il est l'image même du commerçant prospère, du citoyen respectable.

— Il peut donc frapper impunément sa compagne ? s'indigna Mélanie.

Véronica soutint son regard sans ciller.

— Oui.

Mélanie pesta entre ses dents, reprit le procès-verbal et se leva.

— C'est répugnant.

— Tenez-moi au courant, dit Véronica en se levant à son tour. J'épinglerais volontiers ce salaud, Mélanie. Vous pouvez me croire. Il me faut un témoin qui confirme les accusations de cette femme. Un voisin, des clients. Une autre personne qui aurait subi des violences de sa part. Si vous me trouvez cela, son compte est bon. Je vous en donne ma parole.

9

Ashley entra chez Mia grâce à la clé que sa sœur lui avait remise en cas d'urgence. Elle referma derrière elle, verrouillant la porte. Puis elle consulta sa montre et fronça les sourcils. Un mardi, à 5 heures de l'après-midi, elle pensait la trouver chez elle.

Elle n'allait pas tarder à rentrer, songea-t-elle en traversant l'immense séjour pour gagner la cuisine. En attendant, pourquoi ne pas prendre ses aises ? Première destination : le réfrigérateur où Boyd entreposait ses provisions de bière de luxe.

Le cliquetis de ses talons sur les dalles de marbre résonna dans le silence et Ashley s'immobilisa, soudain consciente du calme qui régnait dans la maison. Pas le moindre tic-tac d'horloge ou ronronnement de chat pour troubler le silence. Pas de voix d'enfants jouant à côté, ni même le bourdonnement d'une télévision qu'on aurait oublié d'éteindre. Ashley avait toujours trouvé la maison de Mia aussi accueillante qu'un mausolée. Un bel édifice dépourvu de chaleur humaine. Une cage dorée, en quelque sorte.

Ce que Mélanie lui avait appris sur les déboires conjugaux de Mia cadrait bien avec cette impression.

Peut-être ne perdait-elle pas tout à fait la raison, somme toute.

Peut-être lui restait-il quelques miettes de lucidité.

Huit jours s'étaient écoulés depuis sa dispute avec Mélanie à propos de Mia et de son mari. Elle ne s'en était pas remise ; elle n'avait pu oublier ni sa colère, ni sa rancœur, ni son amertume.

Pourquoi Mélanie refusait-elle d'admettre la vérité, de comprendre qu'elle, Ashley, puisse être plus lucide parce qu'elle n'avait jamais fait partie de leur petit clan — le clan des jumelles ?

Le troisième est toujours l'exclu.

Une idiote irréaliste. Voilà ce qu'elle était. Ce qu'elle avait toujours été.

Ses sœurs et son neveu étaient tout pour elle. Elle n'avait rien de plus précieux au monde. Rien de plus important.

Mais, de leur côté, ils avaient des vies bien remplies. A tel point qu'elle se demandait parfois s'ils avaient réellement besoin d'elle. Remarqueraient-ils seulement son absence si elle venait à disparaître subitement ?

La jeune femme inhala péniblement une longue bouffée d'air, contrariée par le cours que prenaient ses pensées. C'était ridicule. Mélanie et Mia l'aimaient certainement. Son exclusion n'était que pure invention de sa part. Elle ne pouvait s'en prendre à personne et sa solitude ne provenait que de son fait ; d'une colère mal ciblée.

N'était-ce pas ce que lui avait dit le psychanalyste ? Qu'elle resterait seule tant qu'elle refuserait d'affronter la vérité sur son enfance ?

Ashley posa son sac sur la tablette du bar et s'approcha du réfrigérateur sans l'ouvrir. Une photo se détachait sur la façade chromée de l'appareil ; une photo d'elle et de ses sœurs, prise le jour de leur treizième anniversaire.

Souriantes, elles se tenaient bras dessus, bras dessous. Trois adolescentes ravissantes dans leurs robes identiques, couleur coquelicot — et qui se ressemblaient comme trois gouttes d'eau.

Ashley observa attentivement sa propre image et un douloureux sentiment de solitude lui serra le cœur. Comme trois gouttes d'eau ? Non, pas tout à fait.

L'une des trois différait des deux autres. De manière

75

imperceptible, certes ; mais qui suffisait à faire d'elle l'intruse, l'étrangère, la paria.

Un flot de larmes lui obstrua la gorge et elle toussa, s'efforçant de les refouler. Elle aurait tant voulu chasser cette douleur qui la tenaillait, trouver un moyen de remplir ce vide angoissant, au cœur de son âme.

Consternée, elle passa sur ses yeux une main tremblante. Que lui arrivait-il ? Elle avait l'impression de ne plus se reconnaître, de devenir quelqu'un d'autre ; un être consumé de haine et de rage — parfois de repentir. Une femme qui se sentait toujours rejetée, un être assoiffé d'amour qui redoutait pourtant de se laisser approcher.

Pourquoi se tenait-elle ainsi sur ses gardes — avec les hommes, avec tout le monde ? Pourquoi ne pouvait-elle accepter d'être aimée ?

Elle battit des paupières et aperçut un papier retenu par un aimant sur la porte du réfrigérateur, à côté du cliché. C'était un mot de Boyd, avertissant Mia qu'il rentrerait très tard et qu'il serait inutile de l'attendre. Ashley se ressaisit brusquement. Tomber amoureuse pour se retrouver dans la situation de sa sœur ? Troquer son indépendance chérie contre cette écœurante passivité de femme bafouée ?

Avec une moue, Ashley ouvrit le réfrigérateur. Elle choisissait une bière quand elle entendit la porte du garage grincer sur son rail. Mia arrivait — le coffre de sa Lexus sans doute chargé de paquets. Consommatrice effrénée, sa sœur passait le plus clair de son temps à ponctionner les ressources apparemment inépuisables de son mari.

Ah, les médecins ! Avec leurs revenus exorbitants, ils se prenaient vraiment pour les maîtres de l'univers. Si elle leur faisait des ronds de jambe à longueur de journée, bien peu trouvaient gré à ses yeux — hormis quelques-uns qui étaient d'authentiques guérisseurs. Et son cher beau-frère ne faisait pas exception à la règle.

Ashley décapsula la bouteille qu'elle tenait à la main puis chercha une chope dans un placard. La porte d'entrée s'ouvrit et se referma ; elle entendit Mia fredonner à mi-voix, accompagnée par le froissement des sacs en papier débordant d'emplettes. Ashley esquissa un sourire. Sa sœur n'était certes pas une femme imprévisible.

Une poignée de cacahuètes dans une main, sa chope pleine dans l'autre, elle se dirigea vers la salle de séjour. Penchée sur la table basse, Mia lui tournait le dos et fredonnait toujours quelque méconnaissable chanson.

— Voilà un petit air plein d'entrain, déclara Ashley en franchissant le seuil de la cuisine. Où as-tu donc passé l'après-midi ? A Disneyland ?

Mia fit volte-face, une main plaquée sur la gorge, l'autre contre sa hanche.

— Ashley ! Qu'est-ce que tu fais là ?

— Je me servais une bière. Je tuais le temps en attendant le retour de ma sœur.

Ashley avança d'un pas nonchalant tout en mastiquant ses cacahuètes.

— Dois-je attendre de recevoir un bristol pour rendre visite à ma famille ?

— Bien sûr que non.

Mia lui adressa un pâle sourire.

— Tu m'as effrayée, c'est tout.

— Ma voiture est garée devant chez toi. Tu ne l'as pas vue ?

— Non, je devais avoir la tête aill…

— Oh, mon Dieu, Mia. Est-ce un revolver ?

Mia baissa les yeux sur l'arme qu'elle tenait à la main, le regard vide. Puis elle les reporta sur sa sœur et s'empourpra.

— On dirait bien, admit-elle.

— Qu'est-ce que tu fabriques avec ça ?

— Rien.

Embarrassée, Mia replaça l'objet dans la boîte laquée qui garnissait le centre de la table et claqua vivement le couvercle.

— Comment : rien ?

Ashley vint se planter devant elle. Son cœur se serra

à la vue de l'œil tuméfié de sa sœur, du bleu et du jaune qu'aucune épaisseur de fard ne parvenait à masquer.

— Pourquoi te faut-il un revolver, Mia? Aurais-tu l'intention de te débarrasser de ton mari à l'ancienne mode?

— Ne dis pas de bêtises.

— Je ne crois pas que ce soit une bêtise.

Ashley posa sa bière sur la table et ouvrit la boîte laquée. La crosse du revolver était nacrée, le canon légèrement busqué. De toute évidence, il ne s'agissait pas d'un jouet.

— Si j'étais mariée à ce salaud, la tentation serait forte. Mais je ne me risquerais pas à le refroidir. A quoi bon se faire arrêter?

Exaspérée, Mia secoua la tête.

— Tais-toi donc. Tuer mon mari est bien la dernière idée qui me viendrait à l'esprit.

— Ce qui prouve à quel point nous sommes différentes, mon cœur. Si mon mari m'avait abîmé le portrait de cette façon, je l'aurais déjà envoyé au diable.

Ashley tendit la main vers le revolver puis se ravisa.

— Est-il chargé?

— Mais non, voyons, répondit Mia.

Sa sœur prit l'objet et le soupesa un instant. Il n'était pas aussi lourd qu'elle l'aurait cru; ni aussi froid, du reste. En fait, il épousait parfaitement la forme de sa paume. Elle le saisit à deux mains et le brandit comme les flics des séries télévisées.

— Haut les mains, enfoiré! Ou je te fais sauter la cervelle!

Bien qu'horrifiée, Mia ne put s'empêcher de rire.

— Ash, si tu te voyais!

Ahshley s'esclaffa à son tour.

— Je m'habituerais aisément à me promener avec ça. Ça procure une sacrée sensation.

Elle rendit le revolver à sa sœur qui le rangea pour la seconde fois dans sa boîte.

— Crois-tu que c'est ce que ressent Mélanie chaque matin quand elle attache son holster? Une impression de puissance, plutôt macho?

— Connaissant Mel, c'est bien possible.

Ashley reprit sa chope et but une gorgée de bière. Le breuvage était déjà un peu trop tiède à son goût.

— Alors, pourquoi ce revolver ? insista-t-elle. Chargé ou pas, c'est un objet plutôt dangereux à manipuler si tu ne comptes pas t'en servir pour trucider quelqu'un.

Le sourire de Mia s'estompa.

— Boyd est souvent… absent le soir et je me suis dit… s'il fallait me défendre…

Elle laissa sa phrase en suspens. Ashley reprit son sérieux.

— Inutile d'inventer des prétextes, ma chérie. Mélanie m'a tout raconté. A propos de tes soupçons et des coups que tu as reçus.

Mia porta une main à son visage avec une petite grimace de souffrance — réelle ou rétrospective.

— C'était atroce, Ash. La manière dont Boyd… j'ai eu si peur. En fait, je redoute en permanence une nouvelle crise.

Sa sœur secoua la tête.

— Tu n'as pas besoin de revolver, Mia. Quitte-le, voilà tout.

— Je ne peux pas. J'ai peur de sa réaction. Il m'a dit que si j'essayais, il me… il m'en ferait passer l'envie.

Ashley fronça les sourcils, perplexe. Son beau-frère lui avait toujours fait l'effet d'un petit connard arrogant mais il n'avait pas l'air violent. Après tout, leur propre père n'avait-il pas été un notable respecté de tous ?

— Tu ne peux pas continuer à vivre ainsi dans l'angoisse, Mia.

— Je sais.

La jeune femme se balança d'un pied sur l'autre comme un enfant pris en faute.

— En le voyant pour la première fois, j'ai été littéralement éblouie. C'était mon prince charmant, rien qu'à moi.

— Ton idole, en quelque sorte.

— A mes yeux, il était parfait. Toutes ces rumeurs qui circulaient à son sujet n'avaient d'autre fondement que la méchanceté des envieux. J'ai choisi d'ignorer ce que racontaient les gens à propos du mystérieux décès de sa femme, pour lequel il aurait été entendu par la police.

— Moi aussi.

— Mélanie était la seule à y prêter attention, murmura Mia avec amertume. De toute façon, c'est toujours la plus perspicace.

Sa sœur détourna les yeux. Il semblait parfois que ce fût vrai, en effet. Mélanie était toujours la plus maligne ; celle qui prenait les bonnes décisions, opérait les meilleurs choix. Les rares erreurs qu'elle avait commises — épouser Stan, notamment —, elle les avait corrigées toute seule, sans l'aide de quiconque. Pas même de ses sœurs.

Préférant parler d'autre chose, Ashley jeta un coup d'œil sur les sacs de shopping empilés près de la porte.

— Apparemment, tu as beaucoup dépensé, aujourd'hui. Rien d'extraordinaire ?

Le visage de Mia s'anima.

— Une petite robe noire. J'aimerais te la montrer mais Boyd va…

— Rentrer tard ce soir, acheva Ashley. Il a une réunion. Il t'a laissé un mot sur la porte du réfrigérateur.

Comme Mia se rembrunissait, elle posa une main sur son bras.

— Désolée, petite sœur.

— Tu n'y es pour rien.

— Je suis désolée quand même, dit Ashley avec sincérité. Ecoute, tu es trop bien pour lui. Laisse-le tomber.

— Si seulement c'était aussi simple que ça.

Mia posa sur elle un œil soudain étincelant.

— Et ne viens pas me dire qu'il n'y a rien de plus simple, gronda-t-elle. Mélanie m'a déjà chanté cet air-là et j'en ai ras le bol.

Pivotant, elle se dirigea d'un pas vif vers la pile de sacs, les ramassa et disparut dans le couloir qui menait aux chambres.

Ashley demeura un instant interdite. Sa sœur avait toujours pris soin de ne jamais trahir ses émotions, voire de les nier. Cet accès de colère ne lui ressemblait vraiment pas.

Elle décida de la suivre et la trouva occupée à déballer ses achats dans la chambre principale, étalant délicatement chaque article sur le couvre-lit de satin couleur champagne. La jeune femme ne daigna pas même honorer sa présence d'un simple regard.

Appuyée au chambranle, Ashley l'observa un long moment avant de parler.

— Bon, d'accord, ce n'est pas aussi simple. C'est un véritable sac de nœuds. Alors, ça va mieux ?

— Ne sois pas aussi garce.

Ashley croisa les bras et haussa légèrement les sourcils.

— Ce n'est pourtant pas moi qui ai des sautes d'humeur. Enfin ! Je suis ravie que tu exprimes ainsi tes sentiments. Il était grand temps. Seulement, tu te trompes de cible. Car, pour ma part, je ne t'ai rien fait.

Mia parut ébranlée mais continua à s'affairer obstinément.

— Je sais. Excuse-moi. Je suppose que j'en veux au monde entier, à présent.

— C'est compréhensible, Mia. Je t'assure.

Mia la regarda enfin, l'air méfiant.

— Quoi d'autre ?

Ashley prit une profonde inspiration, choisissant ses mots avec soin.

— Ce type t'a frappée. Il t'a menacée et effrayée. J'ai peut-être des réactions élémentaires mais il me semble qu'en l'occurrence, la décision n'est pas très compliquée à prendre.

— Boyd m'a promis de ne jamais recommencer et… et il ne m'a frappée qu'une seule fois.

— Mon Dieu, Mia, est-ce qu'une fois ne te suffit pas ?

Ignorant la question, Mia reporta son attention sur ses emplettes. Ashley évalua mentalement la somme que représentaient ces achats. Il y en avait pour plusieurs centaines de dollars, peut-être plus de mille. En un seul après-midi. Et Mia courait les magasins toute la semaine…

Soudain, la lumière se fit dans son esprit.

— Tu sais, dit-elle doucement, t'offrir ce dont tu as envie

peut te procurer des satisfactions passagères mais cela ne remplace pas l'amour, ni même l'affection ou la tendresse.

Mia se cabra aussitôt.

— Pardon ?

D'un geste ample, sa sœur désigna les vêtements soigneusement disposés sur le lit.

— C'est à cause du fric, n'est-ce pas ? C'est pour cela que tu ne veux pas le quitter ?

Le visage de Mia s'empourpra.

— Je me suis engagée devant Dieu, Ashley. Pour le meilleur et pour le pire. Je dois lui donner encore une chance. C'est là le drame et la beauté du mariage.

Elle haussa le menton.

— Seulement toi, tu n'as jamais été mariée. Comment pourrais-tu le comprendre ?

Piquée au vif, Ashley ne put maîtriser sa colère.

— Voilà un coup bas de ta part, Mia.

— Et m'accuser d'avoir épousé mon mari par intérêt n'était pas un coup bas, sans doute ?

— Je n'ai pas dit cela. J'essaie simplement de trouver une explication à l'inexplicable — de comprendre pourquoi tu t'obstines à rester avec un homme qui non seulement te trompe mais se permet en outre de te frapper.

— De quel droit te mêles-tu de ça, Ash ? Que sais-tu de l'amour ? De l'engagement réciproque de deux êtres ? Rien du tout. Et tu n'en sauras jamais rien parce que tu t'isoles volontairement dans ta tour d'ivoire.

Ashley recula d'un pas. Les paroles de sa sœur l'atteignirent au plus profond d'elle-même, au cœur de sa solitude, de son sentiment de rejet. Elle vit son avenir — un véritable désert affectif — se dérouler interminablement devant elle. Elle serait seule, éternellement seule.

Elle chassa délibérément cette image.

— Je sais ce que vous pensez de moi, Mélanie et toi. Vous me considérez comme une garce au cœur de pierre qui déteste les hommes. Vous croyez que je préférerais tuer plutôt que d'ouvrir mon cœur à quiconque.

— Ce n'est pas vrai ! Nous ne…

— Eh bien, je vais te faire rigoler, Mia. Figure-toi que je rêve d'amour, moi aussi. Surtout quand je vois l'une de ces publicités à l'eau de rose à la télévision, de celles qui montrent un superbe couple bronzé marchant main dans la main sous les cocotiers d'une plage exotique. Je les regarde et je les envie. Et puis je me ressaisis en me disant que tout ça, c'est de la merde.

— Ce n'est pas de la merde, Ash.

Mia prit la main de sa sœur.

— En fin de compte, il n'y a que l'amour. C'est…

— Un type en qui tu as confiance qui te colle son poing dans la figure, c'est ça, l'amour ? Ou bien un mec qui te maintient au sol et t'oblige à…

Elle s'arrêta juste à temps.

— Ce n'est pas moi qui ai des problèmes, Mia. C'est toi, parce que tu crois aux contes de fées.

— Non. C'est toi qui as un problème. Tu as tellement peur d'aimer et d'être aimée que tu te tiens à l'écart du monde. Tu refuses d'admettre qu'il puisse y avoir…

— A quoi va servir ce revolver ? coupa Ashley, incapable de supporter un mot de plus. Espères-tu que Mélanie volera à ton secours comme autrefois, quand nous étions petites, pour régler la question ? Espères-tu qu'elle va coller un pruneau dans la cervelle de ton enfoiré de mari ?

— Ça suffit ! cria Mia, l'attrapant par le bras et la secouant furieusement. Arrête tout de suite ! Mais enfin, qu'est-ce qui t'arrive, Ashley ? Tu n'es pas dans ton état normal.

Les yeux d'Ashley s'emplirent de larmes. Elle aimait tellement ses sœurs. Pourquoi ne pouvaient-elles pas la comprendre ? Pourquoi ne pouvaient-elles pas l'aider à se sentir mieux dans sa peau ? Ni elles, ni personne ?

Ravalant ses larmes, elle se retrancha dans sa carapace de souffrance et de rage — ses deux compagnes d'infortune. Un jour, elle dirait tout à Mia. Et à Mélanie. Un jour, elles sauraient ce qu'elle avait fait pour elles. Et leur gratitude serait infinie. Leur remords, aussi. Oui, leur remords.

Ashley libéra son bras d'une violente secousse.

— Il n'y a rien d'anormal chez moi. Tu verras. Un jour, tu me supplieras de te pardonner, Mia. Tu me supplieras à genoux.

10

La tequila lui brûlait la gorge comme une coulée de lave. Connor vida néanmoins son verre, le remplit de nouveau, avala son contenu — puis recommença. L'expérience lui avait appris que trois verres d'alcool ingérés rapidement et successivement l'expédieraient illico aux portes de l'ébriété. Il pourrait alors se délecter tranquillement, ayant dépassé le stade critique.

Depuis cinq ans, un entraînement intensif avait fait de lui un expert en la matière ; les effets anesthésiants de l'alcool n'avaient plus de secret pour lui.

Il se versa un autre doigt d'eau-de-vie et posa le verre sur la table basse, sur un épais classeur portant l'inscription : « Photos — Ne pas plier. » D'autres classeurs, documents et dossiers divers occupaient toute la surface disponible de la table, s'étalaient sur le parquet alentour et jusqu'à l'assise d'un large fauteuil. Ces photos et ces documents pouvaient résumer les cinq dernières années de la vie de Connor. Cinq ans de traque acharnée pour découvrir un assassin et le traîner devant les tribunaux.

Il ne s'agissait pas d'un assassin quelconque mais de celui qui avait fauché la vie de sa sœur. Sa Suzy chérie. Son unique famille.

Connor prit l'un des dossiers, sans l'ouvrir. Il en connaissait le contenu par cœur ; il aurait pu le réciter les yeux fermés, comme il récitait jadis, à l'école, la Déclaration d'Indépendance des Etats-Unis.

Le profil psychologique de l'assassin de Suzy.

Il avait consacré la totalité de son temps disponible à l'établir, après un examen minutieux du lieu du crime et des indices relevés sur place. Sans autorisation, il s'était servi du matériel et des informations du FBI pour comparer ses découvertes à d'autres crimes comportant le même genre de signature. L'entreprise lui avait coûté un mariage, une carrière, sa réputation.

Malgré tout, il n'était pas plus avancé aujourd'hui que le jour où on lui avait annoncé la disparition de sa sœur.

Connor massa ses paupières d'une main lasse, la tête alourdie par l'alcool et le manque de sommeil. Ce soir il avait presque envie de déclarer forfait, ne fût-ce que pour la nuit. Il se contraignit à continuer, à se concentrer sur les faits avec toute l'objectivité dont il était capable.

Bien que le corps de Suzy demeurât introuvable, les observations effectuées sur les lieux prouvaient de manière évidente qu'elle était morte assassinée.

Le lieu du crime. La coquette villa avec patio qu'il l'avait aidée à acheter, à la périphérie de Charleston.

Mentalement, Connor se projeta dans cette maison cinq ans en arrière, le jour du drame. Le jour où le commissariat de Charleston l'avait appelé à Quantico pour lui apprendre que sa sœur avait disparu depuis quatre jours et qu'on soupçonnait une affaire assez louche.

Debout dans l'entrée, au milieu d'un désordre savamment orchestré, Connor éprouva une sensation de nausée. Exceptionnellement, eu égard à sa profession, la PJ l'avait autorisé à se rendre immédiatement sur les lieux encore intacts avec l'un de ses condisciples — à condition qu'il ne tardât pas. Il avait sauté dans le premier avion en partance.

Il jeta un coup d'œil autour de lui et un pressentiment le fit frissonner de la tête aux pieds. Toute mort violente laisse une trace indélébile dans son sillage : une aura presque palpable, une sorte d'écho. Même si l'endroit semblait normal à première vue — comme c'était le cas en l'occurrence —, une mort récente émettait des ondes particulières, et ces ondes, il les ressentait.

Connor avança, pénétrant à l'intérieur du logement. Selon les cas, on entendait crier, ou gémir. Connor connaissait tout cela. Il avait vu des pièces écarlates, éclaboussées de sang et de viscères ; d'autres aussi nettes qu'une chambre d'hôpital. Certaines victimes, atrocement mutilées, étaient méconnaissables ; d'autres semblaient plutôt assoupies que mortes. Et toutes les situations intermédiaires avaient aussi défilé sous ses yeux.

Il se croyait blasé. Vacciné. Jusqu'à ce jour.

Suzy. C'était impossible.

Le désespoir s'emparait de lui. Il s'en défendit en consacrant toute son énergie à la tâche qui l'attendait. L'assassin s'était donné beaucoup de peine pour tout nettoyer sur son passage. Ce détail était révélateur pour Connor : manifestement, l'inconnu ne craignait pas d'être dérangé ou découvert sur les lieux ; il connaissait le quartier — voire la maison.

Connor s'approcha des taches de sang qui maculaient la moquette devant la cheminée et s'agenouilla auprès d'elles. L'assassin avait essayé de les faire disparaître. Connor enfila des gants de latex et entreprit d'examiner la plus grosse tache. Elle était encore humide. Puis il porta ses doigts à ses narines : ils sentaient le détergent parfumé au citron.

Il promena ensuite son regard un peu plus loin. A en juger par les bandes rectilignes dessinées dans l'épaisseur des poils, l'aspirateur avait été passé récemment. Ses yeux s'arrêtèrent enfin sur l'âtre, et plus précisément sur les ustensiles de cheminée accrochés à un tourniquet : pelle, balai, pince à bûches. Le quatrième crochet était vide.

Connor enregistra ces observations, se promettant d'en faire part au détective chargé de l'affaire, puis se leva et gagna la cuisine. Elle était impeccable, à l'exception de deux serviettes souillées de sang qu'il trouva dans la poubelle, sous l'évier. Elles empestaient le détergent au citron et Connor en déduisit qu'elles avaient servi à frotter les taches qu'il venait d'examiner dans l'autre pièce. Il les examina également et fouilla le fond de la poubelle.

— Avez-vous trouvé quelque chose ?

Il leva les yeux sur l'homme qui l'interrogeait. L'inspecteur Ben Miller, du bureau d'enquête de Charleston, l'observait d'un air compatissant depuis le seuil de la pièce.

— Une bouteille vide de détergent ménager, répondit Parks. Une boîte de Coca et une peau de banane.

— Nous avons respecté vos consignes : tout est resté exactement dans le même état que lors de l'arrivée de la police. Les experts de la police criminelle relèveront empreintes et pièces à conviction après votre passage.

— Je vous en suis reconnaissant, Ben.

— Vous comprendrez certainement que vous ne participez pas à l'enquête. Officiellement, le FBI n'a pas été alerté.

— J'en suis conscient.

La gorge brusquement nouée, Connor détourna rapidement le regard.

— Assurez-vous que le sac de l'aspirateur soit fouillé. Je soupçonne le coupable d'avoir nettoyé la moquette.

— Entendu.

— Encore une chose, Ben. L'un des ustensiles de la cheminée — le tisonnier — a disparu. Quelqu'un l'aurait-il aperçu, par hasard ?

— Pas à ma connaissance. Je vais vérifier et vous transmettrai la réponse.

Connor acquiesça et se dirigea vers le corridor qui menait aux deux chambres. Le placard du couloir était grand ouvert. Deux valises débordaient de vêtements, comme si Suzy les avait remplies à la hâte, pressée de faire ses bagages pour partir en voyage.

Les mains sur les hanches, Connor contempla les deux valises. Où était passée la troisième ? L'ensemble qu'il avait offert à sa sœur lors de sa réussite au bac comprenait trois valises.

Que fallait-il en déduire sur le meurtrier ?

Il gagna ensuite la chambre de Suzy. Le lit était défait,

les portes de la penderie, également ouvertes. Les vêtements étaient accrochés de travers. Plusieurs cintres jonchaient le parquet au pied de la penderie.

Après le décès accidentel de leurs parents, Suzy était devenue une maniaque du rangement. Le moindre désordre lui faisait horreur. Le psychiatre chez lequel il l'avait emmenée avait expliqué que la disparition de leurs parents bouleversait l'univers de l'enfant ; jusque-là rassurant, il devenait subitement imprévisible et la fillette de onze ans puisait un certain réconfort dans cet ordre minutieux qui lui conférait l'impression de maîtriser son environnement.

Cette manie n'avait pas disparu avec l'âge. Jamais elle n'aurait laissé sa maison dans un tel désordre, si pressée fût-elle de partir.

Connor s'éloigna de la penderie et alla examiner la commode. Le tiroir à lingerie était ouvert. Du côté droit, les sous-vêtements raffinés — slips et soutiens-gorge en dentelle, nuisettes vaporeuses — étaient soigneusement pliés, apparemment intacts. De l'autre côté, collants, chaussettes et lingerie plus ordinaire occupaient pêle-mêle l'espace restant.

Venant de la rue, le hurlement strident d'un avertisseur fit sursauter Connor, l'arrachant brusquement à ses souvenirs. Désorienté, il cligna des paupières puis passa une main sur son visage avec un profond soupir.

Il prit son verre de tequila, le fit tourner un instant dans sa main, le replaça sur la table sans en boire une goutte. Rien ne pouvait le distraire longtemps de son obsession. Revenant à la mort de Suzy, il passa en revue ce que ses observations lui avaient révélé. La mise en scène et les efforts de nettoyage de l'assassin indiquaient qu'il s'agissait d'un individu parfaitement organisé. Intelligent. D'un haut niveau d'instruction.

En outre, on n'avait relevé aucune trace d'effraction. Le lit défait, la lampe de chevet allumée, les lunettes de Suzy soigneusement pliées sur un livre ouvert conduisaient à

89

penser que l'agression s'était produite tard dans la soirée et que la jeune femme connaissait l'assassin.

Connor plissa les yeux, s'évertuant à reconstituer le puzzle, cherchant la pièce manquante — celle qui lui permettrait de compléter l'image. Suzy et M. X étaient passés de l'entrée à la salle de séjour où avait eu lieu l'agression — comme en témoignaient les taches de sang. M. X l'avait assommée à l'aide du tisonnier introuvable, lui en assenant probablement plusieurs coups sur la tête.

Connor reprit le verre à liqueur. Sa main tremblait si fort qu'une partie du liquide éclaboussa son pantalon. Il renonça à boire — pas à réfléchir. Les maladresses relevées sur le lieu du crime témoignaient d'une hésitation qui n'était pas celle d'un criminel chevronné. Connor ne pensait pas non plus qu'il s'agissait d'un meurtre prémédité. L'agresseur avait simplement saisi l'occasion qui se présentait. Ensuite, il s'était efforcé non seulement de tout nettoyer, mais aussi de déjouer les recherches en emportant le cadavre et en s'arrangeant pour simuler un départ précipité de Suzy.

Connor émit un bref juron dont le son parut déchirer le silence. Malgré tous ses efforts, il était conscient qu'un détail lui échappait encore. Quelque indication, quelque chaînon manquant qui aurait permis d'éclaircir l'énigme. Une fois de plus, le souvenir de sa dernière conversation avec Suzy, au téléphone, revint le hanter. Ce jour-là, elle l'avait appelé à Quantico pour lui faire part de sa frayeur, le suppliant de lui rendre visite.

— Conny, c'est moi. J'ai besoin de ton aide.

— Ecoute, Suz, est-ce vraiment si urgent ?

Submergé de travail, Connor consulta sa montre avec impatience.

— Je dois être à l'aéroport dans trois quarts d'heure et j'ai mille détails à régler avant mon départ.

— C'est vraiment très urgent, Conny, je t'assure. J'ai de sérieux ennuis, cette fois. Tu sais, je fréquente un homme qui, euh… je… J'ai découvert qu'il était marié.

Sa chère petite sœur volage semblait abonnée aux situations compliquées. Réprimant un soupir agacé, il regarda encore l'heure.

— Oh, Suzy, nous en avons déjà parlé, n'est-ce pas ?

— Je sais, je sais. Je me suis comportée comme une idiote. J'aurais dû m'en douter. Il fallait être aveugle pour ne rien voir. Je ne voulais pas y croire, sans doute.

Sa voix prit une intonation aiguë qu'il connaissait bien.

— Mais récemment, il m'est devenu impossible de l'ignorer et je… j'ai essayé de rompre.

— Essayé ?

— Il m'a menacée, Conny ! Il m'a dit que si je le quittais, je n'en fréquenterais jamais un autre. Plus jamais ! Il était effrayant, tu sais. Il faut absolument que tu viennes, il le faut !

Connor aimait profondément sa sœur. De douze ans son aîné, c'était lui qui l'avait élevée après le décès de leurs parents. Il avait été à la fois un père et un frère pour elle. Mais elle n'était plus une enfant et il avait du travail. Il négligeait trop de choses à cause d'elle. Depuis son entrée dans l'unité d'études du comportement, sa sœur l'avait appelé plus de dix fois en état de crise. Et, chaque fois, il avait tout laissé tomber pour voler à son secours.

Aujourd'hui, c'en était trop. Il était grand temps qu'elle apprenne à surmonter toute seule les difficultés de la vie. Il décida de le lui dire.

Elle se mit à pleurer et il changea de ton.

— Tu sais bien que je t'aime, Suzy. Mais je ne rends service à aucun de nous deux en me précipitant tous les deux mois à la maison pour te tirer de quelque mauvais pas. A présent, il faut apprendre à grandir, ma chérie. Il serait temps.

— Mais tu n'as pas compris ! Il…

Il dut se faire violence pour l'interrompre.

— Je dois me remettre au travail. Je t'appellerai dès mon retour.

C'était la dernière fois qu'il lui parlait.

Il gémit comme un supplicié, le cœur débordant de haine — haine envers lui-même et ses propres erreurs, haine pour le monstre dont elle avait été la maîtresse. Car il était persuadé que l'amant marié de Suzy et son assassin ne faisaient qu'un.

Cependant, l'animal avait bien effacé sa trace. Une bouffée de rage monta en lui — cette rage familière alimentée par le remords, attisée par un terrible sentiment d'impuissance.

Un goût amer dans la bouche, Connor esquissa une grimace. Il connaissait ce genre d'homme capable de séduire, de frapper, puis de tuer dans un accès de jalousie incontrôlée une radieuse jeune femme comme Suzy ; il les connaissait pour avoir trop souvent découvert le résultat de leurs exploits.

Il porta son verre à ses lèvres dans l'espoir de chasser à la fois cette amertume de sa bouche et ces images de sa tête ; l'image de Suzy et celles des innombrables victimes qui représentaient l'ordinaire de son travail. L'image de Joli Andersen, de la terreur imprimée dans son regard sans vie.

Tout l'alcool du monde ne suffirait pas à le débarrasser de ces images-là. Au mieux, il pouvait espérer sombrer dans l'inconscience.

Il faudrait bien s'en contenter.

Le carillon de l'entrée retentit, l'empêchant de mener cette entreprise à son terme. Egrenant à mi-voix un chapelet de jurons, il se leva et gagna tant bien que mal le vestibule, prêt à éjecter l'infortuné qui s'était risqué jusqu'à sa porte.

Il ouvrit d'un geste brusque et se trouva nez à nez avec Steve Rice.

— Qu'est-ce qu'il y a ? maugréa-t-il sans aménité.

— Charmant accueil.

Sans se laisser démonter, Rice gratifia Connor d'un sourire.

— Dois-je considérer ces paroles comme une invitation à entrer ?

— A ta guise.

Connor ouvrit plus largement la porte et s'effaça pour lui céder le passage. Sans l'attendre, il regagna son canapé et sa tequila.

Steve referma derrière lui, contourna tant bien que mal les piles de feuilles et de classeurs et se planta en face de lui.

— Tu permets que je m'installe ?

— Fais comme chez toi. Dégage une place quelque part.

L'autre homme ramassa soigneusement les papiers étalés sur le fauteuil de rotin et les posa sur le parquet avant de s'asseoir.

— Un petit verre ? proposa Connor.

— Non, merci. Contrairement à toi, je commence à tenir à mon foie, avec l'âge. Tout compte fait, j'aimerais bien terminer mes jours avec lui.

— Amusant.

Connor leva son verre comme pour porter un toast et le vida d'un trait.

— Rends-tu visite à l'ami ou au subordonné ?

Comme Steve ne répondait pas, il suivit la direction de son regard, fixé sur un cadre posé sur un guéridon : le portrait du fils de son ex-femme pris lors d'une de ces parties de pêche qu'ils faisaient ensemble, à l'époque. Le garçon arborait un sourire épanoui en présentant la dorade qu'il avait attrapée.

Connor se pencha et retourna le cadre.

Rice s'approcha de lui.

— As-tu des nouvelles récentes de Trish ou du garçon ?

— Aucune depuis qu'elle m'a quitté.

— Cela fait bien longtemps, Conny. Combien ? Un an ou deux ?

Connor haussa les épaules.

— Je me souviens que tu t'étais pris d'affection pour son fils. Comment s'appelle-t-il, déjà ?

Jamey. Connor serra les poings.

— Où veux-tu en venir avec ces questions, Rice ?

— Simple curiosité.

— Eh bien, va te faire foutre.

L'inspecteur regarda ses mains négligemment croisées sur ses genoux.

— As-tu allumé la télévision, ce soir ?

— Quel intérêt ?

— On ne parlait que de la récompense annoncée par Andersen. Cent mille dollars jetés par les fenêtres, voilà de quoi défrayer la chronique. Le reportage était accompagné de ton commentaire concernant ce geste ; tu l'aurais qualifié de « débile », je crois.

— Sur quelle chaîne ?

— Toutes. Aux actualités de 6 heures et de 10 heures du soir.

— Merde.

— Oui, merde.

Rice regarda Connor droit dans les yeux.

— Cleve Andersen est le père de la victime. C'est un notable important de cette ville. Il a des relations à l'extérieur de l'Etat. Des relations haut placées. Est-ce que tu m'entends ?

— Je t'entends parfaitement, dit Connor en se levant. Tu n'as encore rien dit. Accouche, Steve.

— Tu commences par affronter publiquement Andersen au cours d'une réunion et, ensuite, tu confies tes critiques à la presse. Andersen est sur le sentier de la guerre.

— Et il convoite mon scalp.

— Il s'est renseigné sur ton compte cet après-midi. Il a découvert que tu picolais pas mal. Il a également appris que tu avais reçu un blâme et qu'on t'avait rétrogradé.

Connor se cabra.

— Je continue à faire mon boulot. Mieux que quiconque. Tu le sais parfaitement.

— Je l'ai su, un jour.

Rice détourna les yeux puis les reporta sur Connor, l'air préoccupé.

— Il faut arrêter, Connor.

D'un geste ample, il désigna la pièce, les documents épars, la bouteille d'alcool.

— Tu es en train de te détruire.

Connor se contenta d'en rire — d'un rire sarcastique, teinté d'amertume.

— Il faudrait davantage que quelques verres pour me détruire.

— Je ne parle pas uniquement de la tequila, répliqua Steve. Fais ton deuil de Suzy, Connor. Laisse-la où elle est.

Ces paroles l'atteignirent de plein fouet, comme un coup d'épée au cœur.

— La laisser, répéta-t-il d'une voix âpre. Mais putain, comment veux-tu que je fasse ?

— Tu le fais, c'est tout.

L'émotion lui noua la gorge.

— Tu ne piges rien à rien. Tu n'as pas la moindre idée de… de ce que je…

Une plainte rauque s'échappa de ses lèvres, issue du plus profond de lui-même — d'un abîme de souffrance et de rage.

— C'était ma faute, espèce d'enfoiré ! Elle m'a appelé au secours, m'a supplié de venir. Et moi, je lui ai fait la morale. Je lui ai dit qu'il était temps de grandir, de se débrouiller seule…

Il secoua la tête, accablé de remords.

— Bon sang, il aurait suffi que je l'écoute au lieu de la raisonner, que je…

La phrase mourut sur ses lèvres et il fit quelques pas vers la fenêtre, tremblant de colère impuissante.

— Je suis désolé, Conny, dit fermement son ami.

Se levant, il le rejoignit et posa une main sur son épaule.

— Je t'accorde une autorisation de congé exceptionnel. Immédiatement applicable.

Connor se retourna.

— Pour avoir offensé l'un des notables les plus en vue de cette ville ? Ou parce que je ternis l'image immaculée du Bureau ?

— Regarde-toi, tu es une véritable épave. La réputation du Bureau est bien le dernier de mes soucis. Si tu continues à travailler dans cet état, tu risques d'y laisser ta peau ou celle d'un autre agent.

— Ne fais pas ça, Steve, dit Connor d'une voix dépourvue de toute inflexion.

Ces mots lui coûtaient cependant beaucoup. Jamais il ne s'était abaissé à supplier qui que ce soit.

— Sans les ressources du FBI, poursuivit-il, je ne mettrai jamais la main sur ce type. Il l'aura tuée impunément. Plus de Suzy et lui, pfft ! Il se sera tiré d'affaire.

— Tu ne le vois donc pas ? Il est déjà tiré d'affaire. Il faut que tu lâches prise. Tu dois passer à autre chose.

Connor secoua la tête.

— Un détail a dû m'échapper, c'est tout. Grâce aux ressources du Bureau…

— Voilà donc ce que ce métier est devenu pour toi ? Un moyen d'alimenter ton obsession ?

— Tu ne comprends rien.

— Non, probablement pas.

Steve tendit la main.

— Je vais te demander ta plaque et ton arme. Je regrette, Connor. Tu ne me laisses pas le choix.

11

La sonnerie du téléphone tira Mélanie d'un profond sommeil. Aussitôt sur le qui-vive, elle décrocha le récepteur, évitant de justesse de renverser le verre de vin à demi plein posé sur sa table de nuit — un petit plaisir qu'elle s'offrait exceptionnellement au coucher.

— Mélanie May à l'appareil, dit-elle d'une voix pâteuse.

Au bout de la ligne, quelqu'un bredouilla quelques mots incompréhensibles.

— Agent May, répéta-t-elle. Je n'ai pas compris votre nom.

— Mé… Mélanie, c'est m… c'est moi.

— Mia ?

Elle jeta un coup d'œil sur le réveil. Il était presque 2 heures du matin. Son sang se figea brusquement.

— Qu'est-ce qui t'arrive ? Que s'est-il passé ?

Sa sœur éclata en sanglots, de gros sanglots déchirants qui semblaient la secouer tout entière. Affolée, Mélanie s'assit dans son lit.

— Calme-toi, ma chérie. Dis-moi ce qui ne va pas. Je ne pourrai pas t'aider si tu ne t'expliques pas.

— C'est… Boyd, articula Mia d'une voix entrecoupée. Il… il…

La jeune femme fondit de nouveau en larmes et Mélanie quitta son lit, le portable toujours collé à l'oreille. Elle ouvrit la penderie et en sortit un chandail et un pantalon de toile.

— Chérie, dit-elle, s'efforçant de ne pas céder à la panique, essaie de respirer à fond. Raconte-moi ce qui s'est passé, avec Boyd.

Mia ne répondit pas tout de suite, son souffle inégal indiquant qu'elle luttait pour se dominer. Enfin, elle se mit à parler, d'une petite voix à peine audible.

— Nous nous sommes disputés et il s'est brusquement déchaîné. Il voulait… il…

Sa voix prit une intonation aiguë.

— J'ai tellement peur, Mélanie. Qu'est-ce que je dois faire ? J'ai besoin de ton aide.

Mélanie consulta sa montre et fit un rapide calcul.

— Où es-tu ?

— A la maison, enfermée dans la salle de bains. J'ai cru… j'ai cru qu'il allait défoncer la porte !

Le portable calé entre la mâchoire et l'épaule, Mélanie se contorsionna pour enfiler son jean.

— Est-il encore là ?

— Non… enfin, je… Je ne crois pas.

— Bon.

Mélanie boutonna son jean, fit passer sa chemise de nuit par-dessus sa tête et se mit en quête d'un soutien-gorge.

— Surtout, ne bouge pas, ordonna-t-elle en agrafant le sous-vêtement retrouvé sur un dossier de chaise. Reste enfermée dans la salle de bains. C'est compris ?

Mia acquiesça à mi-voix.

— J'arrive tout de suite.

— Mais Casey… tu ne peux pas le…

— Ce sont les vacances de Pâques ; Stan l'a emmené à Disneyland, hier.

Elle acheva de s'habiller, passa une main dans ses cheveux en désordre.

— Je pars immédiatement. Promets-moi de ne pas sortir de la salle de bains.

Quand Mia eut promis, Mélanie raccrocha, glissa ses pieds dans des mocassins et fila vers la porte. A mi-chemin, elle fit halte — et alla chercher son revolver. On ne savait jamais. A en juger par la réaction de Mia, peut-être aurait-elle affaire à un fou furieux.

$$* \atop {* \ *}$$

Vingt minutes plus tard, la jeep de Mélanie s'arrêtait dans un crissement de pneus devant le perron des Donaldson. La jeune femme en descendit d'un bond et courut jusqu'à la porte ; heureusement, elle n'était pas verrouillée. Le cœur battant à se rompre, elle ouvrit et pénétra dans la maison obscure, une main plaquée sur son arme.

— Boyd ? appela-t-elle. Mia ? C'est moi, Mélanie.

Pas de réponse. Elle alluma une lampe et tressaillit violemment. Apparemment, son beau-frère s'était livré à un véritable saccage. Chaises et fauteuils étaient retournés, lampes et bibelots brisés jonchaient la moquette.

— Mia ! appela-t-elle encore, sans chercher à dissimuler sa panique.

Oubliant toute précaution, elle se précipita vers la chambre du couple, à l'arrière de la maison. Elle la traversa en courant, atteignit la salle de bains attenante et essaya d'ouvrir. Le verrou était tiré de l'intérieur.

— C'est moi, Mia ! Ouvre-moi !

Elle entendit un cri étouffé et la chute d'un objet sur le carrelage, de l'autre côté. Deux secondes plus tard, la porte s'ouvrit à la volée et Mia tomba dans ses bras.

— Mélanie ! s'écria-t-elle. Dieu soit loué ! J'avais tellement peur !

Mélanie étreignit sa sœur qui tremblait comme une feuille. Elle lui parut terriblement menue et fragile.

— Ce n'est rien. Je suis là, maintenant. Rassure-toi. Je ne laisserai ni Boyd ni personne d'autre te faire du mal.

A l'instant où les mots franchissaient ses lèvres, Mélanie prit conscience d'avoir prononcé à peu près les mêmes un nombre incalculable de fois durant leur enfance. Simultanément, une foule de souvenirs qu'elle eût préféré oublier lui vinrent à l'esprit : tant de moments passés à réconforter ou consoler Mia, comme cette nuit, à voler au secours de sa sœur. La première fois, quelques heures à peine après les obsèques de leur mère.

Aujourd'hui encore, l'évocation de ces instants pénibles la mettait au supplice — notamment celle du jour où Mia était devenue la cible favorite de leur père, lubie parfaitement inexplicable à leurs yeux. Tel un animal qui s'attaque un beau jour à l'un de ses petits, il avait entrepris de détruire Mia. Sans doute y serait-il parvenu si Mélanie et Ashley n'étaient intervenues. Chaque fois que possible, elles avaient resserré les rangs, détournant sur elles les accès de fureur paternelle.

A l'adolescence, quand les sévices sexuels s'étaient ajoutés aux violences physiques et verbales, Mélanie avait menacé de le tuer. Un jour, au réveil d'un de ses profonds sommeils éthyliques, il s'était retrouvé attaché au lit par les poignets et les chevilles, la première-née de ses triplées pointant un couteau sur sa gorge. S'il s'avisait de toucher une fois de plus à Mia, elle l'égorgerait comme un porc, avait-elle juré.

Mélanie pensait réellement ce qu'elle avait dit ; et son père l'avait sans doute crue car il ne s'était jamais hasardé à recommencer.

Le cœur serré, la jeune femme étreignit plus étroitement sa sœur. Pourquoi Mia ? se demanda-t-elle. La plus vulnérable, la plus faible des trois ? Et à présent, pourquoi ce nouveau fléau ? Pourquoi sa sœur ne pouvait-elle obtenir l'amour auquel elle aspirait ?

Par quelle malédiction en étaient-elles privées toutes les trois ?

S'écartant de sa jumelle, Mélanie la maintint en face d'elle et plongea les yeux dans les siens.

— Est-ce qu'il t'a frappée ?

Mia secoua la tête.

— Je ne l'ai pas laissé m'approcher. Il a commencé à piquer sa crise et j'ai couru me réfugier ici. Je me suis enfermée à double tour, avec mon portable. Il a essayé de défoncer la porte à coups de pied. J'ai bien cru qu'il y parviendrait. Et puis, subitement, il s'est calmé.

Elle reprit péniblement son souffle, la voix altérée par l'émotion.

— Je l'imaginais caché dans un coin, immobile, pour m'inciter à sortir. Je l'imaginais prenant son revolver…

— Il a un revolver ?

Mia se troubla.

— Il… Je… Je n'en sais rien. Enfin, je l'imaginais prenant un revolver. J'ai eu tellement peur, Mel !

Mélanie regarda la porte de la salle de bains. De vilaines traces de semelles, noires, maculaient la peinture blanche.

— As-tu alerté la police ?

— La… la police ? Non, je…

— Ce n'est pas grave. Nous allons le faire. Tiens, voici ton téléphone.

Elle le ramassa sur le carrelage et le tendit à Mia, qui se déroba.

Mélanie fronça les sourcils.

— C'est indispensable, chérie. Il faut le dissuader de continuer. Tu dois te protéger.

— Je ne peux pas.

— Voyons, Mia…

— Je ne supporterais pas que tout le monde soit au courant !

Elle enfouit son visage dans ses mains.

— J'ai tellement honte.

Mélanie posa le téléphone sur le rebord du lavabo et prit les mains de sa sœur dans les siennes.

— Regarde-moi, Mia. De quoi pourrais-tu avoir honte ? C'est lui qui sera montré du doigt. C'est lui qui t'a…

— Il s'en tirera par une pirouette, tu le sais bien. Il dira que je mens et tout le monde le croira. Je passerai pour l'épouse délaissée, pathétique, assoiffée d'attention.

— Mais enfin, tu as des preuves. Regarde ces pièces saccagées, ces traces de chaussures sur la porte…

En dépit de ses protestations, Mélanie ne pouvait ignorer l'indigence des éléments à charge. Une simple ecchymose datant d'environ deux semaines : pas même de quoi alerter police secours.

— Tu vois bien que j'ai raison, n'est-ce pas ? dit Mia en

101

secouant la tête, les joues ruisselantes de larmes. Ce sera ma parole contre la sienne. A ton avis, qui choisiront-ils de croire ?

Lors de son divorce avec Stan, Mélanie avait subi le même genre d'injustice — dans des circonstances différentes, toutefois. Une injustice qui la révolterait toujours. Pourquoi les riches et les puissants pouvaient-ils se permettre de maltraiter impunément les plus vulnérables ? Pourquoi n'auraient-ils aucun compte à rendre de leurs méfaits ? Etait-ce là la prétendue égalité d'un pays démocratique ?

Mia haussa les épaules.

— C'est ma faute. Je lui ai demandé où il allait. J'aurais mieux fait de me taire. J'aurais dû lui ficher la paix.

— C'est ridicule, Mia. Tu prends une attitude de victime. Boyd est ton mari. Il s'agissait d'une curiosité légitime et bien naturelle de ta part.

— Mais j'ai…

— Non ! Ne te laisse pas persécuter ainsi. Je m'y opposerai, tu entends ? Tu es allée trop loin.

Tout en parlant, Mélanie prit sa sœur par les épaules et la secoua gentiment, l'obligeant à la regarder.

— Il faut le quitter, Mia. Il le faut. C'est la seule solution.

Mia se remit à pleurer.

— Tu as raison, Mellie ; mais je ne veux pas. Je veux préserver mon couple. Celui que je croyais former avec lui. Celui dont j'avais rêvé.

Son chagrin émut profondément Mélanie ; les yeux pleins de larmes, elle reprit sa sœur dans ses bras.

— Je sais bien, chérie. Moi aussi, j'aurais voulu garder ce que je croyais avoir. Mais cela ne se passe pas ainsi. Tu dois le quitter avant qu'il ne te blesse sérieusement.

12

Mélanie resta auprès de sa sœur jusqu'à l'aube. Après avoir remis la maison en ordre, elles avaient bavardé en dégustant des cafés liégeois, évoquant des souvenirs d'enfance, des amis perdus de vue ou des épisodes amusants de leur scolarité, assises en tailleur sur le grand lit à deux places. Epuisée, Mia n'avait pas tardé à s'assoupir.

Même après qu'elle s'était endormie, Mélanie avait hésité à la quitter. Mais elle n'avait pas le choix. Boyd ne rentrerait manifestement pas de la nuit et elle avait grand besoin d'une petite heure de repos avant de partir au travail. Hélas, elle n'avait pu trouver le sommeil. Les yeux grands ouverts, elle avait longuement fixé le plafond en ressassant ses inquiétudes concernant sa sœur.

Lui ayant finalement extorqué la promesse de quitter son mari, elle n'était pas sûre que la jeune femme tiendrait parole. En période de crise, bon nombre de femmes victimes de violences domestiques parvenaient à prendre de bonnes résolutions qu'elles s'empressaient d'oublier, une fois la crise passée. Il suffisait que l'époux reconnût ses torts et promît de s'amender pour être pardonné.

Boyd devait assumer la responsabilité de ses actes, songea ensuite Mélanie sous le jet vivifiant de la douche. Il devait prendre conscience de leur gravité et savoir que sa violence était intolérable. Elle ne la tolérait pas : il n'allait pas tarder à l'apprendre.

Elle avait un plan.

103

— Salut, Bobby, lança-t-elle à son coéquipier en arrivant, un peu plus tard, au commissariat.

— Salut, Mel.

L'éternel adolescent leva les yeux des pages sport de la *Gazette de Charlotte* et haussa un sourcil surpris.

— Quelle mine superbe, ce matin, ma jolie ! On dirait qu'un enfant t'a fait passer une nuit blanche ?

— En quelque sorte.

Laissant tomber son sac au pied du bureau, elle se dirigea vers la cafetière.

Bobby déplia sa carcasse filiforme et lui emboîta le pas, sa tasse vide à la main.

— Tiens, tiens, dit-il en la tendant pour se faire servir, je croyais que Casey était à Orlando avec son papa.

— En effet. C'est d'un autre enfant qu'il s'agit.

Elle lui fit un bref résumé de ses péripéties nocturnes sans fournir trop de détails sur les difficultés de sa sœur.

— J'ai pensé que nous pourrions rendre une petite visite officieuse en uniforme à ce brave toubib sur son lieu de travail.

Bobby acquiesça avec un clin d'œil.

— Et lui flanquer un peu la trouille, par exemple ?

— Exactement.

— Je suis dans le coup.

Mélanie versa un soupçon de lait en poudre dans son café et but à petites gorgées.

— Il ne s'est rien passé de grave cette nuit ?

— Non, à moins de considérer un cambriolage au lycée comme une affaire d'Etat.

Bobby esquissa un sourire.

— Oh, j'oubliais la vieille Mme Grady qui nous a signalé une nouvelle incursion du fameux bandit masqué dans la poubelle de sa cour.

Mélanie leva les yeux au ciel. Son bref aperçu d'un véritable travail d'enquête lui faisait ressentir plus cruellement encore la mesquinerie de ces tâches routinières.

— Un raton laveur ?

— Sale engeance de petits brigands, n'est-ce pas ? Notre vénérable septuagénaire a exigé une intervention immédiate des forces de l'ordre.

— Pauvre Will.

Mélanie imagina l'agent Will Pepperman — un bon gros au visage poupin, responsable des patrouilles de nuit — envoyant un véhicule de police sur le lieu du crime. Sans doute s'était-il fait traiter de tous les noms par le petit veinard qui avait reçu son appel… C'était encore préférable aux récriminations de Mme Grady, dont la voix stridente avait fait frémir toute une génération de gardiens de la paix.

Les deux compères retournèrent s'asseoir. Mélanie se jucha sur un coin du bureau de Bobby.

— Quoi de neuf, en ce qui concerne les appels à témoins ?

— Rien d'intéressant mais de quoi s'occuper, en revanche.

Il lui tendit une liste interminable, fraîchement issue de l'imprimante. Mélanie la parcourut rapidement, écœurée.

— Cela représente une bonne centaine d'appels.

— Cent douze, exactement. A quoi bon les compter ?

Mélanie pesta entre ses dents.

— On se partage la tâche, comme d'habitude ? Tu prends la première moitié, moi la seconde, ou l'inverse ?

— Hum, je suis au regret de t'annoncer que cette liste ne représente que la moitié des appels.

La jeune femme gémit, anéantie.

— Quelle poisse, n'est-ce pas ? dit Bobby d'un ton compatissant.

— C'est le moins qu'on puisse dire.

Ils se regardèrent et Mélanie se demanda une fois de plus où son coéquipier puisait son inaltérable optimisme. Elle lui fit part de ses réflexions.

— Tu travailles depuis dix ans au commissariat de Whistletop. Tout ce remue-ménage insignifiant n'a jamais réussi à te décourager ?

Bobby ne répondit pas tout de suite. Quand il s'y décida, ce fut d'un ton posé, teinté d'une gravité inaccoutumée de sa part.

— J'ai une femme et quatre enfants à charge, Mélanie. J'ai trente-huit ans et deux ans d'études supérieures à mon actif. Mon salaire est équivalent à celui d'un policier du même grade à la PJ de Charlotte ; le holster que je porte me fait passer pour un héros intrépide aux yeux des petits mais chaque soir, en rentrant chez moi, je sais que le bandit masqué de Mme Grady ne fera pas une veuve et quatre orphelins à la maison. Et ce n'est pas un mince avantage pour moi.

Mélanie considéra son partenaire avec un respect nouveau — et un soupçon de remords : n'aurait-elle pas dû réagir comme lui, à cause de Casey ? Elle en était incapable. Elle ne pouvait s'empêcher d'aspirer à des tâches plus nobles — ambition dévorante qui menaçait parfois de la consumer tout entière.

Avec un enjouement forcé, elle brandit sa feuille imprimée.

— Dis-moi, Rayon de Soleil, pourrais-tu me peindre ceci en rose, s'il te plaît ? Vite, avant que mon sens de l'humour n'ait complètement disparu.

— Bien volontiers.

Bobby pointa l'index sur le listage.

— En fait, un bon tiers de cette liste est à classer sans suite sous l'étiquette : affabulation évidente.

— Cela devrait suffire à me remonter le moral ?

— Attends un peu, dit Bobby. Un simple coup de fil ou une brève recherche informatique peut permettre d'en éliminer un second tiers.

— Mais le dernier tiers va exiger des enquêtes plus approfondies.

Mélanie se prit la tête à deux mains.

— Nous allons passer la journée à courir sur de fausses pistes.

— Pas toute la journée.

Avec un clin d'œil, Bobby se pencha vers elle.

— Une fois la corvée terminée, nous irons saluer ton beau-frère à la main leste, et lui flanquer une sérieuse trouille.

La jeune femme releva tête.

— Enfin une nouvelle digne d'intérêt.

Une petite flamme dansa dans les prunelles de Bobby.

— J'adore rendre service, ma jolie.

Vers la fin de l'après-midi, les deux coéquipiers pénétrèrent dans le hall de la clinique de Queen's City — à cinq minutes à peine de leur commissariat.

Ils avancèrent jusqu'au bureau d'accueil.

— Bonsoir, dit Mélanie à l'employée de service.

Elle présenta son insigne.

— Agent May, et voici l'agent Taggerty. J'aimerais parler au Dr Donaldson. Est-il ici ?

L'employée écarquilla les yeux.

— Ce ne peut être du Dr Boyd Donaldson qu'il s'agit ?

« Oh non, pas lui ! Pas l'admirable, le séduisant, l'incomparable Dr Donaldson ? »

Mélanie la gratifia d'un sourire suave.

— Eh bien, si, c'est bien lui que je cherche. Voudriez-vous le convoquer, je vous prie ?

La femme marqua une brève hésitation avant d'acquiescer.

— Je vais appeler son bureau par l'Interphone.

Ce qu'elle fit, avant de se retourner vers Mélanie au bout de quelques secondes.

— Personne ne répond. Souhaitez-vous que j'essaie de le joindre sur son portable ?

Mélanie opina et, cette fois, son beau-frère répondit à l'appel. Leur tournant le dos, la réceptionniste parla à mi-voix dans le récepteur, informant sans doute l'ineffable Dr Donaldson, le plus respectueusement possible, que deux policiers demandaient à le voir.

— Il arrive tout de suite, annonça-t-elle après avoir raccroché.

— Merci.

Adressant un clin d'œil à son partenaire, Mélanie s'éloigna vers les ascenseurs, feignant de s'intéresser au va-et-vient des visiteurs. Elle préférait que Boyd vît d'abord un policier

107

qu'il ne connaissait pas, afin qu'il se sentît dans ses petits souliers.

En effet, il tomba immédiatement dans le panneau, supposant que c'était Bobby qui venait le trouver.

— Bonjour, monsieur l'agent, dit-il d'un ton avenant. Je suis le Dr Donaldson. Que puis-je faire pour vous ?

Mélanie se retourna, souriante.

— Tu as l'art d'amadouer les flics, Boyd. Te serais-tu exercé, par hasard ?

Sa mine interdite la réjouit un instant. Puis le visage du bellâtre s'empourpra brusquement.

— Est-ce une plaisanterie de mauvais goût ?

— Une plaisanterie ? Pourquoi ?

— Tu as dit à Nancy que la police demandait à me voir.

— Pas du tout, dit Mélanie.

Elle se tourna vers la réceptionniste d'un air d'excuse.

— Pardonnez-moi si j'ai pu vous donner cette impression-là.

La jeune femme se troubla visiblement et Boyd la rassura d'un sourire.

— Nancy, cette personne est ma belle-sœur. Une humoriste, à sa façon.

Il se tourna vers Mélanie.

— Le moment est vraiment mal choisi pour me rendre visite. Appelle ma secrétaire pour prendre rendez-vous.

Cette attitude ne la surprit pas. Leurs relations avaient toujours été tendues. Mélanie avait donné elle-même le ton en déconseillant à sa sœur de l'épouser. Boyd avait enchaîné en s'employant de son mieux à l'éloigner de Mia après le mariage, affirmant haut et fort qu'elle ne serait jamais la bienvenue chez eux.

Comme il s'apprêtait à rebrousser chemin, elle le retint par le bras.

— Libère-toi. Tout de suite.

Il regarda ostensiblement la main posée sur son bras.

— Plaît-il ?

— C'est à propos de Mia.

Boyd hésita, consulta sa montre et esquissa une grimace.

— Bon.

Il se dirigea vers un coin tranquille du hall.

— Mais il va falloir te dépêcher. On m'attend au bloc dans une demi-heure.

Mélanie parvint à se dominer jusqu'à ce qu'ils fussent tous les trois à l'écart. Puis elle laissa exploser sa colère.

— Ta sollicitude à l'égard de ma sœur est émouvante, Boyd. Tu te soucies de son état comme d'une guigne.

— Son état ? Il n'a rien d'inquiétant, que je sache. Si elle venait d'avoir un accident, tu me l'aurais probablement annoncé d'emblée. Ai-je tort ?

Sa mine étonnée — comble de l'arrogance — acheva de la scandaliser.

— Espèce de salaud, gronda-t-elle. Je te connais, Donaldson. Je sais ce que tu es en train de faire et tu as intérêt à arrêter.

S'il conserva son aplomb, une lueur de panique fit vaciller imperceptiblement son regard. Elle fit un pas vers lui.

— Si tu frappes encore ma sœur, je ne réponds plus de mes actes, dit-elle sans se soucier de baisser le ton.

Plusieurs personnes se retournèrent et le chirurgien rougit de nouveau.

— Si tu fais allusion à son œil tuméfié, je n'y suis absolument pour rien. Mia est d'une maladresse invraisemblable. Elle aurait pu faire attention ; résultat : j'ai dû me rendre seul à la soirée annuelle des chirurgiens.

Craignant qu'elle perdît son sang-froid, Bobby posa une main sur son bras pour la calmer. Elle tint compte de l'avertissement et s'appliqua à respirer calmement avant de répliquer :

— Tes petits camarades de golf ou de scalpel goberont peut-être cette histoire — moi, pas. Je te connais et je te jure que si tu lèves encore la main sur ma sœur…

L'un des vigiles de la clinique s'approcha.

— Est-ce que tout va bien, docteur Donaldson ?

— Ça va.

109

Boyd sourit tranquillement.

— Ma belle-sœur commet une petite méprise. Elle s'apprête à partir. N'est-ce pas, Mélanie ?

Ignorant ses efforts pour l'éconduire, elle se pencha vers lui et martela ces mots d'une voix assourdie :

— Dernier avertissement : si tu t'en prends encore une fois à ma sœur, il ne faudra pas t'étonner de ce qui t'arrive. As-tu bien compris ?

Un petit sourire suffisant étira les lèvres de son beau-frère.

— Cela m'a tout l'air d'une menace.

Il regarda tour à tour le gardien et Bobby.

— Vous l'avez entendue tous les deux. Vous êtes témoins.

Il reporta les yeux sur elle.

— Je te conseille de modérer tes emportements, ma chère belle-sœur. A mon avis, ils finiront par t'attirer des ennuis, un de ces jours.

13

Boyd regarda Mélanie s'éloigner, un petit sourire amusé aux lèvres. Il remercia le vigile, présenta ses excuses pour le comportement de sa belle-sœur et exprima ses regrets pour cette algarade déplacée.

Rien dans son attitude ne trahissait la moindre émotion, hormis un mouvement convulsif de sa paupière gauche.

Maudissant cette faiblesse, il inspira profondément. Sa belle-sœur — cette peste fouineuse et moralisatrice — l'emmerdait copieusement. Comment osait-elle venir l'affronter ici, à la clinique ? Ici, il était Dieu le Père. Il y faisait la pluie et le beau temps. Chacun se conformait à sa volonté, se rangeait à son avis.

Elle ne savait rien sur lui. Absolument rien.

En reprenant le chemin de son bureau, il surprit le regard songeur de la réceptionniste fixé sur lui. Son léger tic se mua en spasme. N'était-ce pas ainsi que tout commençait ? Un regard chargé d'arrière-pensées. Une question voilée. Des murmures, une rumeur, des médisances.

Il lui adressa un sourire glacial et elle baissa vivement la tête, manifestement gênée d'avoir été surprise en flagrant délit de curiosité à l'égard d'un personnage aussi important. Non sans raison, du reste, car il pouvait fort bien la faire congédier sur-le-champ. Un simple coup de fil suffirait.

Boyd caressa un instant cette idée ; il la jugea finalement dangereuse. Le geste risquait de produire l'inverse de l'effet souhaité, d'attirer l'attention sur lui et de faire jaser. Non, il serait infiniment plus sage d'ignorer cette femme et de traiter ce fâcheux épisode par le mépris.

Dans les couloirs, il répondit aux saluts du personnel, appréciant la déférence qu'on lui témoignait.

Il n'avait pas la moindre envie que cela changeât.

Arrivé à son bureau, il déverrouilla la porte puis la referma soigneusement derrière lui. Mélanie l'avait accusé de battre sa femme. La belle affaire. Personne n'allait en prison pour si peu. Si Mélanie May avait seulement soupçonné la vérité à son sujet, il ne serait certainement pas ici en ce moment, et n'occuperait certes plus le poste de chef de service de chirurgie cardiaque dans l'une des cliniques les plus réputées de la région.

Non, jugea Boyd ; elle se bornait à faire du vent, à brasser de l'air autour du couple en décomposition qu'il formait avec Mia.

Comme toujours, Mia avait dû confier ses malheurs à sa sœur, toujours prête à écouter ses jérémiades d'enfant gâtée.

En épousant Mia, il pensait avoir fait une excellente affaire. Rompue aux subtilités de l'administration hospitalière en sa qualité d'infirmière, elle était suffisamment intrigante pour l'aider à grimper les échelons de la hiérarchie. Follement éprise de lui, soumise et docile, elle ne déparait pas à son bras et s'était réjouie d'accéder au statut social que lui conférait ce mariage.

Pourquoi avait-il négligé le fait que sa mégère de sœur était flic ?

Flic. Une sensation proche de la panique monta brusquement en lui. Ne s'était-il pas entouré de mille précautions dans ses choix, non seulement des femmes elle-mêmes, mais aussi des endroits où il les dénichait ?

Pas dans tous les cas, hélas. Il avait commis des erreurs.

Boyd contourna son bureau et se laissa tomber dans son fauteuil, s'autorisant enfin à relâcher sa vigilance. Les flics avaient généralement un certain flair. Et si sa belle-sœur s'avisait un beau jour de fouiller son passé, d'interroger ses anciens confrères, son ancien employeur ? Charleston était

112

une ville beaucoup moins importante que Charlotte ; les gens jasaient. Que risquait-elle de déterrer ? Qui risquait-elle de déterrer ?

Allons. Mélanie May n'était qu'un flic minable de Whistletop — une commune de la taille d'un simple centre commercial. Quel tort pourrait-elle bien lui causer ?

Aucun, se dit-il avec un ricanement de mépris. Mélanie May n'avait pas plus de prise sur lui qu'un vigile de super-marché.

14

Quoi de plus capricieux que le sort ? Il sourit parfois à ceux qui en sont le moins dignes, épargne ceux qu'il faudrait châtier, accable impitoyablement les justes et les humbles.

La Mort, en revanche, était juste. Impartiale. La Mort ne s'en remettait pas au hasard ou à quelque lubie mais à des principes d'équité et de vertu servis par une sage prévoyance, une organisation infaillible.

Pour cet homme, comme pour d'autres avant lui, l'heure était venue de payer — pour des crimes commis impunément à l'encontre des plus faibles, ceux pour qui la justice n'est qu'une convention, une vaine promesse.

Emergeant de l'ombre des bâtiments, La Mort traversa le parking du restaurant en direction des arbres fruitiers qui en bordaient l'autre extrémité. La masse blanche des cerisiers en fleur dégageait un parfum enivrant. La voiture était garée là-bas, sous une voûte de feuillage et de branches entrelacées.

La Mort atteignit le véhicule et marqua une pause pour respirer ces effluves printaniers. Mais aussi pour savourer ce moment — celui du triomphe du bien sur le mal, de la justice sur la loi du plus fort.

L'heure était venue.

Comme toujours, l'homme avait laissé ses vitres légèrement entrouvertes. Une habitude imprudente et même téméraire, de la part d'une personne allergique au venin des abeilles. En pareil cas, une seule piqûre peut provoquer un œdème de la gorge, une brusque chute de tension, voire un arrêt cardiaque.

La Mort tenait à la main un petit carton blanc en forme de cône inversé — un carton de pâtisseries provenant du restaurant tout proche. De l'intérieur montait un bourdonnement rageur. Les messagers de La Mort réclamaient leur délivrance — leur récompense.

— Bientôt, murmura La Mort en dépliant le sommet du carton avant de le jeter vivement à l'intérieur de la voiture par la vitre arrière, du côté du conducteur.

L'objet heurta le bord du siège puis roula sur le sol du véhicule. Le carton s'ouvrit largement et les intrépides petits serviteurs de La Mort prirent leur essor.

15

D'une embardée, Mélanie s'engagea sur le petit parking à droite de la route ; se garant à la première place disponible, elle prit son sac de sport à l'arrière et quitta sa voiture. L'air embaumait légèrement, ce soir-là ; après avoir longtemps tergiversé, le printemps semblait juger enfin que son heure était venue.

Elle claqua la portière, la verrouilla et s'éloigna à grands pas. Elle était en retard à son cours de taekwondo. Depuis l'annonce de la prime offerte par Cleve Andersen, les appels au commissariat s'étaient succédé sans relâche. Au dernier moment, l'un d'entre eux l'avait retenue bien au-delà de son heure de relève. En se hâtant, pouvait-elle encore arriver avant le début du cours ? Son professeur n'appréciait pas les retardataires, surtout chez les ceintures noires. Il considérait ce travers comme une marque d'indiscipline et d'irrespect.

— Agent May ?

Mélanie s'arrêta net et tourna la tête vers la jeune femme blonde qui courait pour la rattraper.

— Madame le substitut ? Quelle surprise !

Véronica Ford la rejoignit rapidement. Elle pointa le menton vers le sac de sport de Mélanie, identique à celui qu'elle portait à l'épaule.

— Apparemment, nous avons d'autres points communs que notre souci de faire coffrer les voyous.

— En effet, admit Mélanie.

Elles se mirent à marcher côte à côte.

— Vous êtes ceinture noire ?

— Troisième degré. Et vous ?

— Premier.

Mélanie ouvrit la porte du dojo, s'effaçant pour céder le passage à l'autre femme. Ensemble, elles se dirigèrent vers les vestiaires.

— Depuis quand êtes-vous inscrite ici ?

— Deux semaines, environ. Je fréquentais un autre dojo en ville… il ne me convenait pas.

Mélanie comprit parfaitement. Chaque dojo avait une ambiance particulière, chaque professeur sa propre philosophie sur l'entraînement et la logique des arts martiaux. Elle avait elle-même essayé plusieurs clubs avant d'arrêter son choix sur celui-ci.

Les deux femmes troquèrent leur tenue de ville contre le traditionnel costume blanc, attachèrent leurs cheveux sur la nuque avec des barrettes et prirent le chemin de la salle d'exercices. Les ceintures noires pouvaient s'entraîner à toute heure au dojo ou participer à l'une des séances qui leur étaient réservées.

Mélanie préférait ces séances particulières pour plusieurs raisons, la principale étant qu'elles lui permettaient de trouver des partenaires d'excellent niveau. D'emblée, elle avait décidé de ne pas pratiquer ce sport en dilettante. S'il valait la peine d'y consacrer ses loisirs, comme elle le pensait, elle avait l'intention d'aller aussi loin que possible, dans la mesure de ses aptitudes. La tâche n'avait pas été facile. Peu musclée de nature, elle avait enduré toutes sortes de désagréments — claquages, élongations, courbatures et contusions, sans compter les blessures d'amour-propre et les larmes de déception.

Son passage au grade de ceinture noire avait été l'une des grandes fiertés de sa vie.

Mélanie et Véronica entreprirent de s'échauffer. Le taekwondo exigeait une excellente condition physique et une souplesse exceptionnelle. Afin d'esquiver les coups de l'adversaire et d'attaquer au moment voulu, une grande dextérité et un certain nombre de réflexes étaient indispensables.

Mélanie pratiquait cet art depuis cinq ans et s'entraînait au moins trois fois par semaine ; elle n'en effectuait pas moins des exercices d'assouplissement avant chaque séance. Véronica en faisait autant, constata-t-elle ; assise sur le tapis, jambes largement écartées, la jeune femme inclinait le buste en avant jusqu'au sol. Manifestement, Véronica Ford possédait des dispositions naturelles pour ce genre d'activité.

Posant le pied sur la barre d'entraînement qui courait le long du mur, Mélanie se pencha et réussit à poser le front sur son genou. Ses tendons crièrent grâce et elle esquissa une grimace.

— Détestez-vous ces exercices autant que moi ?

— Sans doute davantage, répondit Véronica.

Serrant les dents, elle recommença son élongation et la maintint un instant.

— C'est un mal nécessaire. Comme les salades composées du déjeuner et les culottes gainantes.

Mélanie s'esclaffa et changea de jambe.

— Vous avez un langage imagé, ma chère.

Elles achevèrent leurs élongations en silence puis passèrent au Poomse, un enchaînement de gestes imposés — coups de poing, de pied, de tête, clés et esquives — conçu sur un modèle comparable à celui d'une séance de gymnastique au sol.

— Voulez-vous que nous fassions un petit combat d'entraînement ? offrit Véronica, relâchant momentanément sa concentration.

Mélanie observa ses gestes et les jugea remarquables de rigueur, de force, de précision.

— D'accord, si vous vous engagez à ne pas me ridiculiser complètement.

— Entendu. Attaque libre ? demanda Véronica, désignant ainsi un type de combat où chacun choisit, sans préavis, comment, où et à quel moment il va attaquer.

C'était en fait le degré optimal de cet art — et le plus stimulant. Mélanie secoua la tête.

— Vous plaisantez ? Je ne me sens vraiment pas à la hauteur. Si nous commencions plutôt par un petit jeu de jambes en attaque-défense ? Ensuite, nous pourrons éventuellement passer au semi-libre.

Véronica acheva son Poomse et haussa les épaules.

— Comme vous voudrez. Vous avez tort de croire que nous ne sommes pas du même niveau. Nous ferions des adversaires bien assorties.

— Dit l'araignée à la mouche.

Elles se placèrent face à face, en position d'attaque et de défense, prêtes au combat. Mélanie passa immédiatement à l'offensive.

Elle décocha un direct à son adversaire, visant la tête.

— Kiai !

Le substitut du procureur neutralisa aisément son assaut et répondit par un crochet du gauche qu'elle interrompit juste avant d'avoir touché Mélanie. Elles s'inclinèrent puis recommencèrent, variant les prises, prenant tour à tour l'offensive.

Mélanie ne vit pas passer le reste de la séance. Epuisée mais ravie, elle se félicitait de la qualité exceptionnelle de cet entraînement. Sans doute aurait-elle les muscles endoloris le lendemain...

Dans le couloir du vestiaire, elle fit part à Véronica de sa satisfaction.

— C'est moi qui vous suis reconnaissante de me fournir une occasion de m'améliorer, répondit-elle courtoisement.

— Allons, vous m'avez neutralisée sans le moindre effort. Vous êtes réellement douée.

Flattée, l'autre femme sourit.

— J'apprécie énormément ce sport. C'est bien le seul domaine où l'effort ne me rebute pas.

Mélanie se mit à rire.

— Désolée que nous n'ayons pas pu passer au semi-libre.

— Peu importe... ce sera pour la prochaine fois.

Au vestiaire, elles poursuivirent une conversation à

bâtons rompus après avoir pris une rapide douche. Une fois rhabillées, elles sortirent ensemble sur le parking.

— Si nous allions boire quelque chose ? proposa Véronica.

Mélanie acquiesça sans hésiter. Ce vendredi soir, Casey était encore à Orlando avec son père ; elle était libre comme l'air.

Elles choisirent un bar dans les parages du dojo et s'installèrent sur la terrasse en plein air. La nuit était douce, le ciel constellé d'étoiles.

— J'adore cette période de l'année, murmura Mélanie en versant un peu de sucre dans son café. Je ne voudrais être nulle part ailleurs qu'en Caroline, au printemps.

— Comment en juger ? dit Véronica. Pour ma part, je n'ai jamais vécu ailleurs.

— Etes-vous née à Charleston ?

— Oui. Peut-être avez-vous remarqué le nom de Markham — un gros fabricant de meubles ? Il s'agit de ma famille.

L'entreprise familiale — cotée en Bourse — était en effet réputée dans les deux Etats de Caroline. Mélanie n'ignorait pas que plusieurs Markham évoluaient dans les sphères politiques à l'échelon national.

— Et vous ? s'enquit Véronica. Avez-vous passé toute votre vie dans la région ?

— Pas du tout. Filles de militaire, nous avons vécu un peu partout jusqu'à l'âge de quinze ans.

— Ce « nous » englobe probablement vos deux sosies, que j'ai aperçus à Starbucks en votre compagnie ?

Mélanie sourit.

— Mia et Ashley. Nous sommes des triplées.

— Vous n'êtes décidément pas un cas ordinaire, n'est-ce pas ? Et ce, à tout point de vue.

— Je n'en sais rien. Une mère divorcée qui travaille, cela n'a rien d'exceptionnel, de nos jours.

— Reconnaissez qu'ensemble, vous ne passez pas inaperçues, toutes les trois.

— Comment le nier ?

Mélanie inclina la tête, observant sa compagne ; avec

ses cheveux blonds, ses traits fins et ses grands yeux bleus, elle aurait pu passer pour leur quatrième sœur. Elle lui fit part de sa réflexion.

— Croyez-vous ? dit Véronica avec un sourire. Cela ne m'aurait pas déplu. Je suis fille unique.

— La solitude vous a-t-elle pesé ?

— Beaucoup ; toutefois, il faut bien admettre que j'ai été gâtée de manière scandaleuse.

Véronica but une gorgée de cappuccino puis demanda :

— Que s'est-il passé, après vos quinze ans ?

— Mon père a pris sa retraite pour ouvrir un café ici même, à Charlotte. Un véritable café à l'ancienne mode, avec des tartes maison et une marque unique torréfiée sur place.

Elle leva sa tasse.

— D'où mon penchant immodéré pour ce breuvage.

— Votre père a-t-il gardé son commerce ?

— Il est mort il y a quatre ans.

— Et votre mère ?

— Nous l'avons perdue très jeunes — d'un cancer du sein.

— Je suis désolée.

Mélanie haussa les épaules, fataliste.

— Il y a bien longtemps de cela. Et vous ? A part le fait d'avoir été une enfant unique, solitaire, et scandaleusement gâtée ?

— Cela fait un peu cliché, n'est-ce pas ? La pauvre petite fille riche. Elevée par des nourrices et des gouvernantes pendant que Dieu le Père édifie son empire…

— Ma foi, j'aurais sans doute volontiers échangé mon sort contre le vôtre ; récurer chaque soir des tables de bar ne m'enchantait guère. Et votre maman ?

Le sourire de Véronica s'estompa.

— Encore un point commun entre nous. J'ai perdu ma mère à treize ans.

— Nous en avions onze, mes sœurs et moi. Que s'est-il passé ?

— Elle s'est tiré une balle dans la tête. C'est moi qui l'ai trouvée.

Les mots s'abattirent entre elles de tout leur poids. Mélanie soupira, consternée.

— Pardonnez-moi. Je n'aurais pas dû poser la question. Ayant perdu ma mère, je m'intéresse toujours trop aux familles des autres...

— N'en parlons plus. J'ai surmonté l'épreuve — dans la mesure où une telle cicatrice peut se refermer.

Mélanie comprit parfaitement ce qu'elle voulait dire. Dans un sens, ni elle ni ses sœurs ne s'étaient jamais tout à fait remises du décès de leur mère. Elles souffraient encore d'un inexplicable sentiment d'abandon et de trahison, qui toujours les suivrait comme une ombre. Ces réactions étaient sans doute décuplées dans le cas du suicide d'un parent.

Véronica toussa pour s'éclaircir la gorge.

— A mon avis, nous pourrions peut-être passer à autre chose ; ce sujet-là est un peu trop... mélancolique pour un vendredi soir.

— En effet, approuva Mélanie avec un sourire. Que suggérez-vous ?

— Le taekwondo nous offre un terrain assez neutre.

Véronica posa le menton sur son poing, l'œil pétillant.

— Alors, Mélanie, pourquoi le taekwondo ?

— C'est l'évidence même : pour un flic, il s'agit d'un atout appréciable.

— Hum, la réponse me semble un peu trop facile.

— Déformation professionnelle, madame le magistrat.

— Admettons. Continuons dans le même esprit. Première observation : vous n'êtes pas un cas ordinaire.

Comme l'intéressée s'apprêtait à protester, elle l'arrêta d'un geste.

— Ensuite, les différentes tactiques d'autodéfense ne font-elles pas l'objet de cours obligatoires dans les écoles de police ? La plupart des policiers se contentent de cette formation. Pourquoi pas vous ?

— C'est simple. D'abord, la majorité des recrues ne sont pas des femmes confrontées à la perspective de devoir neutraliser un délinquant récalcitrant deux fois plus fort qu'elles. Ensuite, je suis convaincue que toute femme qui se respecte doit apprendre à se défendre seule.

— Ah, voilà.

Mélanie haussa les sourcils.

— Ah, voilà, quoi ?

— Votre véritable motivation.

A la fois amusée et contrariée par la perspicacité de sa compagne, Mélanie secoua la tête : Véronica avait vu juste. A cause de son passé, elle avait éprouvé la nécessité de se protéger bien avant d'entrer dans la police. Au début de son mariage, assistant à une démonstration de taekwondo, elle avait vu des femmes se défendre contre des adversaires d'une carrure impressionnante. Elle avait alors décidé que les arts martiaux étaient faits pour elle ; le jour même, elle s'inscrivait à un cours.

— Exact, admit-elle. Les avocats de la défense doivent avoir du fil à retordre avec vous. Vous êtes redoutable.

— Pardonnez-moi de vous avoir fait subir un véritable interrogatoire. Le prétoire me colle parfois à la peau. A votre tour de me « cuisiner ».

— Très bien. Je vous retourne la question. Pourquoi le taekwondo ?

— Pour la même raison que vous, je suppose. Dans mon travail, j'en vois de toutes les couleurs ; chaque jour, je suis confrontée à l'existence bien réelle de la violence subie par les femmes. Je me suis juré de ne jamais en faire personnellement les frais. Le taekwondo pourra m'y aider.

Elles parlèrent ensuite de tout et de rien, burent leurs cafés et en commandèrent d'autres. Au fil de la conversation, elles découvrirent qu'elles se ressemblaient à bien des égards, partageant le même goût pour les romans et les feuilletons policiers, les films d'épouvante et les énormes glaces nappées de caramel fondant. Elles avaient toutes deux des notions identiques et précises du bien et du mal. Entières et intransigeantes sur leurs valeurs morales, elles se refusaient l'une et l'autre à admettre l'existence d'une zone grise entre le noir et le blanc.

D'une loyauté absolue en amour, en amitié et dans l'exercice de leur profession, elles avaient choisi leurs métiers respectifs dans l'espoir de contribuer à l'avènement d'un monde meilleur.

Et elles avaient toutes les deux survécu à des mariages chaotiques, bien que Véronica ne fût pas divorcée, mais veuve.

— Il avait une réunion à Chicago, dit Véronica, expliquant à sa compagne les circonstances du décès de son époux. Comme d'habitude, je l'ai conduit à l'aéroport le matin. Je l'ai accompagné jusqu'au sas et embrassé ; je ne devais plus jamais le revoir.

— Comment cela ?

— Un moteur a pris feu. L'avion s'est écrasé entre Charleston et Chicago.

— Seigneur, dit Mélanie, faisant appel à ses souvenirs ; n'est-ce pas cette catastrophe qui s'est produite il y a cinq ans ?

— Exactement.

Le menton sur le poing, Véronica se mit à fixer un point dans le vague — ou dans le passé.

— J'ai d'abord été anéantie, totalement désorientée.

Elle battit des paupières et reporta les yeux sur Mélanie.

— Mais rétrospectivement, pour être honnête, je pense que cette explosion m'a sauvé la vie.

Ses joues s'empourprèrent légèrement et elle secoua la tête comme si cet aveu lui était pénible.

— Une fois le choc émotionnel passé, quand le chagrin a commencé à s'estomper, la vérité m'est apparue ; la vérité sur ma vie, sur l'homme que j'avais épousé.

— C'est-à-dire ?

— Daniel était un sale type — cruel, autoritaire, dominateur. A ses côtés, j'avais perdu toute notion d'indépendance et d'amour-propre : je lui en avais même fait cadeau, de mon plein gré. Je l'avais autorisé à contrôler ma vie.

— Et vous vous êtes dit : plus jamais ça.

— En effet.

Elle glissa une mèche blonde derrière son oreille.

— J'avais abandonné mes études de droit en seconde

année parce qu'il voulait une épouse dévouée à sa maison et à son mari. Une femme au foyer, passive et docile.

Véronica serra les mains autour de sa tasse.

— Une fois redescendue sur terre, je me suis empressée de reprendre mes études pour obtenir mon diplôme.

— Je vous admire.

— C'est étrange ; j'ai eu brusquement l'impression que plus rien ne pouvait m'arrêter. J'étais animée d'une énergie extraordinaire.

— Voilà une différence de taille entre nous : j'étais morte d'anxiété quand j'ai quitté Stan.

— La présence d'un enfant change tout. Vous redoutiez sans doute que votre mari voulût vous l'enlever.

Mélanie le redoutait encore. Son pire cauchemar était même en train de se concrétiser. Elle jeta un coup d'œil sur sa montre et vit qu'il était plus de 11 heures.

— Il faut que je rentre.

Véronica regarda l'heure à son tour.

— Oh ! je n'aurais pas cru qu'il était si tard.

Elle finit sa tasse et se leva. Les deux femmes regagnèrent ensemble le parking.

— Au fait, dit Véronica comme elles approchaient des voitures, je suis allée dîner au Blue Bayou mercredi soir… Pour déguster leur délicieuse salade de poissons d'eau douce mais aussi pour jeter un coup d'œil sur votre protégée et l'espèce de brute qui…

— Il est mort.

Véronica fit halte et se tourna vers Mélanie.

— Mort ? Vous plaisantez, n'est-ce pas ? J'étais là-bas avant-hier et je l'ai vu…

— Cela s'est produit hier soir. Un accident de la route.

Mélanie fit danser son trousseau de clés entre ses doigts.

— Un accident un peu particulier, tout de même. En fait, Thomas Weiss souffrait d'une grave allergie aux piqûres d'abeilles. Sa voiture était garée sous des cerisiers en fleur, derrière son restaurant. Un ou plusieurs insectes avaient dû s'introduire dans le véhicule car il a été piqué à

125

plusieurs reprises tandis qu'il conduisait. Des témoins ont déclaré que sa voiture naviguait d'un trottoir à l'autre au moment de l'accident. Ils l'ont également vu agiter les bras comme pour essayer de chasser un insecte. Il a zigzagué entre deux files de voitures venant en sens inverse avant d'aller s'écraser contre un mur.

— Y a-t-il eu d'autres victimes ?

— Heureusement, non. Il aurait pu provoquer une véritable hécatombe.

Mélanie marqua une pause, se remémorant les conclusions du médecin légiste.

— Il a été tué sur le coup mais les piqûres d'abeilles auraient suffi à l'achever. Il était déjà en état de choc anaphylactique.

Véronica se massa les bras, frissonnante.

— Le destin est parfois bien étrange, n'est-ce pas ?

— Sans aucun doute. C'est surtout la réaction de sa compagne qui m'a surprise.

— Elle était éperdue de chagrin, je suppose. Totalement effondrée.

— Inconsolable.

— J'étais inconsolable aussi, quand mon mari est mort. Un jour ou l'autre, elle retrouvera la lumière.

— Je n'ai pas été aussi compréhensive que vous, je dois l'avouer. Comment avais-je pu imaginer qu'elle témoignerait contre lui en justice ? A cet égard, vous aviez vu juste.

— J'ai une longue expérience de ce genre de situation, hélas, dit Véronica avec un soupir.

Elle sortit ses clés de son sac.

— J'ai passé une excellente soirée.

— Moi aussi. Si nous recommencions, un de ces jours ?

— Bonne idée. Pourquoi pas la semaine prochaine, après le cours de taekwondo ?

— Cela me convient tout à fait.

Saluant sa compagne, Mélanie regagna sa jeep, s'installa au volant et tourna la clé de contact, le sourire aux lèvres. Elle avait réellement passé un bon moment, ce soir. Depuis combien de temps n'était-elle pas sortie avec une amie ? Bien sûr, elle fréquentait régulièrement ses sœurs mais ce n'était pas la même chose. Elles étaient si proches que leurs rencontres s'apparentaient plutôt à la routine quotidienne.

Elle aspirait à une vie sociale dont elle était privée depuis son divorce, accaparée par son travail et ses responsabilités de mère. Son existence manquait de fantaisie, d'imprévu.

A côté d'elle, Véronica fit tourner le moteur de son coupé. D'un geste spontané, Mélanie baissa sa vitre.

— Véronica ?

L'autre femme tourna la tête puis ouvrit sa propre vitre.

— Si nous déjeunions ensemble samedi prochain ? Je demanderai à Ashley et à Mia de nous accompagner.

— Pourquoi pas ? Je vous téléphonerai dans la semaine et nous pourrons choisir une heure et un lieu de rendez-vous.

— Parfait. Alors, à très bientôt.

Sur un dernier signe de la main, Mélanie manœuvra pour quitter sa place et sortir du parking. Le hasard était parfois curieux, songea-t-elle en s'engageant sur l'un des larges boulevards bordés d'arbres dont s'enorgueillissait la ville. Du jour au lendemain, par un simple concours de circonstances, une personne qu'on connaissait à peine pouvait devenir une amie chère.

A quoi bon s'étonner ? La vie entière est étonnante. Quelles que fussent les circonstances de leur rencontre, elle se réjouissait que Véronica Ford eût croisé son chemin.

127

16

Les pulsations de son sang martelaient ses tempes pareille-
ment à un tam-tam de brousse ; mêlées aux percussions de
la musique dont les décibels emplissaient la discothèque,
elles formaient un cocktail étrange, lancinant, étourdissant.

Boyd se fraya un chemin dans la salle bondée, à l'affût d'un
regard, d'une silhouette, d'une expression suggestive. Il ne
craignait pas d'être reconnu — persuadé de ne voir ici aucun
de ses confrères, aucune de ses relations. L'établissement
n'était fréquenté que par des échangistes, des débauchés,
des marginaux. Des prédateurs et des proies.

Des gens de son espèce.

Il poursuivit sa ronde, humant de temps à autre une
bouffée de patchouli, ou quelque parfum entêtant. Tenaillé
par un irrésistible besoin d'assouvir ses pulsions, il s'efforça
de respirer calmement. Une extrême prudence s'imposait. Il
ne devait pas commettre la moindre bévue. Chaque femme
représentait un danger. Le Dr Boyd Donaldson n'avait-il
pas tout à perdre au moindre faux pas ?

Son regard s'arrêta sur une blonde, un peu moins jeune
qu'il ne les choisissait d'ordinaire, mais au pouvoir de
séduction intact. Leurs yeux se croisèrent et il discerna
dans les siens une lueur d'invite, provocante, prometteuse.
Un lent sourire se dessina sur les lèvres fardées de rouge ;
un sourire de connivence. Au comble de l'excitation, Boyd
sentit un frisson lui parcourir le dos.

Lui rendant son sourire, il avança vers elle.

17

Mélanie avait horreur des cabinets d'avocats. L'atmosphère feutrée, les épaisses moquettes, l'odeur d'encaustique et de codes poussiéreux la rendaient malade. A cause de Stan. Du reste, aucun avocat ne lui avait jamais procuré la moindre satisfaction.

Elle espérait pouvoir affirmer le contraire après cette entrevue.

La jeune femme exhala l'air qu'elle retenait inconsciemment dans ses poumons depuis un instant. Si elle se trouvait dans une salle d'attente par ce bel après-midi de printemps, les paumes moites, le cœur battant, c'était par la faute de Stan. Il avait mis sa menace à exécution et intentait une action en justice visant à lui reprendre la garde de Casey. Son avocat avait appelé Mélanie au début de la semaine, vingt jours environ après avoir évoqué le sujet avec elle.

Entre-temps, elle s'était bercée de l'espoir illusoire que son ex-mari ait pu finalement changer d'avis. Eternelle optimiste, elle avait voulu croire qu'il aurait réfléchi, espéré qu'au cours de leur escapade à Disneyland, il se serait rendu compte que Casey devait rester auprès de sa mère.

— Madame May ?

Le nom de son mari la fit grincer des dents.

— Me Peoples va vous recevoir.

— Merci.

Mélanie se leva et enfila un couloir sur les talons de la secrétaire. L'une des puéricultrices de l'école maternelle lui avait recommandé cet avocat, qui avait permis à sa meilleure amie de l'emporter sur son mari pour la garde de leurs deux enfants. Le jour même, Mélanie avait appelé Me Peoples et pris rendez-vous.

Au téléphone, l'avocat lui avait paru plutôt agréable et bien informé. Après lui avoir expliqué la situation, elle lui avait fourni les coordonnées de l'avocat de Stan.

— Nous y voilà, dit la secrétaire en s'arrêtant devant une porte. Vous ne voulez vraiment pas de café ?

— Vraiment pas. Je vous remercie.

La femme frappa à la porte puis l'ouvrit. L'homme assis derrière le bureau se leva, la main tendue. C'était un mastodonte.

— Madame May, maître John Peoples.

Ils échangèrent une poignée de main.

— Enchantée.

Il indiqua l'un des deux fauteuils de cuir en face de lui.

— Asseyez-vous, je vous en prie.

Ce qu'elle fit, serrant les mains l'une contre l'autre sur ses genoux.

— Venons-en tout de suite aux faits, voulez-vous ?

Mélanie opina.

— Avez-vous pu parler à l'avocat de mon ex-mari ?

— Oui, dit-il en croisant ses doigts boudinés sur son écritoire. Un remarquable avocat, du reste. Très persuasif.

— Je n'en attendais pas moins, mon mari travaillant dans l'un des plus importants cabinets de la ville.

— Je vais être direct : il sera très difficile de gagner ce litige.

— Plaît-il ?

Il répéta son affirmation et elle secoua la tête, s'efforçant de conserver son calme. Il lui fallut un moment pour reprendre son souffle.

— Vous ne pensez pas réellement ce que vous dites ?

— Je regrette, madame May. Je sais que ce n'est pas ce que vous espériez entendre. Mais je dois vous donner mon point de vue objectif sur les faits.

Il s'éclaircit la gorge. Mélanie remarqua le bourrelet de

130

graisse que formait son cou au-dessus du col de la chemise. Comment parvenait-il à respirer ?

— Examinons ces faits, voulez-vous ? poursuivit l'homme de loi. Votre ex-époux fournit un environnement familial plus stable pour votre fils, au sein d'un foyer biparental. Il n'exerce pas non plus un métier qui puisse l'obliger à s'absenter inopinément à des heures indues ; métier qui, de surcroît, vous place souvent en position périlleuse.

Mélanie le dévisagea. Il s'exprimait comme s'il représentait Stan plutôt qu'elle, comme s'il avait gobé son baratin de a jusqu'à z.

Elle se rebiffa.

— Je travaille au commissariat de Whistletop, maître. Avez-vous la moindre idée de ce que nous faisons du matin au soir ? Du caractère paisible et routinier de nos tâches ? Je récupère des chats dans des arbres et verbalise des adolescents chapardeurs. J'écoute nos chers concitoyens se plaindre des animaux domestiques de leur voisin ou des voitures garées devant leur porte. De grâce, épargnez-moi ce genre de remarque.

— Et l'affaire Andersen ?

— C'est l'unique exception à la règle — l'événement du siècle. En outre, je ne participe plus activement à l'enquête.

— En tout état de cause, les faits sont là. Et l'avocat de votre ex-mari n'omettra pas de s'y référer.

Elle ne pouvait croire que la première affaire intéressante survenue dans sa circonscription pût contribuer à lui faire perdre Casey. Des larmes de dépit et de désespoir lui montèrent aux yeux. Dans un sursaut de fierté, elle parvint à se ressaisir.

— Me May habite une somptueuse demeure avec piscine dans l'un des quartiers les plus prisés de Charlotte ; les deux écoles les plus proches sont considérées comme les meilleures de l'Etat, poursuivit Peoples.

— Mais…

L'avocat l'interrompit d'un geste.

— Compte tenu de l'éloignement de vos domiciles

respectifs, l'aménagement d'une garde conjointe de votre fils s'avère impossible. Votre ex-mari refuse de déménager ; j'ai posé la question. Puisque votre profession vous interdit de quitter la commune de Whistletop, si vous n'envisagez pas d'abandonner vos fonctions…

— Abandonner mes fonctions ?

Acculée dans une impasse, la jeune femme serra les poings.

— Et que ferais-je ensuite ? Je suis policier. J'aime mon métier. J'ai suivi une sérieuse formation pour en arriver là. Pourquoi devrais-je y renoncer ?

Les bajoues de l'avocat s'empourprèrent.

— Ce n'était qu'une suggestion.

— Une suggestion regrettable, rétorqua Mélanie. Stan peut déménager. Sa profession n'exige pas qu'il habite un endroit particulier.

— Comme je vous l'ai dit, il s'y refuse.

— Eh bien, moi aussi.

— De ce fait, nous ne pouvons envisager la solution d'une garde conjointe. Si vous êtes déboutée, vous obtiendrez un droit de visite hebdomadaire à votre fils ; ou peut-être un week-end sur deux, comme votre mari s'en contente actuellement.

Elle se mit à trembler.

— C'est inacceptable.

— Je suis désolé.

— Vraiment ? dit-elle, haussant le menton, incapable de dissimuler l'antipathie qu'il lui inspirait. Dois-je vous rappeler que je suis la maman de Casey ? Que je l'aime de tout mon cœur ? Que je suis une excellente mère, attentive et dévouée ? Serait-ce donc négligeable ?

— Bien sûr que non.

Il ébaucha un sourire qui se voulait rassurant mais qui trahissait une condescendance évidente.

— Mais votre ex-époux est le père de Casey, et un bon père, à en croire son avocat. Confirmeriez-vous cette appréciation ?

— Tout dépend de ce qu'on entend par un « bon père ».

— Je vais donc formuler ma question autrement : croyez-vous que votre ex-époux aime votre fils ? Et qu'il pense sincèrement agir dans l'intérêt de Casey ?

— Oui, admit-elle de mauvaise grâce ; je le crois.

L'avocat toussa légèrement.

— De ce fait, considérant que vous offrez à votre fils un foyer uniparental et exercez une profession exigeante, non dépourvue de risques, peut-être devriez-vous vous demander si le fait de ne garder votre fils que le week-end représenterait une telle privation ?

Mélanie le dévisagea d'un air incrédule.

— Excusez-moi, pourriez-vous répéter ?

— Peut-être faudrait-il vous demander ce qui serait préférable pour votre fils.

Les mots pénétrèrent peu à peu son esprit et elle se leva lentement, vibrante de colère.

— Je sais parfaitement ce qui est préférable pour mon fils. Sa place est auprès de sa mère. Comment osez-vous suggérer le contraire ? Comment osez-vous me conseiller de baisser les bras ?

Les joues de l'avocat virèrent au rouge tomate et il se mit à bredouiller, dans son jargon juridique, quelque platitude. Cette fois ce fut elle qui, d'un geste, lui intima le silence.

— Le remarquable avocat de mon ex-époux aurait-il par hasard fait allusion aux horaires de travail de son client ? A ses fréquents voyages d'affaires ? Aux samedis après-midi qu'il consacre régulièrement au golf, bien qu'il ne voie Casey qu'un week-end sur deux ?

Elle marqua une pause pour respirer.

— Il ne vous est peut-être pas venu à l'idée que s'il obtient satisfaction, ce n'est pas lui mais sa nouvelle épouse qui élèvera Casey. Moi, je suis sa mère, maître Peoples. Et j'ai l'intention de l'élever moi-même.

— Je suis navré, j'ai simplem…

— Vous êtes surtout d'une incompétence navrante.

Elle fit quelques pas vers la porte.

— Nos rapports s'achèvent ici. Je trouverai un avocat qui

croira que je suis en mesure de gagner ce litige et, surtout, que ce combat est légitime.

Le dimanche après-midi, Mélanie faisait pitié à voir. Le vendredi précédent, elle avait quitté le cabinet de John Peoples frémissante d'une juste indignation — brûlant de se battre, prête à affronter Stan et toute une armée de ténors du barreau.

Au fil des heures, cependant, son indignation s'était émoussée et avait cédé la place au doute, puis à une véritable angoisse. Casey avait passé le week-end avec son père et la maison déserte semblait la narguer, lui fournissant un aperçu de sa vie quotidienne, à l'avenir, si Stan obtenait la garde de son fils.

Cette perspective lui était tout bonnement insupportable.

Elle s'était plongée dans une série d'activités qui l'occupaient d'ordinaire chaque fois que Casey partait avec son père : jardinage dans son petit potager, séance de cinéma, mise à jour des tâches qui s'accumulaient durant une semaine de travail. Rien de tout cela n'avait réussi à détourner son esprit du litige qui l'opposait à Stan. Elle avait appelé ses sœurs mais une grippe clouait Mia au lit et Ashley était en déplacement pour quinze jours. Véronica, absorbée dans la préparation d'un réquisitoire imminent, n'était pas disponible non plus.

Mélanie avait donc tourné en rond, pleuré, rongé son frein. Ce week-end avait été le plus long de sa vie.

A présent, il était terminé ; ou, du moins, il aurait dû l'être. Mélanie consulta sa montre et fronça les sourcils. 4 h 30. Où était Stan ? D'ordinaire, il ramenait Casey plus tôt, et c'était une bonne chose. Il fallait du temps à l'enfant pour se réadapter à leur train-train quotidien, pour raconter les péripéties de son week-end. Puis venait l'heure du dîner, du bain et du coucher — il allait à la garderie le lendemain. Le temps passait si vite…

Mais Stan ne s'était jamais encombré de détails aussi

triviaux que le rituel du bain ou du coucher, songea-t-elle, sentant monter sa colère. Il ne s'en était jamais soucié ; ni avant leur divorce, ni après.

Elle se mit à marcher de long en large. Que savait-il des habitudes d'un enfant de quatre ans ? Du temps de sommeil ou des repas équilibrés qui lui étaient nécessaires ? Que savait-il des rhumes, des accès de fièvre et des consultations chez le pédiatre ? Absolument rien.

Et ce type avait le toupet de vouloir lui enlever Casey ? Quelle monstrueuse arrogance ! Il ignorait tout de la place qu'elle occupait dans la vie et le cœur de leur fils. Et que cet imbécile d'avocat aille se faire foutre pour avoir semé le doute dans son esprit — pour lui avoir fait si peur.

Un claquement de portière lui parvint depuis la rue. Mélanie se précipita dans l'entrée et ouvrit fébrilement la porte.

— Casey ! s'écria-t-elle.

— Maman !

Il s'élança vers elle et vint se jeter dans ses bras.

Elle les referma sur lui, l'étreignit si fort et si longtemps qu'il commença à s'agiter pour se dégager. Néanmoins, elle le garda encore un moment contre elle, respirant l'odeur de ses cheveux d'enfant, oubliant provisoirement toutes ses craintes. Finalement, elle relâcha son étreinte.

— Tu m'as manqué.

Il leva sur elle un visage radieux.

— Toi aussi, maman.

Il jeta un coup d'œil sur son père par-dessus son épaule puis se tourna de nouveau vers elle, incapable de refréner son excitation.

— Tu sais pas, maman ?

Elle écarta quelques boucles folles de son front.

— Quoi, mon ange ?

— Papa m'a donné un bébé chien.

Mélanie eut l'impression de recevoir une douche froide.

— Un bébé chien ?

— Oui, dit Casey en secouant vigoureusement la tête.
Je l'ai appelé Spot. Papa dit que c'est un labrador.

En toute autre circonstance, le nom qu'il avait choisi pour
son labrador l'aurait amusée. Ce jour-là, elle n'avait pas le
cœur à rire. Elle se tourna vers Stan qui se tenait debout
auprès de son coupé Mercedes métallisé. Brun, svelte, avec
son allure de beau ténébreux. Autrefois, le seul fait de le
regarder lui coupait le souffle.

Il y avait une éternité de cela. A présent, en le regardant,
elle n'éprouvait plus que de la colère.

— On a joué tout le temps, poursuivait l'enfant. Il
rapporte très bien les bâtons et les balles. Et puis, tu sais,
papa l'a laissé dormir avec moi !

Il se tut comme s'il attendait sa réaction. Mélanie esquissa
un sourire crispé.

— C'est formidable, mon trésor. Je suis contente que
tu sois si heureux. Tu vas très bien t'occuper de Spot, j'en
suis sûre.

Tout fier, il se rengorgea.

— Je l'ai fait manger et je l'ai emmené promener. Quand
il sera un peu plus grand, je lui apprendrai des tours.

Son sourire s'éteignit.

— Spot a pleuré quand je suis parti. Je voulais l'amener
ici mais papa a dit que c'était mon ami de l'autre maison.

Mélanie fit un effort pour se dominer.

— Je t'ai acheté un petit cadeau. Tu le trouveras sur la
table de la cuisine. Si tu allais voir ce que c'est ?

— Au revoir, papa ! lança Casey avant de se précipiter
à l'intérieur.

Mélanie le regarda s'éloigner puis avança vers son ex-mari,
s'immobilisa en face de lui. Elle aperçut son propre reflet
dans ses lunettes de soleil étamées.

— Comment as-tu pu, Stan ? demanda-t-elle d'un ton
mesuré.

Il haussa un sourcil surpris.

— Comment j'ai pu quoi ? Offrir un cadeau à mon fils ?

— Nous en avions parlé et conclu qu'il était trop jeune pour avoir un petit chien. Nous étions convenus du fait qu'il était préférable de prendre ce genre de décision à deux.

Stan haussa les épaules sans manifester un soupçon de remords.

— La chienne d'un de mes amis a eu une portée et il restait un chiot. C'était une occasion à saisir.

— Une occasion à saisir ? répéta-t-elle, furieuse. Nous ne sommes pas au prétoire, mon cher. C'est de l'éducation de notre fils qu'il s'agit.

— Comme d'habitude, ta réaction est disproportionnée. Bon sang, ce chien provient d'un élevage de championnat. Je ne pouvais pas le refuser.

Mélanie enfouit les mains dans ses poches pour qu'il ne les vît pas trembler.

— Je me moque pas mal qu'il soit le champion du monde de sa catégorie. Tu aurais dû m'appeler.

— J'ai omis de le faire. Excuse-moi.

Mélanie se serait laissé attendrir s'il avait été sincèrement repentant. S'il n'avait pas gardé son air suffisant… et si elle ne le connaissait pas aussi bien.

— Pourquoi ne pas avouer le véritable motif de ta largesse ? Tu savais que je ne pourrais pas rivaliser sur ce point. Cet animal te procure un avantage sur moi, une raison pour Casey de préférer vivre avec toi, n'est-ce pas ?

Une lueur d'émotion — de regret, peut-être — vacilla dans le regard de Stan.

— Ne dis pas n'importe quoi, Mélanie.

— N'importe quoi, vraiment ?

Elle esquissa une grimace.

— Je ne sais pas pourquoi, mais je m'attendais bêtement à ce que tu te battes loyalement. Dans l'intérêt de Casey, je n'aurais pas cru que tu t'abaisserais à ce genre de… chantage affectif. Un bébé chien ? Mon Dieu, Stan, jusqu'où pourras-tu descendre ?

— Beaucoup plus bas encore, sans aucun doute.

137

Stan partit d'un rire qui sonnait faux.

— Tu as toujours eu une très mauvaise opinion de moi. A cause de ton père.

— Mon père ? Il n'a strictement rien à voir dans tout cela.

— Ah non ? Il ne t'est jamais venu à l'idée que peut-être, à cause de lui, tu considères inconsciemment tous les hommes comme des monstres ?

— Une tactique de diversion ? Cela fonctionne peut-être au prétoire, cher maître, mais pas avec moi. J'ai été ta femme, l'as-tu oublié ?

Il émit un long soupir éloquent.

— J'ai offert ce chien à Casey pour lui faire plaisir, tu comprends ? Parce que je suis son père et que j'aime le voir heureux.

Ce fut au tour de Mélanie de rire amèrement.

— Stan May ne fait jamais rien uniquement pour voir les gens heureux — pas même son fils. Stan May s'arrange surtout pour arrondir les angles, gagner du terrain, manipuler les événements à son propre avantage. Toujours.

Stan se détourna avec une moue écœurée.

— Je refuse de discuter avec toi quand tu te comportes ainsi. Cela ne rime à rien.

Il se remit au volant et fit démarrer le moteur.

— En cas de problème, appelle mon avocat. Mieux encore...

Il décrocha la ceinture de sécurité et fixa l'extrémité dans l'encoche.

— ... demande à ton avocat d'appeler le mien.

Mélanie retint la portière avant qu'il l'eût claquée.

— Casey est heureux ici — avec moi. Ne bouleverse pas son existence de cette façon. Pense à lui.

— C'est ce que je fais, dit-il sèchement, les joues enflammées par la colère. Je peux lui apporter tellement plus que toi...

— Uniquement sur le plan matériel.

Elle se pencha pour le regarder dans les yeux.

138

— Sa place est auprès de moi, Stan. Tu le sais parfaitement.
— Je ne sais rien de tel.
Il passa en marche arrière.
— Du reste, c'est désormais au juge d'en décider.

18

La femme assise en face de Mélanie n'était pas jolie. L'avait-elle été, un jour ? Son visage fardé portait les stigmates d'une rude existence — passée sur le trottoir —, que d'innombrables sévices tant moraux que physiques avaient jalonnée.

Dans l'espoir de donner un coup de fouet à l'enquête stérile de « l'affaire Andersen », les patrons du CMPD avaient décidé, suivant la suggestion de Connor Parks, d'interroger les prostituées des environs ; avec un peu de chance, l'une de ces femmes reconnaîtrait peut-être l'assassin grâce à la description de son rituel sexuel et au profil établi par Connor. A cette intention, ils avaient donné l'ordre de procéder à un coup de filet dans le quartier, au cours de la nuit précédente.

Mélanie estimait pour sa part qu'il aurait fallu prendre cette initiative trois semaines plus tôt. Les policiers de Whistletop ayant été relégués à un rôle purement consultatif, son opinion comptait pour des prunes. Si les inspecteurs Harrison et Stemmons avaient fait appel à ses services et à ceux de Bobby, c'était uniquement parce qu'il leur était impossible, dans le délai de garde à vue de vingt-quatre heures qui leur était imparti, de questionner seuls les trois douzaines de filles amenées au poste.

Réprimant un bâillement, Mélanie consulta sa montre. Elle était là depuis minuit et quart, environ. Il était à présent 8 heures du matin. Tentée de se servir un café de plus, elle jugea plus raisonnable de s'en abstenir ; la quantité qu'elle avait déjà ingurgitée lui causait suffisamment d'aigreurs d'estomac.

Un coup d'œil sur le dossier ouvert devant elle lui apprit que cette femme se faisait appeler Sugar. Aucune des huit prostituées qu'elle avait interrogées jusqu'à présent n'avait identifié — ou voulu identifier — l'homme correspondant au profil de Parks. Si certaines avaient fait preuve de bonne volonté, la plupart, furieuses, s'étaient retranchées dans un mutisme boudeur. A en juger par son expression, Sugar se classerait certainement dans la seconde catégorie.

— Bonjour, Sugar, dit Mélanie.

— J'ai un coup de fil à passer. Je veux téléphoner.

— Nous verrons cela tout à l'heure. Cigarette ? proposa Mélanie en faisant glisser le paquet vers elle sur le bureau.

Sans rien dire, la prostituée se servit et porta la cigarette à ses lèvres. Mélanie la lui alluma et remit le briquet dans sa poche. Elle attendit que la femme eût inhalé deux ou trois bouffées avant de parler.

— J'ai quelques questions à vous poser, Sugar. Nous recherchons un mec.

— On en cherche toutes, non ?

— Pas n'importe lequel. Ce type a des goûts particuliers ; il aime ligoter les femmes, leur introduire des…

La prostituée s'esclaffa. Son rire éraillé de fumeuse s'acheva en quinte de toux.

— Ils sont tous comme ça, ma belle. On appelle ça baiser.

— Des objets insolites dans tous les orifices, acheva Mélanie. Rien de naturel. Cela vous rappelle quelque chose ?

— Allez vous faire foutre.

— Il exerce une profession libérale, appartient à un milieu aisé. Plutôt beau gosse. Belle voiture. Un type vraiment chouette, à première vue.

Quelque chose — une fugitive émotion — fit vaciller un bref instant le regard de la femme publique. Elle se ressaisit presque instantanément.

— Pourquoi est-ce que je vous aiderais, hein ? Les poulets n'ont jamais volé à mon secours quand je faisais le trottoir.

141

Ignorant le reproche, Mélanie soutint son regard.

— Parce qu'une femme est morte. Et parce qu'une autre pourrait suivre.

Sugar souffla un énorme nuage de fumée et écrasa son mégot dans le cendrier.

— Vous parlez de cette gosse de riches, n'est-ce pas ? Cette fille à papa qui fait la une de tous les journaux ?

— Joli Andersen. C'est ça.

La prostituée garda un instant le silence, le visage hermétique.

— Une petite garce pourrie de fric. Ça ne me fait ni chaud ni froid.

— Vous jugez qu'elle méritait la mort parce que sa famille a de l'argent ? C'est bien cela ?

La question parut prendre la femme au dépourvu. Secouant la tête, elle saisit le paquet de cigarettes.

— Je n'ai pas dit ça.

Mélanie se pencha vers elle.

— Un assassin rôde dans les parages. Nous pensons qu'il fréquente ou a fréquenté des professionnelles. Rien ne permet d'affirmer qu'il ne prendra pas l'une d'entre vous pour cible, à présent.

— Vous vous foutez pas mal des professionnelles, vous les flics. Ne faites pas semblant de vous y intéresser tout à coup. Quand un mec s'en prend à une fille comme moi, vous ne levez même pas le petit doigt.

— Vous pourriez être sa prochaine victime, Sugar. Vous en êtes consciente, n'est-ce pas ?

La femme secoua le paquet pour faire tomber une cigarette — Mélanie lui tendit le briquet —, qu'elle alluma d'une main tremblante.

— Quelque chose semble vous perturber, Sugar.

Elle inhala profondément.

— Oui, j'ai envie de faire pipi.

— Vous connaissez ce mec, n'est-ce pas ? Et vous avez peur de lui.

Sugar lui souffla un ruban de fumée au visage et sourit.

142

— Crève.

— Je peux vous aider. Si vous m'aidez, je vous aiderai.

— Je veux téléphoner.

— A-t-il failli vous tuer, Sugar ? A-t-il menacé de le faire, et vous êtes-vous débattue en vain ?

— Fermez-la.

— Vous a-t-il étouffée avec un oreiller ?

Mélanie baissa la voix.

— Croyez-vous qu'il jouissait de vous voir vous débattre pour respirer ? De vous faire croire qu'il vous tuerait ?

— J'ai dit « ta gueule », bordel !

— Que s'est-il passé ensuite, Sugar ? Qu'est-ce qui l'a interrompu ?

Se penchant sur la table, Mélanie saisit la main libre de la femme et la serra dans la sienne.

— Il a brusquement pris peur ? Croyez-vous que vous aurez autant de chance la prochaine fois ?

La prostituée libéra sa main d'une secousse et se leva d'un bond, le visage livide. La cigarette lui glissa des doigts, heurta le rebord du bureau et roula par terre.

— Il ne s'est rien passé ! D'accord ? Ce mec, connais pas. Et je ne veux pas le connaître !

Elle mentait ; sans savoir au juste pourquoi, Mélanie en était convaincue. Elle lui fit part de son opinion.

— Vous le savez et je le sais : le seul moyen de vous en sortir, c'est de le dénoncer. Aidez-moi à débarrasser les rues de ce fou furieux.

Sugar se précipita vers la porte, qu'elle martela à coups de poing.

— Je veux téléphoner ! Vous m'entendez ? Je veux passer un putain de coup de fil !

Mélanie la rejoignit, la regardant droit dans les yeux.

— Racontez-moi ce qui s'est passé, Sugar. Parlez-moi de lui et je vous aiderai. Ce type qui vous maltraite… renseignez-moi sur son compte et nous nous occuperons de lui, je vous le promets.

— Trop tard. Ce salopard est mort et enterré ; le destin et

143

la nature, qui font bien les choses, s'en sont chargés à votre place. Maintenant, je téléphone ou je m'en vais ?

Mélanie décida de la laisser partir, au mépris de tout règlement. A quoi bon l'inculper ? Sitôt relâchée, elle regagnerait immédiatement le trottoir. Il ne fallait pas être devin pour se douter que Sugar avait reçu son lot d'avanies dans la vie. Inutile d'en rajouter.

Elle lui tendit sa carte.

— Voici le numéro de mon bureau et celui de mon portable. Appelez-moi si la mémoire vous revient, ou en cas de besoin. N'importe quand.

La femme prit sa carte, la mine incrédule.

— Vous allez me relâcher comme ça ?

Mélanie lui ouvrit la porte.

— Inutile de le crier sur les toits. D'accord ?

Sugar la dévisagea un moment avec une expression qui ressemblait à de la gratitude. Puis, sur un signe de tête, elle franchit la porte et s'éloigna à la hâte. Comme elle disparaissait à l'angle de la rue, Mélanie se retourna et aperçut Pete Harrison qui enfilait le couloir dans sa direction.

— Du nouveau ? s'enquit-il en arrivant à sa hauteur.

— Rien de concret.

Elle jeta un coup d'œil du côté où Sugar était partie et reporta les yeux sur l'inspecteur.

— J'ai l'impression que la dernière fille avait quelque chose à cacher. Elle semblait réellement...

— Elles cachent toutes quelque chose, May, coupa Harrison. C'est leur métier qui veut ça.

— Sans aucun doute, mais il m'a vraiment semblé qu'elle avait pu rencontrer notre homme. Quand j'ai insisté, elle s'est affolée. Il ne s'agissait pas de dissimulation, Pete. Elle avait vraiment la trouille.

— Rédigez un rapport. J'y jetterai un coup d'œil et déciderai s'il convient d'y donner suite.

Il consulta sa montre.

— C'était la dernière. Apportez-moi vos notes en partant.

— Je vous demande pardon ?

144

— Nous avons terminé. Je vous remercie.

Il la fichait dehors. L'enfoiré. Elle ne se laisserait pas congédier comme une domestique.

— Vos hommes ont-ils découvert quelque piste intéressante ?

— Quelques indices, tout au plus. S'ils débouchent sur quelque chose, vous en serez informée.

« Par les journaux, comme tout le monde. Ben voyons. » Avant qu'elle ait pu formuler la réplique acerbe qui lui venait aux lèvres, Bobby émergea de la salle d'interrogatoire, derrière l'inspecteur. Il avait manifestement entendu leur dialogue car il fit dans son dos un petit bras d'honneur accompagné d'une grimace éloquente.

Remarquant la mine amusée de Mélanie, l'inspecteur suivit la direction de son regard et se retourna vivement. Bobby le gratifia d'un sourire candide, les deux mains enfoncées dans ses poches.

— J'ai cru comprendre que nous pouvons partir ? s'enquit-il.

— Immédiatement, répondit-elle en passant devant l'inspecteur pour rejoindre son coéquipier. Nous pourrions peut-être faire un tour au commissariat avant d'aller prendre un bon petit déjeuner. J'ai une de ces faims !

Bobby était aussi affamé qu'elle et ils s'arrêtèrent dans une brasserie située sur le chemin du retour. En se dirigeant vers le fond de la salle, Bobby prit le journal du jour sur une table.

Une serveuse leur apporta une cafetière fumante et deux menus. Mélanie commanda aussitôt une gaufre ; Bobby, des œufs au bacon. Dès que la femme se fut éloignée, Mélanie agita l'index sous le nez de son compagnon. Bien que très mince, Bobby avait un taux de cholestérol proche du seuil critique. Helen, son épouse, ne prenait pas la chose à la légère et tous les aliments riches en graisses avaient déserté la table des Taggerty.

— Je suppose que ton régime ne t'autorise pas les œufs au bacon. Que dirait Helen ?

Il esquissa une moue.

— Quelle horreur ! Je n'ai plus droit qu'au poisson maigre et aux émincés de volaille. Un homme ne peut pas se contenter de ces choses-là. Un vrai homme a besoin d'une nourriture substantielle. Du reste, mon taux de cholestérol n'est pas si alarmant que ça — il flirte simplement avec la limite. Un simple flirt, ce n'est pas grave…

Comme Mélanie se bornait à hausser un sourcil sceptique, il grommela dans sa barbe quelque remarque désobligeante sur la gent féminine et lui conseilla de se mêler de ses oignons.

Elle rit et but une gorgée de jus d'orange.

— As-tu appris quelque chose cette nuit ?

— Certes.

Il versa un peu de crème et de sucre en poudre dans son café puis se mit à fredonner un refrain de Willie Nelson, imitant sa voix à merveille : *Mama, don't let your babies grow up to be hookers* (« M'man, laisse pas tes bébés grandir pour être des putes »).

— Très drôle.

Bobby reprit son sérieux.

— En fait, ce n'est pas drôle du tout. C'est horriblement triste.

Il se tut un instant, puis poursuivit :

— Aucune n'a reconnu l'oiseau rare.

— Les miennes non plus. Mais, comme l'une d'entre elles m'en a fait la réflexion, pourquoi nous aideraient-elles ?

— Par simple civisme !

— Sois réaliste.

Elle porta sa tasse à ses lèvres puis la posa sans avoir bu.

— A propos, où était Parks ? Comment se fait-il que nous ne l'ayons pas vu ?

— Tu n'es pas au courant ? Il a été suspendu de ses fonctions.

La nouvelle ne la surprit guère.

— Pour avoir malencontreusement critiqué quelqu'un, je suppose. Quelqu'un de haut placé. Est-ce que je me trompe ?

— Pas du tout.

— Nous, d'abord, et maintenant, Parks… Ce n'est sans

doute pas un type très agréable mais il a l'air de savoir ce qu'il fait — ce qui n'est pas le cas de tous ces guignols de la PJ.

— Ce sont des types bien. Et de bons policiers. Tu es simplement dépitée de ne pas faire partie de l'équipe.

Sur ces entrefaites, la serveuse apporta leur commande. Mélanie attendit qu'elle fût repartie et se pencha vers lui.

— Que veux-tu dire par là, au juste ?

— Ce n'est pas un secret, Mel. Tu aspires à d'autres responsabilités. Moi pas, mais je te comprends. Il y a quelque chose de frustrant à se sentir relégué au second plan, à regarder les autres faire ce qu'on brûle de faire soi-même. Et puis, quand une grosse affaire se présente, être carrément écarté… à ta place, ça me resterait aussi en travers du gosier.

— Ça ne me reste pas en travers du gosier.

— Méthode Coué ? Paraît que ça marche.

Bobby sala ses œufs et en avala une copieuse bouchée.

— Tu permets que je lise le journal en mangeant ? ajouta-t-il.

— Vas-y. Mais les gens vont se mettre à jaser. Nous aurons l'air d'être mari et femme.

S'esclaffant, il déplia son journal. Mélanie entreprit de couper sa gaufre tout en songeant aux réflexions de Bobby. Etait-elle réellement aigrie ? Manquait-elle d'impartialité envers ses collègues de la PJ par simple jalousie ?

Contrariée, elle fronça les sourcils. L'idée n'avait vraiment rien d'agréable.

Sur le point d'interroger Bobby, elle plissa brusquement les yeux, prenant conscience du sens des mots rédigés en caractères gras qu'elle déchiffrait machinalement, en première page du *Charlotte's Observer* :

« Découverte du cadavre de l'homme récemment acquitté d'un viol. »

Se penchant en avant, elle parcourut rapidement le contenu de l'article.

— Oh, mon Dieu, murmura-t-elle. Tu as lu ça, Bobby ?
A propos de Jim Mac Millian ?

— Qui donc ?

— Mac Millian. Une affaire de viol qui remonte à
sept ou huit mois. Tu te souviens ? L'histoire a défrayé la
chronique locale.

Bobby opina lentement.

— Ah oui, cet industriel richissime qui a fait appel à un
prestigieux cabinet d'avocats de New York ? Ils ont réussi
à le faire acquitter alors que l'opinion publique, dans tous
les sondages, le jugeait coupable.

— Il l'était, de toute évidence. Passe-moi la page, j'aimerais regarder ça de plus près.

Il lui tendit le journal. Le décès était dû à une crise cardiaque provoquée par un empoisonnement à la digitaline,
expliquait l'article. Mélanie lut à plusieurs reprises cette
information, ne pouvant en croire ses yeux.

— Ce n'est pas possible.

Bobby tordit le cou pour essayer de lire à son tour.

— Qu'est-ce qu'il y a ?

— C'est exactement ainsi que mon père est mort, il y
a quatre ans.

— D'une crise cardiaque ?

— Due à un taux élevé de digitaline dans le sang.

Bobby fronça les sourcils.

— La digitaline ? Le remède cardiaque ?

— Exactement. Jim Mac Millian était soigné à la digitaline, comme mon père.

— Il a dépassé la dose prescrite ?

— Vraisemblablement, oui. En fait, cette substance
devient mortelle à une dose trois ou quatre fois supérieure
à la quantité prescrite pour régulariser le rythme cardiaque.
Ce n'est pas énorme. En outre, un changement brutal dans
la chimie de l'organisme peut provoquer une élévation du
taux de digitaline dans le sang, donc une crise cardiaque.
C'est pourquoi les patients qui utilisent ce traitement sont

soumis à un contrôle médical très sévère. C'est Ashley qui m'a tout expliqué.

— C'est donc tellement dangereux ? demanda Bobby, inquiet. Mon père suit un traitement de ce type.

— C'est le cas de beaucoup de gens. A ce qu'on m'avait dit, les conditions du décès de mon père n'avaient rien de courant. C'était un cas tout à fait exceptionnel. Voilà ce qui me semble étrange dans cette affaire.

Bobby avala ce qui restait dans son assiette jusqu'à la dernière miette, s'essuya la bouche et jeta sa serviette en papier dans la corbeille à pain vide.

— Compte tenu de la gravité de son état, je suis surpris que Mac Millian ait subi un examen approfondi avant d'être déclaré mort d'une crise cardiaque. Il est rare qu'on procède à une analyse de sang chez les grands cardiaques.

Mélanie pinça les lèvres.

— Je sais. Pour sa part, mon père avait passé une visite médicale deux jours avant sa mort et son état semblait tout à fait satisfaisant.

— Etrange coïncidence.

— Très étrange, renchérit Mélanie. A ton avis, quelle doit être la proportion de ce type de décès ?

Bobby s'adossa à sa chaise et se gratta le crâne.

— Extrêmement faible, j'imagine.

— Cette histoire me fait une drôle d'impression.

— Tu flaires l'affaire du siècle derrière le moindre fait divers.

— Va te faire voir.

Il s'esclaffa puis reprit son sérieux.

— Pourquoi ne pas te renseigner, tout à l'heure, en appelant quelques spécialistes ? Ce genre d'accident n'est peut-être pas aussi rare que nous le pensons ?

— Tu as raison. Que ferais-je sans toi et ton solide bon sens ?

— Tu ferais pitié, répliqua-t-il en riant.

149

19

De retour à Whistletop, après avoir présenté au commissaire un compte rendu de leur collaboration avec la PJ, Mélanie entreprit de se renseigner sur les statistiques en matière de décès provoqués par la digitaline. Non sans peine, elle réussit à obtenir le chef du service cardio-vasculaire du Centre hospitalier régional. Après un bref entretien avec lui, elle appela le cabinet du médecin légiste. Un quart d'heure plus tard, elle raccrochait et se tournait vers Bobby.

— Tout ceci me semble de plus en plus étrange.

— Qu'ont-ils dit ?

— Ils ont tous les deux confirmé nos soupçons sur l'extrême rareté des crises cardiaques provoquées par un taux élevé de digitaline.

— Mais encore ?

— Toutefois, selon eux, la probabilité que deux accidents de ce type se produisent dans une même région à quatre ans d'intervalle n'est pas absolument nulle.

— En d'autres termes, inutile de donner l'alerte.

— Exactement.

— Et cela ne te satisfait pas.

— Je n'ai rien dit de tel.

— A quoi bon ? Ton expression est suffisamment éloquente : de toute évidence, tu refuses d'admettre que Mac Millian et ton père soient décédés de la même manière par un de ces caprices du hasard qui se produisent parfois. De toute évidence, tu vas ruminer ça tant que tu n'auras rien

150

trouvé de plus savoureux à te mettre sous la dent. C'est ton tempérament obsessionnel qui veut cela, ma belle.

— Non, pas du tout.

Bobby secoua la tête et décrocha, la sonnerie du téléphone coupant court à la discussion.

— Commissariat de Whistletop. Taggerty à l'appareil.

Il se tut, à l'écoute, puis sourit.

— Bonjour, Véronica. Oui, elle est là, les neurones en effervescence, comme toujours. Ne quitte pas.

Il appuya sur un bouton et indiqua l'appareil à Mélanie. Depuis leur première rencontre, un mois plus tôt, les deux femmes s'étaient rapidement liées d'amitié. Leur entraînement au taekwondo suivi d'une heure de bavardage au café s'était transformé en rituel hebdomadaire ; en outre, elles se téléphonaient tous les deux ou trois jours et s'étaient arrangées pour déjeuner un vendredi avec Mia.

Mélanie n'avait jamais atteint ce degré d'intimité avec quiconque dans des délais aussi brefs.

Véronica semblait du reste susciter une sympathie immédiate chez la plupart des gens. Mia, Bobby, Casey, ils étaient tous tombés sous le charme, songea Mélanie ; la seule personne de son entourage que Véronica n'eût pas encore rencontrée était Ashley. Elles allaient y remédier ce week-end.

— Hello, ma belle. Quoi de neuf ? dit-elle en portant le récepteur à l'oreille.

— Apparemment, c'est moi qui devrais te poser la question. Pourquoi ces neurones en effervescence ?

Mélanie rit doucement.

— N'écoute pas Bobby, dit-elle en baissant ostensiblement la voix avec un regard en coulisse vers son coéquipier. On pourrait lui fendre le crâne en deux qu'il se refuserait à y voir un crime.

Bobby lui adressa une petite grimace avant de se replonger dans l'étude des appels de la nuit précédente.

— As-tu lu le journal ce matin ?

— Trop occupée. Que s'est-il passé ?

151

— Jim Mac Millian est mort.

— Je sais. Sam nous a raconté cela hier, dit Véronica, se référant à Sam Hale — l'avocat général qui avait représenté le ministère public contre Mac Millian. L'un de ses amis de la PJ l'a appelé en apprenant la nouvelle. Eh bien, quel rapport avec ton agitation matinale ?

Mélanie lui fit part de la coïncidence entre les circonstances de ce décès et celles de la mort de son père, résuma ensuite ce que les médecins lui avaient dit à ce sujet.

Véronica garda un instant le silence ; Mélanie eut l'impression de l'entendre réfléchir, évaluer l'importance de ces informations.

— En effet, tout cela me paraît bizarre. Que comptes-tu faire ?

— Que pourrais-je bien faire ? Ouvrir tout grand les yeux et les oreilles, essayer d'en apprendre un peu plus long — mais je ne vois pas très bien de quelle manière.

Véronica approuva vaguement puis passa à un autre sujet.

— Excuse-moi de ne pas t'avoir appelée plus tôt — l'affaire dont je t'ai parlé ne me laisse aucun répit. Le père du gamin s'est entouré de ténors du prétoire, à grand renfort d'argent. Ils nous en font voir de toutes les couleurs.

— Où en êtes-vous ?

— Le jury est en train de délibérer. Mais je crois que nous le tenons, le gredin. Une autre victime a accepté de témoigner.

Un sourire perçait dans la voix de Véronica.

— Cette fois, cette arrogante petite fripouille s'est fourrée dans de sales draps dont son père ne pourra pas le tirer, même en y laissant sa fortune.

— Tant mieux pour toi.

— Non, corrigea le substitut. Tant mieux pour toutes les filles qu'il a agressées ; et pour celles à qui cette condamnation aura épargné d'éventuels sévices. Un instant, ne quitte pas.

Mélanie entendit quelqu'un lui parler puis perçut sa réponse assourdie.

— Ecoute, je n'ai pas beaucoup de temps, reprit Véronica.

152

J'aimerais savoir comment s'est passée ton entrevue avec l'avocat.

— Inutile d'en parler.

— Aïe. Si mal que cela ?

— Pire encore. J'ai passé un week-end infernal, entre dépit et désespoir absolu, avoua Mélanie.

Quand elle eut raconté les grandes lignes dans son entretien avec Peoples, Véronica marmonna un juron.

— Cet enfoiré est la honte de la profession.

— C'est le moins qu'on puisse dire.

Mélanie tenta en vain de ranimer sa colère et son indignation. Elle se sentait si lasse…

— Je ne sais vraiment pas ce que je vais faire. Je n'ai pas les moyens de m'offrir un avocat de l'envergure du confrère de Stan.

— Je crois que si.

— Pardon ?

— Je connais une bonne femme épatante, à Columbia. Avocate spécialisée en droit de la famille, elle a délibérément opté pour le camp des opprimés. Ecoute, je vais l'appeler pour savoir si elle n'est pas trop submergée. Dans la mesure du possible, elle te rendra ce service par amitié pour moi.

— Ce serait miraculeux… mais mon salaire de flic ne suffira jamais à régler ses honoraires.

— Soucie-toi de conserver la garde de ton fils. Moi, je m'occupe du reste.

— Mais, Véronica…

— Il n'y a pas de mais. Fais-moi confiance. Je vais raccrocher et l'appeler tout de suite.

Eperdue de gratitude, Mélanie sentit sa gorge se nouer.

— Merci, Véronica. C'est… vraiment trop gentil. Je ne sais pas comment te remercier…

— Me remercier ? dit-elle en riant. Des amies ne se disent pas merci. Elles s'aident quand elles le peuvent, un point c'est tout.

20

Mélanie se dressa en sursaut sur son lit, immédiatement aux aguets. Le réveil silencieux accusait 3 h 30. Elle fronça les sourcils, inclina la tête, à l'écoute du bruit qui aurait pu la réveiller. N'étaient, tant était grand le silence, perceptibles que les remous de l'aquarium dans la chambre de Casey.

Cela ne la rassura pas pour autant. S'armant de son revolver, récupéré dans un tiroir du bureau de sa chambre, elle entreprit l'inspection des autres pièces. Le musée souvent désordonné de jouets dont le conservateur en chef était Casey — qui n'avait pas bougé depuis qu'elle l'avait couché, la veille au soir — respirait le calme qu'ont, la nuit comme le jour, les petits musées de province. Puis elle fit le tour de la maison, vérifiant la fermeture des portes et des fenêtres. Tout paraissait normal.

Alors, pourquoi s'était-elle réveillée en sursaut ?

Et maintenant qu'elle était debout, le cœur cognant contre ses côtes comme un oiseau dans une cage, les nerfs à vif, comment espérer se rendormir ?

Elle n'y parviendrait pas. Parcourir tranquillement le journal en dégustant un bon café lui parut une bonne alternative. Le journal du jour était-il arrivé ? Après avoir remis à sa place le revolver, elle s'en assura par un coup d'œil sur la porte vitrée de l'entrée. Il dépassait en effet de la boîte aux lettres ; elle courut le chercher puis regagna la cuisine pour préparer son café.

En attendant qu'il passe, elle s'installa sur l'un des tabourets de bar et ouvrit la gazette. Le parcours des gros titres du jour se fit la tête ailleurs, et les yeux mi-clos le zigzag dans les colonnes des faits divers. Enfin, elle abandonna sa lecture, l'affaire de la veille lui revenant brusquement à l'esprit.

Jim Mac Millian, coupable de sévices sexuels, inopinément décédé.

Thomas Weiss, la brute qu'elle n'avait pu inculper, victime d'une mort subite.

Le front de Mélanie se plissait tandis que sa mémoire active produisait des bribes de conversations. Comment Bobby avait-il qualifié ces deux accidents ? De caprices du destin. Qu'avait dit Véronica en apprenant le décès de Thomas Weiss ? Que le destin était parfois bien étrange.

La jeune femme se redressa et porta une main à sa bouche. Voilà ce qui l'avait réveillée, qui cognait de toutes ses forces à la porte de sa conscience, exigeant toute son attention. La coïncidence la plus étrange n'était pas celle des décès identiques de son père et de Mac Millian, survenus à quatre ans d'intervalle, mais celle des morts subites et récentes de trois hommes accusés de sévices sexuels et voies de fait.

Trois hommes ? Mélanie se massa machinalement le bout du nez. Pourquoi avait-elle pensé « trois » ?

Puis elle se souvint. La prostituée qu'elle avait interrogée dans les bureaux de la PJ de Charlotte : qu'avait-elle dit ? Que l'homme qui l'avait maltraitée était mort, que le destin et la nature s'étaient chargés de la débarrasser de lui.

Le destin. Une mort naturelle. Une fois de plus.

Mélanie se leva, le cerveau en ébullition. Elle prit un bol dans le placard, l'emplit de café et le garda entre les mains ; la chaleur excitait ses sens. Que voulait dire tout cela ? Pouvait-il exister un lien entre ces trois cas ? Un riche entrepreneur d'un certain âge, un restaurateur en pleine ascension sociale et le compagnon d'une prostituée ?

Un rapport quelconque était-il possible entre trois hommes aussi différents ?

Ils avaient été tous les trois accusés de maltraiter des femmes.

155

A présent, ils étaient tous morts.

— Maman ?

Surprise, Mélanie fit vivement volte-face. Debout sur le seuil de la cuisine, Casey serrait son ours en peluche contre lui, se frottant les yeux de sa main libre.

Elle s'approcha de lui.

— Que fais-tu debout, mon trésor ? Le jour n'est pas encore levé.

— J'ai fait un vilain rêve. Quelqu'un t'emmenait très loin et je pouvais plus te retrouver.

Sa voix vacilla et elle le prit dans ses bras ; il noua les mains derrière son cou et blottit son visage au creux de son épaule.

— Cela n'arrivera jamais, murmura-t-elle avec détermination.

A l'instant où les mots franchissaient ses lèvres, elle revit en pensée son propre reflet — celui d'une femme à la fois abattue et combative — dans les lunettes de soleil de Stan. Elle resserra son étreinte.

— Allons, bout de chou, on retourne se coucher. Viens dormir dans le lit de maman.

Trois heures après son arrivée au commissariat, ce matin-là, Mélanie n'avait toujours pas réussi à s'octroyer une pause pour approfondir sa réflexion sur les liens entre les décès de Weiss et de Mac Millian. Toute une série de corvées assommantes s'était abattue sur elle, sans compter les nombreuses fausses pistes glanées au cours de la nuit sur la ligne réservée à l'affaire Andersen.

Aucune n'avait abouti à rien, sinon à lui faire perdre son temps.

Sans doute aurait-elle dû se féliciter de ne pas en avoir récolté davantage ce jour-là. Les premières semaines qui avaient suivi l'annonce de la prime, le standard avait été débordé. Puis les appels s'étaient progressivement espacés.

Loin de se réjouir, la jeune femme rongeait son frein. Comment parvenir à démontrer le bien-fondé de sa théorie ?

Une fois débarrassée des basses besognes, elle ne tarda pas à rappeler le médecin légiste.

— Bonjour, Frank. Mélanie May, du commissariat de Whistletop. Nous avons parlé hier du décès de Jim Mac Millian.

— En effet, madame May. Que puis-je faire pour vous ?

— Une simple question : Jim Mac Millian aurait-il pu être assassiné ?

Il y eut un long silence au bout de la ligne.

— Décès d'origine naturelle, telle est ma conclusion, dit enfin le médecin. Auriez-vous appris quelque chose que j'ignore, agent May ?

— Pas du tout, répondit-elle vivement.

Il ne manquerait plus qu'il appelât les inspecteurs de la PJ pour les avertir qu'elle s'intéressait de très près à l'une de leurs affaires.

— Je me suis mal exprimée. Est-il possible de tuer quelqu'un de cette manière ?

— Tout à fait. En l'occurrence, il n'existe pas le moindre indice qui permettrait de l'envisager. La digitaline est extraite d'une plante — la pourprée. Si M. Mac Millian avait été empoisonné, j'aurais découvert des traces de cette plante dans son estomac. Or…

— Mais si la victime recevait déjà un traitement à base de digitaline, ne pourrait-elle pas en avoir absorbé à son insu une dose mortelle ? Dans ce cas, l'autopsie ne pouvait rien prouver, puisqu'il s'agissait du remède destiné à stabiliser son état, avança Mélanie.

Son interlocuteur toussa pour s'éclaircir la voix.

— Auriez-vous un motif quelconque de soupçonner que cette personne a pu être empoisonnée ? Outre le fait, bien sûr, que les circonstances rarissimes de ce décès sont une réplique de celles dans lesquelles vous avez perdu votre père ? M. Mac Millian avait-il reçu des menaces ? Sa femme

157

aurait-elle récemment contracté une assurance-vie ? Avait-il des ennemis susceptibles de vouloir attenter à ses jours ?

— Non… enfin, je ne sais pas. Mais la coïncidence entre…

— Vous regardez trop de films, agent May. Bien des détails restent inexplicables à chaque décès. Le corps humain n'est pas une machine et on ne peut pas toujours affirmer avec précision ce qui a provoqué sa fin. De ce fait, à moins que vous ne motiviez sérieusement la réouverture de ce dossier, je vais être obligé de vous quitter.

Mélanie n'ayant aucun élément concret à lui fournir, la conversation s'arrêta là. En raccrochant, elle découvrit le regard de Bobby fixé sur elle.

— Eh bien, quoi ? dit-elle en haussant imperceptiblement le menton. Je vérifie le bien-fondé d'une intuition.

— As-tu perdu la raison ? Te rends-tu compte des risques que tu prends en faisant cela ? Un simple coup de fil de Frank Connel, médecin légiste, pourrait t'attirer de graves ennuis.

— Je sais. Bon. Je m'en vais. Invente-moi une excuse, veux-tu ?

Elle feuilleta rapidement ses notes de la veille, trouva apparemment ce qu'elle cherchait et se leva.

— Si le commissaire t'interroge, dis-lui que je m'occupe d'une prostituée.

L'adresse que Sugar avait fournie à la police risquait fort d'être fausse, songea Mélanie. Ses craintes se précisèrent quand elle découvrit qu'il s'agissait d'un immeuble tout à fait correct dans un quartier charmant de Charlotte, très loin de l'endroit où la prostituée avait été ramassée ; en fait, à proximité de la résidence où habitait Ashley.

Elle sonna à la porte. Une femme arriva. L'espace d'un instant, Mélanie pensa qu'elle avait eu raison : la femme qui lui ouvrit, avec son allure impeccable, ne ressemblait certes pas à la fille des rues coriace et désabusée qu'elle avait interrogée l'autre jour.

La lueur fugace qui passa dans son regard la trahit. Manifestement, elle reconnaissait sa visiteuse.

— Sugar? dit Mélanie.

La femme jeta un coup d'œil derrière elle. Du salon provenait le son d'un dessin animé à la télévision.

— Kathy, corrigea la femme. Kathy Cook. Que faites-vous ici?

— J'ai quelques questions à vous poser.

— Je vous le répète : je ne connais pas ce type.

Elle recula pour fermer la porte mais Mélanie retint le battant.

— Ce n'est pas à propos de lui, mais de l'homme dont vous m'avez parlé — celui qui vous brutalisait.

Cela parut la surprendre.

— Samson? Pourquoi vous intéressez-vous à lui?

— Que vouliez-vous dire en prétendant que la nature et le destin s'étaient occupés de lui?

L'autre femme tourna vivement la tête une seconde fois.

— Ecoutez, mon petit est là. Je n'ai vraiment pas envie qu'un flic vienne me causer des ennuis…

— Je n'ai pas l'intention de vous causer des ennuis. S'il vous plaît, dites-moi de quoi il est décédé. C'est important.

— D'une overdose. Ça vous suffit? Allez-vous filer, maintenant?

— Une overdose, répéta Mélanie, désappointée.

Evidemment, les décès par overdose étaient fréquents dans ce milieu. Il s'agissait même de l'accident le plus répandu chez les filles de joie, les sans-abri et autres habitués de la rue. Difficile d'imaginer que ce fût l'œuvre d'un habile criminel.

— Avant que vous vous en preniez à moi, je dois vous dire que je fais ce métier pour vivre et faire vivre mon fils mais que je ne touche pas à ces saloperies, affirma Kathy. Pas même pour tenir le coup.

Mélanie avait souvent entendu ce discours — parfois même dans la bouche de junkies défoncés au point de ne plus pouvoir tenir debout. Cette fois, pourtant, il sonnait juste. Le regard de cette femme répercutait la flamme d'une farouche détermination qu'elle n'avait pas discernée sous les néons de la salle d'interrogatoire.

— C'était un toxicomane ? Quelqu'un que vous aviez rencontré sur le trottoir ?

Sugar secoua la tête.

— Je ne faisais pas le trottoir, à l'époque. J'avais un vrai boulot, pas trop mal rémunéré. Il y avait une garderie pour mon fils et toutes sortes d'avantages. C'est là que je l'ai rencontré. Il travaillait juste en face, dans une banque.

Elle esquissa une petite grimace de dérision.

— Quand j'ai rencontré Samson Gold, j'ai cru que ma chance avait tourné pour de bon.

— Quand a-t-il commencé à vous maltraiter ?

— Pas tout de suite. Je le trouvais… différent de tous les types que je connaissais. Il s'est installé chez moi. C'est à ce moment-là qu'il a changé. Il a commencé à sniffer de la coke à fortes doses. Ça le rendait dingue — et méchant. Il a perdu son boulot, et moi le mien. Il venait faire des scandales jusque sur mon lieu de travail. Il terrorisait mes collègues.

Son expression se durcit.

— Je suis allée voir les flics. Ils n'ont pas bougé le petit doigt. L'un d'entre eux m'a reconnue du temps du macadam et ils m'ont claqué la porte au nez.

Elle eut un petit ricanement amer.

— Nous autres, les professionnelles, on mérite bien notre sort, vous comprenez. On n'est que des putes.

A l'intérieur, un rire d'enfant fit écho au bruitage du dessin animé. Mélanie pensa à Casey et son cœur se serra douloureusement.

— Que s'est-il passé ensuite ?

— Le destin — ou mon ange gardien, peut-être — est intervenu. Quelqu'un lui a refilé de la dynamite — vous savez, un mélange de coke et d'héroïne. Pas une mixture à base de produits frelatés. Du vrai crack.

La femme fronça un sourcil perplexe.

— Je me demande encore comment on a pu lui four-guer cette saloperie. Aucun trafiquant ne commet ce genre d'erreur, vous savez ? Impossible de se procurer cette camelote pure comme ça, dans la rue ; ça vaut une véritable fortune. Et si mon homme avait su ce que c'était, jamais il ne se serait hasardé à en prendre. Il était bousillé mais pas complètement taré.

Mélanie maîtrisa à grand-peine son excitation. Cela faisait trois. Trois hommes décédés dans des circonstances tout à fait insolites.

— Maman ? Qui est là ?

Kathy tourna la tête vers le couloir.

— Juste une copine, mon ange. Va regarder tes dessins animés. Je reviens tout de suite.

Elle lança un coup d'œil à Mélanie.

— Il faut que j'y aille.

— Bien sûr. Merci.

Mélanie lui effleura le bras.

— Ce n'est pas vrai : vous ne méritez pas d'être traitée ainsi. Si jamais vous aviez encore besoin d'aide, adressez-vous à moi. Je ferai tout mon possible.

La femme hocha la tête, visiblement touchée. Sans doute Sugar... Kathy n'avait-elle pas été traitée avec beaucoup d'égards dans sa vie.

— Inutile de vous inquiéter pour moi, dit-elle. Je suis en train de remonter la pente. On m'a trouvé un filon pour un travail de jour, avec une garderie. J'aurais pu m'en sortir plus tôt mais je tiens à rester ici pour que mon fils fréquente une bonne école, des enfants bien élevés, de familles correctes. Je ne veux pas qu'il devienne comme...

Elle ravala la suite, comme si elle se souvenait subitement qu'elle parlait à « l'ennemi ».

— Il faut que je rentre.

— Une dernière question : quand Samson Gold est-il décédé, au juste ?

161

Mme Cook réfléchit un instant, opérant un rapide compte à rebours.

— Il y a quatre mois. Oui, c'est ça — juste avant Thanksgiving. Et je vous assure que, depuis lors, je n'ai pas cessé de remercier le ciel.

21

Mélanie manœuvra pour se garer à l'un des emplacements réservés devant le commissariat. L'esprit absorbé par ce que Sugar venait de lui apprendre, elle passa au point mort et coupa le moteur.

Trois hommes étaient décédés ; trois brutes qui maltraitaient des femmes mais avaient finalement échappé à toute condamnation. Tous étaient morts de façon différente mais dans des circonstances rarissimes, bien que naturelles. Tous étrangement victimes de quelque faiblesse physiologique.

Elle passa en revue les trois cas. Un toxicomane succombe à la suite d'une overdose provoquée par une mixture qu'il n'aurait jamais dû pouvoir se procurer. Un malade du cœur décède d'une crise cardiaque, victime du remède qui lui était prescrit. Un homme souffrant d'une grave allergie aux piqûres d'abeilles périt dans un accident de la route, attaqué par un essaim.

Existait-il un lien entre ces trois morts ? S'agissait-il simplement d'une étrange coïncidence — ou d'un châtiment divin ?

Mélanie cala sa nuque contre l'appuie-tête et ferma les yeux, s'efforçant de faire un peu de lumière dans ses idées, dans ses impressions. Comment le nier ? Pour elle, il ne s'agissait pas de morts accidentelles. Ces hommes avaient probablement été assassinés. Par une seule et même personne.

Par une seule et même personne. Si c'était le cas, il fallait en déduire qu'un tueur en série sévissait dans les environs, visant les hommes qui opprimaient et maltraitaient impunément leur compagne ou leur famille.

Hélas, tout le monde jugerait sa théorie parfaitement invraisemblable. Abracadabrante. Il devait exister un autre lien entre l'assassin et ces hommes. A elle de le découvrir.

Elle ouvrit sa portière au moment précis où son coéquipier sortait de l'immeuble.

— Bobby, appela-t-elle, tout excitée. Il faut que je te parle.

Il se dirigea aussitôt vers elle.

— Démarre, vite, lui dit-il. Les gars de la PJ ont mis la main sur un suspect, dans l'affaire Andersen. Le commissaire veut que nous assistions à l'interrogatoire.

— En route.

Elle referma sa portière et attendit que Bobby soit monté pour déboîter.

— Qui ont-ils arrêté ?

— Un certain Jenkins ; le type qui avait proféré des menaces à l'encontre de Joli le soir de son assassinat. Il a réapparu avant-hier soir. Le barman l'a reconnu et a appelé la police.

— Il s'est pointé dans la même boîte de nuit ?

Mélanie secoua la tête.

— Ce type ne peut être qu'innocent ou complètement débile.

— Une rapide enquête informatique a fait apparaître quelques antécédents : cambriolage, attaque à main armée. Pas de condamnations. M. Jenkins aurait, semble-t-il, beaucoup de mal à maîtriser ses emportements. Lors de ses derniers démêlés avec l'ordre public, il aurait cassé une queue de billard sur la tête de quelque quidam — lequel avait apparemment émis un doute sur sa sexualité.

Mélanie confronta mentalement ces informations au profil établi par Connor Parks ; la description de l'homme de la discothèque n'y correspondait pas du tout. C'était encore plus flagrant maintenant qu'on l'avait arrêté. Ce type semblait être l'inverse du don Juan séduisant et beau parleur croqué par Connor.

— Et on le soupçonne d'être l'assassin ?

Remarquant son ton incrédule, Bobby haussa les épaules d'un air évasif.

— A mon avis, c'est assez naturel, non ? Il avait un mobile. Il était là la nuit du crime. Il a proféré des menaces à l'encontre de la victime.

— Nous verrons bien, dit-elle sans conviction. Je suis curieuse d'entendre ce qu'il dira pour sa défense.

Ils roulèrent un bon moment en silence, Mélanie naviguant adroitement dans la circulation assez dense de cette fin d'après-midi. Même à l'approche du centre-ville, Charlotte ressemblait davantage à une grosse bourgade de province qu'à une aussi grande ville, avec ses larges artères, sa verdure omniprésente, son paysage vallonné, ses quartiers aérés et tranquilles.

Mélanie s'engagea dans l'avenue Davidson ; l'immeuble moderne abritant les bureaux de la PJ était déjà visible, au centre de l'Esplanade du Gouvernement où étaient rassemblés tous les bâtiments administratifs de la ville.

— Au fait, annonça Bobby, j'ai dit au commissaire que tu étais partie vérifier un indice recueilli au standard spécial de l'affaire Andersen et que nous nous retrouverions à la PJ. Heureusement, tu es arrivée à temps.

Reconnaissante, elle le gratifia d'un sourire.

— Merci, mon vieux. J'ai une dette envers toi.

— Peux-tu m'expliquer ce qui se passe ?

— Tu te souviens de cet article sur la mort de Mac Millian, dans le journal d'hier ?

— Bien sûr.

— Je me suis aperçue hier soir que ce n'était pas la similitude entre ce décès et celui de mon père qui me troublait, mais le fait que trois hommes poursuivis pour voies de fait soient morts récemment, victimes d'accidents rarissimes.

— Là, tu m'as semé. De quels autres individus parles-tu ?

Elle lui fit part de ses découvertes, commençant par l'affaire dont elle s'était occupée pour terminer par sa conversation avec Sugar, le matin même. Tout en parlant,

165

elle bifurqua à droite, s'engageant sur le parking des locaux de la PJ. Elle trouva une place libre, coupa le moteur et se tourna vers son passager.

— Cela fait trois, Bobby. Trois brutes notoires, toutes victimes d'accidents insolites.

Bobby la dévisagea.

— Où veux-tu en venir ? Suggérerais-tu qu'il existe un lien entre ces trois décès ?

— Evidemment.

Elle jeta un coup d'œil dehors puis reporta son regard sur lui.

— Enfin, Bobby, cela ne te saute donc pas aux yeux ? Ne trouves-tu pas ma déduction parfaitement logique ?

— Je ne sais pas, Mel. Honnêtement ?

Mélanie hocha la tête. Bobby se passa une main sur le menton.

— Je pense que tu extrapoles. Comment opères-tu ce rapprochement ?

— Ils maltraitaient tous les trois leurs nanas et ont échappé d'une manière ou d'une autre à tout châtiment ; et ils sont tous morts dans des circonstances plutôt insolites.

— Oui, mais ils n'avaient pas le même âge, n'appartenaient pas au même milieu, n'avaient absolument rien d'autre en commun…

— Bon, ça va, coupa Mélanie, découragée. Il y a plus de lacunes dans ma théorie que de trous dans une tranche de gruyère.

— Hé, dit Bobby en levant les mains comme pour implorer grâce, tu m'as demandé mon avis. Si tu me trouves sévère, imagine un peu la réaction du commissaire.

Elle quitta la jeep et claqua la portière. Bobby l'imita et ils se dirigèrent ensemble vers l'immeuble, un imposant bâtiment de verre et d'acier.

— Tu m'évites encore un coup de pied aux fesses, n'est-ce pas ?

— Il faut bien que quelqu'un s'en charge.

Tout en lui tenant la porte, il lui adressa un clin d'œil.

166

— Et puis je me suis habitué à ta compagnie. Avec toi, la vie n'est jamais monotone.

— Si c'est un compliment, merci.

Ils pénétrèrent dans le hall dont l'air conditionné les enveloppa de fraîcheur et se dirigèrent vers les ascenseurs. Au passage, Mélanie admira une fois de plus la grande fresque du célèbre artiste Ben Long dont elle appréciait le style audacieux et les teintes chatoyantes.

— Du reste, reprit Bobby en entrant à sa suite dans l'un des ascenseurs, je ne dis pas que tu as tort; simplement, tu ne m'as pas encore convaincu. Continue à creuser, essaie de trouver de quoi étayer davantage ta théorie avant de la présenter au commissaire.

— Retenez l'ascenseur !

Mélanie saisit les portes pour les empêcher de se fermer. Dès qu'elles se furent écartées, Connor Parks fit son apparition, une bouteille de champagne calée sous un bras. Il les gratifia d'un sourire.

— Salut, Princesse. Taggerty.

Bobby étouffa un rire. Mélanie plissa les yeux, furibonde.

— Que faites-vous ici, Parks ? Je me suis laissé dire qu'Andersen vous avait fait virer de cette affaire.

Une lueur amusée éclaira ses prunelles sombres.

— C'est drôle, on m'a dit la même chose sur vous. Apparemment, on nous jette un os à ronger, aujourd'hui.

Une pointe d'admiration atténua l'antipathie qu'il lui inspirait. Le bonhomme ne manquait pas d'aplomb. Haussant un sourcil, elle désigna la bouteille.

— Est-ce pour fêter l'os qu'on nous jette ou bien le dénouement de l'affaire ? A moins que vous n'aimiez pas boire seul, tout simplement ?

Là, c'était un coup bas — elle se vengeait. Il le reçut de plein fouet et sa mâchoire se crispa. L'ascenseur s'arrêta. Les portes s'ouvrirent. Mélanie sortit la première, les deux hommes sur ses talons. Un peu plus loin, dans le couloir, quelques personnes étaient rassemblées. Steve Rice, le patron de Parks, était du nombre. Il fit signe à Connor de se dépêcher.

Parks regarda Mélanie. Si sa remarque l'avait atteint, il ne lui en tenait visiblement pas rigueur.

— Un bon conseil, Princesse, lui dit-il. Regardez faire les « grands ». Vous pourriez bien apprendre quelque chose, aujourd'hui.

Comme il s'éloignait, elle le retint, furieuse quoique incapable de contenir sa curiosité.

— Ce champagne… n'est-ce pas la même marque que celle de la bouteille découverte sur le lieu du crime ?

Les yeux de Parks pétillèrent.

— Vous voyez ? Vous apprenez déjà.

22

— Tu es en retard, dit Rice dès que Connor fut arrivé à sa hauteur.

Connor consulta sa montre.

— Etant donné que tu m'as invité à cette petite sauterie il y a moins d'une demi-heure, je m'attendais à un tout autre accueil. Quelque chose du genre : « Merci d'être arrivé aussi vite au péril de ta vie, Conny. »

— Tu es à jeun ?

— Va te faire foutre.

L'agent fédéral l'examina d'un œil soupçonneux.

— Tu as bu ?

— Non, bordel. Je n'ai pas bu. Vingt-deux jours et vingt-deux nuits d'abstinence : l'enfer.

— Parfait. Je serai présent dans la salle d'interrogatoire, histoire de faire monter un peu la pression. Tu observeras la scène. Rien ne doit t'échapper — jusqu'au moindre battement de cils du bonhomme. Ils pensent tenir le coupable.

— Tu es certain d'avoir bien réfléchi, Steve ? Tu ne crains pas que je démolisse une carrière ou une existence au passage ?

— Tu tiens à être dans le coup, oui ou non ?

— Parbleu, oui, j'y tiens, affirma Connor avec force.

Il tendit la bouteille à Rice. Comme Mélanie l'avait remarqué, elle était identique à celle qu'on avait découverte sur le lieu du crime.

— Les autres sont arrivés ?

— Ils sont là.

Justement, Pete Harrison et Roger Stemmons approchaient.

— Salut, les gars, leur dit Rice. Si nous allions tout de suite tirer les vers du nez à ce M. Jenkins ?

Quelques instants plus tard, Connor pénétrait dans la pièce attenante, où l'on pouvait suivre l'interrogatoire du suspect sur écran. Les agents May et Taggerty étaient déjà installés à la table, en compagnie d'un représentant du ministère public et de quatre autres flics.

Il alla s'asseoir à côté de Mélanie. Jenkins attendait dans la salle contiguë. Au premier regard, Connor fut conforté dans l'opinion qu'il s'était forgée d'après les descriptions verbales du suspect : Ted Jenkins n'était pas leur homme. Il ne correspondait pas du tout au profil de l'assassin. Ni beau ni laid, il était cependant totalement dépourvu d'allure, de prestance. Avec ses cheveux ondulés, mal coupés, son maillot de corps moulant et sa cigarette coincée derrière l'oreille, il avait l'air d'un mécanicien ou d'un ouvrier, aux antipodes du play-boy raffiné susceptible de séduire Joli.

Rice et les deux inspecteurs s'installèrent en face de lui. Pete Harrison posa la bouteille de champagne sur la table avec une pile imposante de dossiers cartonnés. Jenkins semblait au bord de la crise de nerfs bien que personne ne lui eût encore posé la moindre question.

Connor se pencha pour parler à l'oreille de Mélanie.

— Avez-vous remarqué où Harrison a placé la bouteille — à l'extrémité de l'angle de vision du suspect ? S'il est coupable, il sera incapable de l'ignorer. Il tournera sans cesse la tête de ce côté. Il se mettra à transpirer, le rythme de sa respiration s'accélérera.

— Et tous ces dossiers cartonnés ? Que vont-ils en faire ?

— Ils sont vides. Les étiquettes portent le nom de Jenkins mais ils ne contiennent que des feuilles vierges. Il s'agit de lui faire croire que nous avons rassemblé toutes sortes d'informations sur son compte.

Mélanie ne parut pas très impressionnée.

— Ce sont là vos astuces de « grands » du FBI ?

— Comme vous dites. Ces procédés ont été mis au

170

point par l'agent fédéral John Douglas, du Bureau d'études de Quantico.

Elle avait manifestement entendu parler de Douglas, considéré comme le plus grand spécialiste d'analyse et de profilage en matière criminelle, car son expression se modifia légèrement.

— Je vais peut-être apprendre quelque chose, en effet.

Après les préliminaires d'usage, la procédure commença pour de bon et Connor y consacra toute son attention.

— C'est pour quoi faire, ce mousseux ? demanda Jenkins en pointant le menton vers la bouteille.

— Si vous me laissiez plutôt poser les questions, Ted, dit Pete Harrison, prenant l'initiative. Où vous cachiez-vous donc depuis un mois ?

— Nulle part.

Jenkins se massa les cuisses du plat de la main.

— J'ai simplement traîné à droite et à gauche.

— Nulle part ? répéta l'inspecteur. Vous traîniez à droite et à gauche ?

— Oui, dit Jenkins, sur la défensive, en regardant tour à tour Stemmons, puis Rice. Il n'y a rien de mal à ça, non ?

— Avouez plutôt que vous avez essayé de vous faire oublier.

— Non. Pas du tout.

— Pourquoi n'êtes-vous pas venu nous trouver ? demanda Stemmons.

— Pou… Pourquoi l'aurais-je fait ?

Les policiers se regardèrent brièvement.

— Oh, je ne sais pas. Peut-être parce qu'une femme que vous aviez draguée et qui vous avait repoussé…

— … sans grand ménagement…

— … a été assassinée. Cette nuit-là, précisément.

— Je n'ai rien à voir là-dedans !

— Ce soir-là, à la discothèque, vous l'avez menacée. N'est-ce pas, Ted ?

— N… non.

171

— Il y a des témoins. Vous lui avez dit qu'elle allait le regretter. N'est-ce pas ce que vous avez dit ?

— Oui, mais je… ça ne voulait rien dire.

Il darda un regard affolé d'un policier à l'autre, celui d'une souris prise au piège.

Connor fronça les sourcils. Après son intérêt initial pour la bouteille de champagne, il ne semblait plus s'en soucier, à présent.

— Il me faudrait peut-être un avocat.

— C'est votre droit, dit Harrison. Si vous pensez en avoir besoin…

Le jeune homme hésita puis secoua la tête.

— Je n'ai rien à cacher.

— Ma foi, tant mieux, Ted. Je préfère cela.

Harrison sourit d'un air rassurant.

— Revenons à cette nuit où Joli Andersen a été assassinée, à votre altercation avec elle. Vous lui avez dit qu'elle allait le regretter. Si vous n'aviez pas l'intention de l'agresser, qu'entendiez-vous par là, Ted ?

— J'étais très contrarié.

— Très contrarié ? Nos témoins ont affirmé que vous étiez fou de rage ; à tel point que votre visage était congestionné et que vous vous êtes mis à bégayer.

— Ouais, bon… J'étais furax. Elle m'a ridiculisé devant tout le monde. Mais je n'ai pas… je ne lui aurais pas… fait de mal.

Les inspecteurs échangèrent discrètement des clins d'œil entendus. Stemmons se pencha vers Jenkins.

— Je comprends, mon vieux, dit-il d'un ton presque confidentiel. C'était vraiment une super-nana ; vous vouliez simplement l'approcher un peu. Elle n'avait aucune raison de s'en prendre à vous, de vous traiter de raté comme elle l'a fait.

Il baissa encore davantage la voix.

— A votre place, ça m'aurait rendu tellement dingue que j'aurais eu envie de lui clouer le bec. A n'importe quel prix. N'étiez-vous pas dans un état second, Ted ? Tellement furieux que vous auriez pu lui plaquer un oreiller sur la figure, rien que pour la faire tai…

— Non ! J'ai dit ça sous l'effet de la colère ! C'était juste de la frime, histoire de sauver la face, vous comprenez ?

Il s'humecta les lèvres.

— Oui, je voulais lui clouer le bec. Mais je me suis contenté de… de lui dire qu'elle allait le regretter, et je me suis cassé.

— Mais vous êtes revenu plus tard ?

— Non.

— Vous l'avez abordée dans le parking.

— Non ! Je ne l'ai jamais revue. Je le jure.

— Nous avons un témoin qui prétend le contraire. Il dit que vous l'avez rejointe sur le parking.

— Ce n'est pas vrai !

— Il paraît que vous l'avez suivie jusqu'à sa voiture.

Jenkins secoua la tête avec frénésie, apparemment au bord des larmes.

— Je ne suis pas revenu.

— Vous êtes la dernière personne à l'avoir vue vivante, monsieur Jenkins. La toute dernière personne.

— Non !

Il se leva d'un bond, tremblant de tous ses membres. Mais plutôt de terreur que de rage, constata Connor.

— Je veux un avocat. Je ne l'ai plus revue après avoir quitté la discothèque et je ne parlerai plus qu'en présence de mon avocat.

Quelques instants plus tard, Harrison, Stemmons et Rice rejoignirent les autres dans la pièce attenante.

— Eh bien ? demanda Harrison. Qu'en pensez-vous ?

Connor détourna les yeux de l'écran.

— Ce n'est pas notre homme.

— Comment pouvez-vous en être aussi sûr ?

— Parce que c'est un raté — comme Joli le lui a dit ce soir-là. Regardez ses vêtements, sa coupe de cheveux. Quel genre de voiture a-t-il ? Une vieille Ford pourrie ou une camionnette ? Mlle Andersen n'aurait jamais voulu avoir affaire à un type comme lui.

Le substitut se cabra.

— Je ne crois certes pas qu'une victime choisisse son assassin.

— Vous seriez surpris de découvrir combien le cas est répandu, même s'il s'agit d'un choix inconscient de la part des victimes. Mais je faisais simplement allusion au fait que Joli Andersen — c'est établi — a accompagné de son plein gré dans cette chambre d'hôtel l'homme qui l'a tuée ; et cet homme n'était pas Ted Jenkins.

— Cette altercation dans le bar, intervint Bobby Taggerty, peut-être n'était-ce qu'une comédie. Une astuce pour tromper tout le monde ; ils se seraient donné rendez-vous plus tard sur le parking.

— Mais pourquoi ? demanda Steve Rice. Ils n'étaient mariés ni l'un ni l'autre. Ils ne travaillaient pas ensemble. Pour autant que nous le sachions, Jenkins et Joli Andersen ne s'étaient jamais rencontrés avant ce fameux soir. Pourquoi auraient-ils inventé un tel scénario ?

— Ce n'est pas le type que nous cherchons, répéta Connor. Après s'être demandé ce que la bouteille de champagne faisait là, il l'a manifestement oubliée. S'il l'avait utilisée de la manière dont elle a servi le soir du crime, il aurait été incapable d'en détacher le regard. Putain, il aurait probablement bandé comme un malade.

Le substitut esquissa une moue écœurée.

— C'est dégueulasse.

— Oui, c'est dégueulasse. Nous parlons d'un homme qui a brutalisé et assassiné un être humain avant de s'éclipser. Que pensiez-vous entendre ici ? De la poésie ?

— Je dois me ranger à l'avis de Parks, dit Rice. Des études ont démontré que les suspects droitiers qui regardent vers la gauche quand ils répondent disent généralement la vérité. Quand ils regardent vers la droite, ils inventent. Bien que droitier, Jenkins a regardé vers la gauche tout au long de l'interrogatoire.

— Il n'a pas tué Joli Andersen, conclut Connor. Continuez à chercher.

Harrison secoua la tête, déçu.

— Ce type me convient. Il a un mobile, un passé relativement violent et il se comporte comme un vrai coupable.

— Alors, continuez sur cette voie, maugréa Connor d'un ton sarcastique. Allez jusqu'au bout. Ce n'est jamais que la vie de ce pauvre bougre que vous bousillez et l'argent du contribuable que vous foutez en l'air.

— Parks, gronda Rice sur le ton d'une mise en garde.

Connor ignora l'avertissement.

— Foncez, les gars. Feignez d'avoir une piste valable. Vous passerez pour de pauvres cloches, pour une bande d'incapables, nuls à chier et cons à bouffer du foin.

— Vous pourriez vous tromper, non ? dit doucement Mélanie. Votre profil est peut-être inexact.

Il la dévisagea.

— Je ne me trompe jamais à ce point, agent May. Jamais. Veuillez m'excuser.

Il sortit de la salle et attendit dans le couloir, certain que son patron allait lui emboîter le pas. Rice ne se fit pas attendre.

— Tu ne peux pas rester correct, n'est-ce pas ?

Connor haussa les épaules.

— Que veux-tu que je te dise ? Je suis grillé.

— Tu es pire que grillé. Tu es un sacré emmerdeur. Mais un emmerdeur doué. Trop doué dans ton domaine pour rester scotché du matin au soir devant la télé.

— C'est une activité plus stimulante que tu pourrais le croire.

L'agent fédéral baissa la voix.

— Comment vas-tu, depuis la dernière fois ?

— Bien.

Connor évita son regard, incapable de le soutenir. Car c'était un mensonge. Ce mois de mai avait été un véritable cauchemar — un mois de solitude face à ses obsessions, privé du réconfort que procure l'alcool —, un supplice.

— Je veux que tu reviennes. J'ai besoin de toi. Le Bureau a besoin de toi.

— Mais ?

— Mais il ne suffit pas que tu aies arrêté de boire ; j'ai besoin que tu sois efficace à cent pour cent.

— Tu n'es pas trop exigeant, n'est-ce pas ?

Steve eut un sourire sans joie.

— Traite-moi de tous les noms d'oiseaux si cela peut te soulager. Et appelle-moi quand tu seras au point.

Connor le regarda disparaître dans la salle de visionnage puis fit demi-tour et enfila le couloir. Il ne téléphonerait pas. Rice venait de lui demander l'impossible. Tant qu'il n'aurait pas fait toute la lumière sur la mort de sa sœur, il ne retrouverait pas son efficacité d'antan.

176

23

— Salut, Ash.

Mélanie embrassa sa sœur dès qu'elle eut ouvert la porte.

— Entre. Tu es la première.

— Quelle surprise ! dit Ashley en franchissant le seuil, un petit pli ironique aux lèvres. Mia n'est jamais arrivée à l'heure une seule fois dans sa vie.

Mélanie sourit, d'excellente humeur. Tout au long de la semaine, elle avait attendu avec impatience cette petite réunion.

— Véronica est encore moins ponctuelle. N'est-ce pas étonnant, de la part d'une juriste ?

— Je vais donc enfin rencontrer l'épatante et mystérieuse Véronica.

— Pas si mystérieuse que cela. Du reste, tu aurais pu la rencontrer plus tôt si tu n'avais pas été aussi occupée.

— Elle est tout de même épatante, non ? N'est-elle pas ce qui t'est arrivé de mieux depuis l'éclosion de cafés à chaque coin de rue ?

Mélanie regarda sa sœur, déconcertée par la pointe d'aigreur qui perçait dans sa voix.

— Je ne te suis pas.

L'autre femme secoua la tête.

— Ça ne fait rien, je plaisantais. Dis-moi, où est passé mon petit tigre, ce soir ?

— Casey ? Il est chez son père. C'est le week-end de Stan.

Mélanie se dirigea vers la cuisine.

— J'étais en train de préparer une carafe de margarita glacé. Donne-moi un coup de main.

Ashley lui emboîta le pas. Mélanie avait confectionné un assortiment de petits légumes à croquer, avec une mousse tiède aux haricots et des tortillas.

— Ma foi, tu t'es mise en frais pour une simple réunion entre filles, commenta Ashley en admirant le superbe plateau.

— Je me sentais en veine de réjouissances.

— Hum.

Ashley préleva un bâtonnet de carotte et le trempa dans la sauce.

— Pourquoi donc ?

— Il me faut absolument une raison ?

Après avoir vidé une canette de citronnade dans le mixer, Mélanie y ajouta une copieuse rasade de tequila et quelques glaçons. Elle tourna le bouton et le bruit de la lame pulvérisant la glace emplit la pièce.

Quand le mélange eut atteint la consistance souhaitée, elle éteignit l'appareil.

— Passe-moi deux de ces verres à cocktail, dit-elle. Nous allons goûter cette petite merveille.

Elle en versa deux doigts dans un verre et le tendit à sa sœur. Ashley but quelques gorgées et émit un soupir de satisfaction.

— Mmm… ça me remonte le moral.

— Qu'as-tu donc fait ces derniers temps pour être aussi occupée ? demanda Mélanie en portant le verre à ses lèvres. Je ne t'ai pas vue depuis plus de deux semaines.

Sa sœur haussa les épaules.

— Comme d'habitude : mon travail n'est pas une activité sédentaire, tu sais. Du reste, ce n'est pas moi qui ne suis jamais disponible.

Une fois de plus, le ton de sa réponse dérouta Mélanie. Elle semblait nourrir quelque ressentiment indéfinissable. Sans lui laisser le loisir de l'interroger, Ashley changea de sujet.

— J'ai appris que Mia et Véronica ont passé pas mal de temps ensemble.

— Tiens, je ne savais pas. A ma connaissance, elles sont allées faire des courses et déjeuner une ou deux fois au restaurant.

— Intéressant.

Cette fois, Mélanie ne laissa pas passer le sarcasme et soupira, exaspérée. Apparemment, Ashley était encore mal lunée.

— Bon. Qu'as-tu derrière la tête, au juste ?

— Réfléchis un peu. Mia traverse une crise conjugale épouvantable et la voilà qui va déjeuner, faire des courses avec sa nouvelle copine.

— Préférerais-tu la voir s'enfermer chez elle et pleurer du matin au soir ? Du reste, je suis intervenue auprès de Boyd. Depuis, il se tient à carreau. Quant à notre sœur, elle passe en un clin d'œil du désespoir à une gaieté effrénée. C'est un peu déconcertant mais assez normal, en l'occurrence, tu ne crois pas ?

— Peut-être. Personnellement, j'estime qu'elle devrait quitter cet enfoiré. Mon opinion ne semble pas l'intéresser.

Tout en parlant, Ashley prit une tortilla sur le plat.

— Raconte-moi plutôt comment tu as connu Véronica.

Soulagée d'échapper à une discussion sur les déboires conjugaux de Mia, Mélanie raconta de bonne grâce, commençant par leur première rencontre au greffe du tribunal, quand elles avaient découvert qu'elles fréquentaient le même café et terminant par le soir où elles s'étaient retrouvées par hasard au dojo.

— Curieuse coïncidence, murmura Ashley. Charlotte est pourtant une grande ville avec d'innombrables cafés et plusieurs centres de taekwondo.

— Oui, mais le Starbucks est situé en plein centre-ville, ce qui nous convenait à toutes les deux, et Mister Browne est le seul centre de taekwondo classé au niveau national dans toute la région.

La mine soupçonneuse de sa sœur la fit rire. Ashley était ainsi — toujours tentée de voir l'aspect négatif des choses. Une vraie pessimiste. Mélanie lui donna une brève accolade.

179

— Je suis sûre qu'elle te plaira. Elles se sont tout de suite entendues comme larrons en foire, Mia et elle.

— Comme larrons en foire, répéta Ashley avec un petit sourire amusé. Là, je veux absolument voir ça.

L'occasion se présenta quelques minutes plus tard : Mia et Véronica arrivèrent simultanément. Mélanie les trouva en grande conversation sur le pas de la porte. Elle les fit entrer, observant sa sœur d'un œil inquiet. Mia avait les joues rouges, un sourire éclatant. Trop éclatant, jugea Mélanie. Ce soir, le baromètre était à l'euphorie, semblait-il.

Mélanie fit les présentations et entraîna tout le monde dehors, dans le patio, un verre à la main.

— Où te cachais-tu, Ash ? demanda Mia en se laissant choir avec élégance dans l'un des fauteuils d'osier. Tu m'as manqué.

— Vraiment ?

Ashley regarda tour à tour Véronica et Mia.

— Mon numéro est dans l'annuaire.

— Allons, Ashley.

Mia secoua la tête et but une gorgée de margarita.

— A mon avis, ce superbe flic que tu fréquentes ne t'a pas lâchée d'une semelle.

Ashley rougit imperceptiblement.

— Je ne le vois plus depuis pas mal de temps, tu le sais bien.

— Je n'en sais rien du tout. D'ailleurs, tu continues à disparaître plusieurs jours d'affilée…

Véronica s'interposa.

— Pour ma part, je suis heureuse de rencontrer enfin la troisième des triplées.

Elle gratifia Ashley d'un chaleureux sourire.

— En fait, j'avais déjà l'impression de vous connaître, tant vos sœurs m'ont parlé de vous.

— Je me demandais pourquoi mes oreilles sifflaient tout le temps. A présent, je sais.

— J'adore le margarita, dit Mia. C'est vraiment ma boisson favorite.

Véronica leva son verre.

— Si nous portions un toast ? Buvons à l'amitié et aux cocktails glacés ; ils vont si bien ensemble.

Les trois autres femmes firent chorus et levèrent leurs verres à l'unisson. Dès lors, les derniers vestiges d'embarras disparurent entre elles. Elles burent et plaisantèrent, grignotèrent et parlèrent de tout et de rien — rien d'important, en tout cas : de la pluie et du beau temps, de la mode de printemps, des derniers films sortis sur les écrans et des mérites du jeune premier en vogue à ce moment-là.

Quand la conversation commença à s'épuiser, Véronica se pencha vers Mélanie au-dessus de la table basse.

— Pardonne-moi, Mélanie, j'ai failli oublier de te l'annoncer. J'ai de bonnes nouvelles pour toi. J'ai réussi à joindre mon amie — l'avocate dont je t'avais parlé. Elle peut s'occuper de ton affaire.

— C'est vrai ?

Mélanie porta une main à son cœur.

— Dieu soit loué. Je commençais réellement à m'affoler. L'avocat de Stan m'a appelée cette semaine pour connaître mes intentions.

Son amie sortit un bristol de son sac et le lui tendit.

— Par-dessus le marché, elle m'a dit de te rassurer à propos de ses honoraires. Elle tiendra compte de ta situation et adaptera ses tarifs.

— Tu me sauves la vie, Véronica. Je ne te remercierai jamais assez.

— De quoi s'agit-il ? s'enquit Ashley en les regardant l'une et l'autre d'un air inquiet. Aurais-tu des ennuis, Mel ?

— Toujours les mêmes. Des ennuis au masculin, si tu vois ce que je veux dire.

— Salopards de maris.

Avec un soupir, Mia renversa la tête contre le dossier du fauteuil, les yeux levés vers le ciel constellé d'étoiles.

— On peut divorcer mais on ne leur échappe pas pour autant.

Elle ponctua sa remarque par un rire léger.

— A moins qu'ils ne crèvent, évidemment.

Ashley lui jeta un coup d'œil appuyé et se tourna de nouveau vers Mélanie.

— Pourquoi n'en ai-je pas entendu parler plus tôt ?

— Parce qu'il y a eu du nouveau depuis que nous nous sommes téléphoné.

Mélanie se servit une tortilla et la coupa en deux.

— Je t'avais raconté mon entrevue avec Mᵉ Peoples, cet abruti. Quand j'en ai parlé à Véronica, elle m'a recommandé l'une de ses amies, avocate spécialisée en droit de la famille. Elle m'a également proposé de l'appeler pour lui exposer mon cas.

Elle regarda Véronica et sourit.

— Ce dont je lui suis infiniment reconnaissante.

Ashley fustigea Véronica du regard.

— J'aurais également pu te donner quelques conseils, Mel.

Véronica regarda tour à tour Mélanie et Ashley.

— Je suis désolée. Ai-je commis un impair ?

— Pas du tout, dit vivement Mélanie. Tu m'as rendu un grand, un immense service.

Elle se retourna vers sa sœur.

— Ce n'est pas une compétition, Ash.

— C'est juste, renchérit Mia, sans paraître remarquer la tension qui montait autour de la table. A mon avis, nous devrions même admettre officiellement Véronica dans le club des triplées.

— Les triplées sont trois, pas quatre, rétorqua Ashley.

— Alors, nous serons des quadruplées. Fabuleux !

Sur ces mots, Mia se leva, visiblement éméchée.

— Garçon, une autre tournée !

Mélanie imita sa sœur. Bien qu'à l'évidence Mia eût avalé assez de margarita pour la soirée, elle apprécia cette diversion salutaire. Parfois, elle ne comprenait vraiment pas leur sœur. Ashley avait immédiatement pris Véronica en grippe, sans aucun motif : Véronica était de ces gens que tout le monde apprécie.

Ashley, en revanche, ne faisait vraiment pas l'unanimité. Peut-être ceci expliquait-il cela.

— Je vais préparer une autre carafe de margarita, annonça Mélanie.

— Je t'aide, dit Véronica.

Elle ramassa l'assiette de tortillas.

— Quelqu'un en reprendra ?

— Aucun doute là-dessus, affirma Mélanie. Ashley, il y a un carton de délicieux brownies dans ma voiture, sur le siège arrière. Voudrais-tu aller les chercher ?

La jeune femme acquiesça, Mia prit la direction des toilettes et Véronica suivit Mélanie dans la cuisine.

— Je suis désolée qu'Ashley se conduise ainsi, dit Mélanie. Je ne sais pas ce qui lui prend.

Véronica ouvrit un paquet de tortillas et en disposa une partie sur l'assiette.

— Il semble évident qu'à ses yeux, je représente une menace, bien que je n'arrive pas à comprendre pourquoi.

A la vérité, Mélanie comprenait très bien. La désinvolture et le cynisme apparents d'Ashley masquaient l'incertitude d'un être hypersensible, l'âme d'une écorchée vive. Véronica, en revanche, était une femme brillante, sûre d'elle, rayonnante ; et si elle avait eu ses propres démons à combattre, elle semblait en avoir triomphé.

Mais il y avait une différence entre comprendre et admettre ; et l'agressivité d'Ashley était inexcusable.

— Je suis contente que nous soyons seules un instant, dit Mélanie à mi-voix. J'avais quelque chose à te dire.

— Ah bon ? De quoi s'agit-il ?

— Je t'ai parlé un jour du décès de Mac Millian, tu t'en souviens ?

— Bien sûr.

— Eh bien, à ce propos, j'ai découvert… enfin, je crois avoir découvert quelque chose de troublant et j'aimerais connaître ton opinion.

Véronica la dévisagea avec attention.

— Je t'écoute.

— J'ai effectué quelques recherches et…

— Est-ce un aparté, ou bien acceptez-vous les tiers ?

Immobile sur le pas de la porte de communication avec le garage, Ashley les regardait, le carton de pâtisseries en équilibre sur une paume. Mélanie lui fit signe d'entrer. Après tout, elle n'avait pas de secret pour ses sœurs ; pour le moment, il ne s'agissait que d'un simple soupçon. Et si son hypothèse se confirmait, la presse ne tarderait pas à divulguer toute l'affaire.

— Je ne fais pas de mystères, dit-elle à sa sœur. En fait, j'ai échafaudé une petite théorie et je voudrais savoir ce que vous en pensez. Prends un tabouret.

Sur ces entrefaites, Mia les rejoignit, les joues enflammées par l'excès d'alcool.

— Qu'est-ce qui se passe ?

— Notre grande sœur va nous faire part d'une théorie de son invention, répondit Ashley, visiblement plus détendue, à présent.

Elle prit une mine alléchée, le sourcil frétillant.

— Quelque chose d'effroyable, j'espère ?

Mélanie s'esclaffa. Elle retrouvait là l'humour acerbe de sa sœur qui lui plaisait tant.

— Pire que ça, dit-elle.

— Miam-miam.

Ashley se frotta les mains.

— Exactement ce qu'il me faut.

Mia se jucha sur un tabouret.

— Avons-nous le droit de boire tout en écoutant ?

— Poivrote.

— Rabat-joie.

— Un peu de calme, mesdames, dit Mélanie, faisant tinter sa cuillère contre un verre pour intimer le silence à ses sœurs. Avant de commencer, je dois vous avertir qu'il s'agit d'une théorie très personnelle. Tâchez de rester objectives.

Elle s'interrompit et inhala profondément.

— Je crois qu'un tueur en série sévit dans le périmètre de Charlotte/Mecklenburg. Il ou elle s'en prend aux hommes qui maltraitent les femmes et qui ont réussi à échapper à toute condamnation.

Véronica faillit avaler son cocktail de travers, Mia laissa choir une canette de citronnade et Ashley siffla doucement entre ses dents en murmurant :

— Là, Batgirl, tu nous épates.

Le silence tomba sur le groupe. Mélanie promena le regard sur son auditoire.

— A présent, je vais vous expliquer comment j'en suis arrivée à cette conclusion. Trois hommes sont morts récemment. Trois brutes ayant fait l'objet de poursuites devant les tribunaux.

Elle les recensa sur les doigts d'une main.

— Jim Mac Millian : accusé de sévices sexuels et détournement de mineure. Poursuivi en justice, il s'offre les services de brillants avocats qui réussissent à le tirer d'affaire en dépit de sa culpabilité évidente. Huit mois plus tard, il meurt, victime d'une étrange fatalité.

Elle déplia l'index.

— Thomas Weiss. J'ai fait connaissance de ce charmant individu quand il a envoyé sa petite amie à l'hôpital. Impossible de le faire condamner : nous n'avions pas assez de preuves contre lui. Quelques jours plus tard, il décède…

— … Victime, lui aussi, d'une étrange fatalité, acheva Véronica à sa place.

A l'intention de ses sœurs, elle résuma l'histoire de l'accident de voiture.

— Et le troisième ? demanda Mia, l'œil brillant d'intérêt. Qui était-ce ?

— Samson Gold. Un toxicomane qui martyrisait sa concubine. La police a refusé d'intervenir mais le sort s'en est chargé. Il s'est fait refiler une dose de vrai crack — mélange de cocaïne et d'héroïne pure — qui l'a envoyé ad patres.

Ashley fronça les sourcils.

— Où l'as-tu donc déniché ?

— Pardon ?

— Comment as-tu entendu parler de lui ? L'affaire

Mac Millian a défrayé la chronique et ton travail t'a mise en contact avec Weiss. Mais pour Gold, que s'est-il passé ? As-tu appris sa mort dans la rubrique nécrologique ?

Mélanie secoua la tête.

— C'est sans importance. Ce qui nous intéresse ici, c'est la mort de trois brutes impunies ; une de trop, à mon avis, pour parler de coïncidence.

— Génial, dit Mia en se laissant glisser du tabouret pour s'approcher du carton de gâteaux. On dirait une intrigue de film ou de série policière.

Elle décolla le morceau de Scotch du bout de l'ongle et ouvrit le carton.

— Que vas-tu faire ensuite ?

— Je n'en sais rien, dit Mélanie.

Elle regarda Véronica.

— Quelqu'un a-t-il une idée ?

La juriste pinça les lèvres.

— C'est une théorie intéressante et certainement très alléchante — si l'on peut dire. As-tu découvert un lien quelconque entre ces trois individus ou entre leurs décès ?

— J'ai vérifié tous les détails auprès du coroner et compulsé les dossiers de la police. Jusqu'à présent, sans succès. Je sais pourtant, intuitivement, que j'ai raison.

— A ta place, murmura Véronica, je serais prudente. Très prudente. J'ai vu trop d'affaires sérieuses — et de policiers compétents, par la même occasion — mis au placard par manque de preuves. Tu n'appartiens pas à la PJ, ce qui constitue un lourd handicap. Tu sais comme moi, Mélanie, qu'il sera très difficile de te faire prendre au sérieux par quiconque.

Aussi frustrant que ce soit, il fallait admettre qu'elle n'avait pas tort.

— Tu penses que je devrais abandonner ?

— En es-tu capable ?

— Je n'en dormirais plus la nuit, je le crains.

— Pourquoi donc ? demanda Mia.

Elle leva son verre.

— A ta place, je dirais plutôt : « Bon débarras, bande d'enfoirés. »

Scandalisée, Mélanie regarda sa sœur.

— Tu ne le penses pas vraiment.

— Bien sûr que si, dit Ashley en allant à son tour se servir un gâteau. Pourquoi s'en priverait-elle ?

— Exactement. Pourquoi m'en priver ? répéta Mia.

Elle articulait de plus en plus difficilement.

— Ne te hâte pas trop, ma chère sœur. Si tu laisses suffisamment de temps à ce type, il finira peut-être par jeter son dévolu sur Boyd et sur ton ex.

Mélanie fronça les sourcils.

— Tu es ivre, Mia.

La jeune femme tituba légèrement et s'appuya au bord du comptoir.

— Ai-je besoin d'être soûle pour souhaiter la mort de mon mari ? C'est un salaud et je le hais.

— Mia, dit Mélanie avec douceur, je comprends ce que tu ressens, je t'assure. Tu traverses une épreuve pénible. Mais le meurtre n'est jamais excusable. Je ne veux même pas que tu plaisantes là-dessus.

— C'est plutôt toi qui plaisantes, dit encore Ashley. Mia, sûrement pas.

— Ne ressens-tu pas la même haine pour Stan ? demanda Mia. Il essaie de t'arracher ton fils en ce moment même. Il a toujours réussi à te baiser. Et tu ne le hais pas ?

— Certains jours, oui. Il m'arrive aussi de rêver qu'il disparaisse à jamais. Mais je me sens de taille à me battre. Il ne m'impressionne pas au point de souhaiter qu'un malade mental se charge de l'éliminer.

— Tandis que moi, je ne suis pas de taille, n'est-ce pas ?

Visiblement froissée, Mia recula d'un pas.

— Bien sûr, je ne suis pas aussi forte que toi.

— Ce n'est pas ce que je voulais dire. Je voulais simplement…

— Allons, reprit Ashley, sois honnête, Mélanie. Combien de criminels échappent régulièrement à la justice ? Comme

187

par hasard, ce sont souvent ceux qui s'en prennent aux plus démunis. C'est tout juste s'ils sont inquiétés, comme ce Mac Millian, presque pris en flagrant délit, mais qu'un prétendu avocat a tiré d'affaire. Là-dessus, je partage l'avis de Mia — personne ne regrettera ces ordures.

Véronica s'en mêla à son tour.

— Je suis magistrat et il m'arrive parfois de me révolter contre l'injustice du système. Je comprends donc parfaitement que vous réagissiez ainsi, toutes les deux.

Sa voix se fêla et elle toussa légèrement pour l'éclaircir.

— Mais les lois contre lesquelles nous nous insurgeons sont destinées à nous protéger. Personne ne peut être jugé et condamné sans preuves solides et concordantes. Ce qui explique pourquoi il est si difficile d'obtenir des inculpations pour viol et violence domestique. Il ne faut pas s'en plaindre. Nos lois ont été conçues pour éviter les erreurs judiciaires.

Ashley manifesta énergiquement son dégoût.

— Ces bons sentiments hypocrites me donnent envie de vomir. En réalité, tout cela se solde par un choix du juge entre la parole de deux personnes — celle d'un homme contre celle d'une femme ou d'un enfant. Qui est à peu près sûr de l'emporter, à votre avis ?

— Tu ne le crois pas réellement, n'est-ce pas ? dit Mélanie d'un ton incrédule.

— Bonnet blanc et blanc bonnet, rétorqua Ashley d'un ton sarcastique en regardant tour à tour Mélanie et Véronica. C'est vous qui auriez dû être jumelles, en définitive.

Mélanie se rebiffa.

— Comment pourrions-nous réagir autrement, Ash ? Nous sommes toutes les deux chargées de faire appliquer la loi. Toi, tu plaides en faveur des milices privées et de la vendetta. Vous semblez juger tout à fait acceptable de se substituer à la justice, Mia et toi.

— C'est exactement mon point de vue, murmura farouchement Ashley. Certaines personnes ne méritent pas de vivre. Notre père ne méritait pas de rester en vie.

Elle jeta un bref coup d'œil sur Mia.

— Vous ne vous êtes jamais demandé quelle vie nous aurions pu mener sans lui ? Ou plutôt, avec un vrai père à la place de cet abominable porc ? N'avez-vous jamais songé à l'enfer que nous avons vécu, à ce que nous sommes devenues, par sa faute ?

Mélanie tendit la main vers elle.

— Ashley, je t'en prie. Arrête.

— Il aurait dû aller en tôle, poursuivit sa sœur, ignorant son geste. Il méritait la prison pour ce qu'il nous a fait, pour ce qu'il a fait à… Mia. Mais personne ne s'en souciait. Libre comme l'air, il passait pour un homme respectable, un père modèle. Ce sale con.

— La haine finira par te consumer, murmura Véronica. Tu ne peux pas revenir sur le passé. Il faut aller de l'avant. L'expérience me l'a appris, Ashley. Je…

— Qu'est-ce que tu en sais ?

Ashley pivota vers elle, tremblante de rage.

— Tu n'es pas dans ma peau ! Tu n'es pas l'une de mes sœurs, quoi qu'en dise Mia ! Tu n'es rien pour moi, tu comprends ? Alors ne prétends pas, ne prétends jamais me dicter ma conduite !

— Elle a pourtant raison, Ash, dit Mélanie, profondément peinée pour elle, en lui tendant de nouveau la main. Toute cette haine, c'est à toi qu'elle fait du mal.

Visiblement torturée, Ashley garda un moment les yeux fixés sur sa main avant de les plonger dans ceux de sa sœur.

— T'aurais-je perdue ? demanda-t-elle d'une petite voix chargée de détresse. Vous ai-je perdues toutes les deux ? A cause d'elle ?

Mélanie secoua la tête.

— Mais non, voyons. Tu es notre sœur. Personne ne pourra jamais prendre ta place. Nous t'aimons…

— Foutaises ! s'écria Ashley en saisissant son sac posé sur une chaise.

Elle fila en coup de vent vers la porte, s'arrêta sur le seuil et, se retournant, lança :

— Tout ça, c'est des foutaises.

24

Pamela Barrett, l'avocate recommandée par Véronica, plut sur-le-champ à Mélanie. Elle avait un beau sourire, une poignée de main ferme. Une simplicité bienveillante, une honnêteté indiscutable se dégageaient de sa personne.

— Bonjour, Mélanie, dit-elle. Je suis heureuse de vous rencontrer.

Elle libéra sa main.

— Entrez.

Après avoir prié sa secrétaire de ne lui passer aucun appel, elle ferma la porte de son bureau derrière elles.

— Nous pourrions nous installer ici, proposa-t-elle en indiquant le coin salon, meublé d'un canapé et d'une méridienne.

Mélanie choisit la méridienne et Pamela s'assit en face d'elle.

— Véronica m'a parlé de vous en termes très élogieux. Elle m'a également fait part de votre détresse.

Le terme fit grimacer Mélanie — c'était pourtant la vérité, comment en disconvenir ?

— Je vous suis reconnaissante de m'avoir reçue aussi rapidement. Hélas, Véronica a raison : je ne savais plus à qui m'adresser.

L'avocate lui sourit.

— Je comprends. Rassurez-vous. Cette fois, vous avez frappé à la bonne porte.

Elle évoqua ensuite son parcours professionnel, mentionnant, à son actif, un palmarès impressionnant de procès gagnés. Me Barrett avait été elle-même une mère divorcée contrainte de défendre son droit de garde contre les prétentions du père.

— Votre cause est donc aussi la mienne, conclut-elle, et je ferai tout mon possible pour que la garde de votre enfant ne vous soit pas retirée. A présent, pourriez-vous me fournir plus de détails sur votre situation ? Véronica n'était probablement pas au courant de tout.

Mélanie expliqua les raisons de sa rupture avec Stan et précisa qu'il persistait, en dépit du divorce, à s'immiscer dans son existence. Enfin, elle lui résuma l'entretien décourageant qu'elle avait eu avec Me Peoples.

Pamela opinait de temps à autre, prenant des notes tandis que Mélanie parlait. Quand elle se tut, l'avocate relut ce qu'elle venait d'écrire puis leva les yeux sur elle.

— Dites-moi comment se passe habituellement une semaine avec votre fils.

Après avoir écouté la réponse, elle l'interrogea sur les occupations de Stan, sur sa nouvelle épouse et le couple qu'ils formaient, demanda quel genre de père il était, quel était son mode de vie. Elle la questionna également sur sa famille et celle de son ex-mari, sur les relations que leurs membres entretenaient avec Casey.

Finalement, Me Barrett écarta son bloc-notes. Mélanie retint son souffle. Manifestement, Pamela était une alliée ; par conséquent, si sa réaction n'était guère plus optimiste que celle de son confrère, il ne resterait plus grand espoir de succès.

— En premier lieu, commença l'avocate, sachez que j'ai déjà eu affaire à Me Peoples. Entre nous, je le considère comme un médiocre juriste — hâbleur et misogyne, de surcroît. Ne tenez pas compte de ce qu'il vous a dit. Toutefois, je connais également l'avocat de votre époux — un homme sensé et très compétent ; l'un des plus remarquables éléments du barreau.

— Stan a les moyens de régler des honoraires exorbitants, murmura Mélanie, démoralisée.

191

Pamela Barrett se pencha vers elle, une flamme au fond du regard ; visiblement, la perspective d'affronter un adversaire de valeur la stimulait.

— C'est un bon avocat mais mon palmarès vaut le sien, je vous assure.

Elle marqua une pause avant de poursuivre :

— A en juger par les éléments dont je dispose, je ne vois aucune raison pour que le juge attribue la garde de votre enfant à M. May. Vous semblez vous impliquer davantage dans l'éducation et la vie quotidienne de votre fils. Les prétendus avantages d'une existence dorée ne seront pas retenus comme tels par un juge. Oubliez cet argument : il n'a de valeur que pour votre ex-mari.

— Et les inconvénients de mes fonctions ? Me Peoples m'a…

— Je vous le répète — ce qu'il a dit est sans importance. Tout ce qu'il a dit, Mélanie.

L'avocate se déplaça légèrement sur son siège, croisant les jambes.

— Le juge va vous interroger, vous, M. et Mme May, ainsi qu'un membre ou deux de vos familles respectives. Je vous fournirai quelques tuyaux mais je vous avertis d'emblée : l'essentiel est de laisser rayonner votre amour pour Casey. Votre affection naturelle, le dévouement que vous lui témoignez, les liens étroits que vous entretenez avec vos sœurs — et qu'elles entretiennent avec Casey — seront vos meilleurs atouts.

Elle esquissa un sourire.

— Nous allons réduire à néant les prétentions de cet individu matérialiste et dominateur. Faites-moi confiance.

Soulagée, Mélanie faillit fondre en larmes.

— Merci, murmura-t-elle. Merci infiniment.

— A votre service.

Pamela se leva, signe que l'entretien était terminé.

— Je vais prendre contact avec l'avocat de M. May et m'entendre avec lui. Vous aurez de mes nouvelles dans deux ou trois jours.

Mélanie la remercia encore et l'avocate la raccompagna à sa porte.

— Ne vous faites aucun souci, Mélanie. Vous êtes en de bonnes mains.

— Je n'en doute pas un instant.

Une fois dans le couloir, Mélanie s'arrêta.

— Vous m'avez parlé de vos démêlés avec le père de vos enfants. Avez-vous eu gain de cause ?

— Oui. C'est moi qui ai obtenu la garde des enfants.

— Et l'affaire en est restée là ?

Pamela opina.

— Je comprends votre inquiétude, Mélanie. Sauf en cas de mauvais traitements ou de négligence grave, il est très difficile de revenir sur un jugement. Votre ex-mari joue là son unique carte. Et je suis convaincue qu'il perdra.

— Et le vôtre, comment a-t-il réagi, ensuite ? A-t-il accepté la décision du juge ? A-t-il définitivement renoncé à toute prétention ?

— En fait, il a quitté la région peu de temps après le jugement. Les enfants en ont souffert et je l'ai déploré. L'absence totale d'un père n'est jamais souhaitable.

Mélanie se souvint de sa récente discussion avec ses sœurs. Il serait probablement regrettable que Casey ne revît jamais plus son père. Mais, en toute franchise, si Stan s'évanouissait brusquement dans la nature, elle ne pourrait que s'en réjouir.

25

En sortant du cabinet de Me Barrett, Mélanie flottait sur un petit nuage. Pour la première fois depuis le jour où Stan lui avait annoncé son intention de réclamer la garde de Casey, elle avait l'impression que tout allait s'arranger. Mieux encore, elle se sentait invincible.

Elle roulait en direction de Charlotte quand son téléphone sonna. S'arrêtant dès que possible sur le bas-côté, elle décrocha. C'était Bobby.

— Salut, Mel. Où es-tu?

— En voiture, à une bonne demi-heure de Charlotte. Que se passe-t-il?

— Jenkins va être soumis à une séance d'identification. Le commissaire nous y envoie.

— Quand la séance commence-t-elle?

— A 4 heures.

Elle consulta sa montre. Zut.

— Je te retrouve à la PJ.

La séance était entamée quand Mélanie arriva. Elle se glissa discrètement à côté de Bobby.

— Dis-moi ce que j'ai manqué, chuchota-t-elle.

— Pas grand-chose. L'identification photographique à laquelle ils ont procédé ce matin n'a pas été concluante, d'où notre présence ici. Ils viennent juste de commencer.

Elle jeta un coup d'œil autour d'elle. Outre les inspecteurs de la PJ et Bobby, il y avait là le substitut du procureur qui suivait l'affaire — le même qui avait assisté au premier interrogatoire de Jenkins — et un autre juriste — l'avocat du suspect, sans doute. Connor Parks n'était pas présent. Elle en éprouva une pointe de regret ; aussi exaspérant fût-il, Parks la maintenait en alerte et la faisait réfléchir.

Elle reporta son attention sur la scène qui se déroulait devant eux. Pete Harrison demandait à chaque homme d'avancer d'un pas, de tourner la tête à droite, puis à gauche. Jenkins, placé au centre de la rangée, portait le numéro trois. Très pâle, le front luisant de sueur, il semblait sur le point de défaillir.

— Bon, Gayle, dit Harrison au témoin, regardez bien ces hommes. Reconnaissez-vous celui que vous avez vu s'approcher de Joli Andersen sur le parking de la discothèque, le soir du meurtre ?

La femme émit un petit gémissement.

— Je ne suis… pas sûre, bredouilla-t-elle. Je…

— Prenez votre temps, conseilla le substitut. Vous devez être absolument certaine.

Elle hocha la tête, respira un bon coup et se pencha en avant.

— Il faisait nuit mais… il était à peu près bâti comme le numéro trois ; avec des cheveux plutôt bruns… et souples, comme les siens.

— Comme les siens ? répéta l'avocat du suspect. C'est tout ? Reconnaissez-vous ses cheveux, oui ou non ?

La femme jeta un coup d'œil inquiet sur Harrison puis reporta les yeux sur la vitre qui la séparait des six hommes.

— Je… oui, c'est ça.

— L'homme que vous avez vu est-il le numéro trois ?

Le substitut toussa légèrement pour la mettre en garde. Gayle se tordit les mains.

— Je ne voudrais pas me tromper.

— Il n'en est pas question.

Elle se mordilla la lèvre.

— Pourriez-vous demander au numéro trois de s'avancer encore ?

Harrison s'exécuta.

— Cela pourrait être lui.

Les inspecteurs se regardèrent.

— Cela pourrait… ? répéta Harrison.

— Peut-être.

La voix du témoin prit une intonation aiguë.

— Je vous l'ai dit, il faisait noir. Et j'étais pressée de regagner ma voiture.

— C'est bien naturel, admit l'avocat de Jenkins d'un ton conciliant. Il était très tard, semble-t-il.

— Oh oui, répondit-elle, apparemment soulagée. Très tard.

— Et vous aviez bu.

Elle darda un bref coup d'œil du côté des flics.

— Un petit peu.

Mélanie respira. Ce témoignage ne permettrait pas d'inculper le suspect.

— Merci d'être venue, Gayle, dit le substitut. Nous vous en sommes très reconnaissants.

— C'est tout ?

Le substitut acquiesça et la femme se leva.

— Je regrette… de ne pas pouvoir vous aider davantage.

— Votre aide nous a été précieuse. Je vous raccompagne.

— Je vous avais dit que vous ne teniez pas le coupable, dit l'avocat d'un air triomphant dès que la porte se fut refermée sur eux.

— Qu'est-ce qui vous fait croire que nous ne tenons pas le coupable ? rétorqua Stemmons. Un témoin visuel vient de confirmer que votre client a la même silhouette et les mêmes cheveux que la dernière personne à avoir vu la victime.

L'avocat ricana.

— Ben voyons : « Plutôt, à peu près… » Vous n'avez pas le moindre indice permettant de relier mon client à ce crime. Absolument rien.

Il gagna la porte, l'ouvrit et se tourna brièvement vers eux.

— Si vous le coffrez, je vous colle illico une plainte pour internement abusif.

Après son départ, Pete émit un juron bien senti.

— Ce zèbre de Jenkins : plus coupable que lui, tu meurs.

Sceptique, Mélanie fronça les sourcils.

— Avec tous les indices découverts sur le lieu du crime, nous n'avons rien trouvé qui corresponde à Jenkins : pas une empreinte, pas le moindre cheveu, le moindre fil. Cela ne vous gêne pas un peu ?

— Ça m'emmerde considérablement ; je suis pourtant persuadé qu'il a tué la fille, ce petit enfoiré.

— Il se comporte effectivement comme un coupable, murmura Bobby. Logiquement, ces litres de sueur auraient dû avoir raison des réticences du témoin.

— Ne pensez-vous pas que cela incite à s'interroger d'autant plus sur la valeur de son témoignage ? suggéra Mélanie. Elle n'a pas été capable de l'identifier bien que toutes les apparences soient contre lui. Que se passera-t-il si nous l'inculpons et s'il paraît moins affolé lors de l'audition ? L'hésitation du témoin risque de redoubler.

— Ouais, maugréa Harrison, c'est bien possible. Ah, merde. Ce loustic me fait vraiment mauvaise impression. A mon avis, c'est un tordu.

Comment soutenir le contraire ? Mélanie continuait cependant à douter qu'il fût l'assassin — celui dont Connor Parks avait établi un remarquable profil. Ted Jenkins décidément n'y correspondait pas le moins du monde.

Elle leur fit part de ses réflexions.

— Parks ? Qu'il aille se faire foutre, dit Roger Stemmons, qui n'avait pas pris la parole depuis le départ de l'avocat. Vous ne l'avez pas vu aujourd'hui, n'est-ce pas ? Ce type est une véritable plaie.

— Oui, mais il obtient des résultats.

Mélanie regarda tour à tour les trois hommes.

— C'était l'un des meilleurs profileurs du FBI. Nous aurions tort de nous priver de son expérience.

A sa grande surprise, Pete en convint.

— Il ne faut pas relâcher la pression sur Jenkins, ajouta-t-il. Internement abusif, mon cul : nos soupçons sont justifiés.

Les quatre autres se rangèrent à son avis et ne s'attardèrent pas davantage dans la salle d'identification. Ils reprirent ensemble l'ascenseur et Mélanie se retrouva au fond, à côté de Pete. Elle leva les yeux sur lui.

— N'aviez-vous pas participé à l'enquête sur l'affaire Mac Millian ? demanda-t-elle d'un air faussement dégagé.

— Si. Pourquoi cette question ?

— Sans doute avez-vous appris qu'il vient de décéder ?

L'inspecteur esquissa un sourire.

— Bien fait pour lui, n'est-ce pas ?

— Je parle sérieusement.

Elle ignora délibérément le regard appuyé de Bobby qui tentait de la mettre en garde. C'était trop important pour elle.

— Il est mort dans des circonstances assez bizarres, poursuivit-elle.

— Que voulez-vous dire ?

Elle haussa une épaule, curieuse de tester la réaction des flics de la PJ avant de dévoiler ses soupçons au grand jour.

— Apparemment, il aurait été empoisonné par le remède précisément destiné à préserver sa santé. En effet, c'est la digitaline qui a provoqué sa crise cardiaque.

— Et alors ?

L'ascenseur s'immobilisa ; les portes s'ouvrirent et ils sortirent dans le hall.

— Ce n'est pas fréquent mais cela se produit parfois, non ? dit encore Harrison.

— Exact. Mais un autre individu qui maltraitait sa compagne — j'ai enregistré moi-même la plainte — est mort récemment dans des circonstances tout aussi étranges.

L'inspecteur la dévisagea.

— Et vous pensez qu'il y aurait un lien entre les deux ?

— Je n'ai pas dit cela. La coïncidence m'a frappée. C'est tout.

Elle consulta sa montre comme si la conversation ne l'intéressait qu'à demi.

— Auriez-vous entendu parler d'autres victimes de morts brutales et inattendues, quoique naturelles ?

— Certes, dit-il avec un petit sourire ironique. Les gens tombent comme des mouches, en ce moment.

— Allons-y, Mel, dit Bobby en la poussant discrètement du coude. Le commissaire attend notre rapport dans les plus brefs délais.

Elle fit la sourde oreille.

— En fait, Pete, j'ai découvert une troisième victime : un homme du nom de Samson Gold. Il est mort en croyant sniffer de la cocaïne, alors que c'était du crack — du vrai.

— Voilà un événement rarissime, murmura Roger en étouffant un rire. Un drogué victime d'une overdose. Appelons d'urgence le FBI.

Pete la gratifia d'une petite bourrade indulgente.

— Vous inventez des crimes qui n'existent pas, May.

Mélanie s'insurgea. Leurs sarcasmes et leur condescendance la révoltaient. Elle ne méritait pas d'être traitée ainsi. Sous prétexte qu'elle appartenait à la police de Whistlestop, ils tournaient systématiquement tous ses propos en ridicule.

— Vous en êtes donc persuadés ? dit-elle. Tout comme vous êtes convaincus que Connor Parks se trompe et que Jenkins est l'assassin de Joli Andersen ? Mais si vous êtes si forts, comment se fait-il que vous n'ayez pas encore trouvé le moyen de l'inculper ?

Les joues de l'inspecteur s'enflammèrent.

— Au lieu de poursuivre des tueurs imaginaires, May, vous auriez peut-être intérêt à surveiller davantage vos propres plates-bandes.

— Que voulez-vous dire par là ?

— Interrogez plutôt votre beau-frère, répondit sèchement Harrison.

Comme il s'éloignait, elle le retint par la manche.

— Non, expliquez-vous, car je n'ai pas la moindre idée de ce qui peut me valoir cette remarque.

Il l'observa un instant sans aménité.

— Avec plaisir, ma chère, répondit-il. Votre beau-frère nous a rendu visite au début du mois. Il affirme que vous l'avez menacé. Il a des témoins, paraît-il.

Elle s'apprêtait à nier quand la mémoire lui revint brusquement. La clinique. Elle avait dit à Boyd que s'il touchait encore une fois à sa sœur, elle ne répondrait plus de ses actes. Se sentant pâlir, elle maudit son impétuosité.

— Ce n'était rien, dit-elle. Un simple malentendu.

— Le Dr Donaldson n'est pas du même avis, rétorqua Harrison.

Il se tourna vers Bobby.

— Vous devriez songer à faire équipe avec quelqu'un d'autre, mon vieux. Votre partenaire actuelle est un danger public. Elle finira par provoquer un désastre.

Les deux inspecteurs s'éloignèrent et Mélanie, outrée, se tourna vers Bobby.

— Il se trompe, martela-t-elle. Je ne poursuis pas des tueurs imaginaires. S'il n'était pas d'une conne...

— Ça suffit comme ça, Mélanie. Tes invectives ne m'intéressent pas.

De toute évidence, le flegmatique Bobby était en colère ; son escarmouche avec l'inspecteur l'avait contrarié.

Elle soupira.

— J'avais une occasion d'exposer ma petite théorie et je l'ai saisie. J'ai cru que, peut-être, Harrison pourrait...

— Pourrait quoi ? S'extasier sur tes admirables talents de détective ? Non seulement t'applaudir, mais encore te supplier de l'enrôler dans la chasse au nouveau tueur en série de la région ?

Il détourna un instant le regard puis le reporta sur elle.

— La prochaine fois que tu décideras de dévoiler tes obsessions aux flics de la PJ — ou à qui que ce soit —, fais-le sans moi. Epargne-moi cette humiliation.

Mélanie s'écarta d'un pas, surprise par la véhémence de son coéquipier. Manifestement, cela devait couver depuis un certain temps.

— J'ignorais que le fait de travailler avec moi te déplaisait autant, Bobby, dit-elle, piquée au vif. A présent, je le sais. Je m'arrangerai pour ne plus t'humilier.

Il jura à mi-voix.

— Ecoute, Mélanie, je t'aime bien. J'aime bien travailler avec toi, tu es un bon flic. Seulement... tu commences à

200

être aigrie. Sacrément aigrie. Et ton état d'esprit a des… répercussions.

Elle mit un moment à saisir le sens de ses paroles.

— Des répercussions ? répéta-t-elle. Sur quoi ? Sur nos relations professionnelles ? Sur mon travail ?

— L'un ou l'autre. Les deux. A toi d'en juger.

Il secoua la tête, les traits crispés.

— Les coups d'éclat ne se produiront jamais au commissariat de Whistletop. Nous ne traiterons jamais d'affaires passionnantes. Personnellement, je m'en accommode. Peut-être serait-il temps de te demander si tu t'en accommoderas un jour, Mélanie.

26

Incapable de trouver le sommeil, Mélanie gardait les yeux fixés au plafond. Une semaine s'était écoulée depuis son explication avec Bobby, depuis qu'elle l'avait, selon lui, humilié — et s'était ridiculisée — devant les flics de la PJ.

Les critiques de son collègue et des inspecteurs n'avaient cessé de la tourmenter, telle une écharde invisible et douloureuse fichée dans sa chair qui monopolisait toute son attention, toute son énergie.

Voilà pourquoi elle ne dormait toujours pas à 4 heures du matin, pestant contre ces maudites insomnies qui la tenaient éveillée pour la septième nuit d'affilée.

Convaincue que cette nuit-là serait semblable aux autres, elle quitta son lit et gagna la cuisine pour aller se préparer du café.

Attentive à ne pas réveiller son fils, elle plaça un filtre dans la cafetière, versa la mouture et alluma l'appareil. Appuyée au bar, elle regarda le liquide ambré couler goutte à goutte dans le récipient. Elle bâilla. L'arôme puissant de l'arabica lui monta à la tête. Stimulé, son cerveau parut faire une brusque embardée.

Comment n'y avait-elle pas songé plus tôt ? La solution du problème était évidente.

Elle avait besoin d'aide. Un simple flic tout juste autorisé à verbaliser les automobilistes ne pouvait rien faire sans le soutien de quelqu'un d'influent. Elle était absolument seule dans cette affaire. Bobby lui avait clairement exposé son point de vue, tout comme les inspecteurs de la PJ. Elle

202

n'osait même pas en parler au commissaire : s'il lui ordonnait d'abandonner cette enquête, elle devrait obéir ou risquer d'y perdre son emploi.

Seulement, voilà : comment réussir à convaincre quelqu'un du bien-fondé de sa théorie ? Il lui fallait d'autres preuves, un lien quelconque entre les victimes ; une pièce à conviction irréfutable ou des coïncidences trop évidentes pour être ignorées.

Le décès inattendu d'un autre individu accusé de violences domestiques ferait parfaitement son affaire.

Elle se redressa, soudain entièrement réveillée. Evidemment. Comment avait-elle pu être aussi obtuse ? Il pouvait y avoir d'autres victimes. Ce tueur en série sévissait peut-être depuis longtemps.

Elle se mit à marcher de long en large, oubliant le café. Elle avait découvert les trois premières victimes de manière tout à fait fortuite. Mais désormais, elle savait exactement quoi chercher : des hommes poursuivis pour violences domestiques ou voies de fait. Des morts accidentelles ou naturelles, bizarres ou rarissimes.

En trouverait-elle d'autres ?

La réponse à cette question ne se fit pas attendre. Au cours des semaines suivantes, elle employa tous ses moments disponibles à essayer de dénicher cette preuve indispensable. Elle manquait de sommeil ; elle négligeait Casey, comptant sur la télévision et des cassettes vidéo pour le distraire ; elle ne voyait plus ses sœurs, se bornant à parler brièvement au téléphone avec elles ; au travail, elle s'en tenait au strict minimum, laissant Bobby compenser ses insuffisances. Totalement obsédée, elle ne songeait plus qu'à démontrer le bien-fondé de sa théorie.

La bibliothèque devint son quartier général. Les week-ends où Stan prenait Casey, elle arrivait dès l'ouverture et en sortait à la fermeture des portes. Elle consacra des journées entières à éplucher les avis de décès parus dans le quotidien local, consultables sous forme de microfilms.

Elle s'attaqua d'abord à ceux datant de l'année précédente.

Elle ne tarda pas à s'apercevoir que les maigres informations fournies par la rubrique nécrologique laissaient presque toujours place aux soupçons. Excluant d'emblée les meurtres, les décès de jeunes gens et de vieillards ainsi que les décès consécutifs « à une longue maladie », elle releva les noms de toutes les victimes de crises cardiaques.

Mélanie avait pensé que la tâche serait aisée ; elle se révéla au contraire fastidieuse, interminable, presque impossible. Autant chercher une aiguille dans une botte de foin, songea-t-elle bien des fois. Pour chaque décès suspect, elle relevait le nom et l'adresse du défunt, ceux de la famille qu'il avait laissée, le lieu et la date auxquels des messes avaient éventuellement été célébrées.

Sa liste s'allongea. Son enthousiasme s'émoussa. Mais sa détermination demeurait intacte. Opiniâtre, elle était bien décidée à ne lâcher prise sous aucun prétexte.

Le soir, elle se documentait sur les tueurs en série devenus célèbres comme Ted Bundy, ou l'assassin d'enfants d'Atlanta, ou bien encore le tueur de Green River. Elle compulsa les articles publiés par les spécialistes du FBI, rencontrant à plusieurs reprises le nom de Connor Parks.

Ses recherches lui apprirent que la grande majorité des tueurs en série étaient de sexe masculin ; qu'ils tuaient généralement des personnes de leur race et opéraient presque systématiquement dans un périmètre précis, sur des périodes de longue durée. Le rituel pouvait évoluer mais ils n'en changeaient pas radicalement ; sa formule constituait une signature unique, aisément reconnaissable, que les enquêteurs apprenaient peu à peu à déchiffrer. Le tueur leur fournissait ainsi un aperçu du fonctionnement de son esprit malade et, par conséquent, un moyen particulièrement efficace de le capturer.

C'était Connor Parks qu'elle irait trouver — quand elle tiendrait sa preuve.

Les lettres commencèrent à danser devant ses yeux. Mélanie massa machinalement l'arête de son nez entre le pouce et l'index, épuisée, tentée de céder au découragement. Elle se leva et s'étira longuement.

Comment rester optimiste en se livrant à un exercice aussi déprimant ? Comment ne pas s'interroger sur les effroyables perversions de l'esprit humain qui conduisaient certains êtres à commettre de telles atrocités ? D'où provenaient ces monstres ? Par quel mystère avaient-ils été engendrés ?

Et comment les éliminer de ce monde ?

Avec un frisson, Mélanie jeta un coup d'œil vers la chambre de Casey. Un effroi subit la saisit, lui ôtant la paix de l'esprit — la pétrifiant sur place.

Son cœur se mit à battre la chamade. Haletante, les paumes moites, elle se précipita vers sa porte, l'entrouvrit et glissa un œil dans la pièce obscure.

Il était là, dans son lit, indemne et profondément endormi.

Elle exhala un souffle entrecoupé et s'attarda un long moment sur le pas de sa porte, réconfortée par le bruit discret de ses ronflements réguliers. Il dormait comme un ange, les couvertures repoussées à ses pieds, allongé à plat ventre, sa peluche favorite au creux du bras.

Il grandissait si vite. Bientôt, il voudrait se débarrasser de ses jouets en peluche — bientôt, également, il refuserait de l'embrasser devant ses camarades de classe.

Elle s'approcha du lit. Ses cheveux en bataille formaient une multitude d'épis, le sommeil rosissait ses joues et sa bouche était entrouverte sur une rangée de petites dents de lait. Mélanie remonta drap et couvertures sur lui, le borda avec tendresse.

— Je t'aime, chuchota-t-elle en se penchant pour effleurer sa joue d'un baiser. Dors bien, mon ange.

Elle quitta la pièce à reculons, incapable de détacher son regard de la petite silhouette endormie. Ce spectacle la ragaillardissait. Elle s'était lancée dans une entreprise difficile ; elle la mènerait à son terme, aussi ingrate fût-elle.

Après un dernier regard sur son fils, elle alla enfin se coucher à son tour. Elle troqua son caleçon de jersey et son chemisier contre un léger pyjama. Demain, elle passerait à l'étape suivante de son enquête en exploitant les renseignements recueillis dans les avis de décès.

Pour des raisons d'ordre pratique, elle avait décidé de commencer par les décès les plus récents et de remonter ensuite dans le temps. Elle aurait plus de chances de trouver la famille du défunt à l'adresse indiquée s'il s'agissait d'un événement peu éloigné dans le passé. Elle passa dans le cabinet de toilette pour se brosser les dents. Il faudrait trouver les numéros dans l'annuaire puis téléphoner aux familles endeuillées — sous quel prétexte, elle l'ignorait encore.

Mélanie se rinça la bouche à plusieurs reprises puis éteignit la lumière de la salle de bains. Demain, songeat-elle en bâillant, il serait bien temps de s'en préoccuper.

Demain fut là en un clin d'œil. Trois quarts d'heure plus tard, après le rituel matinal de la douche et du petit déjeuner, elle déposait son fils à l'école et prenait son service.

Entre l'examen des appels nocturnes au standard spécial et le tri des pistes qu'ils offraient, une visite à l'épicerie encore saccagée par des vandales et l'enregistrement de quelques plaintes contre les clochards du jardin public, Mélanie réussit à passer quelques coups de fil.

Elle inventa une histoire différente pour chaque appel, s'aidant parfois des renseignements glanés dans les avis de décès — le plus souvent, brodant ex nihilo. Elle endossa tour à tour les rôles de camarade de promotion, de délégué du loto, de parent éloigné sombré dans l'oubli.

A sa douzième tentative, Mélanie s'étonna de son propre talent d'improvisation. Ne s'étant jamais considérée comme une excellente menteuse, elle s'aperçut qu'elle s'était sousestimée. Evidemment, elle ne s'était jamais sentie aussi motivée.

Un quart d'heure avant la pause du déjeuner, Bobby, qui s'était montré plutôt taciturne, lui demanda ce qu'elle fabriquait.

Le récepteur coincé entre l'épaule et l'oreille, elle leva les yeux, prête à composer un nouveau numéro.

— Je fais du zèle, répondit-elle.

Il la dévisagea, sourcils arqués, et Mélanie secoua la tête.

— Ne me demande rien. Tu ne veux pas savoir — pas officiellement, en tout cas.

Il s'en doutait certainement, à en juger par son expression. En se taisant, elle lui permettait de feindre l'ignorance. Prévenu, il devrait faire part au commissaire des activités auxquelles elle se livrait — ou s'impliquer par son silence même. Et cela, elle n'y tenait vraiment pas.

Unique instigatrice de cette affaire, elle ne voulait causer de tort à personne en cas de pépin.

Bobby jeta un bref coup d'œil sur la porte fermée du commissaire, au fond de la pièce.

— Tu ne peux pas en rester là, n'est-ce pas, Mélanie ? dit-il en baissant la voix. Tu veux à tout prix avoir raison.

Si cette réflexion la blessa, elle écarta délibérément de sa réponse toute amertume.

— Non, je ne peux pas en rester là. Ce n'est pas pour avoir raison à tout prix mais parce que je suis sûre d'avoir raison. Ces morts sont l'œuvre d'un assassin, Bobby. Et je ne le laisserai pas agir en toute impunité. J'en suis incapable.

— Es-tu certaine de savoir ce que tu fais, au moins ? Tu pourrais t'attirer des ennuis.

— Je sais. Et je ne veux pas que tu sois impliqué au cas où cela se produirait.

Il l'observa encore un instant puis se remit au travail — signe que le sujet était clos. Et qu'il la soutiendrait tacitement.

— Bobby ?

Il leva les yeux et elle lui sourit, réconfortée par son amitié.

— Merci.

27

Véronica planta la bêche dans la terre meuble, d'une belle couleur sombre. C'était une superbe journée d'été, douce et ensoleillée. En ces derniers jours de juin, ses fleurs estivales auraient déjà dû être en terre. Jusqu'ici, elle n'avait pu trouver une minute à leur consacrer. Les procès s'étaient succédé sans relâche ; des procès interminables, exigeant une préparation minutieuse du réquisitoire. Bref, elle avait été débordée. A présent, n'était-il pas un peu tard ?

La jeune femme s'assit sur un banc pour admirer le résultat de son travail — une double bordure d'impatiens multicolores — et un sourire satisfait lui vint aux lèvres. Le jardinage était sa passion. Elle aimait les parfums, les couleurs des plantes et des fleurs, et ne craignait pas de se salir les mains. Sans cette vocation du droit qui lui était venue, elle aurait ouvert une pépinière. Du reste, si elle se lassait un jour de son métier de procureur, elle exercerait volontiers celui de paysagiste.

« Mon père se retournerait dans sa tombe : sa fille, jardinier ! »

Son sourire s'épanouit et elle retourna à ses plantations, versant un peu d'engrais au fond de chaque trou qu'elle creusait avant d'y placer la plante et de recouvrir les racines de terre.

En entendant tinter le carillon de l'entrée, elle jeta un coup d'œil vers la maison.

— Je suis là, cria-t-elle sans interrompre sa tâche. Dans le jardin.

— Salut, Véronica.

Se retournant, elle découvrit Mia près de la haie, hésitante, un panier de fraises à la main. Agréablement surprise, elle lui sourit.

— Tiens, bonjour, Mia. Quel bon vent t'amène ?

— Je… J'étais dans le quartier et j'ai eu envie de passer te voir. J'espère que cela ne t'ennuie pas.

En général, Véronica n'appréciait pas les visites impromptues. Si elle aimait la compagnie, elle avait aussi besoin de solitude ; besoin d'un domaine privé où panser ses plaies, édifier ses stratégies, se ressourcer. Elle invitait rarement chez elle et se sentait agressée par les importuns.

Mia faisait exception à la règle. Pour quelle raison, Véronica n'aurait su le dire, au juste.

— Pas du tout. Entre.

— Je t'ai apporté quelque chose, dit Mia en tendant son panier. Des fraises du jardin. Elles sont incroyablement sucrées.

Véronica baissa les yeux sur les fruits puis les reporta sur Mia. Elle n'avait pas le courage de lui dire qu'elle ne pourrait pas les manger. Elle souffrait d'une grave allergie aux fraises.

— Elles sont magnifiques, dit-elle. Merci.

Un beau sourire illumina le visage de Mia et Véronica eut un brusque élan d'affection envers elle ; un élan si puissant qu'il lui coupa le souffle.

Plusieurs secondes passèrent et Véronica s'éclaircit la gorge, gênée d'avoir dévisagé stupidement la jeune femme pendant un long moment.

— Je vais préparer du thé glacé.

Elle se leva, ôta ses gants de jardinage et épousseta ses genoux terreux.

— Par ici, dit-elle en indiquant le chemin de la maison.

Mia la suivit jusqu'à la cuisine. Tout en garnissant les verres de quelques feuilles de menthe fraîche et d'une rondelle de citron, Véronica devina plus qu'elle ne vit l'admiration de Mia pour le frais décor de la pièce, avec ses faïences murales bleu lavande, les cuivres rutilants du fourneau et les éléments de bois blond. Elle se demanda si son pavillon du siècle dernier amoureusement restauré lui plaisait.

— C'est ravissant, murmura Mia, comme si elle avait déchiffré ses pensées.

Troublée, Véronica posa un napperon ancien sur le bar, devant Mia, et y plaça le verre de thé glacé.

— Dilworth est mon quartier préféré, reprit la jeune femme, évoquant le secteur où habitait Véronica, l'un des plus anciens de Charlotte. Mais Boyd voulait une maison neuve. Et ce que Boyd veut, il l'obtient.

Elle goûta son thé.

— Délicieux.

— C'est un thé japonais. Aimerais-tu visiter la maison ?

Mia répondit par l'affirmative et la suivit de pièce en pièce tout en papotant. Véronica profita de l'occasion pour détailler plus attentivement son amie. Curieusement, bien que Mia et Mélanie fussent sœurs jumelles, rien dans leurs caractères n'aurait pu le laisser supposer. Alors que Mia, souvent indécise, semblait avoir besoin d'une attention constante, Mélanie était manifestement autonome et n'hésitait jamais à dire ce qu'elle pensait. Si Véronica admirait son courage et sa volonté, ces qualités ne l'attiraient pas particulièrement. Le tempérament énergique de Mélanie avait plutôt tendance à la dérouter.

Les deux femmes terminèrent la visite par la lumineuse chambre à coucher de Véronica.

— Comme c'est joli ! s'exclama Mia en s'approchant du grand lit à baldaquin.

Elle s'y laissa tomber et passa doucement la main sur l'édredon.

— C'est l'un des avantages du célibat, murmura Véronica, détournant le regard, les joues enflammées ; je peux avoir une chambre aussi féminine qu'il me plaît.

Avec un rire léger, Mia s'allongea sur le ravissant édredon, les mains croisées sous la nuque.

210

— J'ai l'impression d'avoir dix ans et de venir passer la nuit chez ma meilleure amie.

La bouche sèche, le cœur battant, Véronica contempla la jeune femme. Elle était si douce, si jolie, si délicate. Elle semblait totalement dépourvue d'agressivité, de mauvais penchants.

— Allais-tu dormir quelquefois chez une amie ? lui demanda Mia.

— Quelle petite fille ne l'a pas fait ?

— Mélanie et Ash ont toujours été mes meilleures amies.

Son sourire s'estompa et elle s'assit au bord du lit.

— As-tu parlé à Mel, ces derniers temps ?

Véronica secoua la tête.

— Non. Je l'ai appelée mais…

— Elle était occupée, acheva Mia d'un ton dépité. Cette stupide théorie l'accapare en permanence, à présent.

Elle esquissa une grimace.

— A priori, je trouvais cela plutôt amusant, voire stimulant. Je l'ai encouragée à persévérer. Je ne pensais pas qu'elle allait négliger tout le reste pour s'y consacrer. Ce n'est pas normal, n'est-ce pas ?

Véronica jugeait la chose inadmissible. Elle était en colère contre Mélanie ; sa chasse à l'Ange Noir et sa poursuite d'une prétendue justice devenaient une obsession néfaste qui l'isolait de ses proches, de ses amis — de tous ceux qui tenaient à elle.

— C'est certainement quelque chose qu'elle se sent obligée de faire, dit-elle, préférant garder ses véritables sentiments pour elle. Je peux comprendre cela. J'ai moi aussi quelques convictions tout aussi puissantes.

— Tu ne laisses pas tomber pour autant les gens qui ont besoin de toi. En oublierais-tu jusqu'à leur existence ?

— Non, murmura Véronica, touchée par le sentiment d'abandon qui perçait dans la voix de Mia.

Elle s'approcha du lit et s'assit à côté d'elle.

— Mélanie ne t'a pas laissée tomber, dit-elle en effleurant sa main d'un geste réconfortant. Ni toi, ni personne. Oublier ton existence ? Elle en serait aussi incapable que de cesser de respirer. Simplement, elle ne pense plus qu'à sa chasse au tueur. Ce ne sera pas bien long : soit elle abandonnera, n'ayant rien trouvé, soit elle découvrira quelque chose et une enquête officielle prendra alors le relais. Dans les deux cas, ses heures supplémentaires deviendront superflues.

— Et en attendant, qu'est-ce que je fais ? demanda Mia d'une petite voix aiguë, presque puérile. Vers qui me tourner, à présent ? Mélanie a toujours été là pour moi. Toujours.

— Tourne-toi vers moi.

Comme Mia la dévisageait avec surprise, Véronica rougit, embarrassée ; par sa proposition mais aussi — et surtout — par la crainte d'un refus.

Elle toussa légèrement.

— Je… hum… écoute, nous sommes amies et, si tu veux, je serai là pour toi.

Durant quelques instants, Mia demeura muette. Un sourire illumina progressivement ses yeux et le reste de son visage. Sa mélancolie disparut comme par magie.

— Jouais-tu parfois au jeu de la vérité, étant enfant ?

Véronica répondit par l'affirmative et Mia poursuivit :

— Mélanie choisissait toujours la vérité, Ashley le gage.

— Et toi ? s'enquit Véronica, curieuse.

— Ni l'un ni l'autre. Je me dégonflais toujours.

Elle croisa le regard de Véronica, l'œil presque aguichant.

— Eh bien, madame le magistrat, la vérité ou un gage, si votre vœu le plus cher pouvait être exaucé, quel serait-il ?

Encore une fois, Véronica sentit ses joues s'embraser, sans trop savoir si son embarras provenait de la question elle-même ou de la réaction organique qu'elle avait provoquée : paumes moites, essoufflement, accélération du pouls.

Que lui arrivait-il ?

— Alors, Votre Honneur, la taquina Mia, que choisissez-vous ?

— La vérité, s'il le faut.

Elle inclina la tête.

— Si je pouvais demander n'importe quoi ? Ce serait

l'amour, forcément. Le véritable amour. Pas une relation purement sexuelle ou une simple toquade. Quelqu'un à qui je pourrais me confier entièrement — et réciproquement. Quelqu'un à chérir, et ne plus quitter.

Une brusque émotion altéra sa voix.

— Quelqu'un auprès de qui la solitude n'existerait plus.

Stupéfaite de s'être autant dévoilée, Véronica détourna le regard avec un petit rire contraint.

— Rude coup pour ma réputation de procureur impitoyable. Je ne suis guère plus évoluée que l'adolescente de naguère.

Mia lui prit la main, entrelaçant leurs doigts.

— Ne sois pas gênée. J'aspire à la même chose que toi. C'est ce que j'espérais trouver quand j'ai épousé Boyd mais…

Ses yeux s'emplirent de larmes et elle tourna la tête, s'efforçant visiblement de les refouler.

Véronica sentit sa gorge se serrer. Un élan irrésistible l'entraînait vers cette femme ; jamais elle n'avait éprouvé autant de sympathie pour quiconque. Elle serra plus fermement ses doigts entre les siens.

— C'est ton mari, n'est-ce pas ? C'est à cause de lui que tu es ici. C'est à cause de lui que tu es malheureuse.

— Oui, avoua Mia, les yeux baissés. Comment le sais-tu ?

— Je l'avais deviné après notre petite soirée du mois dernier avec tes sœurs. Ton attitude et certaines allusions d'Ashley laissaient soupçonner de graves difficultés dans ton couple. Si tu as besoin d'en parler, je suis là.

— Merci, mais…

Mia secoua la tête.

— Tu n'as certainement pas la moindre envie de connaître mes ennuis.

— Ce n'est pas vrai. Ne sommes-nous pas amies ? Suffisamment amies pour nous raconter nos petits malheurs et essayer de nous aider mutuellement ?

Comme l'autre femme ne la regardait toujours pas, elle prononça doucement son nom. Mia leva enfin les yeux sur elle.

— Ne suis-je pas ton amie ? insista Véronica.

Durant un long moment, Mia ne répondit rien, les yeux

rivés aux siens, brillant de larmes contenues. Enfin, elle hocha la tête.

— Mon mari me… il couche avec d'autres femmes. Quand j'ai voulu lui en parler, il a piqué une crise et… il m'a frappée. Ce n'était pas la première… ce n'était pas…

Incapable de poursuivre, elle laissa sa phrase en suspens et Véronica respira avec peine, luttant contre la rage qui la faisait frémir ; une rage qu'elle ne pouvait pas toujours contenir et qui explosait parfois avec une force incontrôlable. Au prix d'un effort considérable, elle parvint à la maîtriser.

— Rien ne t'oblige à supporter cela, Mia. Et tu as tort de le faire.

— C'est ce que me dit Mélanie.

Elle essuya ses yeux du dos de la main avec un petit rire gêné.

— Ash m'ordonne de me ressaisir.

Ashley était bien la dernière personne qui pût se permettre ce genre de conseil, jugea Véronica. Elle garda toutefois son opinion pour elle.

— Ce n'est pas toi la coupable. En aucune façon.

Véronica lui prit les deux mains et les serra très fort pour appuyer son propos.

— Tu ne le quittes pas parce que tu as peur de lui. Parce qu'il t'a persuadée que tu as besoin de lui. Parce qu'il t'a fait croire que tu n'es pas assez intelligente ou assez forte pour te débrouiller seule. Ce genre d'homme réussit très bien à manipuler les femmes.

Mia secoua la tête, visiblement au supplice.

— Tu ne peux pas comprendre. Nous sommes si différentes. Regarde-toi donc : tu es une brillante juriste, tu t'épanouis dans ta profession. Et moi, qu'est-ce que j'ai fait depuis mon mariage ? Les courses ? Les repas ?

— Arrête, Mia. Ça suffit. Ce que tu dis là, c'est ce qu'il veut te faire croire. Tu répètes simplement les idées qu'il t'a fourrées dans la tête. Te soumettre à sa volonté, savoir qu'il a fait de toi une petite souris craintive qui a peur de

214

tout, même de son ombre, ça le fait jouir. Ça fait partie de son délire. Et ce n'est pas vrai.

— Mais enfin, qu'est-ce que tu en sais ? Comment pourrais-tu savoir ?

— Comment ? répéta Véronica. Parce que j'ai été cette femme-là. Toute jeune, j'ai été mariée au même genre d'homme. Il me rabaissait, me critiquait sans relâche. Pour me mater. Pour saper ma confiance en moi, m'ôter toute velléité d'indépendance. J'en étais arrivée au point de ne plus oser prendre une décision sans le consulter. Je lui demandais comment je devais m'habiller, me coiffer, me nourrir. Et plus j'avais besoin de lui, plus il me rabaissait.

Sa voix se mit à trembler. Elle l'affermit.

— Je lui ai tout donné. Jusqu'à ma dignité personnelle. Et il m'a trompée sans vergogne. Quand je lui ai dit que je savais tout, il s'est moqué de moi ; il m'a dit que je ne valais rien et qu'il n'avait pas de comptes à me rendre.

A présent, Mia était suspendue à ses lèvres.

— Et ensuite ? demanda-t-elle dans un souffle. Où as-tu puisé le courage de le quitter ?

— Je ne l'ai pas quitté. Il a disparu dans une catastrophe aérienne.

Véronica regarda leurs doigts entrelacés, admirant la douceur des mains menues serrées dans les siennes. Emue, elle s'arracha à ce spectacle.

— Ainsi, tu vois, je n'ai pas été plus forte que toi. Il m'a fallu du temps et du recul pour comprendre, rétrospectivement, ce qui m'était arrivé, ce que cet homme m'avait infligé. Voilà pourquoi je sais ce que ton mari te fait subir.

Elle inspira profondément et regarda Mia droit dans les yeux.

— Tu n'as pas besoin de lui, Mia. Tu verras, je te le promets. Car je vais t'aider.

28

Mélanie passa en revue sa liste de victimes possibles. Depuis le début de la semaine, elle avait pris contact avec une trentaine de personnes ayant perdu accidentellement un proche parent. Rien dans ces décès ne lui avait semblé particulièrement suspect. Le suivant s'appelait Joshua Reynolds. Brûlé vif dans son lit au mois de janvier précédent. Après avoir lu l'avis de décès, elle avait appelé le service des pompiers. L'autopsie avait fait apparaître un taux très élevé d'alcool dans le sang. Apparemment, il avait allumé une cigarette avant de s'écrouler ivre mort. Sa fâcheuse habitude de fumer au lit avait déjà provoqué auparavant deux incendies — heureusement maîtrisés à temps.

La troisième fois, il n'avait pas eu cette chance. Sa cigarette était tombée dans une corbeille pleine de papiers. L'incendie avait ravagé la maison tout entière. On avait retrouvé son cadavre calciné.

Il laissait une veuve et deux orphelins. Au moment de l'accident, Mme Reynolds et ses fils passaient le week-end chez une grand-mère, à Ashville ; cette absence providentielle leur avait sauvé la vie.

Ayant découvert leur adresse actuelle grâce au fichier informatique du commissariat, Mélanie composa le numéro de téléphone. A la quatrième sonnerie, une femme lui répondit.

— Bonjour, dit Mélanie d'un ton enjoué. Suis-je bien au domicile de Mme Reynolds ?

Son interlocutrice hésita.

— En effet, dit-elle enfin. C'est à quel sujet ?

— Etes-vous Mme Rita Reynolds ?

— A qui ai-je l'honneur, je vous prie ? demanda la femme d'un ton glacial.

Mélanie croisa les doigts. Comme Bobby le lui avait fait remarquer la veille, si le commissaire venait à découvrir ce qu'elle manigançait et comment elle se présentait sous différentes identités, il lui ordonnerait de rendre sa plaque.

— Ici l'Organisation centrale du Tiercé, madame. Etes-vous Mme Joshua Reynolds ?

— Oui, dit-elle. Mais je ne suis pas intéressée…

— Nous sommes heureux d'avoir pu vous retrouver, l'interrompit Mélanie. Votre mari est l'un de nos gagn…

— Qui êtes-vous ?

— Je viens de vous le dire, je vous appelle…

— Pour qui travaillez-vous réellement ? La compagnie d'assurances, une fois de plus ?

Sa voix prit une intonation aiguë. Mélanie entendit dans le fond un chien aboyer, puis des voix d'enfants. Elle consulta sa montre. Les petits Reynolds devaient rentrer de l'école.

— Je le répète, reprit la femme, je ne suis pour rien dans cet accident, bien que ce deuil ne m'ait guère causé de chagrin, je l'avoue. Au revoir, madame.

Sur ces mots, elle coupa la communication. Excitée, Mélanie rappela immédiatement. Dès que la femme eut décroché, elle ne lui laissa pas le temps de placer un mot.

— Agent May, du commissariat de Whistletop, dit-elle. Madame Reynolds, j'ai quelques raisons de soupçonner que votre époux aurait pu être victime d'un meurtre.

— La police m'a déjà interrogée ! s'exclama la femme. J'ai répondu à des milliers de questions. Le détecteur de mensonges m'a innocentée mais ma maison n'a toujours pas été remboursée par l'assurance.

— Madame…

— Je ne l'ai pas tué, d'accord ? Alors, fichez-moi la paix !

— Attendez ! S'il vous plaît, ne raccrochez pas ! Il n'est pas question de vous accuser de quoi que ce soit. Et

217

dans le cas où l'enquête confirmerait mes soupçons, votre assurance paiera.

Mélanie remercia le ciel qu'elle ne lui eût pas raccroché au nez. Soucieuse de ne pas abuser de son temps, elle en vint immédiatement au fait.

— Votre mari… vous maltraitait-il ?

La femme maugréa, indignée.

— Quelle drôle d'idée… Pourquoi cette question ? Ne pourrait-on me laisser enfin tranquille ?

— Je vous en prie, madame. Je comprends combien ce doit être pénible pour vous. Pourriez-vous simplement me répondre ?

Il y eut un long silence à l'autre bout de la ligne. Puis Mélanie perçut un léger bruit qui ressemblait à un sanglot étouffé.

— Savez-vous ce qui est réellement pénible ? demanda la femme, sa voix se fêlant sur les derniers mots. Ce n'est pas de vous répondre, loin de là. Vivre avec Joshua, voilà qui était pénible. Vivre avec un ivrogne, ses accès de rage, sa cruauté. Plus que pénible, même…

Elle s'interrompit, incapable d'achever. Mélanie lui accorda le temps de se ressaisir, tempérant à grand-peine sa jubilation.

— Madame Reynolds, reprit-elle doucement, votre mari vous frappait-il ?

— Oui. Etes-vous satisfaite ? Pourquoi ce brusque intérêt maintenant qu'il est mort ? De son vivant, tout le monde s'en fichait pas mal.

Voilà précisément où elle se trompait. De son vivant, quelqu'un s'en était soucié ; assez soucié pour commettre un meurtre.

Elle tenait son quatrième homme.

— J'étudie actuellement la possibilité que la mort de votre époux soit liée à celle de plusieurs autres hommes.

— Liée ? Que voulez-vous dire ? Je ne comprends pas.

Les cris d'enfants s'intensifièrent ; le chien semblait complètement déchaîné.

218

— Je regrette, répondit Mélanie, je ne peux pas vous en dire davantage pour l'instant. Soyez toutefois assurée que si votre mari a bien été assassiné, nous veillerons à ce que justice soit faite.

Un rire bref, chargé d'amertume, salua son affirmation.

— Justice a été faite, madame. Mes enfants sont joyeux, à présent. Je peux m'endormir sans me demander si je me réveillerai le lendemain. Le monde se porte nettement mieux sans lui et moi aussi.

— Madame Rey…

— Je remercie Dieu chaque jour de l'avoir repris. Si cet accident n'est pas dû au hasard, je suppose que ce n'est pas Dieu que je dois remercier. Pardonnez-moi : mes enfants viennent de rentrer et je dois m'occuper d'eux. Bonsoir, madame.

Pour la seconde fois, la femme lui raccrocha au nez. Au lieu de rappeler, Mélanie resta immobile, le récepteur à l'oreille, l'écho de ses paroles résonnant dans sa tête. « Je remercie Dieu chaque jour de l'avoir repris… Mes enfants sont joyeux, à présent… Je peux m'endormir sans me demander si je me réveillerai le lendemain… »

Mélanie posa enfin l'appareil sur son support tandis que ses pensées se bousculaient : bribes de conversations issues de son enquête, images et souvenirs d'enfance. Combien de fois, avec ses sœurs, avait-elle supplié Dieu ou l'un de ses anges exterminateurs de fondre sur leur maison et de reprendre leur père durant son sommeil ? Combien de fois les compagnes ou victimes de Thomas Weiss, Samson Gold, Jim Mac Millian et Joshua Reynolds avaient-elles dû en faire autant ?

Leurs prières avaient été exaucées. Leurs existences en étaient transformées.

Mue par une obscure intuition, Mélanie quitta son fauteuil pour aller consulter ses dossiers. Elle ouvrit le tiroir du bas et feuilleta son contenu, s'arrêtant finalement à la chemise marquée WEISS, Thomas. M. Piqûre d'Abeilles, celui qui l'avait, en quelque sorte, dirigée sur cette voie.

Elle sortit le classeur et regagna son bureau. Ayant trouvé le numéro qu'elle cherchait, elle le composa immédiatement. Six ou sept sonneries se succédèrent sans résultat. Mélanie tambourina sur la table du bout des doigts, impatiente. Donna ne travaillait-elle pas le soir au Blue Bayou ? A cette heure-là, elle devait être chez elle.

« Décroche, Donna. Il faut que je te parle. Décroche, bon sang. »

Et Donna décrocha, hors d'haleine.

— Bonjour, c'est Mélanie May, du commissariat de Whistletop. Excusez-moi, Donna, le moment est mal choisi, je suppose.

— Pas du tout. Je rentre à l'instant de mon jogging. Que se passe-t-il ?

— Rien de particulier. Je voulais prendre de vos nouvelles.

— Pourriez-vous patienter un instant ?

Mélanie répondit par l'affirmative et entendit une porte s'ouvrir puis se refermer à l'autre bout du fil. Quelques secondes plus tard, Donna reprenait la communication.

— Désolée, il me fallait à tout prix un grand verre d'eau. Je meurs de soif.

— Ça va mieux ?

— Beaucoup mieux. Que disiez-vous ?

— Je n'ai pas eu de vos nouvelles depuis les obsèques de M. Weiss et je me demandais comment vous alliez.

— C'est très gentil à vous.

Elle eut un rire léger.

— En fait, j'ai l'impression de revivre. J'ai repris mes études de vétérinaire — mon rêve de toujours. Et j'ai commencé une thérapie.

— Pardon ? Une thérapie ?

— Je ne veux pas risquer de commettre une autre erreur comme celle-là. J'ai entrepris une thérapie pour m'assurer de ne jamais recommencer. J'avais dû péter un plomb pour m'embarquer dans une histoire pareille avec ce malade. Il faut réparer ça définitivement.

Mélanie rit avec elle. La jeune femme lui avait inspiré

une sympathie immédiate, malgré sa frayeur irraisonnée de femme battue. Elle la trouvait encore plus sympathique aujourd'hui.

— Cela me fait plaisir, Donna. J'en suis heureuse pour vous.

Donna baissa la voix jusqu'au murmure.

— Vous savez, Mélanie, j'ai parfois l'impression que Dieu, dans sa mansuétude, a eu pitié de moi. Il m'a accordé un miracle sous la forme de cet essaim d'abeilles.

Interdite, Mélanie resta un instant sans voix. Ces paroles ressemblaient tellement à celles de Rita, la veuve de Joshua Reynolds.

— Et vous le croyez vraiment ?

— Oh, oui, de toute mon âme. Aussi, comment ne pas être profondément transformée après cela ? Comment ne pas Lui exprimer ma gratitude en modifiant ma façon de vivre ?

Mélanie reconnut que c'était bien le moins. Avant de raccrocher, Donna la remercia de tout le mal qu'elle s'était donné pour elle.

— Je sais bien que le système ne vous laissait pas toute latitude, dit-elle. Ce n'était pas votre faute.

Alors, à qui la faute ? se demanda Mélanie pour la énième fois, quelques heures plus tard. Elle n'était que l'un des rouages du système, celui-là même qui était censé protéger les faibles et faire respecter la loi. Il lui semblait parfois que ces deux objectifs étaient contradictoires et que l'application des lois, loin de défendre les opprimés, les laissait encore plus démunis.

Mélanie se gara sur une place libre en face de la garderie et coupa le moteur. Depuis sa conversation avec Donna, elle n'avait cessé d'osciller entre l'euphorie et le doute, ne sachant si elle devait se réjouir d'avoir atteint son but ou s'interroger sur le bien-fondé de son entreprise.

Des hommes étaient morts. Mais leur décès était un soulagement pour les femmes et les enfants qu'ils avaient maltraités. Des enfants comme Casey. Des enfants comme ses sœurs et elle, naguère. Des femmes comme sa sœur

221

Mia. Leurs vies avaient été transformées par les crimes d'un tiers ; ou, comme certains d'entre eux le pensaient, par la justice divine.

Mélanie ouvrit la portière et descendit de sa jeep. Plus loin, sur l'aire de jeux, Casey escaladait un toboggan avec un de ses petits camarades. Elle marcha jusqu'à la grille et s'arrêta pour le regarder jouer.

Casey l'aperçut et lui fit de grands signes. Elle agita la main et il s'élança dans sa direction, traversant la pelouse en courant pour la rejoindre. Elle pouvait tout laisser tomber. Ces hommes-là continueraient à mourir. Et le monde deviendrait un endroit plus fréquentable.

Etait-ce certain ? La loi assurait l'ordre public. La loi les protégeait, Casey et elle. Elle protégeait les plus pauvres contre les plus riches. Certes, le système n'était pas parfait. Mais le monde l'était encore moins.

Personne n'avait le droit de s'approprier la justice. Personne n'avait le droit de se prendre pour Dieu.

Elle referma les doigts sur la barre de la palissade qui clôturait l'aire de jeux, souriante, l'esprit enfin apaisé. Elle savait ce qu'elle devait faire.

29

La meilleure chose à faire, jugea Mélanie, était de rendre une petite visite personnelle à Connor Parks. Connaissant son nom et son numéro d'immatriculation, elle découvrit aisément son adresse au service des cartes grises de la préfecture. Elle se munit d'un dossier exposant sa théorie basée sur les informations qu'elle avait recueillies, espérant qu'il accepterait de l'écouter. Dans le pire des cas, elle lui laisserait le classeur — de gré ou de force.

Elle le trouva à son domicile, penché sous le capot d'une Corvette d'âge vénérable. A en juger par l'état du véhicule, il avait dû le récupérer dans quelque grange où il commençait à rouiller. Il travaillait torse nu, exposant un dos musclé, zébré de profondes cicatrices. Bien que le temps fût couvert, sa peau était moite et luisante de transpiration. Elle suivit des yeux le mince filet de sueur qui coulait entre ses omoplates puis disparaissait plus bas, sous la ceinture du jean.

— Connor Parks ?

Il n'émergea pas du capot.

— Tiens, tiens, Princesse. Vous avez enfin compris que vous ne pouviez pas vivre sans moi.

Elle haussa un sourcil, refusant d'en sourire.

— Dans l'interprétation des rêves, la voiture symbolise l'ego ; vous considérez-vous comme un bolide hors d'usage, Parks ? Un engin naguère rutilant mais à retaper, désormais ?

Il tendit la main dans sa direction.

— Passez-moi la jauge de torsion, voulez-vous ?

— Tout de suite, si vous m'expliquez à quoi ça ressemble.

223

— Un drôle de truc avec un long manche et un tout petit bout.

— Etes-vous sûr que je dois chercher ça dans la boîte à outils ?

Parks faillit s'étrangler de rire. Mais ce fut efficace, puisqu'il sortit enfin le nez du moteur.

— Vous êtes une sacrée chipie, n'est-ce pas ?

— Et vous, un fumiste — un incorrigible rebelle.

Sa réplique le fit sourire, comme s'il s'estimait flatté.

— Si vous n'êtes pas là pour mes beaux yeux, vous avez sans doute quelque chose à me demander.

— J'ai besoin de votre aide pour une affaire.

— L'affaire Andersen ?

— Non.

Il dénicha l'outil qu'il lui fallait dans la boîte ouverte à ses pieds et disparut de nouveau sous le capot.

— Où en est l'enquête ? demanda-t-il.

— Elle piétine. Plus aucune piste depuis que le témoin a été incapable d'identifier Jenkins.

Parks maugréa entre ses dents, écœuré.

— Se servent-ils du profil que j'ai mis à leur disposition ?

— Plus ou moins : on a interrogé des prostituées, au début du mois. Ça n'a rien donné.

— Ils les ont sans doute ramassées comme du bétail, soumises à des interrogatoires serrés, lampes braquées sur le visage. Excellent moyen pour obtenir des confidences. Quels abrutis !

— Plus ou moins, en effet.

Tête penchée, elle apprécia les courbes offertes à sa vue, estimant qu'il avait, ma foi, une belle chute de reins. Une lueur amusée dansa dans ses yeux.

— Peut-être, reprit-elle, pourrais-je avoir l'honneur de vous parler face à face ? Non que le spectacle soit désagréable, loin de là.

Il grommela quelque protestation, pour la forme. Mélanie soupçonna cependant qu'il appréciait le sous-entendu flatteur.

— Il va falloir patienter un moment. Vous trouverez de l'eau fraîche au réfrigérateur. Servez-vous.

Elle jeta un coup d'œil vers la maison, un petit pavillon de bois peint en blanc, avec des volets bleus. Il lui parut accueillant. Confortable.

— C'est gentil, merci, murmura-t-elle, mue par la curiosité bien plus que par la soif.

Elle remonta l'allée et entra par une porte latérale qui donnait directement dans la cuisine lumineuse, meublée de façon plutôt élémentaire.

Comme il l'avait dit, elle trouva un pichet d'eau dans le réfrigérateur, et s'en servit un verre.

La maison était propre et d'une simplicité monacale : rebords de fenêtres vides, murs nus, plans de travail rangés. Mélanie avança jusqu'à la porte donnant sur le séjour et jeta un coup d'œil dans la pièce — aussi impeccable et austère que la cuisine, à deux exceptions près : un cadre garni de photos était posé sur un guéridon et un grand tableau d'affichage occupait une bonne partie du mur aveugle qui faisait face au canapé.

Elle posa son verre sur une table et passa dans le séjour pour mieux voir. Fixés par des punaises, une multitude de coupures de presse, de pense-bêtes apparemment griffonnés par Connor et de clichés pris sur le lieu d'un crime recouvraient toute la surface du panneau. Mélanie les parcourut du regard, découvrant avec étonnement que la plupart des articles dataient de plus de cinq ans.

— C'est plus fort que vous, n'est-ce pas ?

Mélanie pivota vivement sur ses talons, embarrassée. Debout dans l'encadrement de la porte, Connor Parks essuyait sur un chiffon ses mains maculées de cambouis.

— Vous vouliez me mettre à l'épreuve ? s'enquit-elle.

Connor ne répondit pas. Gênée par son regard insistant, elle pointa le menton vers le tableau d'affichage.

— De quoi s'agit-il ?

— D'un crime dont l'énigme n'a pas été résolue. Si cela

vous intéresse, il y a d'autres panneaux dans la chambre et la salle de bains.

— Trois crimes différents ?

— Non, le même.

Sa réponse la laissa perplexe et elle le dévisagea à son tour. Il détourna les yeux.

— Vous êtes venue me parler d'une affaire ?

— Oui.

Elle le rejoignit et lui tendit son dossier.

— Je suis convaincue qu'un tueur en série sévit dans la région. Ses victimes sont des hommes qui brutalisaient impunément leurs femmes, leurs compagnes, leurs familles.

Tandis qu'elle parlait, Connor se mit à feuilleter le contenu du classeur.

— J'ai découvert son existence en apprenant le décès de Jim Mac Millian dans le quotidien local. Deux semaines plus tôt, un homme que je n'avais pas réussi à faire inculper pour voies de fait sur sa compagne avait été victime d'un accident de la route dans des circonstances très particulières. Intriguée par cette coïncidence, j'ai effectué quelques recherches.

— Je vois, en effet, murmura-t-il. La PJ de Charlotte est dans le coup ?

— Non. Personne n'est au courant.

Connor leva les yeux.

— Personne ?

— Personne d'autre que moi.

— Voilà ce qui explique votre présence ici, n'est-ce pas ? Vous vous êtes dit qu'en embarquant dans votre galère un type comme Connor Parks, profileur de renommée mondiale, vous auriez plus de chances de vous faire entendre ? D'obtenir le respect et la coopération de vos pairs ?

— C'est à peu près cela.

— Vous n'êtes pas au courant ? J'ai été provisoirement suspendu de mes fonctions. Je ne peux rien faire pour vous.

Il lui tendit son dossier.

— Vous auriez tort de solliciter mon appui, May. Je suis une catastrophe ambulante.

Refusant de reprendre son bien, elle enfouit les mains dans ses poches.

— Je ne suis pas de cet avis. Parmi tous les flics que je connais, pas un seul ne vous arrive à la cheville. Et si vous voyez là-dedans la même chose que moi, je tiendrai une affaire.

— Princesse, vous vous laissez emporter par votre imagination.

— En ce qui concerne ma théorie ou ma foi en vos talents ?

Il ne sourit même pas.

— Reprenez ce classeur. Je ne pourrai pas vous aider.

— Gardez-le. Ce sont des photocopies.

Elle se dirigea vers la porte.

— Je suis sûre d'avoir raison et je trouverai bien quelqu'un qui pense comme moi.

Connor la raccompagna sur le perron.

— Croyez-moi, May, il y a bien assez de vrais assassins de par le monde. Inutile de chercher bien loin : le résultat de leur sinistre besogne vous saute aux yeux.

— Cette fois, c'est différent, répliqua Mélanie. Notre homme est un fieffé renard — d'une astuce exceptionnelle, d'une patience remarquable.

Elle soutint tranquillement son regard sceptique.

— Lui, il se prend pour un envoyé de Dieu sur Terre.

30

Le McDonald's situé à l'angle de Lake Drive et de la Grand-Rue de Whistletop était équipé d'une aire de jeux complète avec toboggan, tour à escalader et piscine à balles. Etant au demeurant l'unique McDonald's de la commune, il jouissait d'une affluence considérable à l'heure des repas.

Connor se gara à la dernière place disponible du parking, ce qui lui valut un éloquent coup de Klaxon de la Ford Taurus qu'il précédait. Il jeta un regard compatissant dans le rétroviseur au conducteur exaspéré, coupa le moteur et descendit de voiture.

En pénétrant dans le restaurant où régnait un joyeux tintamarre, il eut l'impression que tous les parents de la petite municipalité s'étaient concertés ce soir-là pour y emmener leur progéniture. Choix qui se comprenait aisément puisqu'il leur permettait, pour une somme relativement modique, de nourrir les enfants et de les distraire tout à la fois.

Bien que toutes les caisses fussent ouvertes, les files d'attente s'étiraient jusqu'aux portes de l'aire de jeux. Connor prit son tour dans la moins longue, profitant de cette pause pour parcourir des yeux la foule attablée, à la recherche de Mélanie May.

Ne la voyant pas, il fronça les sourcils. Taggerty lui avait affirmé qu'il la trouverait là. Alors, où était-elle ? Il voulait lui parler tout de suite ; sans attendre à demain — bien qu'il eût laissé traîner son dossier pendant deux jours et demi sur la table de la cuisine avant de l'ouvrir. La patience n'était pas son fort. Il détestait rester inactif. Une fois ses décisions prises, il passait à l'action. Sans autre forme de procès.

Et il avait décidé de rencontrer Mélanie ce soir-là.

Quand son tour arriva, il commanda un café puis jeta un coup d'œil sur l'entrée de l'aire de jeux. Il eût parié qu'elle était là-dedans, occupée à regarder jouer son fils tandis que le repas du garçon refroidissait en face d'elle.

— Votre café, monsieur.

Il se retourna vers la jeune serveuse, souriant machinalement.

— Merci.

Sa tasse à la main, il se dirigea vers l'aire de jeux. Des cris suraigus d'enfants excités l'accueillirent dès l'entrée. Il s'immobilisa sur le seuil, assailli par le souvenir de Jamey, encore vivace malgré le temps.

Il entendit Mélanie avant de l'avoir vue ; elle appelait son fils, applaudissant l'un de ses exploits. Suivant la direction de sa voix, il l'aperçut à l'une des tables proches des tourniquets, les restes d'un repas étalés devant elle. Connor la vit chaparder discrètement une frite.

Souriant, il se fraya un chemin dans sa direction, évitant les paires de baskets abandonnées et quelques bambins en vadrouille.

— Bonsoir, May, dit-il en atteignant sa table.

Elle leva les yeux. Sa surprise initiale céda rapidement la place à une satisfaction évidente.

— Comment m'avez-vous trouvée ?

— J'ai interrogé Taggerty.

Elle hocha la tête, l'œil espiègle.

— Je lui avais dit où j'allais, pour le cas où vous me chercheriez.

— J'ai failli repartir bredouille.

Il s'assit sur l'un des petits tabourets de couleur vive, se faisant l'effet d'un éléphant en équilibre sur une balle de golf.

— Lequel est le vôtre ? demanda-t-il en se tournant vers les équipements récréatifs.

Elle pointa un doigt, comme aimanté, vers la droite.

— Celui-là, le petit blond tout bouclé avec le T-shirt bleu roi.

— Il est bien mignon.

— Casey ? C'est le plus beau, le plus gentil, le plus intelligent de tous.

La jeune femme esquissa une grimace comique.

— Je ne suis pas trop partiale, j'espère ?

— Il serait bien dommage que vous ne le soyez pas.

Elle porta son verre de Coca à ses lèvres et en but quelques gorgées.

— Vous avez des enfants ?

Il hésita.

— Non.

Elle haussa un sourcil et Connor pesta intérieurement. Son hésitation n'avait duré qu'une fraction de seconde mais elle l'avait remarquée. Rien n'échappait à ce diable de femme.

— Mon ex-femme avait un fils. Il avait à peu près l'âge de Casey quand je l'ai épousée.

— Je vois, dit-elle.

Et c'était probablement vrai ; il avait le sentiment d'être transparent pour elle. Il s'éclaircit la gorge.

— J'ai lu votre exposé.

Mélanie se pencha en avant, impatiente, pleine d'espoir. Naguère, il avait été aussi spontané, aussi fougueux qu'elle. Cette époque était bel et bien révolue.

— Alors ?

— Alors, je crois que vous avez tapé dans le mille. A mon avis, nous avons bien affaire à un tueur en série.

Un soupir parfaitement audible franchit ses lèvres ; elle porta une main à son cœur.

— Je n'en crois pas mes… Bon sang, j'avais raison.

— C'est aussi mon opinion. J'ai établi une première ébauche de profil. Cela vous intéresse-t-il ?

— Bien évidemment. Laissez-moi seulement le temps de retrouver mes esprits. J'en suis encore à digérer la nouvelle.

— Maman ! Regarde !

Ils pivotèrent ensemble du côté d'où provenait l'appel.

Debout au bord de la piscine à balles, Casey s'apprêtait à sauter. Mélanie lui donna le feu vert, pouce levé, et il s'élança parmi les ballons. Un instant plus tard, il réapparut, impatient de connaître la réaction de sa mère.

Bien entendu, elle le félicita de façon fort démonstrative. Et bien entendu, une fois ne suffit pas. Après avoir renouvelé son plongeon à trois reprises, il se laissa distraire par les pitreries de deux autres gamins et se joignit à leur jeu, cessant provisoirement de solliciter l'attention de sa mère.

Mélanie se retourna vers Connor, l'air penaud.

— Je suis désolée.

— Vous avez tort, dit-il avec une brusquerie involontaire. C'était une soirée consacrée à votre fils. Je me suis imposé, c'est donc moi qui devrais vous présenter des excuses. Etes-vous prête ?

Mélanie acquiesça et il commença.

— Tout d'abord, nous avons affaire à une femme.

— Une femme ? répéta-t-elle, plissant le front. Ce n'est pas illogique mais les tueurs en série sont rarement des femmes.

— Exact. Rarement ne veut pas dire jamais, toutefois. Et quand une femme tue, elle le fait en général proprement : empoisonnement, étouffement, par exemple. Il s'agit du sexe faible, n'est-ce pas ?

Son humour grinçant la fit grimacer et il poursuivit :

— Difficile d'évaluer son âge avec précision ; disons qu'il se situe dans une fourchette allant de trente-cinq à quarante-cinq ans. C'est une femme de race blanche qui jouit d'un niveau d'instruction élevé et d'une aisance matérielle indiscutable. D'une intelligence exceptionnelle, elle est extrêmement organisée et prépare ses crimes dans les moindres détails.

— C'est l'une des raisons pour lesquelles ils sont passés inaperçus jusqu'à présent.

— Jusqu'à vous, corrigea Connor. L'assassin connaît ses victimes ; les méthodes personnalisées qu'elle emploie à chaque meurtre en sont la preuve. Elle est probablement elle-même victime de violences domestiques. Elle se venge sur ces hommes au lieu de punir un père, un frère, ou quelque autre individu de sexe masculin qui la maltraite. Ce ne sont pas les premiers meurtres qu'elle commet.

Mélanie secoua la tête, visiblement sceptique.

— Pourquoi cet assassin ne pourrait-il être un homme ? Un homme dont la mère —ou la sœur — aurait été battue sous ses yeux ? Avec le temps, son sentiment d'impuissance s'est mué en rage, une rage folle qui exige un exutoire.

Connor éprouvait un respect croissant pour la jeune femme ; elle s'était livrée à une enquête approfondie et il admirait sa persévérance. Mais il ne se trompait pas sur ce point ; peut-être sur d'autres caractéristiques qu'il attribuait au tueur inconnu — mais pas sur son sexe.

Il lui fit part de ces réflexions. Comme elle fronçait les sourcils, il se pencha sur la table.

— Ecoutez, si ces meurtres étaient l'œuvre d'un homme, sa rage se serait exprimée de manière plus agressive : il aurait poignardé, criblé de balles, démembré ses victimes. Il se serait livré à quelque surenchère. Ce n'est pas ce que nous observons. Nous observons des décès apparemment si normaux que le meurtre passe inaperçu ; l'assassin utilise les faiblesses de ses victimes pour les détruire.

S'interrompant, il la regarda droit dans les yeux.

— Etes-vous d'accord, Mélanie ?

— Jusque-là, oui.

— Bon. Dans sa vie quotidienne, notre inconnue est une personne tout à fait normale, d'une assurance indiscutable — bien que la tension commence peut-être à lui peser, et que son masque puisse menacer de s'effriter.

» Elle a des connaissances juridiques ou bien un contact quelconque avec la police ; elle conserve un lien avec ses victimes — soit en se rendant sur leur lieu de sépulture, soit à travers un proche. A mon avis, elle épluche attentivement la presse dans l'espoir d'y trouver quelque écho de ses crimes. Elle est ravie du tapage médiatique qui a entouré la mort de Jim Mac Millian. En un certain sens, je crois qu'elle ne sera pas fâchée si cette affaire est dévoilée au grand jour.

Elle attend que cela se produise. A quoi bon se prendre pour Dieu si personne ne s'en aperçoit ?

Un lourd silence s'installa entre eux, que rompit la voix de Casey.

— Regarde !

Mélanie tourna la tête puis consulta sa montre, prenant soudain conscience de l'heure tardive. La plupart des parents achevaient de rassembler leur progéniture et quittaient l'aire récréative — ce qui n'allait pas sans récriminations, pleurs, voire quelques crises.

— Une dernière glissade sur le toboggan, lança-t-elle à Casey. Il est l'heure de rentrer, mon chéri.

Embarrassée, elle se tourna vers Connor.

— Je regrette vraiment d'abréger notre entretien mais il y a école demain.

— En fait, nous en avons terminé, dit-il en se levant, aussitôt imité par la jeune femme. Je me suis arrangé pour que nous rencontrions Steve Rice, mon patron du FBI, à 10 heures demain matin. J'espère que vous pourrez arranger cela avec votre supérieur.

Mélanie acquiesça puis alla chercher son fils. Bien qu'il n'eût plus aucune raison de s'attarder, Connor ne réussit pas à prendre congé tout de suite.

— Casey, dit-elle, voici M. Parks. Nous travaillons ensemble, lui et moi.

L'enfant l'examina d'un œil attentif. A l'instar de sa mère, rien ne semblait lui échapper non plus, pensa Connor.

— Tu captures les méchants ? demanda Casey.

— Et comment ! Les plus méchants de tous.

La réponse parut plaire au petit garçon qui lui rendit son sourire avant de s'asseoir par terre pour enfiler ses baskets. Connor regarda Mélanie l'aider à attacher ses lacets, accroupie à côté de lui. Ces gestes simples et complices de la vie quotidienne lui manquaient. Oui, son rôle de père adoptif lui manquait beaucoup, songea-t-il tandis qu'ils quittaient l'aire de jeux puis traversaient le restaurant pour gagner le parking.

Il aimait les rires et les jeux spontanés, l'affection, la manière dont la vie pouvait passer en un clin d'œil de la pagaille la plus totale à une paix céleste — et vice versa.

Jamey l'avait libéré de lui-même. Il lui avait tout fait oublier — Suzy et les sordides réalités de son travail. Sans doute était-ce l'apanage des enfants, supposa-t-il en observant du coin de l'œil la mère et le fils. C'était une idée bien réconfortante.

Ils atteignirent la jeep de Mélanie. La jeune femme attacha Casey dans son siège et se tourna vers Connor.

— J'ai une question à vous poser. Vous aviez l'intention de m'envoyer promener. Pourquoi avoir changé d'avis ?

— Pour deux raisons. D'abord, parce que vous m'avez dit que vous trouveriez bien quelqu'un qui vous soutienne. Alors, autant que ce soit moi, n'est-ce pas ? Je n'avais rien à perdre en m'associant à quelque fiasco. Du reste, il n'y avait qu'une alternative : ou bien vous vous révéliez plus futée que tout le monde, ou complètement timbrée. Dans un cas comme dans l'autre, c'était amusant.

— Merci pour cette preuve de confiance.

Il inclina légèrement la tête, un pli ironique au coin des lèvres.

— Il n'y a pas de quoi.

— Et l'autre raison ?

Son sourire s'éteignit.

— C'est votre réflexion à propos de l'assassin : vous avez dit qu'il se prenait pour un envoyé de Dieu. J'ai déjà eu affaire à ce genre d'individu ; et je sais que cette femme continuera tant que personne n'aura mis un terme à ses agissements.

31

Le lendemain matin, à 9 h 30, Mélanie et Connor entrèrent simultanément dans le parking souterrain de l'immeuble de la Banque Wachovia. Ils s'engagèrent tour à tour sur la rampe conduisant au niveau convenu et se garèrent côte à côte. Les bureaux du FBI occupaient trois des trente étages du gratte-ciel situé à la périphérie de Charlotte.

Connor descendit le premier de voiture et s'approcha de la jeep, tenant la portière ouverte pour Mélanie.

— Prête ? lui demanda-t-il avec un sourire.

— Vous plaisantez ?

— Alors, allons-y.

Ils se dirigèrent vers les ascenseurs. Bien qu'il fût encore tôt, Mélanie se sentit incommodée par la chaleur du parking et l'air étouffant qu'on y respirait.

— Votre commissaire est sans doute au courant, à présent ? dit Connor.

— Oh oui, je me suis fait un plaisir de tout déballer. Il n'en revenait pas. A certains moments, j'ai cru qu'il allait exploser. Il m'a promis que s'il m'arrivait de les mettre dans le pétrin en me livrant à d'autres enquêtes clandestines, je pourrais dire adieu à mon insigne.

Tandis que l'ascenseur les transportait au dixième, elle regarda Connor, un pli amusé au coin des lèvres.

— Mais tout en m'engueulant copieusement, il avait une petite étincelle dans le regard — comme s'il était aux anges que l'un de ses modestes agents eût découvert cette affaire. Il jubilait littéralement, j'en suis sûre.

235

Connor s'esclaffa sans émettre de commentaire car ils arrivaient à l'étage du FBI. Devant les grandes portes vitrées marquées du sigle bleu et blanc du bureau fédéral, il se tourna vers elle.

— Nerveuse ?

— Plutôt émue.

Elle respira à fond.

— Il ne mord pas, au moins ?

— Uniquement si on l'embête.

Connor ouvrit la porte, s'effaça pour lui céder le passage. Le bureau de réception était plutôt exigu, avec des caméras vidéo discrètement installées dans les angles et, sous le plafond, un appareil de détection vérifiant que les visiteurs n'étaient pas armés. La réceptionniste, installée derrière une vitre en Plexiglas, salua Connor et leur indiqua la porte du fond.

Steve Rice les attendait. Connor fit les présentations ; Mélanie et Rice échangèrent une poignée de main, remarquant qu'ils s'étaient déjà rencontrés. Chacun prit ensuite un siège.

— Eh bien, qu'avez-vous découvert ? s'enquit Rice sans préambule.

Connor regarda Mélanie.

— Voulez-vous expliquer à Steve comment vous en êtes venue à soupçonner que certains décès pouvaient être l'œuvre d'un tueur en série et lui faire part de vos recherches ?

Mélanie s'exécuta, décrivant scrupuleusement chaque étape de son parcours. Elle remit à Rice un classeur contenant les informations qu'elle avait recueillies jusque-là. Hochant la tête, il se mit à feuilleter le document sans se presser. De toute évidence, il n'avait pas remarqué l'impatience qui la consumait. Son cœur battait si fort et si vite qu'elle craignait presque de suffoquer.

Elle reprit son souffle.

— L'étendue de mon champ d'investigation était extrêmement réduite pour la recherche d'éventuelles victimes. Il m'en fallait cependant au moins une de plus afin d'étayer ma théorie. Sitôt cet objectif atteint, je m'en suis tenue là. Il pourrait y en avoir bien davantage. Pour le moment, nous en sommes à quatre en moins d'un an — chiffre pour le moins alarmant.

Connor prit la parole.

— C'est alors que j'interviens dans l'histoire. L'agent May m'a consulté à propos de cette affaire ; d'abord sceptique, j'ai finalement discerné une trame en étudiant son dossier. Nous avons affaire à quelqu'un de particulièrement astucieux, Steve. J'ai établi un profil.

Il tendit quelques feuilles à son supérieur qui entama aussitôt leur lecture. Au bout d'une minute, il leva les yeux.

— Tu crois que cet individu est une femme ? Les vrais tueurs en série sont très rarement des femmes.

— C'est vrai. Nous sommes en présence d'un cas exceptionnel, admit Connor.

L'autre homme fronça les sourcils, la mine perplexe. Manifestement, s'il avait une grande confiance en Connor, il se fiait aussi aux statistiques.

— Peut-être n'agit-elle pas seule — mais avec un complice de l'autre sexe ? Un frère ? Un amant ?

Connor secoua la tête.

— Ce ne sont pas de simples meurtres. Cet assassin se donne beaucoup de mal pour préparer son coup dans les moindres détails, pour maquiller le crime en accident naturel ; ce faisant, elle signe ses actes de manière irréfutable. Tous ces indices désignent un individu de sexe féminin, de race blanche, agissant isolément.

Son supérieur le dévisagea d'un œil circonspect.

— Nous n'avons pas droit à l'erreur. Es-tu absolument certain que cet assassin est une femme ? Crois-tu réellement que les gars du BSU seront du même avis ?

Connor ne tergiversa pas. Il connaissait les gens du BSU. Il y avait lui-même travaillé.

— Affirmatif. Sur les deux points.

Rice reporta son attention sur Mélanie.

— Partagez-vous cet avis ? Après tout, vous avez effectué l'essentiel du boulot. Cette affaire vous appartient.

Son affaire à elle. Une fierté émerveillée, presque incrédule, l'envahit brusquement.

— Je suis entièrement d'accord avec Parks. Sans l'ombre d'un doute.

— Très bien, alors.

Il referma le dossier.

— Qu'attendez-vous du FBI ?

Sa question la prit au dépourvu.

— Je ne vous suis pas.

— En qualité de représentante du commissariat de Whistletop, sollicitez-vous l'intervention de nos services ?

Le souffle coupé, elle s'efforça de recouvrer ses moyens. La situation lui paraissait inconcevable.

— C'est cela, articula-t-elle enfin à grand-peine.

— Il me faut une confirmation de la part de votre supérieur. Demandez au commissaire de m'appeler dès aujourd'hui.

Mélanie acquiesça et il se tourna vers Connor.

— Agent Parks ? Avec ou sans vous ?

— C'est-à-dire ?

— C'est-à-dire que ta suspension serait remise en cause, le cas échéant. Alors, agent Parks, que décidons-nous ?

Les deux hommes se mesurèrent du regard. Au bout d'un instant, Connor lâcha quelque juron inintelligible.

— J'en suis. Je serai toujours où tu me demanderas d'être, compris ? Ou, du moins, aussi près que possible en ce monde. Et si ça ne te suffit pas, va te faire foutre.

L'autre homme opina comme s'il s'estimait satisfait.

— Bon. Il va falloir reprendre contact avec tes vieux copains de Quantico. Transmets-leur les données dont tu disposes, demande-leur de te donner leur avis.

— Je suis déjà à l'œuvre.

Rice inclina légèrement la tête.

— La balle est dans votre camp, à présent. Que comptez-vous faire ?

Connor regarda Mélanie qui lui donna le feu vert d'un petit signe de tête.

— A mon sens, dit-il, nous devons maintenant jouer sur deux tableaux : rechercher d'éventuelles victimes tout en essayant de découvrir ce qui peut bien relier tous ces hommes à notre assassin. C'est là que réside la clé du mystère. Elle ne les choisit pas purement au hasard. Comment arrivent-ils jusqu'à elle ?

Mélanie en convint.

— Ayant déniché les trois premières victimes par des filières administratives, j'ai pensé que ce rapport pouvait consister en un casier judiciaire ou quelque procès-verbal concernant des violences ou voies de fait.

— Et alors ?

— Cela n'a rien donné. Aucune trace de Joshua Reynolds dans les dossiers de la police ; aucune plainte n'a jamais été déposée contre lui.

— Avez-vous songé au rapprochement le plus évident — la proximité géographique ?

Connor se chargea de répondre.

— Je ne vois pas grand-chose se dessiner de ce côté-là non plus. Les victimes habitaient et travaillaient dans plusieurs quartiers de Charlotte : aucun recoupement possible. Mais nous pourrions très bien en voir apparaître un en découvrant d'autres victimes.

— Il faudrait connaître les endroits où elles ont grandi, dit Mélanie, les lycées et universités qu'elles ont fréquentés.

— Les groupements sportifs, proposa Steve. Clubs de football, de musculation...

— Inutile de recenser les associations masculines puisqu'il s'agit d'une femme. Il nous faut un endroit où une femme puisse rencontrer des...

Connor se redressa brusquement et se tourna vers Mélanie.

— Peut-être a-t-elle des aventures avec ces hommes ?

Un petit frisson parcourut le dos de la jeune femme.

— C'est possible, murmura-t-elle. Elle les approche, perce leurs secrets, découvre leurs faiblesses, et le tour est joué.

Elle pourrait même entretenir plusieurs liaisons en même temps — ce qui expliquerait la fréquence des meurtres.

Connor opina, le regard songeur.

— Cela n'explique toujours pas où elle les trouve.

— Certes, dit Mélanie. On peut multiplier les recoupements en écumant les bars, discothèques, boîtes de nuit… Bref, les endroits destinés à ce genre de rencontres.

— Vous semblez avoir pris un bon départ, tous les deux. Contactez immédiatement la PJ de Charlotte et tous les commissariats des environs, ainsi que l'antenne locale du FBI. Leur coopération ne sera pas superflue.

Rice se leva. Mélanie et Connor l'imitèrent.

— Joli travail, agent May. Très joli travail.

Incapable de feindre l'indifférence, Mélanie leva sur lui un visage épanoui.

— Merci, monsieur Rice.

Ils gagnèrent la porte.

— Tenez-moi au courant de l'évolution de l'affaire.

— Entendu.

— Dis-moi, Connor…

Connor regarda son supérieur.

— As-tu mis un nom sur ce profil-là ?

— Oui, dit-il en jetant un coup d'œil à Mélanie. Nous pourrions baptiser notre assassin « l'Ange des Ténèbres ». Ou, plus simplement, « l'Ange Noir ».

32

Dès lors, l'existence de Mélanie changea de façon spectaculaire. Brusquement, elle se trouvait propulsée au cœur de l'une des plus importantes affaires criminelles jamais survenues dans la région — la plus sujette à controverses, en tout cas.

Au cours des deux premières semaines d'enquête officielle, quatre autres victimes probables furent découvertes du côté de Charleston. Ce qui portait le total à huit — un chiffre aussi important qu'alarmant. Jusqu'à l'intervention de Mélanie, l'Ange Noir avait pu agir sans entraves, en toute impunité.

Les commentateurs ne tarissaient pas d'éloges sur Mélanie et son flair incomparable. Tous les organes de presse du pays l'avaient interviewée ; c'était à elle qu'ils s'adressaient en priorité pour se tenir informés des derniers développements.

Les médias ne se privèrent pas d'exploiter le filon, émettant chaque jour de nouvelles hypothèses sur l'Ange Noir, sa personnalité et le mobile qui l'animait. Ils suscitèrent un débat passionné au sein de la population locale en sollicitant l'opinion des lecteurs ou des auditeurs qui réagirent massivement. Des personnes de toutes les classes sociales et confessions religieuses se manifestèrent ; des voix de droite, de gauche et de toutes les nuances politiques intermédiaires s'élevèrent — jusqu'aux groupements féministes qui s'en mêlèrent.

Où que Mélanie se trouvât, les conversations gravitaient invariablement autour des meurtres de l'Ange Noir. Certains prétendaient que l'assassin délivrait une sorte de message biblique dans un monde devenu fou ; d'autres, que l'état actuel de la société justifiait le recours à l'autodéfense, aux milices privées et autres formes de justice talionesque. D'autres encore — dont Mélanie — estimaient que toute atteinte à la vie humaine, hormis les cas de légitime défense, constituait un meurtre. Les mobiles de l'assassin ou les crimes éventuels des victimes ne changeaient rien à l'affaire : personne n'avait le droit de s'approprier la justice.

Pour Mélanie rien n'égalait la satisfaction de pouvoir participer à une enquête de cette envergure. Les journées, pourtant interminables, lui paraissaient presque trop courtes ; même dans les moments où l'enquête semblait avancer à sauts de puce, sa fascination demeurait intacte.

Travailler avec Connor se révélait être un plaisir. Apprenant à le connaître, Mélanie l'appréciait davantage de jour en jour. Elle découvrit un homme intelligent, honnête et respectable mais d'une franchise parfois brutale. Un anticonformiste qui faisait toujours ce qui lui semblait juste sans se soucier des opinions convenues — qualités qui auraient dû faire de lui un collaborateur fort peu fréquentable. C'était pourtant tout le contraire.

Connor avait un amour-propre chatouilleux qu'il ne laissait cependant jamais empiéter sur leurs relations professionnelles. A sa décharge, il avait pris soin de préciser à la moindre occasion que la découverte de l'Ange était l'œuvre de Mélanie, qu'étant l'instigatrice de l'enquête, elle devait s'en voir confier la responsabilité.

Elle lui en fut reconnaissante. Il aurait pu s'attribuer une partie du mérite et s'arranger pour tirer la couverture à lui ; ses références impressionnantes lui eussent facilité la tâche.

Il n'était pas de ceux qui recherchent les honneurs sans hésiter à évincer les autres. Voire, il semblait redouter le fait d'attirer l'attention sur sa personne. Parfois, il se comportait comme s'il préférait ne pas même être publiquement associé à l'affaire.

Mélanie jugeait sa personnalité intéressante et complexe

— ses différents traits de caractère formant un mélange assez paradoxal. Rien ne l'intriguait plus que cette aura de tristesse qui émanait de lui — ce sourire qui n'atteignait jamais tout à fait ses yeux. Elle se demanda si les atrocités inhérentes à son métier l'avaient dépossédé de sa gaieté, ou bien si quelque secrète blessure était à l'origine de sa mélancolie.

La sonnerie du téléphone interrompit le cours de ses réflexions.

— Agent May.

— Comment peux-tu ? chuchota une femme d'une voix étouffée. Comment peux-tu faire cela ?

Mélanie fronça les sourcils.

— Ici le commissariat de Whistletop, Mélanie May à l'appareil. Pouvez-vous me dire…

— Je sais qui tu es, coupa la femme, son murmure prenant une intonation de reproche. Je croyais que tu étais dans notre camp. Je n'aurais pas cru que tu t'en fichais. Espèce de traître.

— Je ne m'en fiche pas, dit sans réfléchir Mélanie ; mais qui êtes-v…

La communication fut brutalement interrompue. Aussitôt, Mélanie appuya sur la touche de rappel. Comme l'écran affichait « numéro inconnu », elle replaça le récepteur sur son support. Elle n'avait pas reconnu cette voix dont certaines intonations ne lui étaient, cependant, pas tout à fait étrangères. Qui pouvait bien s'amuser à lui adresser des appels anonymes ?

Les propos de cette femme concernaient sans doute l'affaire de l'Ange Noir. Mais qu'entendait-elle par « notre camp » ?

— Courage, Mel, lui glissa Bobby depuis son bureau, dans son dos. Tu as de la visite.

La jeune femme leva les yeux et réprima un gémissement. Son ex-mari traversait à grands pas la salle du commissariat, la mine ombrageuse. Elle quitta son fauteuil. Il n'était pas question de le laisser dominer la situation du haut de son mètre quatre-vingts.

— Stan, dit-elle quand il s'immobilisa en face d'elle. Qu'est-ce qui me vaut l'honneur… ?

— Cette affaire, dit-il. Je veux que tu la laisses tomber.

Derrière elle, Bobby toussa discrètement. Son coéquipier ne savait sans doute plus où se mettre.

— Plaît-il ?

— Tu as très bien entendu, Mélanie. Je veux que tu abandonnes l'affaire de l'Ange Noir.

Elle soutint tranquillement son regard.

— Tu n'es plus mon mari, Stan. Rien ne t'autorise à me dicter ma conduite. En outre, nous sommes sur mon lieu de travail. Je n'apprécie pas ta façon de venir me faire une scène ici.

— En tant que père de Casey, j'ai parfaitement le droit…

— Non. C'est faux.

Elle leva le menton, le toisant sans complaisance.

— Si tu as des inquiétudes concernant notre fils, je trouverai bien évidemment un moment pour t'écouter. Mais tu ne viendras pas me donner des ordres ici même. Est-ce clair ?

Son assurance parut le surprendre. A vrai dire, elle en fut au moins aussi surprise que lui. Il recula imperceptiblement comme s'il s'efforçait de rétablir son équilibre, de reprendre l'avantage dont il jouissait d'ordinaire dans leurs discussions. Finalement, il s'éclaircit la gorge et reprit la parole sur un autre ton.

— Casey est perturbé depuis que tu t'occupes de cette affaire.

— Ce n'est pas mon avis. Il va très bien.

— Il fait des cauchemars.

— Des cauchemars ? répéta Mélanie, perplexe. Il lui arrive de se réveiller la nuit mais quand je l'interroge…

— Il ne voulait pas t'en parler.

Stan hésita une fraction de seconde puis reprit :

— Il a peur que tu te fasses tuer.

Mélanie secoua la tête d'un air incrédule.

— Me faire tuer ? D'où lui vient une idée pareille ? Je n'ai jamais fait la moindre allusion à la nature de mes activités actuelles. On ne parle pas de ces choses-là à un enfant de quatre ans, tout de même.

— Il y a la télé, Mélanie ; ses petits camarades et le personnel de l'école, aussi. Cette affaire défraie la chronique, les conversations vont bon train et ton nom est sur toutes les lèvres.

Casey était bien silencieux depuis quelque temps, songea Mélanie. Il semblait avoir perdu son entrain et s'était mis récemment à pleurer quand elle le déposait à la garderie. Elle avait mis cela sur le compte de son propre surmenage, se reprochant de lui manifester un peu moins d'attention que d'ordinaire.

Apparemment, c'était une erreur.

— Je ne savais pas, murmura-t-elle, la gorge nouée. Cela ne m'avait pas effleuré l'esprit.

— Et tu n'as pas cherché à savoir, n'est-ce pas ?

Stan se pencha sur elle, donnant libre cours à sa vertueuse indignation.

— Voilà pourquoi je ne voulais pas que tu entres dans la police.

— Mais je ne cours aucun danger, Stan. Il s'agit seulement…

— D'une mère qui pense bien davantage à sa carrière qu'à sa famille, acheva-t-il. Pour moi, c'est l'intérêt de notre fils qui passe avant tout. Peux-tu en dire autant ?

Cet après-midi-là, Mélanie quitta le travail de bonne heure, impatiente d'aller chercher Casey et d'apaiser ses angoisses. Après la visite de Stan, elle n'avait cessé d'osciller entre la certitude que son ex-époux exagérait et la conviction qu'il avait raison. Comment avait-elle pu être aussi aveugle ? Quelle sorte de mère était-elle ?

En l'apercevant, Casey poussa un cri de joie et traversa la cour de récréation au pas de course pour la rejoindre.

— Maman ! s'écria-t-il en enlaçant ses genoux. Tu es là.

Elle le souleva dans ses bras, rongée par le remords.

— Bien sûr que je suis là, mon bonhomme. Juste un peu en avance.

Il serra les jambes autour de sa taille, s'accrochant éperdument à elle.

— Tu m'as manqué, m'man.

Elle fit un gros baiser sur sa joue rebondie.

— Toi aussi, tu m'as manqué. Rentrons à la maison.

Malgré sa hâte d'aborder le sujet épineux, Mélanie refréna son impatience, préférant attendre le moment propice. Elle souhaitait qu'il soit détendu et heureux avant de l'interroger sur ses appréhensions.

En guise de gâterie, ils confectionnèrent une pizza maison pour dîner. Mélanie se tint en retrait, le laissant étaler tout seul la pâte sur la plaque sans prêter attention aux trous et aux surépaisseurs qu'il formait par endroits. Pendant la durée de la cuisson, ils firent deux parties de Jeu de l'Oie que Casey remporta avec panache. Ils prirent ensuite leur repas sous forme de pique-nique, installés sur un vieux couvre-lit étalé sur le parquet.

Après le dîner, il l'aida à charger le lave-vaisselle tout en racontant ses mésaventures de la journée — l'énorme insecte qu'ils avaient trouvé dans la cour de récréation et comment Sarah avait rendu sa tartine de beurre de cacahuètes et de confiture après le déjeuner. Il était intarissable et Mélanie se garda bien d'interrompre son bavardage, ravie de le voir d'humeur aussi loquace.

La vaisselle terminée, ils s'installèrent sur le canapé. Casey vint se blottir contre elle, ses livres préférés sur les genoux. C'était le moment ou jamais de lui parler.

— Trésor, sais-tu que maman travaille sur une affaire très importante, en ce moment ?

Il lui décocha un regard effaré, la mine décomposée. Son expression était éloquente.

— Est-ce que cela veut dire « oui », Casey ? demanda-t-elle, le cœur serré.

Il hocha imperceptiblement la tête, les yeux baissés.

Stan avait donc vu juste. Elle inspira profondément pour se donner du courage.

— Où l'as-tu entendu dire ?

— A la télé, répondit-il dans un souffle, la tête basse, comme s'il avait honte. Ils ont parlé de toi.

Elle le serra plus étroitement contre elle, s'efforçant de demeurer imperturbable.

— Quand tu as entendu mon nom à la télévision, cela t'a fait quelque chose ?

Il haussa les épaules.

— Non. Mais après, je l'ai raconté à Timmy et il a dit… il a dit…

Il leva sur elle un visage empreint de détresse et son menton se mit à trembler. Ses yeux s'emplirent de larmes. Mélanie le débarrassa des livres, le souleva dans ses bras et l'installa sur ses genoux. Il enfouit son visage dans le pull-over de sa mère.

— Qu'est-ce que Timmy t'a dit, mon cœur ? Tu peux me le répéter. Je ne me fâcherai pas, sois tranquille.

Il se recroquevilla entre ses bras. Quand il répondit enfin, elle dut prêter l'oreille pour distinguer ses paroles étouffées.

— Il a… il a dit que tu poursuis un très méchant bandit. Un tueur en souris. Il a dit que… que tu pourrais même…

L'enfant fondit en larmes et Mélanie devina aisément ce que Timmy avait dû lui raconter — qu'elle risquait d'y laisser sa peau, par exemple. Une vague de colère monta en elle. Si elle maudissait Timmy et les médias, elle s'en voulait surtout de ne s'être aperçue de rien.

— Trésor, demanda-t-elle d'une voix douce mais ferme, Timmy t'a-t-il dit que ce bandit pouvait faire du mal à maman ?

Il opina, son petit corps secoué de sanglots. Elle le berça tendrement, le cœur à l'agonie.

— Tu te souviens de ce que je t'ai dit quand tu m'as demandé ce que fait un agent de police ? Que les policiers envoient les méchants en prison pour qu'ils ne fassent de mal à personne ?

Casey articula un petit « oui » plaintif en risquant un bref coup d'œil sur sa mère.

— Eh bien, c'est mon travail : j'empêche les méchants de faire du mal. Et je les attrape.

Elle lui sourit.

— C'est moi qui leur cours après, Casey. Ils ne peuvent pas m'attraper. Ils essaient seulement de m'échapper.

Il l'examina un moment sans un mot comme s'il hésitait à la croire.

— C'est bien vrai ?

— Bien vrai.

Elle dessina une croix sur son cœur puis leva deux doigts.

— Promis juré.

Elle se pencha et frotta son nez contre le sien.

— Maintenant, c'est toi qui vas me promettre une chose : désormais, quand tu auras peur de quelque chose, il faudra me le dire. Parce que ça pourrait être une idée fausse, comme celle-ci. Est-ce que tu peux me le promettre, mon ange ?

Il promit et dessina à son tour, solennellement, une croix sur son cœur. Mélanie lui lut ensuite toutes ses histoires préférées, depuis *Bonne Nuit, Madame La Lune* jusqu'à *La Petite Poule rousse*. Puis il enfila son pyjama, gagna son lit et, quelques minutes plus tard, Mélanie put quitter sa chambre sur la pointe des pieds. Après un dernier coup d'œil sur l'enfant assoupi, elle alla décrocher le téléphone et composa le numéro de son ex-mari. Stan répondit immédiatement.

— Bonsoir, dit-elle, c'est Mélanie.

Elle ne lui laissa pas le temps de parler.

— Je voulais simplement… te remercier d'être venu me voir aujourd'hui — de m'avoir avertie, pour Casey. Nous venons d'avoir une petite conversation et…

Elle inspira profondément.

— Tu avais raison. L'un de ses petits camarades lui avait mis des idées fausses en tête et il était terrifié. Tout est rentré dans l'ordre à présent mais je voulais tout de même… Enfin bref, merci. J'apprécie beaucoup ton geste.

Il ne répondit pas tout de suite. Sans doute était-il stupéfait — ce qui n'avait rien d'étonnant, songea Mélanie. Elle n'aurait su dire au juste quand ils s'étaient parlé pour la dernière fois sans animosité — à plus forte raison, quand elle l'avait remercié pour quoi que ce soit.

— C'est tout naturel, dit-il enfin, d'une voix moins assurée que d'ordinaire.

En raccrochant, quelques instants plus tard, Mélanie esquissa un sourire. Pour la première fois depuis bien longtemps, elle avait l'impression qu'ils poursuivaient un objectif commun, tous les deux. Et c'était un soulagement — un véritable soulagement.

33

La piste de danse était à demi noyée dans un nuage de tabac. Boyd se faufila lentement entre les couples de danseurs, pour la plupart si étroitement soudés qu'ils semblaient ne former qu'un seul corps — une sorte de galerie de monstres bicéphales.

Il promenait le regard d'un visage à l'autre, à l'affût, sur des charbons ardents. La sueur perlait au-dessus de sa bouche. Ce matin-là, il s'était réveillé irrité, à cran. Rien de particulier ne s'était produit — pourtant il se sentait insatisfait, mal dans sa peau. Il ne tenait plus en place.

Plusieurs semaines s'étaient écoulées depuis sa dernière rencontre. En fait, il y avait près d'un mois qu'il ne s'était pas adonné à son vice. Il avait trompé la faim qui le tenaillait en revivant ses derniers ébats ; en évoquant ses souvenirs et en se caressant, les yeux fermés.

Il avait espéré que ces images suffiraient à l'apaiser.

Hélas, leur efficacité avait été bien éphémère. Ses démons familiers l'assaillaient de nouveau.

Pris de malaise, Boyd essaya de respirer calmement. Un besoin impérieux d'assouvir ses instincts le plongeait dans un état second, au bord du vertige. Il atteignit le périmètre de la piste et se mit à en faire le tour, scrutant tour à tour des dizaines de visages, de regards, qui le laissaient de marbre. Ces femmes étaient aussi faibles que la précédente. Aucune d'entre elles ne pourrait le satisfaire. Il avait besoin de souffrir. D'être humilié. Totalement dominé.

Il devait cesser de jouer à ce jeu-là. C'était une sorte de

250

roulette russe qui mettait sa vie en péril. Un jour ou l'autre, il appuierait sur la détente, et le chargeur serait plein.

Le temps lui était compté. Il en avait le pressentiment mais rien ne pouvait l'empêcher d'aller au-devant de son destin.

Devant lui, la foule des danseurs sembla s'écarter, se diviser, telle la mer devant Moïse. Et soudain il la vit. Elle traversait la piste de danse en direction du bar. Tout de noir vêtue — depuis ses bottes à talons aiguilles jusqu'à sa veste décolletée dont le laçage rehaussait ses seins et les faisait jaillir de manière provocante, agressive — elle avançait avec assurance, ses cheveux blond platine flottant librement sur ses épaules.

Comme si elle se sentait observée, elle s'arrêta et se retourna. Leurs regards se croisèrent. Ses lèvres étaient fardées d'un rouge écarlate, ses yeux soulignés de khôl. Elle lui adressa un sourire complice qui semblait dire : « Je sais qui tu es, quels sont tes désirs, tes secrets les plus intimes ; je sais ce qui te donnera du plaisir. »

La musique faiblit, dominée par le vacarme du sang qui montait à sa tête, lui martelait les tempes. Elle lui fit signe d'approcher. Il obtempéra, la gorge sèche, le cœur staccato prestissimo, dans un état d'excitation indescriptible. Souveraine, elle demeurait sur place sans le quitter du regard. L'index en crochet, elle lui fit signe de pencher la tête afin de pouvoir lui parler à l'oreille.

Boyd s'exécuta. Leurs corps se frôlèrent et oscillèrent ensemble au rythme de la musique lascive, bientôt synchronisés. Elle glissa une main entre eux et découvrit son érection qui gonflait l'étoffe du pantalon. D'un geste vif, elle descendit la fermeture à glissière. La surprise — ou le plaisir — arracha à Boyd un petit cri étranglé.

— Tu me supplieras à genoux, chuchota-t-elle d'une voix âpre. Tu auras envie de mourir de plaisir, tu verras.

Comme les mots se frayaient un chemin dans son esprit, elle lui fourra la langue dans l'oreille et referma les doigts autour de son sexe, le serrant vigoureusement.

Il explosa dans sa main. Au lieu de relâcher son étreinte,

elle accentua encore sa pression jusqu'à lui arracher une grimace de douleur. Avec un rire étouffé, elle referma alors sa braguette, pivota sur ses talons et disparut dans la foule.

Subjugué, Boyd demeura planté là, fantasmant déjà sur leur prochaine rencontre.

34

Véronica jeta un énième coup d'œil sur sa montre, impatiente d'en finir avec cette réunion — impatiente de consulter ses messages. Mia avait promis de l'appeler sitôt que Boyd aurait quitté la maison, ce matin-là ; son téléphone pourtant n'avait pas sonné, bien qu'elle eût attendu la dernière minute pour rejoindre ses collègues en salle de conférences.

Elle vérifia encore furtivement l'heure tandis que les débats allaient bon train autour d'elle. Bientôt 11 heures. Mia avait dû appeler, maintenant.

Depuis la visite impromptue de Mia à son domicile, un mois plus tôt, les deux femmes étaient devenues inséparables. Elles déjeunaient fréquemment ensemble, faisaient du shopping, allaient au cinéma ou bien prenaient un verre — voire, à l'occasion, dînaient au restaurant. Elles se parlaient longuement au téléphone chaque matin et chaque soir, en fin de journée.

Véronica croisa les jambes. Elle pensait continuellement à Mia. Elle avait envie de la choyer, de la protéger, et se faisait du souci pour elle. Les moments qu'elles passaient ensemble étaient toujours trop brefs ; tous les autres lents, ennuyeux, mortels.

Bien sûr, elle avait eu de nombreuses amies au cours de sa vie — des femmes qu'elle avait aimées parfois comme des sœurs. Jamais elle n'avait éprouvé de sentiments comparables à ceux que lui inspirait Mia.

Vérité ou gageure ?

253

La pure vérité. Elle était tombée amoureuse de Mia Donaldson.

L'idée jaillit dans son esprit, accompagnée d'une atroce bouffée de chaleur. Elle la rejeta aussitôt. C'était impossible. Les femmes ne l'avaient jamais attirée.

Jusqu'à présent. Jusqu'à Mia.

Et, de jour en jour, l'évidence devenait de plus en plus difficile à nier.

— Véronica, as-tu quelque chose à ajouter ?

Elle leva les yeux. Quel était le sujet du débat ? Qui venait de parler à l'instant ?

— Rien du tout, Rick, répondit-elle, croisant le regard du procureur général.

Il hésita un instant avant d'opiner.

— Très bien. Bon, ce sera tout pour aujourd'hui.

Véronica se leva d'un bond et rassembla vivement ses papiers. Elle s'apprêtait à filer vers la porte quand Rick la retint par le bras.

— Véronica, aurais-tu un petit instant, s'il te plaît ?

Elle réprima un besoin instinctif de regarder l'heure et sourit au magistrat.

— Certainement. Que se passe-t-il ?

— C'est précisément ce que j'aimerais savoir.

— Je ne te suis pas.

— Aurais-tu des ennuis ? Si quelque chose te tracasse dans ta vie privée, peut-être faudrait-il m'en faire part ?

Que pouvait-elle dire ? « Je crains d'être amoureuse d'une autre femme et cette découverte m'affole complètement » ?

Elle prit un air dégagé.

— Rien ne me tracasse, Rick. Pourquoi cette question ?

— C'est plutôt évident, Véronica. En trois semaines, ma collaboratrice la plus agressive et la plus éloquente s'est muée en ce personnage absent, assis tout à l'heure à cette table.

Elle le dévisagea d'un air interloqué. Rick secoua la tête.

— Voyons, Véronica, tu n'as pas émis le moindre commentaire. Sur aucune affaire.

Elle sentit ses joues s'empourprer. Il avait raison. Elle

n'avait cessé de rêvasser tout au long de la réunion, comme une collégienne de quinze ans.

Son travail tenait une place essentielle dans sa vie ; elle ne pouvait pas se permettre d'être dans les nuages pendant les réunions.

— Excuse-moi, Rick, c'est simplement… en fait, je traîne un mauvais rhume depuis pas mal de temps, et mon énergie commence à s'épuiser. Je dors de plus en plus mal et… ma foi, je ne me sens plus tout à fait la même.

Sur ce point, elle ne mentait pas. Il y avait bien longtemps qu'elle ne se sentait plus du tout la même. Elle s'éclaircit la voix.

— Je ne voulais pas prendre le temps de consulter un médecin. Apparemment, cela devient indispensable.

Rick opina d'un air compatissant. Il semblait avoir gobé son excuse.

— Prends des antibiotiques. Tu seras débarrassée de ce virus en un clin d'œil. Et je retrouverai mon pitbull.

— Un pitbull ? Est-ce ainsi que tu me considères ?

— Je l'entendais comme un compliment, Véronica. Ta présence a décuplé le dynamisme de ce groupe. Je n'ai pas envie de perdre cet avantage.

— Ne t'inquiète pas, Rick, dit-elle d'un ton rassurant. J'ai gardé mes dents acérées ; cela, je peux te le garantir.

Ils échangèrent encore quelques banalités avant de se séparer. Sur le chemin de son bureau, Véronica passa par le standard. Elle ramassa sa pile de messages et s'empressa de les parcourir, sitôt sa porte refermée derrière elle.

Aucun ne provenait de Mia.

Pourquoi n'avait-elle pas téléphoné ?

Humectant son index, elle feuilleta de nouveau ses messages pour s'assurer que rien ne lui avait échappé.

Toujours bredouille, elle jeta les feuillets sur le plateau de son bureau et se laissa choir dans son fauteuil. A présent, il y avait vraiment de quoi s'inquiéter. La veille, Mia était manifestement contrariée ; non, pire que cela. Sa voix avait trahi une sorte… oui, une sorte d'épouvante.

Du bout des doigts, Véronica se mit à masser sa tempe droite. La détresse de Mia avait certainement un rapport avec Boyd — bien qu'elle eût refusé de dire ce qu'il lui avait fait. Leur conversation avait été interrompue brusquement par le retour de celui-ci. Avant de raccrocher, Véronica avait donc fait promettre à Mia de l'appeler le lendemain à la première heure, dès que Boyd serait parti travailler. Ainsi, elle aurait su que tout allait bien. Or…

Il s'était passé quelque chose.

La gorge serrée, Véronica décrocha le récepteur et composa le numéro des Donaldson. Tombant sur le répondeur, elle laissa un message. Elle recommença à deux reprises, dix minutes et vingt minutes plus tard — sans plus de succès.

Incapable de tenir en place, elle se leva. Plusieurs scénarios catastrophe se bousculaient dans son esprit. Selon Mia, Boyd était vraiment capable de tout. Il avait pu l'enfermer n'importe où — placard, cave, ou grenier. Elle pouvait être blessée. Ou pire.

Véronica s'efforça désespérément de passer en revue toutes les explications possibles du silence de son amie. Boyd serait-il resté chez lui ce jour-là ? Peut-être était-il souffrant, ou bien en congé — ce qui serait aisé à vérifier.

Quelques instants plus tard, Véronica raccrochait le téléphone. Le Dr Donaldson était bien allé travailler ce matin-là. Il opérait au bloc en ce moment même.

Dévorée d'inquiétude, Véronica sonna Jen, l'avertit qu'elle s'absentait un moment — puis s'éclipsa sans plus attendre.

Elle effectua le trajet en un temps record, frôlant l'excès de vitesse et brûlant même un ou deux feux rouges. Devant la maison des Donaldson, elle freina dans une gerbe de gravier, sortit en claquant la portière et courut jusqu'à l'entrée. Elle enfonça la sonnette puis se mit à frapper à la porte tout en appelant son amie. Quelques instants s'écoulèrent — qui lui parurent une éternité. Véronica sonna et appela encore, prêtant l'oreille au moindre bruit — au moindre signe de vie.

Finalement, elle entendit des pas de l'autre côté du battant et quelqu'un tira le verrou. La porte s'ouvrit et Mia apparut sur le seuil. Les yeux rouges, les paupières boursouflées, elle était cependant bien vivante.

— Mia ! s'écria Véronica, infiniment soulagée. Dieu soit loué ! Tu devais me téléphoner. Sans nouvelles de toi, j'étais terriblement soucieuse.

Mia se borna à la regarder ; ses yeux s'emplirent de larmes ; sans un mot, elle lui tourna le dos et gagna à pas rapides le séjour. Perplexe, Véronica la suivit des yeux. Elle ne s'était pas trompée. Quelque chose avait dû se produire. Quelque chose d'affreux. Elle franchit le seuil et referma derrière elle.

Mia se tenait près de la fenêtre, tout au fond de la pièce, les épaules secouées de sanglots. Le cœur à l'agonie, Véronica s'approcha d'elle.

— Mia ? dit-elle doucement. Que s'est-il passé ? Est-ce que ça va ?

Du bout des doigts, elle effleura les cheveux soyeux de Mia, d'une douceur presque insoutenable.

— J'étais tellement… anxieuse. Après tout ce que tu m'as raconté sur Boyd, j'ai craint… j'ai imaginé le pire.

Presque malgré elle, elle se remit à caresser les cheveux de son amie. Cette fois, Mia manifesta son contentement en appuyant légèrement la tête contre sa main d'un mouvement sensuel, presque félin.

Véronica respira de façon entrecoupée et ferma les yeux.

— J'ai eu si peur. Ne m'inflige plus jamais cela, Mia, je t'en conjure.

Mia émit une petite plainte à peine audible.

— J'avais envie de t'appeler. Tu étais mon unique… l'unique personne vers qui me tourner. Mais je ne pouvais pas même envisager de te parler au téléphone. J'avais trop honte.

— Honte ? répéta Véronica. Mais de quoi aurais-tu honte ? Je ne comprends pas.

— Comment pourrais-tu ? Tu n'as jamais…

La jeune femme se tut brusquement et secoua la tête. Poursuivre était trop difficile.

— Tu ne sais pas tout ce que je suis en mesure de comprendre, dit Véronica, la faisant pivoter vers elle pour sonder son visage. Qu'y a-t-il, Mia ? Tu peux tout me dire, tu sais.

— Je ne mérite pas ton amitié. Je ne…

De nouveau aveuglée par les larmes, Mia fit un effort pour se ressaisir.

— En subissant passivement ce qu'il m'a infligé hier soir, je ne mérite pas…

— Il t'a fait mal ? Où donc ? Qu'a-t-il…

— Je ne veux pas en parler.

Elle essaya de se dégager ; Véronica la retint fermement par les épaules.

— Ne me repousse pas, Mia, je t'en prie.

— Mais enfin, puisque je ne veux pas en parler !

Avec un sanglot, Mia s'arracha à son étreinte et s'enfuit dans le couloir.

Véronica lui emboîta le pas. Elle la trouva dans la chambre principale, assise au bord du lit défait, les épaules affaissées, dans une attitude de victime.

— Mia ? appela-t-elle doucement depuis le pas de la porte.

— C'était… horrible.

Ces paroles frappèrent Véronica de plein fouet, comme si c'était elle qu'on eût blessée.

— Dis-moi tout, murmura-t-elle, et je t'aiderai.

Elle franchit la distance qui les séparait et s'agenouilla devant son amie. Elle prit ses mains et les pressa contre sa propre joue. Elles étaient inondées de larmes.

— Comment pourrais-je ne pas comprendre ? Je partage ta souffrance, tes espoirs, tes rêves, tes déceptions. Rien de ce que tu ressens ne m'est indifférent. Je t'aime, Mia.

En prononçant ces paroles, elle eut l'impression que son cœur s'épanouissait comme une fleur, comme un astre étincelant de lumière. L'avenir, souriant, se chargeait soudain de promesses.

— Je ferais n'importe quoi pour toi. N'importe quoi. Ne le sais-tu pas ?

Mia leva les yeux sur elle. Véronica porta leurs mains jointes à ses lèvres.

— C'est la vérité. Je t'assure.

Une larme roula sur la joue de Mia, tomba sur ses genoux.

— Il m'a… prise de force, avoua-t-elle enfin dans un murmure presque inaudible. Je ne voulais pas, je me suis débattue mais il… il m'a clouée au lit de tout son poids. Il m'a fait très mal.

Véronica ferma les yeux afin de se soustraire à la vision qui l'assaillait, à la rage qu'elle engendrait. Sa douce, sa tendre Mia, violée par cet ignoble porc… c'était vraiment abominable.

— Où ? parvint-elle à articuler. Où t'a-t-il fait mal ?

Mia se leva, dégrafa son pantalon de lin et le fit glisser sur ses hanches étroites. Elle était mince, bien proportionnée ; un corps adolescent, presque androgyne. Son slip de coton blanc, tout simple, moulait ses formes harmonieuses. Le regard de Véronica, comme aimanté, effleura le triangle du pubis qu'on distinguait sous l'étoffe légère.

La gorge sèche, elle sentit soudain le sang marteler ses tempes. Un vertige la prit, accompagné d'un douloureux sentiment de gêne. Puis elle aperçut les ecchymoses. La plus importante, à l'intérieur de la cuisse gauche, d'une vilaine teinte violacée, mesurait bien trois centimètres de diamètre. L'autre cuisse portait quelques bleus de dimensions plus modestes, qui ressemblaient à des empreintes digitales.

Véronica jura entre ses dents. D'un geste tendre, elle effleura du bout des doigts, en tremblant, la plus grosse ecchymose.

Un soupir, plus ténu qu'un fil de la vierge, franchit les lèvres de son amie. Véronica leva les yeux sur elle. Paupières closes, Mia semblait retenir son souffle, dans l'expectative. Délicatement, Véronica glissa la main plus haut, le long de sa cuisse, jusqu'à l'échancrure du slip.

Cette fois, Mia émit un gémissement sourd, d'une incontestable éloquence ; enhardie, haletante, Véronica insinua sa main sous l'étoffe et se mit à la caresser sans retenue, explorant pour la première fois un corps de femme autre que le sien.

— J'ai peur, chuchota Mia, prise d'un léger tremblement. Il ne faut… Ce n'est… pas possible.

Véronica apaisa ses craintes par des cajoleries, des baisers passionnés. Amoureuse, elle sut la convaincre.

S'abandonnant, Mia posa les mains sur ses épaules et s'accrocha à elle.

— Ne me laisse pas, Véronica. S'il te plaît, ne me…

— Jamais, mon amour. J'en serais incapable.

— Alors, ne t'arrête pas. Oui… oui, là…

Son corps se cabra soudain et elle serra éperdument les jambes sur la main de sa compagne, la retenant prisonnière. Cambrant le dos, elle cria son nom d'une voix rauque. Bouleversée, Véronica sentit une vague de plaisir l'inonder, et jouit à son tour.

En larmes, Mia se laissa glisser par terre, dans les bras de son amie. Véronica la serra contre elle en pleurant de joie, elle aussi.

Elles se calmèrent peu à peu mais restèrent étroitement enlacées, immobiles et muettes. Véronica eût souhaité prolonger éternellement cette étreinte ; elle redoutait la réaction de Mia, osait à peine la regarder. Malgré ses craintes et son embarras, elle avait le cœur débordant d'espoir. Rien au monde ne lui avait jamais paru aussi précieux, aussi parfait que ces derniers instants. Si ce sentiment n'était pas réciproque, elle craignait d'en mourir.

Finalement, elle s'arma de courage et plongea les yeux dans ceux de sa compagne. Le regard de Mia reflétait des émotions identiques aux siennes : émerveillement, espoir, indécision. Au comble du bonheur, elle prit son visage en coupe dans ses mains et l'embrassa avec fougue.

Quand leurs lèvres se séparèrent, Mia caressa d'une main tremblante la joue de l'autre femme.

— Que dois-je faire pour Boyd ? J'ai peur.

— Tu ne dois pas avoir peur. Je ne le laisserai plus te faire de mal, Mia. Je ne le laisserai plus te toucher. Nous ne pouvons pas le tolérer.

— Non, renchérit Mia. Nous ne pouvons plus.

35

Mélanie entra en coup de vent dans le vestiaire du dojang. Comme elle s'y attendait, Véronica était déjà là. Assise sur le banc, son sac de sport ouvert entre les pieds, elle n'était pas encore en tenue. Les deux femmes avaient continué à se retrouver tous les vendredis soir pour s'entraîner et combattre ; en cas d'empêchement, elles ne manquaient jamais de s'appeler.

Depuis le début officiel de l'enquête sur l'Ange Noir, à la mi-juillet, le rythme de la vie de Mélanie s'était vertigineusement accéléré. Elle passait son temps à présenter des excuses pour son retard ; ce soir, c'était Véronica qui en faisait les frais.

— Désolée, lui dit-elle en laissant tomber son sac à côté d'elle, sur le banc. Je m'apprêtais à quitter le commissariat quand une journaliste du *Charlotte's Observer* a téléphoné. Je n'arrivais plus à me débarrasser d'elle.

Le substitut leva les yeux et la dévisagea sans la moindre complaisance.

— L'Ange Noir. Tu parles d'un scoop.

Prise au dépourvu, Mélanie resta interdite.

— Pardon ?

— Depuis quelque temps, tes moindres propos ont un rapport avec cette maudite affaire. C'est une véritable obsession, ma parole.

Mélanie se rebiffa, profondément froissée.

— Il s'agit d'une affaire importante. Elle m'a été confiée.

J'aurais pensé que tu étais particulièrement bien placée pour comprendre ça.

— Je le comprends peut-être mais as-tu pensé aux autres personnes qui tiennent à toi ? Que deviennent-elles, dans l'histoire ?

Mélanie s'apprêtait à répondre ; elle n'en eut pas le loisir.

— Tu sais, Mélanie, tu ne peux pas sacrifier ta vie à une affaire. Crois-moi, il y en aura toujours une nouvelle — encore plus importante, plus palpitante que la précédente.

Déconcertée, Mélanie demeura sans voix. Si les propos de son amie la surprenaient et l'embarrassaient d'autant plus qu'elle avait raison, pourquoi lui passait-elle ainsi un savon en guise d'accueil ?

Elles se changèrent en silence. Après avoir jeté son sac dans son casier, Véronica se tourna vers elle, une pointe de remords dans le regard.

— Comment l'affaire avance-t-elle, au juste ?

— Nous en sommes à huit victimes éventuelles.

— Huit ? Votre Ange est un homme fort occupé.

— Une femme, corrigea machinalement Mélanie.

— C'est vrai. Aucune piste ?

Tout en fermant son casier à clé, Mélanie secoua la tête.

— Nous avons une ribambelle de victimes mais aucune preuve matérielle. La nature particulière et l'ancienneté de la plupart des meurtres nous empêchent de les relier les uns aux autres. Ce n'est vraiment pas un cas ordinaire, avec des lieux et des indices à examiner.

— C'est plutôt délicat, en effet. A présent, je suppose qu'il ne vous reste plus qu'à attendre le prochain, n'est-ce pas ?

— Hum, si l'on peut dire, admit Mélanie avec une grimace.

L'idée de rester dans l'expectative tant que le sang ne coulerait pas de nouveau lui faisait horreur. Hélas, un nouveau crime fournirait les indices qui leur faisaient cruellement défaut, c'était indéniable.

Elles prirent le chemin de la salle d'exercice.

— Le procès s'annonce palpitant, dit Véronica. Je regretterais presque de ne pas avoir choisi la section homicides.

Mais ne suis-je pas au service des opprimés ? J'aurais probablement l'impression de passer dans le camp adverse en poursuivant l'assassin de ces brutes.

Mélanie opina sans conviction car elle ne partageait pas son point de vue. Pour sa part, elle ne s'intéressait pas aux mobiles de l'Ange Noir mais à ses actes. Pour elle, un meurtre n'était jamais excusable, quelles qu'en soient les raisons.

Elles effectuèrent leurs exercices d'étirement et d'échauffement puis se mirent en garde. Au fil du temps, elles avaient choisi de s'affronter en combat libre à contact réduit. Au bout de quelques semaines, avec l'accord de l'entraîneur, elles avaient également renoncé au port de l'armure. Au taekwondo, chaque coup était assené avec une force considérable. Le moindre dérapage pouvait causer de sérieux dommages. Cependant, les deux femmes avaient suffisamment d'expérience pour placer coups de poing et coups de pied sans se blesser et sans se priver pour autant des sensations d'une véritable compétition.

En outre, une grande confiance s'était peu à peu instaurée entre elles. Elles se sentaient mutuellement à l'aise avec leurs styles de combat respectifs. Véronica caracolait comme un cheval de parade tandis que Mélanie fonçait comme un taureau. Mélanie se livrait à des attaques directes, méthodiques ; celles de Véronica étaient indirectes et inattendues. Elles avaient appris à se connaître et si Mélanie n'avait pas encore réussi à vaincre sa compagne, elle ne désespérait pas d'y parvenir un jour ou l'autre.

Peut-être serait-ce justement ce soir-là, semblait-il. Véronica réagissait avec un certain décalage, ses gestes n'avaient pas leur précision et leur vivacité coutumières. Elle relâcha ses défenses et le poing de Mélanie l'atteignit au front. Comme Véronica reculait d'un pas sous l'effet de la surprise, Mélanie projeta son pied sur le côté de son crâne. En tournoi, elle aurait marqué un point chaque fois ; avec trois points, elle remporterait la victoire.

— Encore un point et j'ai gagné, dit-elle d'un ton léger

en se remettant en garde. Es-tu certaine d'être en forme, ce soir ? Tu me facilites vraiment la tâche.

— Cela fait partie de ma stratégie, rétorqua Véronica en reprenant sa position initiale. Après t'avoir mise en confiance, je vais te porter le coup fatal.

Mélanie s'esclaffa.

— Essaie toujours, madame le substitut.

Celle-ci passa à l'attaque. Mélanie arrêta son crochet, Véronica neutralisa la riposte de son adversaire. Elles recommencèrent l'exercice. Puis, sans crier gare, Véronica lui lança brutalement son pied dans le ventre. Sous l'impact, Mélanie fut projetée en arrière, tandis qu'une douleur fulgurante lui coupait le souffle ; elle tomba de tout son long, sur le dos, et son crâne heurta le parquet avec un bruit mat.

Quand elle ouvrit les yeux, la pièce tournait à vive allure. Véronica était penchée sur elle, un sourire de victoire aux lèvres, ainsi que l'entraîneur et les autres ceintures noires.

C'était impossible. Avec un gémissement, Mélanie referma les paupières ; quand elle les ouvrit de nouveau, la salle ne tournait plus.

— Je suis navrée, Mel, murmura Véronica en se penchant davantage, les traits décomposés. Je ne sais pas ce qui s'est passé.

Mélanie la dévisagea, incapable de parler. Elle voulut s'asseoir ; ses muscles refusaient de lui obéir. Elle ouvrit la bouche pour demander à l'entraîneur ce qui se passait et ne parvint qu'à émettre un son inarticulé.

— Ne bougez pas, lui intima-t-il en posant doucement une main sur son épaule. N'essayez pas de parler. Fermez les yeux et respirez lentement, profondément.

Mélanie obéit.

— Très bien. Maintenant, concentrez-vous sur l'oxygène que vous inhalez, sur ses propriétés apaisantes. Oui, voilà. Ensuite, imaginez la douleur évacuée avec l'air que vous exhalez. A chaque souffle, vous en rejetez davantage.

Progressivement, elle recouvra son équilibre, ses idées

s'éclaircirent, bien que son ventre la fît encore atrocement souffrir.

— Je crois… que je peux m'asseoir. Je voudrais essayer.

Véronica et M. Browne l'y aidèrent. Elle avait toujours mal mais aucun élancement précis ne laissait supposer qu'elle eût une côte cassée. Elle posa la main sur son abdomen, à l'endroit où le pied de Véronica l'avait frappée, et massa doucement. Il était chaud sous ses doigts.

— Que s'est-il donc passé ? demanda M. Browne.

Véronica pâlit.

— Je ne sais pas. Nous nous entraînions et soudain…

— Vous avez cessé de vous concentrer, coupa-t-il d'un ton courroucé. Vous avez perdu la maîtrise de vos gestes. Un coup de cette violence, asséné au cœur, peut tuer quelqu'un. Vous le savez. Les conséquences auraient pu être graves.

Véronica baissa la tête.

— Oui, monsieur.

— Dorénavant, plus de combat sans protection. Pour l'une comme pour l'autre.

Les deux femmes acquiescèrent sans un murmure de protestation. Mélanie n'aurait pas pu dire qu'un jour, elle se sentirait capable de se battre de nouveau sans armure.

La tenant chacun par un bras, ils l'aidèrent à se relever. Elle vacilla légèrement puis se redressa. Véronica la soutint jusqu'au vestiaire, ouvrit son placard et en retira son sac de sport.

— Je suis vraiment désolée, Mélanie. J'ai honte de ne pas avoir su contrôler ma force.

Mélanie la revit penchée sur elle avec un sourire. Elle porta une main à son abdomen douloureux.

— Crois-tu ?

Les joues de Véronica s'empourprèrent.

— Suggérerais-tu que je l'ai fait exprès ?

Seigneur, c'était bien cela, en effet. Avait-elle perdu la raison ? Elles étaient amies, tout de même ; pourquoi Véronica aurait-elle délibérément tenté de lui faire du mal ?

Mélanie respira avec peine, rougissant à son tour.

266

— En ouvrant les yeux, je t'ai vue… enfin, j'ai cru te voir sourire.

Véronica recula, visiblement froissée.

— Sourire ? Merci infiniment, Mélanie. Je croyais que nous étions amies.

Cette réaction dissipa ses derniers doutes et Mélanie se sentit soudain injuste et mesquine ; passablement ridicule, de surcroît. Elle tendit la main à sa compagne.

— Pardonne-moi, Véronica. C'est sans doute le choc… qui m'a bouleversée. A peine un peu plus à gauche, il aurait pu être mortel. Je ne pensais pas ce que je viens de dire. Tu ne m'en veux pas ?

L'autre femme esquissa un sourire contraint et accepta de passer l'éponge. Mais, en la regardant s'éloigner, Mélanie se demanda si leur amitié n'était pas définitivement gâchée.

36

Ashley aimait flâner à Dilworth Square le samedi soir. Les boutiques chic de ce quartier branché drainaient une clientèle huppée qui s'attablait volontiers entre deux achats aux terrasses des cafés ou dans l'un des restaurants de style bistrot. Les magasins restant ouverts le samedi jusqu'à 22 heures, elle pouvait aisément se mêler à la foule des badauds, écouter les conversations, échanger quelques mots avec d'autres clients dans les files d'attente aux caisses.

La solitude était moins pénible à supporter dans la foule.

Ashley croisa un couple qui marchait main dans la main, évitant son regard. Depuis quelque temps, tout lui pesait. Les nuits étaient interminables. Elle se réveillait fréquemment peu après minuit, trempée de sueur, oppressée par l'obscurité, par une sensation de vide.

Puis les souvenirs affluaient. Et avec eux, l'angoisse.

Elle avait besoin de ses sœurs. De leur amour inconditionnel, de leur compréhension. Elle avait besoin qu'elles lui rendissent le monde plus supportable. Mais elles en étaient incapables.

Elles ne comprenaient pas.

Parce qu'elles ne savaient pas. Ashley ne leur avait rien dit.

Elles n'étaient jamais là pour elle. Elles se suffisaient l'une à l'autre. Ashley ferma brièvement les yeux, rejetant cette idée. Elle se répéta que ses sœurs l'aimaient, qu'elle avait autant d'importance dans leurs vies qu'elles dans la sienne. Si elle ne les avait guère vues ces derniers temps, c'était parce qu'elles étaient trop occupées — avec son affaire, Mélanie n'avait plus une minute à elle ; Mia continuait à s'empêtrer dans ses déboires conjugaux. Cela ne durerait pas…

Elle se racontait des histoires. Quelque chose — ou plutôt quelqu'un — s'était interposé entre elles.

Véronica Ford.

Comme si ses pensées avaient eu le pouvoir de la faire apparaître, Véronica se matérialisa justement sous ses yeux, à quelques mètres de là. Elle sortait d'une chocolaterie réputée, souriante, manifestement d'excellente humeur. Un petit sachet doré portant le sigle de ladite boutique se balançait négligemment au bout de ses doigts. L'image même de l'insouciance.

Ashley sentit la haine monter en elle. Depuis quelques semaines, chaque fois qu'elle passait chez Mia, la voiture de cette femme était garée dans l'allée. Du reste, lors de ses rares rencontres avec ses sœurs, Véronica était toujours présente.

Comme si elle faisait partie de la famille.

Sa haine enfla démesurément. Bon sang, Véronica n'était pas sa sœur.

Ashley remarqua les regards intrigués des passants qu'elle croisait et s'aperçut qu'elle ronchonnait à mi-voix. Embarrassée, elle porta une main à son front ; bien que le fond de l'air fût frais, il était inondé de sueur.

Seigneur, que lui arrivait-il ? Se mettait-elle à dérailler complètement ?

Elle secoua la tête. Non, elle ne déraillait pas. Véronica Ford s'employait à l'isoler de ses sœurs. Elle essayait de les monter contre elle.

C'était terriblement injuste, après tout ce qu'elle avait fait pour les protéger ; après les tourments qu'elle avait endurés — qu'elle endurait encore.

A vingt mètres de là, Veronica s'engouffra dans une autre boutique — un magasin de lingerie fine. Ashley la suivit à distance, s'arrêta devant la vitrine et la surveilla du coin de l'œil. A l'intérieur, le substitut décrochait des cintres, examinant quelques articles par-ci par-là — un déshabillé, une chemise de nuit, un slip et son soutien-gorge assorti. Tout en faisant son choix, elle parlait et riait avec la vendeuse. Finalement, elle porta à la caisse un simple peignoir de soie couleur champagne. Pendant qu'elle réglait son achat, Ashley s'éloigna de la vitrine et se mêla à un attroupement qui s'était formé autour d'un artiste dessinant sur le trottoir.

Quand Véronica émergea de la lingerie, elle se remit à la suivre, d'assez loin pour ne pas éveiller ses soupçons mais suffisamment près pour ne pas la perdre de vue. Si, à plusieurs reprises, le substitut jeta un bref coup d'œil derrière elle, son regard ne l'effleura jamais. Ashley s'approchait uniquement quand elle entrait dans un magasin afin de l'épier à travers la vitrine. Ce manège la conduisit ainsi tour à tour aux devantures d'une librairie, d'un magasin de chaussures et d'une parfumerie. Véronica n'en partit pas une seule fois les mains vides. Elle dépensait apparemment sans compter, à l'instar de ces privilégiés qui jouissent de ressources inépuisables. Elle ne regardait pas le prix indiqué et ne marquait aucune hésitation lorsqu'un article lui convenait ; elle tendait simplement sa carte de crédit aux commerçants.

Véronica sortit de la parfumerie et s'engagea dans le passage bordé d'arbres qui contournait le quartier piétonnier.

Après une brève hésitation, Ashley se lança de nouveau sur ses traces, craignant de la perdre de vue. Elle tourna au coin de la ruelle délimitée d'un côté par l'arrière des magasins et leurs entrées de service, de l'autre par une rangée d'acacias aux branches décorées de guirlandes lumineuses.

La ruelle était déserte. Où était-elle passée ?

Ashley fronça les sourcils et enfila à son tour la ruelle. Le bruit de ses pas résonnait sur le pavé. Un murmure de conversations indistinctes et de rires provenant de la zone animée flottait dans l'air nocturne ; il semblait lui parvenir de très loin, telles des voix d'outre-tombe. La jeune femme se massa les bras avec un frisson.

— Est-ce moi que vous cherchez ?

Ashley tressaillit et fit volte-face. Véronica se tenait derrière elle, à moins de deux mètres, les poings sur les hanches. Elle avait dû s'apercevoir que quelqu'un la suivait et décidé de lui tendre un piège en se cachant dans le renfoncement d'une porte cochère.

— Véronica ! s'exclama Ashley, feignant la surprise. Que faites-vous par ici ?

— Pourquoi me suivez-vous ?

— Vous suivre ? dit Ashley en s'empourprant malgré elle. Pourquoi perdrais-je mon temps à vous suivre ?

— C'est ce que j'aimerais savoir.

Véronica l'examina, la tête inclinée de côté.

— Vous ne m'aimez pas tellement, n'est-ce pas ?

Ashley la regarda droit dans les yeux.

— Je ne vous aime pas du tout.

— Pour quelle raison ? Qu'ai-je bien pu vous faire, Ashley ? Sinon essayer d'être votre amie ?

— Votre amitié ne m'intéresse peut-être pas. Vous n'apportez probablement que des ennuis.

Tout en prononçant ces paroles, Ashley se rendit compte qu'elles sonnaient juste. Cette femme lui inspirait une aversion instinctive, inexplicable. Son attitude avait quelque chose de sournois, de dissimulé.

— Moi, des ennuis ?

Elle émit un petit ricanement incrédule et posa une main sur son cœur.

— Moi ?

— Oui, parfaitement.

Ashley haussa le menton.

— Et je le prouverai.

Véronica secoua la tête d'un air faussement compatissant.

— Il faut vous faire soigner sérieusement, Ashley.

Elle alla récupérer ses paquets sous la porte cochère qui l'avait abritée et jeta un coup d'œil derrière elle.

— J'espère sincèrement que vous cesserez ensuite de faire souffrir ceux qui vous aiment.

Sur ces mots, elle lui tourna le dos, rebroussant chemin.

Ashley la suivit des yeux, au bord des larmes. La flèche l'avait piquée au vif.

— Que savez-vous des gens qui m'aiment ? lança-t-elle d'une voix tremblante. Que savez-vous de moi ?

Véronica continua à marcher sans se retourner. Ashley entreprit de la rattraper, le cœur débordant de rage impuissante.

— Disparaissez de ma vie ! Et de celle de mes sœurs ! Vous m'entendez, Véronica Ford ? Fichez-nous la paix !

Le substitut s'immobilisa. Elle se retourna et posa ses sacs à ses pieds. Son expression avait changé. Son regard était froid comme la mort.

— C'est donc de cela qu'il s'agit, n'est-ce pas ? Vos sœurs. Vous êtes jalouse de notre amitié. Comment le nier ?

Oui, elle était jalouse, admit Ashley en son for intérieur. Son aversion pour Véronica allait cependant bien au-delà de la simple jalousie. Elle se fiait à une intuition sans doute irraisonnée mais qui la trompait rarement.

— Retournez chez vous, à Charleston, et laissez-nous tranquilles. Je ne veux pas de vous ici. Nous ne voulons pas de vous.

— Ma pauvre Ashley, vous me faites pitié. Et j'ai de la peine pour Mia et Mélanie qui vous aiment tant.

— Cessez de parler d'elles, s'exclama Ashley d'une voix étranglée. Le problème, c'est vous.

— Quel aveuglement ! Vous ne pouvez pas tolérer que vos sœurs m'apprécient. Vous êtes jalouse des moments que nous passons ensemble. Pourquoi ne pas l'admettre, tout simplement ? Vous vous sentiriez peut-être un peu moins malheureuse.

Ashley serra les poings. L'angoisse lui étreignait le cœur.

— Ça suffit ! Tai… taisez-vous !

— En réalité, vous redoutez qu'elles aient plus d'affection pour moi que pour vous. Pour tout dire, vous avez sans doute raison. Elles me préfèrent à vous.

Un flot de larmes monta aux yeux d'Ashley, lui brouillant la vue.

— Ce sont mes sœurs ! Les miennes ! Vous n'avez pas

le droit de nous séparer. Ne vous approchez plus jamais d'elles. Je vous l'interdis !

— Je regrette, Ashley. Ce que vous demandez là est tout simplement impossible.

Ramassant de nouveau tous ses sacs, Véronica pivota sur ses talons et la planta là. Ashley demeura figée sur place, bouleversée. Elle haïssait cette femme de toute son âme.

37

Connor arrêta sa voiture devant la maison de Mélanie en laissant tourner le moteur. Il contempla la charmante villa, de dimensions modestes mais entretenue avec soin, sa pelouse fraîchement tondue et ses parterres de fleurs. Une balançoire était accrochée aux branches du grand chêne qui ombrageait l'allée et un vélo tout-terrain, appuyé à l'entrée du garage ouvert, invitait à la promenade. La jeep de Mélanie était garée à l'intérieur.

Indécis, Connor tambourina du bout des doigts sur le volant. Que faire ? Rester ? Partir ? Il jeta un coup d'œil sur le siège du passager où l'enveloppe bise — prétexte de sa visite — semblait le narguer.

Il esquissa une grimace. Pour tout dire, il n'était pas indispensable qu'il se rendît tout de suite chez elle pour la voir. Tout ce qu'il avait à lui dire pouvait être communiqué par fax ou par téléphone. Et ce n'était pas vraiment pour les besoins de l'enquête qu'il venait de passer au commissariat de Whistletop, en était reparti déçu et avait décidé de lui rendre visite en apprenant qu'elle gardait son fils malade à la maison.

Non, les motifs qui l'avaient mené devant sa porte n'avaient rien de professionnel.

Ils travaillaient ensemble depuis plus d'un mois ; Connor avait découvert en elle un excellent policier, d'une compétence remarquable. Il appréciait sa tournure d'esprit, sa manière méthodique d'aborder les problèmes, dopée par cette intuition créative qui est l'apanage des meilleurs détectives. Elle savait maîtriser son impatience naturelle et n'aimait pas le travail bâclé. Fougueuse — sans agressivité —, directe, consciencieuse, elle ne manquait pas non plus d'humour, à l'occasion.

Et Connor n'était certes pas insensible à son charme.

C'était là une raison suffisante pour partir. Sur le point d'actionner le levier de vitesse, il se saisit cependant de la clé de contact et coupa le moteur. Il prit l'enveloppe, quitta sa voiture et enfila l'allée menant à la porte d'entrée sans s'accorder une chance de changer d'avis.

La porte s'ouvrit avant qu'il eût sonné. Malgré l'heure avancée de la matinée, la jeune femme semblait tout juste sortir de sa douche; vêtue d'un vieux jean délavé et d'un simple T-shirt blanc, pieds nus, les cheveux humides, elle ressemblait davantage à une étudiante qu'à un agent de police ou à une mère de famille divorcée.

— Connor! Quel bon vent vous amène?

— Bonjour.

Il se dandina légèrement d'un pied sur l'autre, aussi emprunté qu'un collégien lors de son premier rendez-vous.

— Bobby m'a dit que je vous trouverais chez vous. J'espère ne pas avoir commis un impair en venant ici.

— Pas du tout, voyons. Casey dort encore.

Il pouvait proférer d'énormes mensonges en regardant un suspect bien en face mais, avec Mélanie, il en était incapable, constata-t-il. Détournant les yeux une fraction de seconde, il s'éclaircit la voix.

— Nous avons reçu deux fax ce matin : l'un du commissariat d'Ashville, l'autre de Columbia. Deux victimes possibles de l'Ange Noir. J'ai pensé qu'il serait intéressant d'en discuter avec vous.

— Excellente idée.

Elle s'effaça pour le laisser entrer et posa un doigt sur ses lèvres, l'air penaud.

— Il faudra parler à voix basse. Casey a le sommeil léger.

Elle lui fit signe de la suivre et le conduisit jusqu'à la

cuisine, une petite pièce agréable, ensoleillée. Elle referma la porte derrière eux.

— Asseyez-vous. Je vais préparer du café.

— Ce n'est pas la peine.

Il prit l'un des tabourets du bar et posa l'enveloppe devant lui.

— Ne vous dérangez pas pour moi.

— Cela ne me dérange pas, bien au contraire. La nuit a été difficile et je n'ai encore bu qu'une tasse du café d'hier.

Elle grimaça.

— Je déteste le café réchauffé.

— Dans ce cas, j'en prendrai aussi. Merci.

Elle vida le reste de la veille dans l'évier et remplit la cafetière d'eau fraîche.

— Les enfants de Bobby dorment n'importe où, un tremblement de terre ne les réveillerait pas. Hélas, ce n'est pas le cas de mon fils. C'est probablement ma faute. Je lui ai donné de mauvaises habitudes en marchant sur la pointe des pieds autour de son berceau quand il était bébé. A présent, il lui faut un silence absolu pour dormir.

Elle soupira.

— Une mère en fait toujours trop pour son premier-né.

Connor posa le menton sur son poing, suivant des yeux ses gestes gracieux.

— Comment va-t-il ? Bobby m'a dit qu'il était malade.

— Une méchante otite.

Elle brancha la cafetière.

— Il en souffre de façon chronique depuis l'âge de trois mois. J'espérais que c'était terminé mais…

La phrase resta en suspens ; Connor comprit. Il la regarda se pencher sur l'appareil pour humer l'arôme qui s'en échappait. Il y avait dans ce geste quelque chose de sensuel qui le troubla. En fait, tout en elle lui paraissait terriblement sensuel et troublant.

— Bon, eh bien, qu'avez-vous pour moi ?

Il cligna des yeux.

— Pardon ?

276

— Ces victimes éventuelles ?

— Oh… oui, bien sûr.

Il ouvrit l'enveloppe et en sortit les fax — des résumés d'enquêtes sur deux affaires qui avaient tourné court.

— Comme je vous l'ai dit, ils m'ont été expédiés par deux commissariats différents. Il s'agit d'affaires classées sans suite pour insuffisance de preuves, en dépit des soupçons suscités par ces accidents. Même s'ils ne correspondent pas tout à fait aux schémas habituels de l'Ange, les deux victimes étaient des hommes qui maltraitaient leurs compagnes. Je voulais connaître votre opinion.

La cafetière émit un discret gargouillis et Mélanie remplit deux tasses du liquide ambré.

— Décrivez-moi les événements, dit-elle en faisant glisser l'une des tasses sur le bar jusqu'à lui.

— L'un des deux types était un mordu de moto. Il a été expédié au fond d'un ravin où l'on a retrouvé son corps complètement disloqué. Pas de témoins.

— Comment sait-on qu'il n'y est pas tombé seul ?

— Grâce aux traces de pneus et aux marques relevées sur les débris de la moto.

— L'assassin a pris de gros risques. Et dans un lieu public. La qualification d'homicide ne peut être mise en doute, semble-t-il.

— Pas forcément. Ces routes de montagne ne sont pas larges. Un automobiliste pourrait s'être retrouvé nez à nez avec lui. Il pleuvait et la chaussée était glissante.

Mélanie passa de l'autre côté du bar pour jeter un coup d'œil sur le rapport. Elle se pencha par-dessus son épaule et ses cheveux effleurèrent la joue de Connor. Ils étaient soyeux et sentaient délicieusement bon — un discret parfum fruité, celui de son shampooing, sans doute. Une folle envie de glisser les doigts dans ses mèches blondes s'empara de lui.

— Et le second ?

Il reporta péniblement son attention sur les papiers posés devant lui.

— Un accident de chasse… plutôt douteux. Le bonhomme

— chasseur chevronné — passait généralement le week-end en forêt, seul ou avec des copains. Son cadavre a été retrouvé dans les taillis par d'autres chasseurs. La mort remontait à deux jours. A l'examen, il semble que la balle ait été tirée d'un peu trop près pour être une balle perdue.

— Pas de témoins, là non plus ?

— Aucun. Ce week-end-là, tous ses amis s'étaient décommandés.

— Par conséquent, il se retrouvait seul et vulnérable — une proie idéale pour l'Ange Noir.

— Exact, bien qu'ici, l'approche classique ne soit pas tout à fait respectée : la méthode utilisée pour ces meurtres est beaucoup plus directe que dans les autres cas et le risque de se faire surprendre, bien supérieur. En outre, ce sont les loisirs favoris des victimes — et non leurs faiblesses — qui ont causé leur perte. Cependant, ils maltraitaient tous les deux leurs compagnes et sont morts l'un et l'autre dans d'étranges circonstances.

Mélanie réfléchit quelques instants en silence. Connor eut presque l'impression d'entendre fonctionner les rouages de son cerveau tandis qu'elle évaluait les données en leur possession.

— Ces meurtres pourraient être l'œuvre de l'Ange Noir, murmura-t-elle enfin. Oui, je n'en serais pas tellement surprise.

— Pourquoi ? s'enquit-il en tournant la tête pour la regarder.

Il comprit immédiatement son erreur : sa bouche et celle de Mélanie s'étaient dangereusement rapprochées. Une boule lui obstrua soudain la gorge et il se contraignit, au prix d'un effort surhumain, à ne pas laisser son regard dériver vers ces lèvres pulpeuses qui l'attiraient irrésistiblement.

— Réfléchissez, Connor. Elle est parfois obligée de prendre des risques.

Mélanie se jucha sur un tabouret qui se trouvait tout près du sien.

— Elle sélectionne sa victime. Elle l'observe. Elle découvre quelles sont ses habitudes, ses préférences, ses faiblesses.

— Tout ce qui est susceptible de le rendre vulnérable, enchaîna Connor. Une faiblesse cardiaque, un problème d'alcoolisme, une grave allergie.

— Par exemple.

Tout en parlant, Mélanie ramena ses cheveux derrière l'oreille ; une mèche rebelle glissa entre ses doigts et vint lui caresser la joue. Une fois de plus, Connor se laissa distraire.

La jeune femme poursuivait cependant sa démonstration sans sourciller ; cette promiscuité ne semblait pas la troubler davantage que s'il avait été son frère, ou quelque membre de sa famille.

— Admettons cependant qu'elle ne trouve aucune faiblesse à exploiter, dit-elle. Que fait-elle alors ?

— Elle s'y prend autrement ou bien renonce et passe au suivant.

— Dans la première hypothèse, elle doit trouver une méthode différente pour atteindre son but.

Stimulée, Mélanie quitta le tabouret et alla chercher un classeur posé sur un petit bureau dans l'angle de la cuisine. Elle en sortit huit fiches : une par victime, avec ses nom et prénom, le lieu et les circonstances de son décès. Au-dessous, la jeune femme avait ajouté quelques observations personnelles.

Elle les aligna en deux rangées sur la tablette du bar et y ajouta les deux fax apportés par Connor.

— Regardez : ces deux-là sont assez semblables aux autres, en définitive. Une fois de plus, elle a découvert le talon d'Achille de ses victimes et a su en tirer parti. A mon avis, elle ne renonce jamais ; elle ne passe pas au suivant. Elle a trop misé sur ces hommes.

— Les tueurs en série renoncent parfois, rétorqua Connor, jouant l'avocat du diable. Lorsqu'ils se sentent en danger.

— Mais l'Ange Noir ne correspond pas au profil classique, insista Mélanie. Sauf erreur de notre part, ces individus ne lui sont pas du tout indifférents. Ils représentent beaucoup…

— Non, corrigea Connor, pas eux. Les femmes qu'ils maltraitent.

279

Sa réflexion tomba comme un pavé dans une mare, bouleversant le fondement même de leur théorie : le principal rapport entre toutes ces affaires — le fameux lien qu'ils recherchaient —, c'étaient les femmes. L'Ange Noir ne tuait pas à l'aveuglette en fonction de ses convictions, elle n'agissait pas non plus à titre de vengeance personnelle ou pour châtier un individu précis. Elle volait simplement au secours d'une femme en difficulté.

— Ah, merde.

Connor quitta son tabouret. Tout devenait soudain évident. Presque transparent.

— Il n'y avait aucun lien entre ces hommes et elle, murmura-t-il. Ce sont les femmes qui l'intéressent. Une fois au courant de leur situation, elle décide de leur venir en aide.

— Mais où puise-t-elle ces informations ? Où peut-elle rencontrer ces femmes ?

— N'importe où. Chez le coiffeur. Au supermarché. Sur son lieu de travail.

— Une minute.

Mélanie prit un bloc-notes et un crayon sur le petit bureau, regagna le bar et inscrivit ce qu'il venait de dire. Elle leva ensuite les yeux sur lui, réfléchissant tout haut.

— A travers des groupes féministes, des réunions de vente à domicile…

Ils entreprirent de compléter la liste. A eux deux, ils parvinrent bientôt à aligner une vingtaine d'endroits possibles allant des laveries automatiques aux jardins d'enfants, des salles de gymnastique aux salons de thé.

— Il va falloir interroger de nouveau les épouses ou compagnes des victimes ; nous renseigner sur les endroits qu'elles fréquentent, leurs relations.

— Avec un peu de chance, nous parviendrons à opérer des recoupements dans leurs réponses. Un lieu ou un nom de femme pourrait apparaître à plusieurs reprises.

— Oh ! là, là ! ce serait fantastique, Connor, dit Mélanie en riant.

Son rire en cascade, frais et juvénile, captiva Connor ; ses yeux qui pétillaient tandis qu'elle renversait légèrement la tête, s'abandonnant à la gaieté, le rendaient communicatif, irrésistible.

Il ne put s'empêcher de le lui dire.

— Ma foi, Parks, quel compliment ! plaisanta-t-elle. Un rire captivant ? Personne ne m'avait jamais dit cela.

— C'est un tort, car il l'est réellement, je vous assure.

S'apercevant sans doute qu'il ne la taquinait pas, Mélanie se leva.

— Voulez-vous encore un peu de café chaud ?

Connor inclina la tête.

— Je vous ai embarrassée. Pardonnez-moi.

— Ne dites pas de sottises.

Elle eut un sourire contraint.

— Ce n'est pas comme si vous m'aviez fait des avances — ou si vous aviez osé un geste déplacé. C'était plutôt sympa de votre part.

— Sympa ?

Son expression amusa visiblement Mélanie. Elle cessa bientôt de rire : leurs regards se croisèrent, restèrent rivés l'un à l'autre. Connor fit un pas vers elle.

— Comment réagiriez-vous si je faisais quelque chose de parfaitement… déplacé ?

Elle détourna les yeux puis les ramena sur lui, chargés de désir. Connor se demanda s'il la regardait de manière aussi éloquente.

— Cela dépendrait, je suppose.

— Vraiment ?

Il s'approcha encore, le cœur battant.

— De quoi donc, Mélanie ?

Elle s'humecta les lèvres.

— De la nature exacte du geste déplacé que v…

Le téléphone sonna.

Ils se retournèrent d'un même mouvement. Après une brève hésitation, Mélanie s'empara du récepteur comme d'une perche de sauvetage. Déçu, Connor s'écarta à regret.

Il respira à fond et s'efforça d'apaiser le feu qui courait dans ses veines, de refréner l'élan qui l'entraînait vers elle.

Sans cette interruption inopinée, il eût été sur le point de commettre une erreur. Ils avaient une tâche à accomplir ensemble, Mélanie et lui. Il ne manquait plus qu'une idylle avec une collègue de travail pour achever de mettre sa vie sens dessus dessous. Décidément, c'était mieux ainsi.

Alors, pourquoi mourait-il d'envie d'étrangler l'individu qui venait de les déranger?

— Une otite infectieuse.

Le ton cassant de Mélanie l'intrigua. Jetant un coup d'œil de son côté, il vit qu'elle se tenait très droite, dans une attitude de défense. Elle lui tournait le dos mais ses épaules crispées trahissaient son irritation. Manifestement, cet appel ne la comblait pas de joie.

— Non, ce n'est pas parce qu'il passe la journée à la garderie. L'otite n'est pas une maladie contagieuse.

Elle soupira.

— Nous en avons déjà parlé. Nous avions décidé tous les deux de ne plus lui faire subir de paracentèses dans l'espoir qu'en grandissant, il finirait par se débarrasser de ces infections à répétition. Tu te souviens?

Son ex-mari, estima Connor, reprenant sa tasse de café et feignant d'y prêter une attention exclusive. May appelait pour s'enquérir de la santé de leur fils et en profitait pour accabler la jeune femme de reproches.

— Ecoute, Stan, je n'ai pas le temps d'en discuter dans l'immédiat… Quoi? Ça, c'est toi qui le dis. Si tu veux, appelle la pédiatre et demande-lui son avis. Il faut que j'y aille. Bonsoir.

Elle raccrocha aussitôt et revint s'accouder au bar, les traits crispés.

— Je suis désolée.

— Ce n'est pas grave. Situation tendue avec votre ex?

— Toujours.

Le rire qu'elle voulait désinvolte s'étrangla dans sa gorge.

— Décidément, je n'arriverai jamais à garder mon sang-froid avec lui. Il a le don de me faire sortir de mes gonds.

— Y a-t-il quelque chose que je puisse faire ?

— Je ne vois pas, hélas. Stan refuse d'en démordre : selon lui, mon mode de vie est néfaste pour notre fils. Il a engagé une action en justice pour me reprendre le droit de garde. La convocation au tribunal doit arriver d'un jour à l'autre.

— Je suis navré.

— Moi aussi.

Elle examina un instant ses mains.

— Non, corrigea-t-elle aussitôt, pas navrée mais indignée qu'il nous inflige cela — qu'il inflige cela à Casey. Sans autre objectif que de me punir.

— D'avoir divorcé ?

— Plus exactement, d'avoir eu l'audace de revendiquer mon autonomie, de vouloir vivre ma vie à ma guise.

— Il n'avait pas envie que vous vous engagiez dans la police ?

— Vous plaisantez ! Il voulait tellement m'en empêcher qu'il a fait jouer ses relations pour m'interdire l'accès à l'Académie de police de Charlotte.

Elle ponctua sa phrase d'un rire âpre, presque hargneux, cette fois.

— Parfois, quand j'y songe, cela me met tellement hors de moi que je serais capable...

Elle s'interrompit brusquement. Qu'allait-elle dire ? Et surtout, à qui ?

— Je me demande ce que je ferai si on m'enlève Casey, reprit-elle sur un autre ton. La vie quotidienne sans lui est trop pénible à imaginer.

— Que dit votre avocat ?

— Oh, Me Barrett me rassure de son mieux. Selon elle, il n'y a aucune raison de penser qu'on me retirera le droit de garde car la requête de Stan ne repose sur aucun fondement valable. Pourtant, je ne peux m'empêcher d'envisager le pire.

Haussant les épaules, elle alla retirer la verseuse de la cafetière.

— Voulez-vous du café chaud ?

Connor consulta sa montre. Il était temps de partir — et il n'en avait pas la moindre envie.

— Une larme, dit-il en lui tendant sa tasse encore à demi pleine. Pourquoi l'avez-vous épousé ?

— Stan ?

Mélanie vida ce qui restait et le remplaça par du café chaud.

— Pour des raisons exécrables, je m'en rends compte à présent. J'admirais non seulement sa prestance mais aussi sa force de caractère. Auprès de lui, je me sentais protégée, en sécurité.

Elle plaça la tasse pleine sur le bar, devant Connor.

— Hélas, je n'ai pas tardé à m'apercevoir que je ne supportais pas son arrogance et son tempérament autoritaire. De toute évidence, il me considérait comme sa propriété — mais cela, il m'a fallu un peu plus de temps pour le comprendre. J'étais encore bien jeune.

Protégée ? En sécurité ? Connor fronça les sourcils. Ces aspirations ne cadraient pas du tout avec le caractère assuré, farouchement indépendant de la jeune femme. Il lui en fit la réflexion.

— Je sais. Je ne suis plus la même femme que naguère. J'ai eu une enfance difficile. Ma mère est morte quand nous avions onze ans et mon père… était un homme indigne de ce nom. Un militaire. Nous ne restions jamais longtemps au même endroit. Rétrospectivement, je ne m'étonne pas d'avoir recherché des bras protecteurs.

Elle lui décocha un petit sourire penaud.

— Cela ressemble terriblement à de la psychologie de pacotille, n'est-ce pas ?

— Pas le moins du monde. On s'engage parfois dans une vie de couple pour de drôles de raisons.

Mélanie prit sa tasse et la porta à ses lèvres.

— Assez parlé de moi. Et vous ? Pourquoi vous êtes-vous marié ?

Il esquissa une grimace ; s'il se retrouvait au pied du mur, il l'avait bien cherché.

— Eh bien, j'ai sans doute cru que Trish et son fils Jamey réussiraient à me rendre le goût de vivre. J'ai cru qu'elle pourrait m'aimer pour deux.

— Aïe.

— Aïe, comme vous dites. Ce n'était pas très honnête de ma part. Ni pour elle, ni pour son fils.

— Jamey. C'est le petit garçon dont vous m'avez déjà parlé ?

— Oui.

— Vous aviez beaucoup d'affection pour lui, n'est-ce pas ?

— Trop, peut-être — considérant la situation déplorable dans laquelle nous nous trouvions.

— On s'attache si facilement aux enfants, dit Mélanie tout en commençant à rassembler les documents épars. Hum. Comment comptez-vous prendre contact avec les épouses et les compagnes des victimes ?

Au lieu de répondre, il prononça doucement son prénom, une question dans la voix. Mélanie cessa de s'affairer et se tourna vers lui.

— A propos de tout à l'heure, dit-il, avant l'appel de votre mari…

Elle esquissa un geste évasif.

— Oubliez cela.

Ce n'était pas tout à fait ce qu'il avait envisagé.

— Vraiment ? Et vous ? L'avez-vous oublié ?

— Certainement.

Elle glissa les fax dans l'enveloppe et la lui rendit en évitant son regard. Ses joues s'étaient empourprées.

— Pas moi, murmura-t-il, couvant sa bouche d'un regard éloquent. Je n'ai pas oublié. Ce serait bien difficile, du reste.

Il posa une main sur sa joue. Sa peau était tiède et veloutée sous ses doigts. Il promena délicatement le pouce sur sa pommette.

La jeune femme appuya le visage contre sa paume avec un gémissement sourd.

— Connor, il ne faut pas. Ce serait une erreur… Nous…

— Nous travaillons ensemble, c'est vrai. Je me le suis répété des centaines de fois. Nous nous occupons d'une affaire qui défraie la chronique. Ce n'est vraiment pas le contexte idéal pour nouer une idylle.

— Et puis ?

— Et puis… voilà. Je meurs d'envie de vous embrasser.

Elle leva sur lui un regard désemparé et il sut qu'elle éprouvait la même attirance pour lui, qu'elle s'était posé les mêmes questions.

La situation allait être compliquée.

— Connor, je…

Il effleura ses lèvres d'un baiser. Elles étaient tièdes, légèrement entrouvertes, et d'une douceur presque douloureuse. Pris de vertige, Connor releva la tête. Comment un contact aussi superficiel pouvait-il le bouleverser à ce point ? Il eut l'impression d'avoir goûté quelque liqueur enivrante, une drogue dont il ne pourrait plus se passer.

Bon sang ! Mélanie avait raison. C'était une erreur de leur part. Une grave erreur.

Il voulut le lui dire mais elle ne lui en laissa pas le loisir. Cette fois, ce fut elle qui prit l'initiative. Elle s'empara hardiment de sa bouche. Il ne pouvait décemment pas la repousser, que diable !

— Maman ?

Ils se séparèrent précipitamment. Mélanie pivota vers la porte, le visage enflammé.

— Casey !

L'enfant se tenait sur le pas de la porte, les joues écarlates, ses cheveux dorés dressés en épis sur la tête. Il serrait dans ses bras un lapin en peluche.

— J'ai mal à l'oreille.

Mélanie avança vers lui et le souleva dans ses bras. Connor vit l'enfant s'accrocher à elle et enfouir son visage au creux de l'épaule maternelle.

« Sauvés par le gong », songea-t-il. Pour la seconde fois. Il eut l'impression qu'il s'agissait d'un message et que, cette fois, il serait plus sage de ne pas l'ignorer. La vie accordait rarement deux avertissements. Jamais trois.

Il reprit l'enveloppe qu'il avait apportée et regarda Mélanie. Elle avait l'air embarrassée. Indécise.

— Mélanie…

— Connor…

Ils avaient parlé simultanément.

— Je suis désolé, reprit-il. Je n'aurais pas dû…

— Pourquoi vous excuser ? Dans l'affaire, je suis aussi fautive que vous.

Une petite étincelle dansa dans l'œil de Connor. Le fait qu'elle endossât une partie du blâme était un aveu ; oui, l'attirance qu'il éprouvait était réciproque.

Seulement, ce genre de réflexion se conjuguait à l'imparfait. Dorénavant, leurs relations demeureraient strictement professionnelles.

Mélanie toussa discrètement.

— Il vaut mieux que Casey soit arrivé… ç'aurait été compliqué si nous… enfin, vous savez.

Ce « vous savez » allait le tenir éveillé longtemps, cette nuit-là.

— Certes.

Il se dirigea vers la porte.

— Inutile de me raccompagner. Vous avez les bras chargés.

— Très bien. Merci.

— J'appellerai les épouses et les compagnes des victimes. J'essaierai d'obtenir des rendez-vous.

— Tenez-moi au courant.

— Entendu.

Il la salua d'un petit signe de tête et partit. Aurait-il la force de garder ses distances, comme convenu ?

38

Mélanie respira à fond et sonna à la porte de l'appartement d'Ashley. Ses mains tremblaient. Elle venait d'avoir une conversation téléphonique avec Véronica. Une femme qui se faisait passer pour le sergent May s'était présentée la veille au bureau du procureur de Charleston. Elle avait posé toutes sortes de questions sur le compte de Véronica : quelles étaient ses fréquentations, ce qu'on pensait d'elle sur le plan professionnel, si elle avait de curieuses habitudes.

Furieuse, Véronica avait appelé Mélanie. Elle soupçonnait Ashley de s'être livrée à cette mascarade.

Comment eût-ce été possible ? En faisant cela, Ashley aurait porté atteinte non seulement à la vie privée de Véronica, mais encore à la confiance que lui témoignait Mélanie. C'était là un acte désespéré, commis par une personne gravement désaxée. Aussi Mélanie avait-elle d'abord estimé cette accusation parfaitement absurde. Pourquoi Ashley aurait-elle fait cela ? Puis Véronica lui avait raconté comment Ashley l'avait suivie le samedi précédent. Elle lui avait fait part des propos délirants tenus ce soir-là par sa sœur. A présent, Mélanie n'était plus aussi persuadée de l'innocence d'Ashley ; elle commençait même à se poser des questions sur son état mental.

On n'entendait aucun bruit à l'intérieur. Les volets étaient soigneusement clos, la boîte aux lettres débordait de courrier et des dizaines d'imprimés publicitaires jonchaient le paillasson. Mélanie jeta un coup d'œil autour d'elle. Les

288

plantes en pots qui décoraient les trois marches du petit perron étaient toutes desséchées.

L'endroit semblait inhabité et même à l'abandon. Pourtant, sa sœur était chez elle ; Mélanie avait vu sa voiture garée sur le parking du lotissement.

Elle sonna, attendit encore, puis frappa bruyamment à la porte, son inquiétude augmentant de minute en minute. Finalement, elle entendit quelque chose — comme un pas traînant, de l'autre côté. La clé tourna dans la serrure et le battant s'ouvrit.

Ashley apparut sur le seuil. Mélanie réprima une exclamation horrifiée : sa jolie, sa superbe sœur avait l'air d'un zombie. Son teint cireux, ses yeux profondément enfoncés dans leurs orbites donnaient à son visage l'apparence d'un masque.

— Bonté divine, Ash, que t'arrive-t-il ?

La jeune femme cligna des yeux, visiblement désorientée.

— Je me réveille à peine.

Mélanie consulta sa montre. Certes, c'était le week-end, mais il était tout de même 10 h 15.

— Tu as fait des folies, hier soir ?

Ashley s'effaça pour la laisser entrer. Elle portait un short et un T-shirt qui avaient dû lui servir de pyjama.

— Je n'arrivais pas à dormir, dit-elle en bâillant. Alors, j'ai pris un somnifère, je ne sais même pas à quelle heure — tard, je suppose.

Mélanie plissa le front. Un somnifère ? Quand avait-elle commencé à y avoir recours ?

— Est-ce que cela t'arrive souvent ? Depuis quand es-tu insomniaque ?

Ashley haussa les épaules, bâilla de nouveau et lui fit signe d'avancer.

— Il me faut du café.

Mélanie la suivit, remarquant au passage les rideaux tirés. L'appartement était aussi clair et aéré qu'une cave.

— Il fait un temps splendide, déclara-t-elle quand

289

elles atteignirent la cuisine. Si j'ouvrais les fenêtres pour changer l'air ?

— Bien sûr. Comme tu voudras.

Pendant qu'Ashley préparait le café, Mélanie tira les rideaux et ouvrit tout grand les fenêtres.

— Voilà, dit-elle. N'est-ce pas mieux ainsi ?

Sa sœur ne répondit pas. Se retournant, Mélanie la vit affalée contre le plan de travail, les yeux dans le vide. Deux tasses et un pot de café instantané étaient posés à côté de la bouilloire. Elle haussa un sourcil étonné : comme elle, Ashley appréciait d'ordinaire le vrai café corsé.

— Ash ?

Leurs regards se croisèrent.

— De l'instantané ? Chez toi ?

— Je n'ai pas le courage d'utiliser la cafetière. C'est beaucoup trop compliqué, trop fatigant.

Mélanie secoua la tête et lui conseilla de s'asseoir.

— Je m'en charge. Laisse-moi faire.

Ashley obtempéra et Mélanie entreprit de préparer non seulement le café mais aussi des jus de fruits et des toasts beurrés pour sa sœur. Quelques instants plus tard, l'arôme du café noir emplissait la cuisine. Ashley parut revenir à la vie. Mélanie posa devant elle une tasse fumante et une assiette de toasts, se servit à son tour et s'installa en face d'elle.

— Chère, admirable Mélanie, dit Ashley avec un soupir tout en buvant à petites gorgées. Notre sœur dévouée et attentionnée. Que deviendrions-nous sans toi ?

— J'espère bien ne pas vous donner l'occasion de l'apprendre.

Elle désigna l'assiette d'un petit mouvement de tête.

— Nourris-toi un peu. Apparemment, ce ne serait pas superflu.

Ashley se contenta d'arracher un morceau de pain qu'elle réduisit en miettes entre ses doigts. Mélanie l'observa un instant, perplexe.

— Mais enfin, qu'est-ce qui t'arrive, Ash ?

La jeune femme haussa une épaule évasive.

— Rien du tout. Je vais très bien.

— C'est l'évidence même. Tu es en pleine forme. C'est d'ailleurs pour cela que tu prends des somnifères.

— J'en ai pris un hier soir, exceptionnellement. Inutile d'en faire toute une histoire.

— Tu as des soucis au travail ?

— Pas plus que d'habitude.

— Des problèmes sentimentaux ?

— Sois réaliste.

— Alors, de quoi s'agit-il ?

— Pourquoi es-tu persuadée que j'ai des ennuis ? Rassure-toi, Mel : rien à signaler.

— Oh, certes. Jette donc un coup d'œil dans la glace, sœur chérie. Tu as une mine cadavérique.

Ashley leva sa tasse d'un geste moqueur.

— A ta santé, Mel. C'est bon, l'amour d'une sœur.

Du moins, elle n'avait pas perdu son esprit sarcastique ; c'était là un piètre réconfort, jugea Mélanie.

— Si je ne t'aimais pas, je ne serais pas ici.

— Oui, justement, que viens-tu faire par ici ? A la réflexion, je n'ai guère aperçu l'une ou l'autre de mes très chères sœurs, ces derniers temps.

— Je ne peux pas répondre pour Mia mais pour ma part, entre l'enquête sur l'Ange Noir, la dernière otite de Casey et l'approche de la procédure de révision du droit de garde, j'ai été réellement débordée.

— Moi, je peux répondre pour Mia.

— Ah bon ?

— Mouais.

Après avoir émietté un toast entier, Ashley s'attaqua au second.

— Elle passe le plus clair de son temps avec Véronica Ford.

— Et cela te déplaît ?

— Franchement, oui.

Mélanie se pencha sur la table.

— Tu as tort, Ash. Elles sont amies. Les amies passent généralement du temps ensemble, voilà tout.

— Les sœurs aussi.

Mélanie réprima un soupir.

— Sans doute, mais ce n'est pas à sens unique, fit-elle observer. Tu ne m'as pas appelée une seule fois depuis le début du mois.

— A quoi bon ? Tu es débordée.

— Bon, très bien. Que dois-je faire ? Te présenter des excuses ? Eh bien, d'accord. Pardonne-moi. C'est uniquement ma faute.

— Va te faire voir, maugréa Ashley.

Se levant brusquement, elle gagna la fenêtre et cligna des yeux, éblouie par la lumière du jour.

— Pour l'amour du ciel, Ash ! Dis-moi simplement ce qui ne va pas.

— Tu n'es même pas consciente que Mia et Véronica sont continuellement fourrées ensemble — et que c'est anormal.

— Non, il n'y a rien d'anormal à cela. Encore une fois, je ne vois pas en quoi leur amitié devrait me gêner.

— Trouves-tu naturel que deux amies passent régulièrement la soirée ou la nuit l'une chez l'autre ? A plusieurs reprises, j'ai aperçu la voiture de Véronica devant la maison de Mia, tard dans la nuit — et vice versa.

De plus en plus inquiète, Mélanie la dévisagea.

— Ash, ma grande, c'est le fait d'espionner ta sœur qui n'est pas normal.

La jeune femme rougit.

— Je savais que tu prendrais son parti contre moi. Je l'aurais parié !

Mélanie se leva à son tour.

— Pourquoi aurais-je pris le parti de Mia ? Ce n'est pas d'elle qu'il s'agit — mais de toi.

Ashley secoua la tête.

— Faux. Vous formiez déjà bloc toutes les deux quand nous étions enfants et maintenant, vous accueillez Véronica dans votre petit clan.

Elle porta les mains à son visage. Mélanie vit qu'elles tremblaient.

— Après tout l'amour que je vous ai donné, après tout ce que j'ai fait pour vous…

Décidément, Véronica n'avait pas exagéré. La situation était même plus grave que Mélanie ne le soupçonnait.

— Ce n'est pas une compétition, Ash. Tu es ma sœur et je t'aime.

Elle la rejoignit et lui prit les mains. Les écartant de son visage, elle la regarda dans les yeux.

— Je me fais du souci pour toi.

— Est-ce la raison de cette visite impromptue ? Tu as soudain éprouvé le besoin de me manifester ton affection ?

— Oui.

— Rien d'autre ne t'a incitée à venir ?

Mélanie ne répondit pas tout de suite, sachant combien la vérité allait la blesser. Néanmoins elle avait horreur du mensonge.

— Véronica m'a appris quelque chose qui m'a contrariée, avoua-t-elle enfin.

Elle serra les mains de sa sœur dans les siennes.

— Il paraît que tu l'as suivie. Prise sur le fait, tu lui aurais ensuite tenu des propos délirants.

— Que qualifies-tu de propos délirants ? demanda Ashley d'une voix étranglée. Le fait d'avoir osé lui reprocher d'attirer les ennuis ? De lui avoir demandé de disparaître et de nous foutre la paix ?

Mélanie opina, le cœur serré.

— Oui, murmura-t-elle. Exactement.

— Ce n'est pas du délire, Mel. C'est la stricte vérité. Cette femme n'attire que des ennuis. Tu ne t'en rends pas compte, voilà tout.

— Je ne m'en rends pas compte parce que c'est une pure invention de ta part.

Ashley libéra ses mains d'une secousse et s'éloigna.

— C'est un véritable oiseau de malheur, je t'assure. Il

293

y a quelque chose d'anormal en elle. Quelque chose d'inquiétant. J'en suis sûre. Il faut me croire.

Seigneur, Véronica avait vu juste. C'était bien Ashley qui avait usurpé son identité. Déterminée à lui accorder le bénéfice du doute, Mélanie lui posa cependant la question.

— T'es-tu amusée à te faire passer pour moi, Ashley? Es-tu allée à Charleston interroger les anciens collègues de Véronica en prétendant que la police s'intéressait à son passé, à sa vie professionnelle comme à sa vie privée? As-tu fait cela?

— J'aurais dû m'en douter, gémit Ashley d'une voix brisée. J'aurais dû deviner que tu ne venais pas pour moi. C'est pour elle que tu es là, n'est-ce pas?

— Oh, Ash...

Mélanie s'efforça de refouler ses propres émotions pour venir en aide à sa sœur.

— Songe un peu à ce que tu as fait. Tu as mis en péril la carrière et la réputation de Véronica — et la mienne aussi. Croyais-tu qu'elle n'en saurait rien? Que personne n'allait l'avertir? Après le discours que tu lui as tenu samedi soir, comment imaginer qu'elle ne remonterait pas jusqu'à toi? Elle pourrait porter plainte, tu sais. Si elle y renonce, ce sera uniquement par amitié pour nous.

Ashley enfouit son visage dans ses mains et se mit à pleurer — doucement, d'abord, puis avec une intensité croissante. Bientôt, ses larmes se muèrent en énormes sanglots qui secouaient ses épaules de façon spasmodique.

Mélanie la prit dans ses bras et lui caressa les cheveux, murmurant que tout allait s'arranger, qu'elle y veillerait personnellement.

— Je vous aime tellement, Mia et toi, dit Ashley d'une petite voix entrecoupée. Tu n'as pas la moindre idée des choses que j'ai faites pour vous.

— Quelles choses? Dis-moi ce que tu as fait. Dis-moi ce qui te rend si malheureuse, chérie. Je serai toujours là pour toi. Je t'aiderai, Ash, je te le promets.

Ashley se figea puis se dégagea brusquement de son étreinte.

— Foutaises. Tu n'as jamais été là pour moi. Seulement pour Mia.

— Parce qu'elle était la plus fragile des trois. Mais j'en aurais fait autant pour toi s'il l'avait fallu.

— Foutaises ! répéta Ashley sur un ton plus aigu, qui confinait à l'hystérie. J'ai attendu mais tu… tu n'es jamais venue.

— Venue… où donc ? Je ne sais pas de quoi tu parles, Ash. Si tu m'expliquais plutôt ce qui te met dans tous tes états ?

— Je ne devrais rien avoir à t'expliquer, Mélanie. Je n'ai jamais…

Choisissant soudain de se taire, elle redressa la tête, le regard farouche.

— Va-t'en d'ici. Sors de chez moi et fiche-moi la paix.

— Ash, je t'en prie, dit Mélanie, consternée, en lui tendant la main. Nous pouvons nous parler. Tu es ma sœur chérie.

— Tu n'as donc rien compris ? Je ne veux pas de toi ici, Mélanie. Ta présence m'est insupportable.

N'ayant guère le choix, Mélanie s'en alla.

39

Véronica attira Mia contre sa poitrine et la serra tendrement dans ses bras. Elles étaient allongées, nues, sur son
lit, encore moites et pantelantes après l'amour. Leur liaison
datait d'une dizaine de jours et Véronica n'avait jamais été
aussi heureuse, aussi épanouie. Jamais elle n'eût imaginé que
la vie pût être aussi généreuse, l'amour, aussi enrichissant.

Elle était éperdument éprise de Mia.

— On aurait dit une bête enragée, murmurait Mia avec
peine. Il arrachait mes vêtements des cintres, vidait les
tiroirs par terre, envoyait valser les cartons de chaussures,
saccageait tout. Après son passage, la chambre ressemblait
à un champ de bataille, mes affaires étaient en lambeaux.

— Ma pauvre Mia, dit Véronica, frémissante de haine.

Elle détestait Boyd de toute son âme.

— J'étais tellement écœurée que je me suis insurgée,
reprit Mia. Je lui ai dit que cette fois, s'il me touchait,
j'étalerais sa vie privée au grand jour.

Inquiète, Véronica se souleva sur un coude pour la regarder.

— Tu n'as pas fait ça ?

— Si. Il a blêmi. Il tient à sa réputation par-dessus tout
et, sur le moment, je crois qu'il a pris peur.

— Mon Dieu, Mia.

— Il a pris sa revanche mais je ne l'ai su que plus tard.
Il a vidé mon portefeuille, annulé toutes mes cartes de
crédit, vidé notre compte joint. Quand je l'ai interrogé, il m'a
rétorqué que si j'avais besoin de quoi que ce soit — jusqu'à
l'essence de ma voiture —, je devrais ramper devant lui.

La voix étranglée par les larmes, elle secoua la tête.

— C'était si humiliant. J'avais envie de mourir. D'aller me terrer quelque part et de disparaître.

Véronica éprouva une sourde angoisse. Sa mère avait réagi de la même façon. Et elle était passée à l'acte. Ce serait tellement simple : une balle dans la tête, ou un tube de comprimés. Rien de plus facile.

Elle s'écarta légèrement de sa compagne et plongea ses yeux dans les siens.

— Ne dis pas des choses pareilles, ma chérie. Elles ne devraient même pas te traverser l'esprit. C'est lui qui devrait avoir honte. C'est lui qui devrait mourir.

— Oh, oui, j'en rêve, gémit Mia. Je le hais tellement, Véronica.

— Je sais, mon cœur. Moi aussi — pour le mal qu'il te fait.

Elle prit le visage de la jeune femme en coupe dans ses mains.

— Quitte-le. Peu importe l'argent. Ne pense plus au contrat de mariage. Je t'entretiendrai. J'ai des revenus largement suffisants pour nous deux.

— Mais ce n'est pas juste. Il est plein aux as et ce qui est à lui est à moi. Il devrait en être ainsi, du moins.

Elle marqua une pause, le regard rivé à celui de son amante.

— M'aimes-tu réellement, Véronica ? Assez pour me confier tous tes secrets ? Pour remettre ta vie entre mes mains ?

Véronica sentit sa gorge se nouer. Elle avala péniblement sa salive, ne sachant pas où Mia voulait en venir.

— Oui, Mia, je t'aime à ce point.

— Moi aussi. Je veux que tu le saches.

La jeune femme s'assit sur le lit. Le drap tomba de ses épaules et le soleil qui filtrait à travers les voilages enveloppa sa peau d'une lumière dorée.

— Voilà, poursuivit-elle, j'ai un plan. Un plan pour lui faire payer le mal qu'il m'a fait.

— Continue.

— Je sais tout, figure-toi. Absolument tout. Je l'ai suivi

— à l'un de ses « rendez-vous ». Il s'est rendu dans un club de la périphérie de la ville — le Velvet Spike.

Le Velvet Spike ? Véronica blêmit. Elle voulut parler mais aucun son ne sortit de sa gorge.

— Je te l'ai dit, Boyd attache une importance primordiale à sa réputation — plus qu'à l'argent, plus qu'à la famille. Il aime passer pour un type sérieux, un chirurgien irréprochable, un dévot, respectueux des grandes valeurs républicaines — tu vois le style. Il m'a épousée parce que je correspondais à l'image de l'épouse modèle — une charmante potiche superficielle et soumise.

Elle eut un rire acerbe.

— Il s'est trompé sur mon compte. Maintenant, je sais comment lui rendre la monnaie de sa pièce. J'ai besoin de ton aide.

Véronica resta un moment muette, encore préoccupée par le fait que Mia eût suivi Boyd dans ses périples nocturnes. Seigneur, où avait-elle la tête ? Comment avait-elle pu prendre de tels risques ?

— Tu n'es pas… entrée, n'est-ce pas ? Il y a eu pas mal de rafles dans cet endroit.

— Quelle importance ? Je suis ici, saine et sauve, à présent. Personne n'en a rien su.

— Oui, mais enfin… Boyd est un homme violent, Mia. S'il t'avait aperçue, toi ou ta voiture…

— Impossible. J'avais pensé à tout. Le matin, j'avais conduit ma voiture au garage pour une révision. Ils m'avaient prêté un autre véhicule jusqu'au lendemain.

Elle prit les mains de sa compagne, entrelaçant ses doigts aux siens.

— J'ai besoin de toi, Véronica. Boyd se livre à de curieuses pratiques ; des pratiques qui le placeraient dans une situation fort délicate si la chose venait à s'ébruiter. Il pourrait fort bien y perdre son emploi. A mon avis, il serait prêt à tout pour éviter ça.

Comme Véronica se taisait, elle se lança.

— Tu comprends ? Il est trop attaché à son image de

marque. Nous pourrions nous en servir pour l'obliger à me donner ce qu'il me doit. Il est pratiquement coincé. Nous devons nous procurer des clichés compromettants pris au cours de ses ébats très particuliers — ou, mieux, un enregistrement vidéo. Nous pourrions engager un privé…

Elle porta une main à sa bouche.

— Hum, non. Un privé pourrait nous court-circuiter. Et puis, pour tenir vraiment Boyd par les couilles, il faudra qu'il soit certain que personne d'autre n'est au courant. Toi, il ne te connaît pas. Tu pourrais le suivre, prendre les photos…

— Arrête, Mia.

Posant doucement les doigts sur ses lèvres, Véronica lui intima le silence.

— Te rends-tu compte que tu te livrerais alors à un chantage en bonne et due forme ? Il s'agit d'une grave infraction réprimée par le droit pénal. Je suis chargée de faire respecter la loi — pas de l'enfreindre. Pour un magistrat, ce serait le comble. Nous nous retrouverions toutes les deux en prison. Ce genre de manigance échoue systématiquement.

— Mon plan ne peut pas échouer. J'en suis sûre.

— Si, répliqua Véronica d'une voix douce mais ferme. Il échouerait. Tu peux me croire, j'ai l'expérience de ce genre d'affaire, au tribunal. Chaque fois, l'auteur du plan était persuadé qu'il fonctionnerait.

Mia se rebiffa.

— Tu prétendais m'aimer. Tu as dit que tu ferais n'importe quoi pour moi.

— Je t'aime, c'est vrai. Et je ferais n'importe quoi pour toi mais pas cela. Renonce à cette folie, Mia. Renonce à châtier Boyd. Il paiera un jour ou l'autre pour ce qu'il a fait. Les hommes comme lui finissent toujours par recevoir la monnaie de leur pièce.

— Ça, c'est des conneries, lança Mia en quittant le lit.

Elle fila brusquement vers le cabinet de toilette, décrocha le peignoir de son amie et l'enfila sans le fermer.

— Tu n'as pas assez confiance en moi, dit-elle d'un ton boudeur en lui tournant le dos. Tu ne crois pas en moi.

— Ce n'est pas vrai.

Véronica la rejoignit, consternée. Elle ne pouvait pas supporter que Mia lui en voulût, qu'elle lui reprochât de ne pas l'aimer; ou, pis encore, qu'elle cessât brusquement de lui rendre son amour.

Rien ne pourrait la faire souffrir davantage. Elle l'enlaça tendrement par-derrière et enfouit son visage dans ses cheveux soyeux.

— Tu ne vois donc pas? Je crains surtout qu'il puisse t'arriver quelque chose. Je ne veux pas que tu t'exposes au moindre danger.

— Mais je suis en danger permanent. Je suis une femme battue, humiliée, bafouée.

Se retournant, Mia noua les mains sur la nuque de sa compagne.

— Ton rôle se bornerait à prendre les photos. Personne n'en saura rien.

Véronica lutta contre l'angoisse qui lui étreignait le cœur. Elle ne voulait pas perdre Mia. Cet amour était son unique raison de vivre, désormais.

— Je vais tout arranger, ma chérie. Je te le promets. Mais ne me quitte pas. Ne me quitte jamais, je t'en prie.

— Jamais, répéta Mia, effleurant ses lèvres d'un baiser prometteur. Comment pourrais-je te quitter? Grâce à toi, je suis une femme comblée.

40

— Madame Barton ?

Connor présenta sa plaque.

— Connor Parks, du FBI. Voici l'agent Mélanie May, du commissariat de Whistletop. Merci d'avoir accepté de nous recevoir aussi rapidement. Pouvons-nous entrer ?

La femme acquiesça et s'effaça pour leur céder le passage.

— Je ne vois pas en quoi je pourrais vous être utile. J'ai déjà dit à la police tout ce que je savais à propos de la nuit où Don est décédé.

— Certains souvenirs reviennent parfois bien plus tard. Des détails qui vous auraient échappé sur le moment peuvent avoir de l'importance.

Elle les conduisit dans le séjour, une pièce de dimensions modestes encombrée de meubles vert sapin qui semblaient dater du début des années 70. De nombreuses photos de famille étaient exposées dans des cadres sur les guéridons et sur le rebord de la cheminée. Ils s'assirent tous les trois autour de la table basse du coin salon.

— Depuis combien de temps étiez-vous mariée avec Don Barton ? s'enquit Mélanie, jetant un coup d'œil sur la photo de trois fillettes rieuses, en robes à smocks et chapeaux de paille.

— Vingt ans.

Mme Barton désigna le cliché.

— Ce sont nos filles — Ellie, Sarah et Jayne.

— Elles sont ravissantes.

— Merci. Ce sont des jeunes femmes, à présent.

Elle sourit, se leva et alla chercher une autre photo sur la cheminée, qu'elle tendit à Mélanie.

— Celle-ci a été prise à Noël. Ce sont d'excellentes filles.

Mélanie examina le cliché puis le lui rendit.

— Vous devez être fière d'elles.

Connor regarda Mélanie mettre leur témoin à l'aise. Tandis qu'elles parlaient, il prit rapidement quelques notes — les noms des trois filles, leurs adresses et professions.

— Vos filles étaient-elles proches de leur père ? demanda-t-il.

La femme pivota dans sa direction, l'air surpris, comme si elle avait oublié sa présence.

— Pas particulièrement.

— Pour quelle raison, madame Barton ?

Elle pâlit légèrement. Mélanie s'interposa, s'adressant à elle sur un ton apaisant.

— Nous sommes au courant, madame Barton. Nous savons quel genre d'homme était votre mari. C'est précisément pour cela qu'il pourrait avoir été l'une des victimes de l'Ange Noir.

La femme opina et regarda la photo qu'elle tenait entre ses doigts crispés. Elle s'efforça visiblement de se détendre et alla la remettre à sa place, sur le rebord de la cheminée. Puis elle se tourna vers Mélanie.

— Dans ce cas, vous devez également savoir pourquoi nos filles n'étaient pas proches de lui. Du reste, les deux aînées ont quitté la région.

— Et la cadette, qui habite toujours Charlotte ? s'enquit Connor.

— Jayne ? Elle a toujours pris ma défense. Il n'a pas réussi à la chasser d'ici.

Ils l'interrogèrent encore un peu sur ses filles puis sur sa vie quotidienne, les endroits qu'elle fréquentait, ses amies — en particulier celles qui étaient au courant des violences qu'elle subissait.

— Pourquoi vous intéressez-vous à mes amies ?

Elle les regarda l'un et l'autre d'un œil inquiet, visiblement mal à l'aise.

— Vous ne croyez pas…

— Nous ne croyons rien, madame Barton, dit Connor. Nous cherchons simplement des pistes, des indices.

La femme se tordit les mains.

— Ne pourriez-vous laisser tout le monde en paix ? Il est mort, n'y pensez plus, voilà tout.

Connor haussa les sourcils.

— Votre mari a peut-être été assassiné. Pensez-vous réellement qu'il faudrait laisser son assassin en paix ?

Les yeux de Mme Barton s'emplirent de larmes et elle tourna vers Mélanie un visage tourmenté.

— Vous n'avez pas connu Don. Vous n'avez pas vécu avec lui. Comment vous expliquer ? C'est que, désormais, je ne… je n'ai plus peur.

— Madame Barton, répondit doucement Mélanie, je comprends très bien votre dilemme. J'ai été personnellement confrontée à ce genre d'individu. Mais personne n'a le droit d'attenter à la vie d'autrui. Il s'agit tout simplement d'un meurtre. Et si nous autorisons une personne à s'ériger en juge, si nous acceptons tacitement son geste, quelles valeurs transmettrons-nous ensuite à nos enfants ?

Elle se pencha vers le témoin.

— Pouvez-vous nous aider ?

Finalement, Mme Barton leur révéla les noms de ses amies et leur fournit une liste d'endroits où elle se rendait de manière assez régulière.

Aucun des noms ne leur parut avoir été déjà mentionné parmi ceux qu'ils avaient recueillis par ailleurs. Mais leur mémoire n'était pas infaillible. Ils ajouteraient la liste de Mme Barton aux précédentes et laisseraient l'informatique effectuer les recherches.

— Nous devrions interroger la fille cadette qui habite Charlotte, suggéra Connor tandis qu'ils montaient dans son Explorer, quelques instants plus tard. Histoire de compléter nos informations.

— Sans doute. A mon avis, il y a peu de chances pour que nous en tirions quelque chose.

Connor démarra et manœuvra pour quitter le parking.

— On ne sait jamais.

Avec un soupir, Mélanie se tourna du côté de la vitre.

— Cette enquête ne produira peut-être aucun résultat. Que ferons-nous, dans ce cas ?

— Aucun résultat ? Vous plaisantez. Bien sûr, si l'Ange Noir a sévi aussi longtemps incognito, c'est parce qu'il a pris d'infinies précautions. Mais nous finirons par le pincer.

— Vous êtes si optimiste.

— Je suis déjà passé par là.

— Les fois précédentes, je suppose que vous aviez des victimes assassinées sans équivoque, des lieux à examiner, des indices, voire des pièces à conviction. Là, nous n'avons rien d'autre qu'une poignée de types décédés de mort suspecte depuis pas mal de temps et qui maltraitaient les femmes de leur vivant.

— Vous seriez surprise de découvrir le nombre d'affaires pour lesquelles on ne dispose d'aucun élément, ou presque. En cas de disparition d'enfant, par exemple. Bien sûr, on soupçonne le pire mais il n'y a ni cadavre, ni lieu du crime — rien de plus qu'une famille dans l'angoisse. A l'inverse, on a parfois un cadavre ou quelque partie d'un corps, voire un squelette ou des os humains, mais pas davantage — pas même la moindre hypothèse.

Il sourit pour atténuer l'ironie de la remarque suivante, qui aurait pu la froisser.

— La tâche d'un inspecteur est précisément d'inspecter, le plus patiemment possible.

— Inutile, donc, de rouspéter. D'accord. Message reçu.

Elle changea de position pour se tourner vers lui.

— Tout de même, dans cette affaire… ne vous demandez-vous pas parfois…

Elle se tut brusquement et secoua la tête.

— Non, c'est sans importance.

Devant eux, le feu passa à l'orange. Connor freina puis mit le moteur au point mort. Une fois à l'arrêt, il regarda Mélanie.

— Nous travaillons en étroite collaboration. Vous devez me dire tout ce qui vous passe par la tête.

Elle hésita un bref instant, puis se décida.

— Et si, en définitive, il n'y avait aucun lien entre tous ces décès ? Ne vous êtes-vous jamais dit que ces hommes auraient pu vraiment mourir accidentellement ? Que peut-être, comme certaines personnes l'ont suggéré, il fallait voir là une manifestation de la justice divine ?

Elle détourna brièvement les yeux.

— Je me suis peut-être fourvoyée, Connor.

— Vous ne vous êtes pas fourvoyée. Nous sommes sur la bonne voie.

Le feu passa au vert et il redémarra.

— En outre, je ne crois pas à cette conception de la justice divine. Je ne crois pas que le bras de Dieu jaillisse des cieux pour désigner un individu et le châtier. Ce n'est pas ici-bas que s'exerce Sa Justice. Nous en avons la confirmation permanente, il me semble.

Comme la jeune femme restait muette, il la regarda du coin de l'œil, l'air compatissant.

— Cette Mme Barton vous a démoralisée, n'est-ce pas ?

— Je l'ai trouvée très gentille.

Une manière d'éluder habilement la question, estima Connor.

— Cet homme que vous avez mentionné tout à l'heure, qui est à l'origine de votre expérience personnelle en matière de sévices, est-ce votre ex-mari ?

— Non, mon père.

Une expression de défi passa sur son visage. Connor regarda de nouveau devant lui.

— Avez-vous envie d'en parler ?

— Pas particulièrement, non.

— En êtes-vous sûre ? Vous avez l'air bien maussade.

— J'en suis tout à fait sûre.

Elle soupira d'un air excédé.

— Bornez-vous plutôt à conduire, voulez-vous ?

Connor jeta un coup d'œil dans le rétroviseur puis braqua

à droite, coupant deux files de voitures pour aller se garer sur le bas-côté. La manœuvre lui valut quelques coups de Klaxon virulents.

— Non, dit-il, une fois à l'arrêt. Je ne suis pas d'accord.

Contrariée, Mélanie serra les poings sur ses genoux.

— Ne me poussez pas à bout, Parks. Je me sens d'humeur exécrable.

— C'est tout à fait mon avis. Voudriez-vous me dire pourquoi ?

— Non, je n'y tiens pas. Par conséquent, pourriez-vous remettre ce tacot en marche et nous conduire à bon port ?

— Je sais ce qui vous chiffonne.

Comme elle haussait un sourcil surpris, il esquissa un sourire.

— C'est ce qui s'est passé l'autre jour. C'est à cause de ce baiser.

Elle plaqua le dos contre la portière, les yeux ronds.

— Certainement pas !

— Bien sûr que si, affirma-t-il avec le plus grand sérieux. Du reste, je vous comprends. Vous n'avez sans doute pas cessé d'y penser depuis lors, en vous demandant si j'allais bientôt me décider à recommencer.

Mélanie s'empourpra.

— Vous rêvez, Parks !

Sur ce point, elle n'avait pas tort.

— A mon avis, notre promiscuité vous trouble terriblement. Ne suis-je pas un mâle irrésistible ? Ce baiser a dû ébranler sérieusement votre univers.

Mélanie s'esclaffa.

— Un mâle irrésistible ? Ebranler mon univers ? J'espère vraiment que c'est une blague, Parks. Sinon, il va falloir consulter un psychiatre.

Il s'efforça de prendre une mine accablée sans parvenir à réprimer le pli amusé qui tiraillait un coin de ses lèvres.

— Ne riez donc pas tant, ma chère. Les mâles irrésistibles ne sont pas dénués de toute sensibilité, vous savez.

Désarmée, Mélanie inclina la tête d'un air contrit.

— Ne m'en veuillez pas pour ma mauvaise humeur. Mme Barton m'a démoralisée, en effet. Comment rester indifférente aux malheurs de toutes ces femmes ? Leurs témoignages… c'était comme un écho de ce que j'ai vécu. J'en suis passée par là, moi aussi.

Otant une main du volant, il la posa sur celle de la jeune femme. Au lieu de la retirer, elle replia les doigts sur les siens.

— Sa mort ne m'a causé aucun chagrin.

Elle tourna la tête, le regard absent, perdue dans ses souvenirs.

— J'étais soulagée. Je me suis même secrètement réjouie.

— Que vous avait-il fait ?

Il regretta aussitôt sa question. Non qu'elle fût indiscrète, ou que cela lui fût égal. Cela avait sans doute trop d'importance pour lui, au contraire.

Mélanie réfléchit un instant puis croisa son regard sans ciller.

— Il s'en prenait à moi et à mes sœurs, nous infligeait des violences physiques et verbales. En d'autres termes, il nous battait, nous insultait, nous humiliait continuellement. C'était un être foncièrement mauvais et cruel. A mon avis, son unique plaisir sur cette terre était de nous faire souffrir.

Elle marqua une pause et inspira péniblement avant de poursuivre :

— J'ai été la moins maltraitée des trois — du moins directement. Il s'en prenait surtout à Mia. Peut-être parce qu'elle était la plus faible, la plus vulnérable d'entre nous.

Elle serra les poings.

— J'aurais préféré qu'il s'attaque à moi. J'enrageais de le voir frapper Mia et Ashley, au risque de les démolir. Tous les coups qu'elles recevaient, toutes les méchancetés dont il les accablait m'atteignaient par contrecoup, avec la même force.

Une larme échappa à sa vigilance et roula lentement sur sa joue. Ce discret témoignage de détresse était plus émouvant qu'un torrent de larmes, pensa Connor. Il dut se faire violence pour ne pas la prendre dans ses bras, la serrer sur son cœur.

— Je me suis toujours sentie tellement coupable d'être épargnée.

Connor étreignit doucement sa main.

— Voyons, Mélanie, il en était certainement conscient, murmura-t-il d'une voix âpre. Il savait que le meilleur moyen de vous faire du mal était de leur en infliger. Il savait qu'une attaque directe aurait été moins efficace pour vous briser que la souffrance de vos sœurs et les reproches dont vous vous accableriez.

Mélanie le dévisagea d'un air interdit, comme si la vérité s'imposait soudain à elle, évidente, dans toute son horreur. Une plainte étouffée franchit ses lèvres.

— Je n'avais jamais...

Les mots s'étranglèrent dans sa gorge et elle garda un long moment le silence. Quand elle reprit enfin la parole, sa voix avait une intonation différente. Etonnamment durcie, elle était presque méconnaissable.

— L'été de nos treize ans, il a commencé à... abuser de Mia.

— Seigneur !

— Je n'ai pas laissé passer ça, cependant. Une nuit où il avait bu, il s'est retrouvé au réveil solidement attaché au lit, un couteau sur la gorge. J'ai juré que s'il touchait Mia une fois de plus, je le tuerais. Et je l'aurais fait sans hésiter, croyez-moi.

Sa mâchoire se crispa.

— Dans ces conditions, comment puis-je condamner les crimes de l'Ange Noir ? Qui suis-je pour la traquer ainsi ? Comment ai-je l'audace de faire la morale à des femmes comme Mme Barton ? J'aurais pu tuer — j'aurais tué, moi aussi. Mon propre père.

— Et après ? répliqua Connor sans la brusquer, comprenant parfaitement ses scrupules. Vous n'aviez pas le choix. Vous n'étiez qu'une adolescente sans défense, affolée. A quelle porte auriez-vous pu frapper, vos sœurs et vous ?

La personne censée vous protéger était précisément celle dont il aurait fallu vous protéger ! Alors, vous êtes passée à l'action. Vous vous êtes vaillamment insurgée. Ce n'est pas un comportement monstrueux mais héroïque, au contraire.

— Vraiment ? Je n'en suis pas du tout persuadée.

Mélanie fronça les sourcils, songeuse.

— J'ai reçu un appel au poste, à propos de l'Ange Noir : une inconnue, qui m'a accusée de trahison. Elle a dit qu'elle me connaissait et m'a demandé comment j'osais « faire ça ». Il m'arrive parfois de me le demander, en effet.

Connor se redressa sur son siège.

— Quand cela s'est-il produit ?

— Peu de temps après le début de l'enquête — une semaine ou deux, environ.

— Pourquoi ne m'en avez-vous jamais parlé ?

— J'ai pensé que j'avais affaire à une exaltée. L'affaire a été tellement médiatisée… Du reste, elle n'a jamais rappelé.

Elle haussa les épaules.

— Franchement, je n'y ai pas accordé une grande importance.

— Tout a de l'importance, Mélanie. Jusqu'au moindre détail, aussi insignifiant soit-il à première vue.

Préoccupé, Connor se mit à tambouriner sur le volant.

— A votre avis, que voulait-elle dire en prétendant vous connaître ? Qu'elle vous avait rencontrée personnellement ?

— Sur le moment, je ne l'ai pas compris ainsi. Je n'ai pas reconnu sa voix. C'était plutôt comme si elle me connaissait… mentalement. Comme si elle pouvait deviner ce que j'ai vécu autrefois.

— Croyez-vous que ce pourrait être l'Ange Noir ?

Mélanie se figea un moment puis jura copieusement entre ses dents.

— Je n'en sais rien. Tout est possible.

Elle regarda son compagnon.

— J'ai tout fichu en l'air, n'est-ce pas ?

— Inutile de vous accabler de reproches. Mais si jamais

elle rappelait, prolongez la communication. Tâchez de l'enregistrer.

— Entendu.

Un long silence s'installa entre eux. Leurs regards se croisèrent et restèrent rivés l'un à l'autre. Les secondes se succédèrent et Connor trouva soudain l'habitacle du véhicule terriblement exigu, l'atmosphère presque irrespirable.

Il devait réagir immédiatement — avant de commettre quelque sottise. Il toussa légèrement et tourna la clé de contact.

— Ma foi, je suis content que nous ayons tiré tout cela au clair. Surtout, tâchez de ne plus vous laisser aller au découragement.

Mélanie esquissa un sourire.

— Comment le pourrais-je ? Vous me faites trop rire, Connor Parks.

— Tant mieux.

Il jeta un coup d'œil derrière lui avant de s'engager de nouveau dans la circulation.

— Bien sûr, j'aurais préféré entendre : « Oh, Connor, vous m'excitez follement », mais je me contenterai de votre hilarité.

La jeune femme secoua la tête.

— Vous arrive-t-il jamais d'être sérieux ?

— Je suis toujours sérieux.

— Connor ?

— Hmm ?

— A propos de ce baiser…

— Grosse erreur, hein ?

— Oui.

— Je m'en doutais. A-t-il tout de même ébranlé votre univers ?

— Oh, oui, dit-elle. De fond en comble.

— Dieu soit loué. Ma virilité est donc épargnée.

Il prit la première bretelle de sortie en direction des quartiers ouest de Charlotte.

— Si nous allions vérifier quelques noms sur les fichiers informatiques ?

41

La chambre d'hôtel empestait le tabac. L'odeur imprégnait tout, jusqu'aux murs. Il y avait aussi un autre relent, plus discret — aigre, indéfinissable, écœurant.

Boyd était étendu, nu, sur le matelas douteux, ligoté par les poignets et les chevilles aux quatre coins du lit. Il essaya de remuer les membres mais ses liens étaient trop serrés — si serrés qu'il éprouvait d'intolérables fourmillements dans les doigts et les orteils, où le sang circulait à peine.

Il faillit éjaculer rien qu'à l'idée du spectacle qu'il offrait ainsi, réduit à l'impuissance.

— Vilain garçon, murmura sa maîtresse en promenant ses longs ongles acérés le long de son sexe en érection. Tu n'as pas le droit de jouir. C'est compris ? Si tu jouis, tu seras puni.

Elle souligna son propos en saisissant brutalement ses testicules qu'elle écrasa entre ses doigts.

Le chirurgien gémit et cambra les reins. Il ne savait pas ce qui l'excitait le plus — la menace de châtiment ou la douleur qu'elle lui infligeait.

Souffrance. Soumission. Se faire dominer et châtier. Voilà ce qui le faisait vibrer. Sa dame de cuir le savait parfaitement. Elle détenait la clé de son univers secret d'une main aussi sûre que celle dont elle venait de l'empoigner.

Elle contrôla la solidité de ses liens puis attacha un bandeau sur ses yeux.

— J'ai des surprises pour toi, ce soir, dit-elle d'une voix suave. Tu vas te sentir très faible. Et entièrement à ma merci.

Parcouru d'un frémissement, il émit une plainte indistincte. La règle du jeu était stricte. Il n'avait pas droit à la parole durant leurs ébats. Il ne pouvait formuler ni souhait, ni remarque d'aucune sorte. Il ne devait jamais prendre aucune initiative. La moindre désobéissance lui valait une sévère punition ; la pire de toutes, à ses yeux, étant l'interruption immédiate de leurs ébats.

Il ne voulait surtout pas en arriver là. Pas ce soir — car ce soir-là était le dernier qu'ils passeraient ensemble. Il se l'était promis. Mia risquait de mettre ses menaces à exécution. S'il continuait sur sa lancée, il ne tarderait pas à être démasqué — puis congédié, comme à Charleston, bien des années plus tôt. S'il ne causait de tort à personne, l'administration de l'hôpital avait redouté les retombées d'un scandale sur l'établissement : que diraient les patients en apprenant qu'ils étaient opérés par un masochiste, un obsédé sexuel ? Ces puritains l'avaient donc discrètement remercié en le gratifiant d'une lettre de recommandation élogieuse.

Pour repartir de zéro dans une autre ville, il s'était inventé une histoire de veuvage qui expliquait son besoin de changement. Mais aujourd'hui, à l'approche de la cinquantaine, comment pourrait-il espérer repartir de zéro une seconde fois ?

— Et voilà ta première surprise.

Il distingua un bruit qu'il reconnut pour l'avoir entendu bien des fois en salle d'opération — le crissement des gants de latex qu'on enfile. Tournant légèrement la tête, il faillit déroger à la règle pour demander la raison de ce cérémonial. Il se ravisa, non sans une pointe d'appréhen-sion qui mit un comble à son excitation.

Boyd ne reconnut pas le bruit qu'il entendit ensuite — jusqu'au moment où il sentit la bande d'épais sparadrap que sa maîtresse appliquait sur sa bouche. Apparemment, elle avait choisi la qualité la plus solide, à moins que ce ne soit… au contact, cela ressemblait plutôt à du chatterton.

Il voulut protester mais trop tard. Il n'avait pas eu le temps de l'avertir que ce genre de bâillon laisserait des marques ; des marques qu'il ne pouvait pas se permettre d'exhiber.

A présent, il n'avait plus aucun moyen de s'exprimer.

Son appréhension se mua en désarroi — un désarroi proche de l'épouvante. La conscience de sa situation précaire, de sa vulnérabilité absolue, le saisit à la fois à la gorge et aux couilles.

— Te souviens-tu du soir où nous nous sommes rencontrés ? chuchota-t-elle, inclinant la tête vers son oreille. Ce soir-là, je t'avais promis de te faire mourir de plaisir. Eh bien voilà, mon cœur — le moment est venu de mettre ma promesse à exécution.

Pendant quelques secondes, Boyd ne réagit pas, les paroles de sa maîtresse ricochant dans son cerveau embrumé. Elles se mêlaient étrangement à son excitation, à sa panique croissante, à son pressentiment que la situation était en train de prendre une tournure terriblement inquiétante.

Cela faisait partie du jeu, partie de ses fantasmes, se dit-il, bien que son cœur commençât à s'affoler. Ce n'était qu'un moyen d'aiguiser leur plaisir.

Ce n'était pas pour de bon.

— J'ai étudié les étapes successives de l'agonie, poursuivit-elle. Rien que pour toi. Parce que tu es médecin, je ne voudrais surtout pas te décevoir. Je voulais que ces instants… ces derniers instants, te conduisent à des sommets inégalés.

Boyd buvait ses paroles, à la fois terrifié et euphorique. Troublé. Il ne se rappelait pas très bien… Lui avait-il dit qu'ils ne passeraient pas d'autre nuit ensemble ? Sans doute, car sinon, comment aurait-elle pu savoir que c'était la dernière ?

— Crois-tu au paradis, Boyd ? A l'enfer ? A la justice divine pour les actes commis sur cette terre ?

Elle s'assit sur le lit auprès de lui. Sans qu'elle l'eût touché d'aucune façon, il percevait sa présence comme la proie perçoit celle du prédateur prêt à bondir.

— Ou bien crois-tu qu'après l'instant suprême, il ne reste rien — rien de plus qu'un cadavre en décomposition, et une odeur fétide ?

Avec un petit rire, elle fit de nouveau courir ses ongles le long de sa verge.

— Ces propos macabres ont l'air de t'exciter, n'est-ce pas ? A moins que ce ne soit le fait de te savoir entièrement à ma merci ? De savoir que ta vie est tout entière entre mes mains ?

Elle referma les doigts autour de son sexe durci et le caressa de plus en plus fort, l'amenant au bord de l'orgasme avant d'empoigner ses testicules sans aucun ménagement.

Le bâillon étouffa son cri de douleur.

Elle fit claquer sa langue contre son palais.

— Revenons-en plutôt à l'essentiel — c'est-à-dire, à ta mort imminente.

Elle ôta l'oreiller de dessous sa tête.

— Si j'ai bien compris, mon cœur, toute une série d'étapes précède ce qu'on appelle la phase terminale. Cet enchaînement peut durer de cinq à trente minutes, selon la cause du décès. Les étapes peuvent être différentes, toujours en fonction de la cause. Mais il y a toujours perte de conscience, arrêt du cœur et de la respiration. Puis, pour finir, la mort cérébrale. Voyons, que disait le livre à ce sujet ?

Elle marqua une pause, comme pour se remémorer les termes précis.

— Il s'agit de la « phase ultime » — la définition de la mort légale. Bien sûr, tu sais tout cela sur le bout des doigts.

Elle se pencha davantage, son haleine effleurant la joue de Boyd.

— Je ne t'ennuie pas, au moins ? J'imagine que tout ceci doit te paraître bien rebattu. Pour ma part, je trouve ces explications fascinantes. Sinistres... morbides, si tu veux — néanmoins fascinantes.

Une vague de terreur le submergea brusquement. Il se mit à trembler, à se débattre dans ses liens. Ce petit jeu ne lui plaisait plus du tout. Il voulait qu'il cessât tout de suite. Il voulait être rassuré.

Au lieu de le délivrer, elle posa l'oreiller sur son visage et le maintint fermement en place tout en comptant à haute voix. Jusqu'à dix. Jusqu'à vingt. Jusqu'à trente.

De petits points lumineux se mirent à danser devant ses

yeux, sous ses paupières closes. Ses poumons réclamaient désespérément un peu d'oxygène.

Elle ôta enfin l'oreiller ; il inhala avidement une bouffée d'air et faillit pleurer de soulagement.

— L'explication la plus passionnante concernait justement ton cas, chéri. Au cours du processus de suffocation, le cœur continue à battre durant plusieurs minutes après la perte de conscience due à l'asphyxie du cerveau par manque total d'oxygène.

Elle appliqua de nouveau l'oreiller sur sa figure, le maintint en comptant jusqu'à quinze, puis le retira.

— Je comprends que tu aies étudié la médecine : l'organisme humain est une prodigieuse mécanique. Le fait que, dans ce cas particulier, la mort cérébrale précède l'arrêt du cœur m'a époustouflée.

Elle soupira.

— Assez parlé de moi et de mes lectures. Nous sommes ici pour toi, ce soir. C'est toi qui es à l'honneur.

Il la sentit bouger et inspira profondément, redoutant d'être de nouveau étouffé. Mais elle ne fit que se déplacer sur le lit, comme pour s'installer plus confortablement. Boyd accueillit ce répit avec un soulagement indescriptible.

— Que vas-tu éprouver, au juste ? s'interrogea-t-elle tout haut. Sentiras-tu chacun de tes organes vitaux capituler tour à tour ? Assisteras-tu à ta propre mort comme on voit défiler les étages d'un ascenseur, de haut en bas, jusqu'à l'extinction du dernier chiffre ?

Au comble de la terreur, Boyd s'efforça de maîtriser sa panique. Il n'avait pas intérêt à s'agiter. Ce n'était qu'un jeu, se répéta-t-il. Un scénario mûrement réfléchi pour exacerber son plaisir. Ce serait bientôt terminé. Et jamais plus il ne recommencerait.

— Si tu pouvais parler, quelles seraient tes dernières paroles ? Des paroles d'excuse ? Chercherais-tu à te faire pardonner le mal que tu as fait ?

Sa voix se durcit.

— Ou bien tenterais-tu égoïstement d'obtenir une dernière chance ?

Le matelas bougea de nouveau tandis qu'elle se redressait, avançant le buste au-dessus de lui — vêtement de cuir froid contre sa peau fiévreuse. Elle plaqua alors l'oreiller sur son visage, referma sa main libre sur son sexe tendu et entreprit de le masturber.

Une sensation de vertige s'empara de lui. Puis une coulée de lave envahit ses poumons et le sang afflua à sa tête congestionnée au rythme des pulsations qui battaient dans ses reins, s'accéléraient de seconde en seconde, gonflaient son érection, l'entraînaient vers l'orgasme.

Elle allait ôter l'oreiller… d'un moment à l'autre.

Son cerveau s'asphyxiait ; ses hanches se soulevèrent du lit et il éjacula violemment.

« Retirez l'oreiller ! Vite… vite, avant qu'il soit trop… »

En un éclair, il comprit : le bâillon était destiné à étouffer ses appels au secours.

Il hurla néanmoins. Le son de ses cris ne se répercuta qu'à l'intérieur de son crâne.

42

Mélanie commençait à peine sa journée de travail quand Connor l'avait appelée. Un nouveau meurtre venait d'être commis, avait-il annoncé. Elle devait le rejoindre immédiatement sur le lieu du crime.

Il avait refusé d'en dire davantage, se bornant à lui communiquer l'adresse avant de raccrocher.

Elle comprenait pourquoi, à présent.

Figée sur le seuil de la chambre d'hôtel, elle ne pouvait détacher son regard du lit, du corps légèrement arqué dans sa rigidité cadavérique. Elle avait l'impression de se retrouver plusieurs mois en arrière, dans un endroit exactement semblable à celui-ci, confrontée au même spectacle.

A cette différence près que la victime était alors une femme — et une inconnue.

« Bonté divine… Bonté divine… » C'étaient là les seuls mots qui lui venaient à l'esprit, accompagnés d'un mouvement de rejet instinctif, presque inavouable. Ces choses-là n'arrivaient pas dans son entourage. Ce genre de crime touchait seulement d'autres familles, moins privilégiées.

Connor posa une main sur son bras.

— Est-ce que ça va ?

Elle le regarda et secoua la tête, la gorge nouée.

— C'était… mon beau-frère.

— Je sais. Je l'avais aperçu sur quelques photos de famille, dans votre salon.

Mélanie se détourna du lit et s'efforça de reprendre

contenance. Deux ou trois respirations bien maîtrisées lui permirent de recouvrer un semblant d'équilibre.

Seigneur, comment allait-elle annoncer la chose à Mia ? Comment l'aider à encaisser ce choc ? Elle inspira longuement une dernière fois et rejoignit Connor qui examinait méthodiquement les abords du lit.

— Ça va mieux ? s'enquit-il.

— Je ne vais pas vomir ou perdre connaissance, si c'est ce que vous entendez par « aller mieux ». Du moins, pas dans l'immédiat.

— C'est déjà un progrès.

Sur ces entrefaites, Pete Harrison arriva en coup de vent.

— May, Parks m'a affirmé que vous pourriez identifier à coup sûr ce charmant garçon.

— C'est exact.

Elle croisa les bras devant elle.

— Il s'appelle Boyd Donaldson. Profession : spécialiste en chirurgie cardio-vasculaire et chef de service à la clinique de Queen's City. C'était mon beau-frère.

— Oh, merde.

— Ouais, merde, maugréa-t-elle.

Le détective tira de sa poche un petit carnet à spirale.

— Saviez-vous qu'il s'adonnait à ce genre de pratiques ?

— Non.

— Et votre sœur ? A-t-elle aussi…

— Non. Pas du tout.

— Saviez-vous quelque chose sur l'état de leur couple ?

— Il était en difficulté. Ma sœur m'a confié que Boyd entretenait une liaison extraconjugale.

— Vous a-t-elle dit avec qui ?

— Non.

— Son infidélité la contrariait-elle ?

— C'était son époux. A votre avis ?

Harrison haussa les sourcils.

— Inutile de prendre la mouche.

— Justement, si, répliqua Mélanie. Pendant que vous jouez aux devinettes, je me débats avec le fait que mon beau-frère vient d'être assassiné et qu'il va falloir l'annoncer à ma sœur. Lâchez-moi un peu les baskets, voulez-vous ?

Il prit un air penaud.

— Désolé, Mélanie. Plus qu'une ou deux questions. Croyez-vous qu'elle était au courant de ses pratiques sado-masochistes ?

— Il faudra le lui demander.

— Quand avez-vous parlé à votre sœur pour la dernière fois ?

Mélanie réfléchit un instant.

— Il y a une dizaine de jours, environ.

— Est-ce la fréquence habituelle de vos relations ?

— Non. D'ordinaire, nous nous téléphonons au moins trois fois par semaine.

Sans lui laisser le temps de poser la question, elle ajouta :

— Avec l'enquête criminelle en cours, j'ai été débordée.

L'excuse lui parut soudain lamentable, bien que l'inspecteur affirmât qu'il savait de quoi elle parlait. Pourquoi leurs relations s'étaient-elles ainsi distendues ? D'inséparables, elles étaient devenues presque distantes… et en si peu de temps.

Troublée, elle reporta son attention sur l'homme qui s'adressait à elle.

— Je vous demande pardon, Pete. Que disiez-vous ?

— Nous allons être obligés de l'interroger. Le plus tôt sera le mieux.

— Naturellement.

Mélanie jeta un coup d'œil vers Connor. Assis sur ses talons auprès du lit, il regardait fixement dans le vide, l'air pensif. La jeune femme fronça les sourcils. Elle avait suffisamment travaillé avec lui pour reconnaître cette expression : ce cerveau étonnant était en train d'analyser quelque observation, de chercher une explication à une apparente incohérence.

De quoi s'agissait-il ?

— Etant donné la situation, dit-elle en se retournant vers l'inspecteur de la PJ, j'aimerais pouvoir annoncer moi-même la nouvelle à ma sœur.

— Entendu.

Pete désigna son coéquipier qui s'entretenait avec les experts mandatés sur place, de l'autre côté de la pièce.

— Nous vous accompagnerons, Roger et moi.

En entendant son nom, l'autre homme s'approcha d'eux. Il regarda Connor et un rictus étira les coins de sa bouche.

— Sacrée surprise, n'est-ce pas, Parks ? Il nous fallait un fait nouveau pour faire rebondir cette affaire. Nous le tenons, à présent. C'est tout de même fabuleux.

Connor se leva.

— Les apparences peuvent être trompeuses. Pour ma part, j'attendrais un peu pour alerter la presse et Cleve Andersen.

Les joues de l'inspecteur s'enflammèrent.

— Vous voulez que je vous dise, Parks, j'en ai ras le bol de votre théorie foireuse. Elle ne nous a jamais été d'aucun secours pour l'enquête sur le meurtre de Joli. Cette scène est l'exacte réplique de celle que nous avons découverte il y a trois mois — jusqu'à la bouteille de champagne.

— C'est bien cela, murmura Connor. Une réplique.

Surprise, Mélanie se tourna vers lui.

— Vous pensez à une reproduction volontaire, par un autre assassin ?

L'inspecteur ignora sa remarque et entreprit d'énumérer les similitudes entre les deux crimes.

— Les deux victimes étaient ligotées au lit par les chevilles et les poignets, dans des postures identiques. Tous deux ont été étouffés par un oreiller et bâillonnés avec du sparadrap. Tous deux ont été soumis, post mortem, à des pénétrations artificielles.

— Ce ne sont que des hypothèses.

— A mon sens, je ne fais que constater l'évidence mais jusqu'à confirmation par le médecin légiste, certes, ce ne sont que des hypothèses.

— Vous en avez d'autres ? s'enquit Connor. Car jusqu'à présent, je ne suis pas convaincu.

— Pardi, et comment : les deux meurtres ont été commis dans des motels plutôt minables aux alentours de minuit.

Il y a également la bouteille de champagne et le bâillon — deux détails ignorés des médias.

— Et le bandeau sur les yeux ? demanda Connor. Je ne crois pas que Joli Andersen ait eu les yeux bandés.

Le teint de Stemmons vira à l'écarlate et Pete posa sur son bras une main qui se voulait apaisante.

— Le rituel de l'assassin évolue, dit-il. Ne l'aviez-vous pas expliqué vous-même, Parks ?

Un policier s'approcha de l'inspecteur.

— J'ai interrogé le veilleur de nuit, déclara-t-il. Il dit que Donaldson a pris la chambre à 23 h 35. Il a vu une voiture quitter le parking aux alentours de 1 heure du matin. Une femme blonde était au volant. Il n'a pas relevé le numéro d'immatriculation mais la voiture était une berline de couleur sombre.

Il jeta un coup d'œil sur ses notes.

— Sans être une vieille guimbarde, elle ne lui a pas paru très récente. Je cite.

Harrison se tourna vers Mélanie.

— Votre sœur est-elle blonde comme vous ?

Mélanie se hérissa. Qu'insinuait-il par là ?

— Du même blond, oui, répondit-elle sèchement.

— Allons lui rendre une petite visite, voulez-vous ?

43

Sa sœur était à son domicile. Par moments, Mélanie s'était surprise à souhaiter qu'elle fût absente, afin de pouvoir différer encore un peu l'inévitable.

— Mélanie ?

Le sourire qui avait illuminé le visage de Mia s'éteignit presque aussitôt. Son regard alla fébrilement de sa jumelle à chacun des trois hommes qui l'accompagnaient.

— Que se passe-t-il ?

Mélanie lui tendit la main.

— Mia, ma chérie, pouvons-nous entrer ?

La jeune femme secoua la tête, le sang refluant brusquement de son visage.

— Pas avant de m'avoir dit…

Elle porta une main à sa gorge.

— Est-ce… Ashley ? Lui est-il arrivé…

— C'est Boyd, Mia. Il est mort.

La jeune femme fixa Mélanie d'un air interdit, sa figure déjà pâle prenant une teinte cireuse.

— Mort ? répéta-t-elle, vacillant légèrement sur ses jambes. Mais comment… Ce n'est pas possible… Je ne comprends pas.

— Il a…

Mélanie respira à fond.

— Il a été assassiné cette nuit.

Un petit cri étouffé accueillit ces mots crus. Mia vacilla de nouveau ; Connor avança et la prit par le bras pour l'aider à se remettre d'aplomb.

322

— Ça va, murmura-t-elle. Je… entrez.

Elle les conduisit au séjour et leur fit signe de s'asseoir avant de s'affaisser sur le canapé blanc, comme si ses jambes se dérobaient. Mélanie s'installa à côté d'elle ; les deux inspecteurs s'assirent également. Connor demeura debout.

— Comment ? demanda Mia en la regardant. Qui…

Mélanie posa une main sur celles de sa sœur, serrées l'une contre l'autre sur ses genoux.

— Nous ignorons qui l'a tué, répondit-elle, préférant éluder pour le moment la première partie de la question. Les inspecteurs qui m'accompagnent souhaiteraient apprendre de toi deux ou trois choses. Te sens-tu assez forte ?

Comme sa sœur opinait, elle lui présenta Connor et les deux autres policiers de la PJ. Pete enchaîna sans attendre.

— Madame Donaldson, commença-t-il, je suis navré de devoir vous importuner en pareille circonstance mais en matière de meurtre, chaque seconde est comptée.

— Je comprends.

Elle referma les doigts sur ceux de Mélanie.

— Comment puis-je vous être utile ?

L'inspecteur sortit son carnet à spirale.

— Quand avez-vous vu votre mari pour la dernière fois, madame Donaldson ?

— Hier matin, quand il est parti travailler.

— Vous ne l'avez pas revu depuis lors ?

— Non.

Elle s'éclaircit la voix.

— Je n'avais aucune raison de m'en inquiéter. Hier soir, il devait assister à un congrès national de cardiologie, qui se tenait à Columbia. Il avait prévu de dormir sur place ensuite pour ne pas faire la route en pleine nuit.

— Je vois.

— Nous nous sommes tout de même parlé au téléphone dans la journée.

— A quelle heure, au juste ?

Mia plissa légèrement le front.

— 4 heures de l'après-midi, environ. Il voulait me rappeler qu'il ne rentrerait pas le soir.

L'inspecteur inscrivit quelques mots dans son carnet puis leva de nouveau les yeux.

— Votre époux s'absentait-il souvent pour des congrès ou des réunions, après ses journées de travail ?

Mia regarda Mélanie puis reporta les yeux sur lui.

— Oui.

— Il passait donc souvent la nuit ailleurs ?

— Pas toute la nuit, non. Il rentrait simplement très tard.

— Considériez-vous votre mariage comme une réussite, madame Donaldson ?

Mélanie se cabra. Elle savait que Pete était en train de tester Mia, d'essayer de la surprendre en flagrant délit de mensonge. Rien de plus courant au cours d'un interrogatoire. En l'occurrence, il s'agissait de sa sœur — pas d'un suspect ou d'un criminel quelconques.

Mia baissa la tête.

— Non, souffla-t-elle.

— Mais encore ?

Elle leva les yeux. Mélanie vit des larmes briller dans ses prunelles.

— Non, ce n'était pas un mariage heureux. Mon mari… je crois qu'il avait une liaison.

Les deux inspecteurs se regardèrent comme s'ils venaient d'obtenir un renseignement d'une importance capitale. Bien sûr, c'était une tactique, un moyen de déconcerter un témoin en lui laissant croire qu'il avait avoué quelque chose de compromettant.

L'astuce fonctionna à merveille. Mia se tortilla sur son siège, subitement mal à l'aise. Mélanie rongea son frein, ravalant la remarque aigre-douce qui lui brûlait les lèvres. Elle jeta un coup d'œil sur Connor et le vit déambuler distraitement à travers la pièce sans paraître prêter grande attention à l'interrogatoire.

— Vous n'en êtes pas sûre ? s'enquit Pete.

— Il ne l'a jamais avoué mais je… une épouse perçoit ces choses, inspecteur.

— Hum, oui.

L'inspecteur toussa légèrement puis reprit :

— Vous dites qu'il n'a jamais avoué avoir une maîtresse. Cela signifie-t-il que vous lui aviez fait part de vos soupçons ?

— En effet.

— Et comment a-t-il réagi ?

Mia consulta Mélanie du regard. Mélanie hocha légèrement la tête et la jeune femme poursuivit :

— Il s'est mis en colère et il… il m'a frappée.

Connor, qui observait un cadre posé sur le piano demi-queue, tourna la tête pour la regarder. Les inspecteurs échangèrent des coups d'œil entendus. Mélanie croisa et décroisa les jambes, à la fois embarrassée et humiliée pour sa sœur.

— Il vous a frappée ? Etait-il coutumier du fait ?

— Il… non, je…

Elle se mit à trembler.

— Mon mari a été assassiné ! s'écria-t-elle. Pourquoi me demandez-vous cela ? Quelle importance, à présent ?

— La question nous semble pertinente, madame Donaldson.

L'inspecteur hocha néanmoins la tête d'un air compatissant.

— Encore quatre ou cinq questions, c'est tout. Savez-vous qui était la personne qu'il voyait ? Peut-être vous en doutez-vous ?

— Non.

— Où étiez-vous hier soir ?

— Moi ?

Elle le regarda, surprise.

— A la maison.

— Seule ?

— Oui.

Mélanie connaissait la chanson. Le suspect numéro un en pareil cas était fréquemment le conjoint, les statistiques démontrant qu'une large majorité de meurtres sont commis par un proche des victimes — parent, ami, collègue de travail.

— Saviez-vous que votre époux avait des pratiques sexuelles très particulières ?

Mia dévisagea l'inspecteur.

— Je vous demande pardon — que voulez-vous...

— Sadomasochisme, esclavage consenti... ce genre de déviation sexuelle ?

— N... non.

Elle secoua la tête.

— Pas du tout.

— Ensemble, vous ne...

— Oh non, certainement pas, s'exclama-t-elle, l'air horrifié.

— N'y a-t-il personne qui puisse confirmer où vous vous trouviez la nuit dernière ?

— Je vous l'ai dit, j'étais seule.

Sa voix prit une intonation aiguë, presque hystérique. Elle se tourna vers sa sœur.

— Tu me crois, n'est-ce pas ?

— Naturellement.

Mélanie jeta un regard furibond à l'inspecteur puis s'adressa de nouveau à Mia. En fonction de sa prochaine réponse, elle avait l'intention de demander l'interruption de cette séance jusqu'à ce que Mia fût assistée d'un avocat.

— Réfléchis bien, ma chérie. N'as-tu parlé avec personne au téléphone ? Est-ce que personne n'est passé ou...

— Si, coupa Mia. J'ai parlé à deux reprises au téléphone avec une amie, Véronica Ford.

— Te souviens-tu de l'heure ?

Mia se massa le menton.

— Elle m'a appelée vers 10 heures. Et ensuite à... je ne sais pas, aux environs de minuit, minuit et demi.

— Minuit et demi ? Un soir de semaine ?

Roger, qui n'avait pas encore pipé mot, intervint à son tour.

— N'est-ce pas un peu étrange ?

— Etrange ? répéta Mia, apparemment déroutée. Non. Véronica savait que je ne serais pas couchée car... je souffre d'insomnie. Elle se faisait du souci pour moi.

— Pour quelle raison ?

326

— Mon mari avait une maîtresse... il m'avait annoncé qu'il ne rentrerait pas ; j'en avais tiré la conclusion qui s'imposait.

— C'est-à-dire, qu'il allait passer la nuit avec elle ?

Mia acquiesça.

— Mais vous n'avez pas cherché à vérifier où il se trouvait ?

Elle retomba parmi les coussins, subitement privée de toute énergie.

— Non, murmura-t-elle, fermant les yeux. Cela n'aurait rien changé.

Son désarroi brisa le cœur de Mélanie. Elle serra les doigts de sa sœur entre les siens.

— Je pense que ma sœur n'en peut plus. Si nous en restions là pour aujourd'hui ?

Pete parcourut rapidement ses notes.

— Personnellement, je n'y vois pas d'inconvénient. Je voudrais seulement m'assurer de n'avoir rien oublié. Ainsi, vous avez parlé à votre amie...

— Mme le substitut Véronica Ford, glissa Mélanie, sachant qu'une telle relation représenterait un atout pour Mia.

L'inspecteur releva la tête.

— Je vous demande pardon ?

— Vous pouvez noter : Mme Véronica Ford, substitut du procureur général du comté.

— Je vois.

Il toussa dans sa barbe et Roger se trémoussa sur sa chaise. Connor gratifia Mélanie d'un clin d'œil complice.

— N'avez-vous vraiment vu ni rencontré personne d'autre ? reprit Pete.

— Non, je...

Mia s'interrompit brusquement et se redressa.

— Attendez, si. J'ai aperçu ma voisine, Mme Whitman. Vers minuit et quart. Elle appelait son chat pendant que je fumais une cigarette dehors, sur la terrasse.

« Bénies soient les petites manies », songea Mélanie. Entre les conversations téléphoniques et le chat de la voisine, Mia avait un alibi.

— Une dernière question, madame Donaldson. Aimiez-vous votre mari ?

— Pour l'amour du ciel !

Mélanie se leva d'un bond. Cet interrogatoire virait à l'inquisition. Elle en avait plus qu'assez.

— Quel rapport y a-t-il…

— Ça va, Mel, murmura Mia.

Elle regarda l'homme droit dans les yeux.

— Oui, inspecteur, j'aimais tendrement mon mari.

Pete ferma le carnet et le remit dans sa poche. Il se leva et son acolyte l'imita.

— Merci de votre coopération, madame. Nous reprendrons contact avec vous.

— Attendez ! s'écria Mia, quittant le canapé. Comment… vous ne m'avez pas dit… comment est-il…

— Mort ?

— Oui.

Mia serrait si fort ses mains l'une contre l'autre que ses phalanges avaient blanchi, remarqua Mélanie. Elle passa un bras autour de sa taille pour la soutenir.

— Il a été étouffé, madame Donaldson. Ses penchants l'ont entraîné dans une situation qu'il n'a pas pu maîtriser.

44

Quand Mélanie s'engagea dans sa rue, sa journée terminée, il était plus de 19 heures et le jour déclinait. Elle était restée auprès de Mia jusqu'à une heure avancée de l'après-midi, quand Véronica avait pu se libérer pour prendre la relève. Les scrupules qu'elle avait eus à abandonner sa sœur aux bons soins du substitut s'étaient envolés à la vue de l'accueil réservé à cette dernière ; manifestement, Mia avait envie de la voir et sa présence lui procurait un indéniable réconfort.

Mélanie l'avait donc quittée, promettant de prendre le soir même de ses nouvelles. Elle s'était ensuite rendue au siège de la PJ pour s'informer du déroulement de l'enquête. Après un bref entretien avec Harrison et Stemmons — particulièrement aimables, pour une fois —, elle avait repris le chemin de son commissariat. Au premier regard, le commissaire l'avait renvoyée immédiatement chez elle, coupant court à ses protestations ; il ne voulait pas la voir pointer son nez avant le surlendemain. C'était un ordre.

Stan lui-même s'était montré conciliant. Ayant appris la nouvelle de l'assassinat, il l'avait appelée pour lui proposer de prendre Casey à la garderie et de le garder cette nuit-là, ou le temps qu'il faudrait. Touchée par sa sollicitude, Mélanie avait accepté de le lui laisser pour la nuit, et assuré qu'elle allait bien.

Certes. Elle était à deux doigts de s'effondrer.

Un bon bain tiède… Un verre de vin et un sandwich au jambon. Il n'en faudrait pas davantage pour la remettre d'aplomb.

Ses doigts se crispèrent sur le volant. Elle parviendrait peut-être à oublier, à condition de ne plus fermer les yeux ; car chaque fois, sous ses paupières closes, elle revoyait le cadavre de son beau-frère ligoté à ce lit, la peau grise et terne comme du plomb.

A la vérité, elle ne s'en remettrait jamais tout à fait.

Mélanie songea à Connor, à tout ce qu'il avait dû voir depuis qu'il appartenait au FBI, aux tortures perverses infligées à des femmes, à des enfants. A des familles. Elle s'était toujours crue assez forte pour ne pas se laisser impressionner. Après cette épreuve, elle commençait à en douter.

Comment Connor résistait-il au spectacle de tant d'atrocités ? Comment parvenait-il à dormir la nuit ? Avait-il trouvé un moyen de les enfouir dans le tréfonds de sa mémoire et de les rendre inaccessibles — ou, mieux, de les en bannir ? Il faudrait lui demander sa recette.

Comme si ses pensées avaient eu le pouvoir de le faire apparaître, elle l'aperçut alors devant sa porte ; assis sur les marches de l'entrée, un carton de pizza et une bouteille de vin posés à côté de lui. En voyant arriver sa voiture, il se leva, un sourire aux lèvres.

Une vague de joie pure monta en elle, la submergea, chassant provisoirement toute la laideur de cette journée. Jamais elle n'avait été aussi heureuse de voir quelqu'un.

Cette découverte la surprit — mais seulement de façon fugitive. Au fil des jours, Connor Parks n'était-il pas passé du statut de collègue à celui d'ami ?

Il traversa tranquillement la pelouse pour la rejoindre.

— Bonsoir, dit-il en ouvrant sa portière. J'ai pensé que vous auriez faim et que vous seriez trop épuisée pour vous préparer autre chose qu'une tartine de beurre de cacahuètes, ce qui n'est ni sain ni diététique.

Mélanie descendit de la jeep et hocha la tête.

— Vous aviez raison — à ceci près qu'il ne me reste plus de beurre de cacahuètes. Je me serais donc contentée d'une tartine de confiture.

Connor esquissa une grimace. Ils se mirent à marcher côte à côte.

— C'est une chance que je sois passé par là, dans ce cas.

— Vous me sauvez la vie, en effet.

Pendant qu'elle ouvrait la porte, il ramassa la bouteille de vin et les cartons de pizza ; elle vit alors qu'il y en avait deux, un grand et un petit.

— Casey est avec son père ? demanda-t-il.

Mélanie alluma l'éclairage du vestibule puis des autres pièces tandis qu'il la suivait à l'intérieur de la maison.

— Compte tenu des circonstances, j'ai jugé que ce serait préférable.

— Je lui avais apporté une pizza au fromage, à tout hasard. En matière de goût, les enfants sont parfois extrêmement puristes.

— C'est tout à fait le cas du mien.

Mélanie sourit, touchée par cette délicate attention.

— Pour nous, enchaîna-t-il, j'ai choisi la plus grosse et la plus richement garnie que j'aie pu trouver.

— Exactement comme je les aime.

Elle tendit les mains pour le décharger de ses fardeaux.

— Allez vous asseoir, je préparerai tout.

— Il n'en est pas question, objecta-t-il, pointant le menton vers le canapé. C'est vous qui allez vous asseoir. Les pieds sur la table. Je vais apporter tout ce qu'il nous faut.

— Mais…

— Pas de mais. C'est un ordre.

Il prit un magazine dans le porte-revues, l'étala sur la table basse et posa la pizza dessus. Mélanie le regarda faire, les bras croisés. Connor haussa les sourcils.

— Je pensais que nous dînerions ici. Cela ne vous ennuie pas ?

— Vous voulez rire. Avec un enfant de quatre ans, j'ai l'habitude.

— Alors, asseyez-vous. Et cessez de me foudroyer du regard. Je suis sûr que je m'en sortirai.

Elle renonça à lutter.

331

— J'ignorais que les gens du FBI étaient aussi autoritaires.

— Pardi, répliqua-t-il, se retournant vers elle sur le seuil de la cuisine, nous prenons même des cours. Il faut un solide entraînement pour réussir à faire avancer les péquenauds des commissariats de province.

Mélanie lui lança un coussin à la volée mais il s'esquiva juste à temps dans l'autre pièce.

Elle renversa la tête sur le dossier rembourré et ferma les yeux. Aussitôt, le cadavre de Boyd lui apparut en gros plan et elle rouvrit vivement les paupières. La détente escomptée s'annonçait mal.

Connor réapparut à la porte de la cuisine.

— Avez-vous un tire-bouchon ?

— Dans le tiroir, au-dessous du téléphone.

Il opina et disparut de nouveau dans la cuisine. Quelques instants plus tard, il revint avec un verre et la bouteille débouchée. Il remplit le verre de merlot et le posa devant elle.

La jeune femme fronça les sourcils.

— Vous auriez pu me laisser vous aider.

— Impossible.

Il désigna le vin.

— Voulez-vous le goûter ? S'il n'est pas bon, le vendeur aura de mes nouvelles. Il m'a promis que vous alliez vous régaler.

Mélanie s'exécuta, puis émit un murmure de satisfaction.

— Délicieux.

— Tant mieux. Sinon, j'aurais été contraint de corriger ce pauvre garçon. Je reviens tout de suite.

Il ne tarda pas à réapparaître avec deux assiettes, des couverts et un verre de Coca. Il découpa et servit deux copieuses parts de pizza — la plus énorme et la plus surchargée que Mélanie eût jamais vue. Dotée d'un appétit à toute épreuve, elle s'y attaqua toutefois sans hésiter.

Ils dégustèrent leur repas en silence durant quelques minutes. Mélanie se sentit enfin revenir à la vie ; son énergie reprit le dessus, le sentiment d'horreur et d'effarement qui l'accablait s'estompant peu à peu.

Elle acheva sa portion et se cala dans son siège, les mains en coupe autour de son verre.

— Merci. C'était exactement ce dont j'avais besoin.

Connor se servit une seconde part.

— Je m'en doutais un peu.

— Pour être déjà passé par là, sans doute ?

— Plus souvent qu'à mon tour.

Ils se turent de nouveau. Mélanie cala sa tête contre le dossier, dégustant tranquillement son vin et le regardant manger.

— Comment va Mia ? s'enquit-il enfin tout en s'essuyant la bouche avec une serviette en papier.

— Comme on peut s'y attendre. Véronica a proposé de lui tenir compagnie. Je suis restée jusqu'à son arrivée. Le médecin a prescrit des tranquillisants, au cas où.

Elle se pencha vers la table et préleva un morceau de saucisse parmi les restes disséminés sur son assiette.

— Je vous ai trouvé bien discret, aujourd'hui. Surtout chez ma sœur.

— Ah... oui.

— Pourquoi ce silence ?

— C'est ma méthode. J'aime m'imprégner de ce qui m'entoure ; de ce que j'entends ; des attitudes des gens — le langage des gestes.

Mélanie se cabra.

— Mia n'a rien à voir dans le meurtre de Boyd.

Elle darda sur lui un regard provocant, le mettant au défi de la contredire. Il n'essaya même pas.

— Ce meurtre n'avait aucun rapport non plus avec celui de Joli, répliqua-t-il. Nous avons affaire à deux tueurs différents. Pour moi, cela ne fait pas l'ombre d'un doute.

— Vous croyez toujours que l'assassin s'est inspiré de l'autre crime ?

— C'était une réplique remarquable.

Connor repoussa son assiette.

— Réfléchissez, Mélanie. Ce genre de meurtre est presque toujours perpétré sur des personnes du même sexe, avec un mobile d'ordre sexuel. Bundy tuait des étudiantes de son campus. Dahmer, de jeunes homosexuels. Je pourrais vous en citer bien d'autres. Eu égard au mobile, pourquoi notre assassin choisirait-il soudain une victime de l'autre sexe ?

L'argument semblait d'une logique irréfutable. L'idée avait du reste traversé l'esprit de Mélanie, sur le lieu du crime, mais d'autres préoccupations l'avaient rapidement supplantée.

— Que penser du bâillon et de la bouteille de champagne ?

— La marque du champagne était différente. L'assassin de Joli aurait certainement pris soin de choisir la même. Dans ce genre de meurtre, les détails du rituel ont une grande importance et varient rarement.

Connor se tut un instant, puis reprit :

— La mise en scène de ce meurtre était remarquable. En revanche, l'assassin de Joli Andersen manquait totalement d'organisation : le lieu du crime était jonché d'indices, d'empreintes de toute sorte. Celui de Boyd a pris soin de tout ranger, de tout nettoyer. A mon avis, les experts ne trouveront rien.

— Et la pénétration posthume du corps ?

— Sans conviction, comme pour donner le change, c'est tout. Je suis persuadé que le médecin légiste confirmera cette opinion.

Mélanie réfléchit à ce qu'il venait de dire. En ajoutant le bandeau sur les yeux, on commençait à dénombrer plus d'incohérences que de similitudes.

— Mais pourquoi imiter le meurtre de Joli Andersen ? demanda-t-elle, portant son verre à ses lèvres. Et pourquoi mon beau-frère ?

— Au début, j'ignorais pourquoi, moi aussi. Et je ne savais pas qui, non plus. Du moins, jusqu'à ce que nous soyons chez votre sœur.

Elle le dévisagea d'un œil incrédule.

— Vous savez qui c'est ?

— Creusez-vous la tête, Mel.

Il se pencha vers elle.

— Vous le savez aussi.

Mélanie ouvrit la bouche pour nier — pour lui dire qu'elle n'avait pas un don d'observation aussi aigu que le sien…

Elle s'aperçut tout à coup qu'il avait raison. Elle savait. Cette brusque révélation lui fit l'effet d'un coup de tonnerre.

— Oh, mon Dieu, murmura-t-elle. Evidemment. L'Ange Noir.

— Ça crève les yeux. Boyd maltraitait sa femme. Et il a subi le même sort que les autres — victime de sa faiblesse.

— Comment ne m'en suis-je pas rendu compte plus tôt ?

Elle posa son verre sur la table et serra ses mains tremblantes l'une contre l'autre, sur ses genoux.

— Je suis inexcusable.

— Ne soyez pas si sévère avec vous-même, Mélanie. Vous aviez mieux à faire aujourd'hui que de vous comporter en simple flic.

Songeuse, elle s'adossa de nouveau au canapé, récapitulant les événements de la journée, les faits associés au meurtre, les indices qu'ils avaient rassemblés jusque-là. Elle porta une main à sa gorge.

— Vous ne pensez pas… Boyd aurait-il pu être pris pour cible à cause de moi ? L'enquête m'a été confiée et mon nom a été largement cité dans la presse. Comment se fait-il qu'elle ait précisément frappé un membre de ma famille ?

— L'idée m'a effleuré, en effet. Je l'ai écartée. Compte tenu de ses habitudes, du temps qu'il lui faut pour cerner complètement sa victime, notre Ange avait sans doute déjà jeté son dévolu sur Boyd quand l'affaire a été ébruitée.

Il se pencha en avant.

— Faites le compte. Primo, elle doit le repérer, percer à jour sa personnalité ; puis découvrir la faiblesse qui le rend vulnérable et, enfin, s'insinuer dans son existence. Un chirurgien de renom tel que votre beau-frère était devenu expert dans l'art de dissimuler sa double vie ; sans doute ne demandait-il pas à n'importe quelle femme de lui donner le fouet et la fessée. Je suppose qu'il était extrêmement prudent. Elle aussi. Nous travaillons sur cette affaire depuis six semaines ; dans le cas de Boyd, un mois et demi ne lui aurait pas suffi.

Mélanie l'écouta attentivement, évaluant la pertinence de ses arguments, s'efforçant de rassembler les pièces du puzzle. Son exposé terminé, elle garda un instant le silence puis poussa une exclamation étouffée.

— Oh, mon Dieu, je viens de me rendre compte... Si nous avons vu juste à propos des mobiles de l'Ange Noir...

— Alors, Mia connaît l'assassin.

Un frisson parcourut le dos de Mélanie.

— Nous ne réussirons pas à convaincre les gars de la PJ.

— A priori, non. Ils ne voudront rien entendre. Mais à mesure que l'enquête avancera, les différences entre ce meurtre et l'affaire Andersen deviendront bientôt impossibles à nier. Ils seront obligés de nous rejoindre.

Mélanie laissa échapper un long soupir.

— Il nous fallait une autre victime. Nous l'avons.

— Je suis désolé, dit Connor.

Elle leva les yeux sur lui.

— Je n'avais jamais apprécié mon beau-frère. Je le trouvais fuyant, insaisissable, jamais sincère. Mais c'était le mari de Mia, pas le mien.

Elle détourna les yeux, un peu honteuse de parler ainsi d'un homme qui venait d'être assassiné. C'était pourtant la vérité et elle avait besoin d'exprimer ses sentiments, d'en faire part à Connor.

— Il a fait souffrir ma sœur et je l'ai haï pour cela. A deux reprises, j'ai été tellement furieuse que j'aurais été capable... de lui rendre coup pour coup. Malgré tout... mourir de cette façon...

Sa voix se brisa.

— C'était... épouvantable.

Connor la prit dans ses bras. Elle referma les siens autour de sa taille et posa la tête contre sa poitrine, réconfortée. Si elle avait envie de pleurer, elle réussit à contenir ses larmes.

— J'aurais aimé pouvoir vous épargner cette épreuve, murmura-t-il au bout d'un instant.

— Je sais. Merci.

Elle renversa légèrement la tête et le regarda dans les yeux.

— Comment vous y prenez-vous ? Comment parvenez-vous à faire la part des choses quand vous voyez… tout cela ?

Sa gorge se noua brusquement et elle dut s'éclaircir la voix.

— Réussissez-vous à ne plus voir les victimes, chaque fois que vous fermez les yeux ?

— On finit par y arriver. La sensibilité s'émousse. Avec un peu de chance, on ne rêve plus en dormant.

Il dégagea les mèches qui tombaient sur ses yeux, glissa les mains sous ses cheveux et massa doucement son cuir chevelu. C'était divin.

Elle se sentait merveilleusement bien avec lui.

— Je vous admire, lui dit-elle du fond du cœur. J'admire ce que vous faites — la manière dont vous…

Un rire amer interrompit sa phrase.

— Il n'y a là rien d'admirable, Mélanie. La plupart du temps, je réussis tout juste à tenir le coup. A ne pas mettre mes supérieurs dans l'embarras, à ne pas boire d'alcool, à ne pas sombrer dans le cynisme ni à m'apitoyer sur mon sort. Je ne maîtrise pas la situation — c'est elle qui me maîtrise.

Il se trompait. C'était un homme fort, un homme de cœur. Un être sensible, qui ressentait profondément les choses — trop profondément, peut-être. D'un geste tendre, Mélanie prit son visage en coupe entre ses mains. Elle sonda son regard, perçut les doutes qui l'assombrissaient, le besoin d'affection, de chaleur humaine — l'attente de cette étincelle qui jaillit parfois et parviendrait, peut-être, à chasser le froid de son âme.

Ce soir, elle avait envie de le réchauffer. D'essayer de combler ce vide, ne fût-ce que quelques heures. Elle avait envie de faire l'amour avec lui.

Cette découverte lui procura un véritable sentiment d'allégresse, un émerveillement teinté d'incrédulité. Il y avait si longtemps qu'elle n'avait pas eu envie d'un homme, envie de s'unir à un autre être humain de la manière la plus intime qui soit. Elle s'était même demandé si cela lui arriverait de nouveau, un jour.

Elle glissa les mains sur ses épaules et le long de ses bras. Elle prit ensuite les siennes, entrelaça leurs doigts et se leva, l'entraînant avec elle. Sans la moindre hésitation, elle le conduisit jusqu'à sa chambre, jusqu'à son lit.

Au lieu de s'y étendre auprès d'elle, il la retint.

— Etes-vous sûre ? Je voudrais que vous…

Posant un doigt sur sa bouche, elle lui intima tendrement le silence.

— Oui, affirma-t-elle. Je n'ai jamais été aussi sûre de moi.

Alors ils firent l'amour. Enlacés, ils s'allongèrent sur l'édredon, bouche contre bouche, peau contre peau. Les mots étaient inutiles. Il lui ôta ses vêtements — elle lui ôta les siens. Ils s'aidèrent mutuellement à triompher des sous-vêtements récalcitrants et des agrafes rétives, sans aucune trace, toutefois, de cette gaucherie, de cette incertitude presque douloureuse des amants inexpérimentés.

Mélanie ne pensait à rien d'autre qu'au plaisir de ces mains et de cette bouche sur sa peau, qu'à la plénitude de leur étreinte, à la communion de leurs corps. Rien, personne ne pouvait la combler davantage. Epuisés, pantelants, ils s'allongèrent ensuite sur le côté, étroitement serrés, emboîtés l'un contre l'autre. Mélanie bâilla discrètement et elle sentit Connor sourire contre son oreille.

— Je devrais m'en aller, chuchota-t-il.

— Non.

Elle se blottit plus douillettement au creux de son corps.

— Reste.

— Tu es sûre… ?

Cette fois, ce fut elle qui sourit.

— Tu m'as déjà posé cette question tout à l'heure. Ma réponse n'a pas changé.

— A la bonne heure.

Il enfouit son visage entre l'épaule et le cou de la jeune femme et inspira profondément.

— Endors-toi. Je monte la garde.

— La garde ? répéta-t-elle, tournant légèrement la tête pour le regarder. Contre quoi ?

— Contre les cauchemars.

Une vague d'émotion lui obstrua la gorge ; incapable de parler, elle posa simplement sa tête sur l'oreiller. Et quand elle ferma les yeux, aucune vision d'horreur ne vint l'importuner, cette fois.

45

Mélanie ouvrit brusquement les yeux. Quoique immédiatement réveillée, elle demeura immobile, à l'écoute du silence, le cœur battant. Plusieurs constatations s'imposèrent simultanément : il faisait nuit noire, la température avait considérablement baissé, et elle était seule.

Elle tourna la tête vers l'oreiller à côté du sien, qui portait encore l'empreinte de la tête de Connor. Elle tendit la main vers la droite mais sa place dans le lit était déjà froide.

L'amertume de la trahison lui arracha une petite grimace. Il avait promis de rester, de monter la garde auprès d'elle — et il s'était éclipsé pendant son sommeil.

Elle renversa le visage vers le plafond. Etait-ce cela qui l'avait réveillée ? Le bruit de la porte qui se refermait ? Ou la conscience soudaine de se retrouver seule ?

Ou bien autre chose, encore ? Quelque vision d'horreur issue de ses rêves ?

Elle passa en revue les événements de la veille qui défilèrent devant ses yeux en une succession d'instantanés — le cadavre de Boyd ligoté sur un lit, la réaction de Mia, la tendresse de Connor, l'absence d'Ashley.

Ashley. Mélanie fronça les sourcils. Elles ne s'étaient pas reparlé depuis leur entretien houleux du samedi précédent. Mélanie l'avait appelée tous les jours, laissant chaque fois quelques mots d'excuse sur son répondeur. Et la suppliant de téléphoner pour donner de ses nouvelles.

Sa sœur n'avait pas rappelé.

La veille, Mélanie lui avait laissé deux nouveaux messages — un sur le répondeur de son domicile, l'autre sur la messagerie de son appareil mobile. Pourtant, Ashley n'avait toujours pas donné signe de vie.

A présent, elle devait savoir ce qui était arrivé à Boyd. La nouvelle s'était répandue comme une traînée de poudre ; même en déplacement, Ashley en avait forcément été informée par la presse ou les actualités régionales. Nonobstant son comportement insensé et la jalousie maladive dont elle avait fait preuve envers Véronica, elle aurait dû se manifester en apprenant le drame. Le mari de sa sœur était mort — victime d'un meurtre horrible.

Il se passait quelque chose d'anormal. Ashley avait des ennuis.

Avec un gémissement, Mélanie roula sur le côté, se saisit de l'oreiller de Connor et le serra contre sa poitrine. Il avait gardé son odeur, qu'elle respira avidement tandis que l'image du cadavre de Boyd — bâillonné, yeux bandés, grotesque — revenait la hanter.

Afin de la chasser, elle s'efforça de penser à Mia. Avait-elle réussi à trouver le sommeil, cette nuit ? Mélanie avait eu l'intention de l'appeler avant de se coucher — puis avait omis de le faire ; naturellement, elle avait la tête ailleurs, à ce moment-là…

Elle jeta un coup d'œil sur le réveil, à la fois blessée et honteuse de s'être comportée comme une écervelée. Quelle piètre sœur elle faisait ! Aux moments les plus difficiles, elle abandonnait sa jumelle pour aller forniquer avec un homme qui ne prenait même pas la peine de lui dire au revoir en partant.

Taraudée par le remords, Mélanie se souvint néanmoins que Mia était en de bonnes mains : Véronica s'était engagée à rester à ses côtés nuit et jour.

Mélanie plissa légèrement le front, se remémorant la manière dont les deux femmes s'étaient accrochées l'une à l'autre. Ce n'était pas tant l'émotion de personnes bouleversées, éperdues de chagrin qu'une tout autre attitude — une attitude bizarre, totalement déplacée.

Oh ! là, là ! Mélanie s'assit dans le lit et jeta l'oreiller de Connor sur le tapis. Qu'allait-elle donc imaginer ? D'abord à propos d'Ashley, puis de Mia et Véronica. La fatigue, la déception et le dépit de s'être comportée comme une idiote avec Connor se conjuguaient sans doute pour lui jouer des tours.

Merde, merde et merde. Comment pourrait-elle encore le regarder en face ?

Accablée, elle sortit du lit. Décrochant sa vieille robe de chambre en velours chenille de la penderie, elle l'enfila et noua la ceinture. Une tasse de camomille lui ferait du bien. Et quelques pages de lecture — de ce roman policier à l'intrigue guère plus compliquée qu'un jeu de cache-cache — l'aideraient peut-être à oublier ses déboires.

En allant chercher le livre, elle s'immobilisa brusquement sur le seuil du séjour et laissa échapper une exclamation étouffée. Connor se tenait debout face à la fenêtre, le dos tourné. Le clair de lune enveloppait son corps à demi nu d'un jeu d'ombres et de lumière. Il ressemblait davantage à une statue qu'à un être vivant.

En entendant son pas, il se retourna. A la lueur de la lune qui brillait à travers la vitre, elle vit que ses yeux étaient noyés de larmes.

Il s'était engagé à la protéger de ses cauchemars. Mais il avait aussi les siens à combattre.

Mélanie baissa la tête, le cœur serré. Il eût certainement préféré qu'elle ne le surprît pas ainsi.

— Je t'ai réveillée, murmura-t-il. Je suis navré.

— Non.

Elle secoua la tête.

— J'ai cru que tu étais parti.

— Je ne serais jamais parti sans rien dire.

Il se tourna de nouveau vers la fenêtre.

— Ce que tu m'as raconté à propos de Mia et de votre père, et la manière dont tu as défendu ta sœur… je n'arrête pas d'y penser. Cela me torture.

Il se tut et resta immobile à regarder dehors. Le temps s'éternisait. Le silence devenait intolérable.

— Pourquoi, Connor ? demanda-t-elle enfin d'une voix altérée. Dans ton métier, tu en as tout de même vu bien d'autres…

— C'est ta réaction, Mélanie. Tu as fait ce qu'il fallait pour protéger quelqu'un qui comptait sur toi. Moi, pas.

Mélanie retint à grand-peine la réplique qui lui brûlait la langue. Elle ne fit pas un pas, pas un mouvement vers lui. Sans doute avait-il besoin de rester ainsi, seul, à l'écart.

— J'avais une sœur, reprit-il. Suzy. L'unique famille qui me restait.

Sa voix s'adoucit. Se réchauffa.

— Elle avait du cœur. C'était une fille adorable — de celles qui ramènent chez soi les animaux perdus et qui viennent toujours en aide aux gens dans le besoin. J'avais douze ans de plus qu'elle. C'est moi qui l'ai élevée après le décès de nos parents — victimes d'un accident de la route. J'ai été davantage un père qu'un grand frère, pour elle. Puis elle a grandi. Et j'ai voulu vivre ma vie.

Il marqua une pause au cours de laquelle Mélanie le soupçonna de s'accabler de reproches.

— Je l'ai laissée tomber. J'avais été nommé à Quantico. J'étais débordé de travail, imbu de mon importance et des responsabilités qu'on me confiait. J'ai reçu un appel au bureau. Elle avait peur. Elle me demandait de venir la rejoindre.

Sa voix s'enroua.

— Je lui ai répondu qu'elle n'était plus une enfant… On l'a retrouvée morte. Assassinée.

Il respira de façon entrecoupée.

— Si je l'avais écoutée… si je n'avais pas été dévoré d'ambition…

Sa phrase resta en suspens, une réflexion bousculant l'autre.

— Son cadavre est resté introuvable. C'est encore pire… Il m'arrive d'imaginer qu'elle vit encore. Que ce coup de tisonnier l'a seulement assommée, rendue amnésique…

Sa détresse déchira le cœur de Mélanie.

— Oh, Connor, murmura-t-elle.

Il s'adossa au mur et fixa le plafond, les yeux brillants.

— Elle s'était embarquée dans une liaison avec un homme marié. Un homme tyrannique et violent. Il l'avait menacée. Je pense qu'il l'a tuée.

— Et tu n'as jamais pu le découvrir ?

— Non. J'ai tout étudié dans les moindres détails — lieu du crime, profil de l'assassin —, j'ai réfléchi à toute cette affaire des milliers de fois, et probablement davantage, depuis cinq ans. J'aboutis toujours à une impasse.

Les ombres qu'elle avait aperçues dans ses yeux. Sa tristesse. Les tableaux d'affichage accrochés aux murs de sa maison. Le crime non résolu. Evidemment.

— C'est épouvantable, dit-elle.

Il croisa son regard ; dans le sien, Mélanie discerna l'ombre portée du supplice qu'il endurait.

— Je suis souvent tenté de souhaiter que l'Ange Noir nous échappe, avoua-t-il. Au fond de moi-même, je hais ces brutes tout autant qu'elle. Et il m'arrive de me dire que si nous la laissons continuer, elle finira peut-être par trouver l'assassin pour moi. Je prie même pour qu'elle le fasse. En un sens, tu vois, je suis un imposteur.

Mélanie lui tendit la main.

— Reviens te coucher. S'il te plaît. Près de moi.

Il hésita brièvement puis lui prit la main. Pour la seconde fois, cette nuit-là, elle le conduisit jusqu'à son lit. Et ils firent l'amour. Les secrets partagés, autant qu'une passion naissante, les unissaient.

Plus tard, cependant, alors qu'ils commençaient à sombrer dans le sommeil, Mélanie se promit à son tour de monter la garde pour lui.

Cette nuit, décida-t-elle, les cauchemars ne l'atteindraient pas. Cette nuit, il était à l'abri, entre ses bras.

46

Vingt-quatre heures après le meurtre, le médecin légiste rendit le corps de Boyd à sa famille pour l'inhumation. Les obsèques eurent lieu le lendemain, un jeudi. Si une petite pluie fine était tombée par intermittence toute la matinée, le soleil fit une brève apparition au moment où le convoi arrivait au cimetière.

Stan assistait à l'enterrement. Il se tenait à droite de Casey, Mélanie à sa gauche. Chacun serrait une petite main de l'enfant dans la sienne ; à un observateur non averti, ils pouvaient donner l'illusion d'une famille unie.

Mélanie lui était reconnaissante d'être venu. Casey avait besoin de son père en cette occasion. Les deux jours précédents avaient été difficiles pour tout le monde, y compris pour lui. Le décès de son oncle et les chuchotements incompréhensibles qu'il avait pu surprendre l'avaient perturbé. La tension et l'agacement de sa mère, l'attitude inhabituelle de ses tantes — d'ordinaire à genoux devant lui — n'avaient sans doute rien arrangé. Il avait réagi en désobéissant puis en fondant en larmes à la première réprimande.

A la vérité, aucune d'entre elles ne maîtrisait réellement la situation. Mélanie jeta un coup d'œil sur ses sœurs qui se tenaient à sa droite, formant bloc, en compagnie de Véronica.

Quand elle avait finalement réussi à joindre Ashley le lendemain du meurtre, celle-ci lui avait répondu de façon presque hystérique. Ses réactions passaient d'un extrême à l'autre, du désespoir à la colère, de la terreur à l'agressivité.

En revanche, Mia ne manifestait plus aucune émotion.

Elle s'était acquittée de ses tâches quotidiennes comme une somnambule, apparemment incapable de pleurer comme de rire, indifférente à tout, presque inaccessible.

Qu'auraient-elles fait sans Véronica ? C'était le ciel qui leur avait envoyé cette perle, songea Mélanie en observant du coin de l'œil la troisième femme. Seule, Mia n'aurait pas eu la force de surmonter cette épreuve. Véronica ne l'avait pas quittée un seul instant, même la nuit. Elle l'avait aidée à régler la question des obsèques, l'avait accompagnée chez le notaire pour la lecture du testament et à une entrevue avec le comptable de Boyd afin de s'assurer qu'il avait laissé ses affaires en ordre.

Il y avait veillé. Il laissait aussi une coquette fortune à sa veuve.

Mélanie se demanda, quant à elle, comment elle s'en serait sortie sans Connor. Non qu'il se fût interposé pour tout prendre en main comme Stan l'aurait fait à sa place ; seulement qu'il ait été auprès d'elle dans cette épreuve l'avait réconfortée de manière inexprimable.

Elle jeta un coup d'œil par-dessus son épaule. Connor se tenait à l'arrière du groupe, en compagnie de quelques collègues de Mélanie — dont Bobby et le commissaire. Leurs regards se croisèrent et, bien qu'il n'eût pas souri, cet échange muet lui réchauffa le cœur.

Ils ne s'étaient plus retrouvés seuls depuis leur première et unique nuit d'amour. Ils n'en avaient eu ni le temps ni l'occasion. Mais ce souvenir lui était précieux et ses sentiments naissants à son égard demeuraient en filigrane dans ses pensées.

La cérémonie s'acheva. L'assistance commença à se disperser, certaines personnes s'attardant pour présenter leurs condoléances à Mia, d'autres regagnant simplement leur voiture, le dos voûté.

Stan se tourna vers Mélanie.

— Puis-je te parler un instant ?

Elle hésita.

— Ce n'est pas le moment idéal, Stan. Mia est…

— Ce ne sera pas long, je t'assure.

Indécise, elle s'interrogea encore brièvement puis acquiesça.

— Casey, chuchota-t-elle en se penchant pour le regarder dans les yeux, reste un moment avec tante Ashley, veux-tu ?

Elle crut une seconde qu'il allait refuser ; sa moue boudeuse s'effaça et il sourit.

— D'ac, maman.

Il rejoignit sa tante en courant et lui saisit la main. Ashley le souleva pour l'embrasser, regarda Mélanie et lui adressa un signe d'assentiment. Mélanie articula un remerciement silencieux et reporta son attention sur Stan, qui couvait son fils d'un regard plein de fierté.

— C'est un gamin épatant, n'est-ce pas ?

Mélanie fronça les sourcils.

— Tu viens seulement de t'en rendre compte ?

— Non, je… Dans un sens, si. Je n'ai pas le privilège de passer autant de temps que toi avec lui.

C'était donc cela. Elle croisa les bras devant elle.

— Ces derniers jours ont été très pénibles, Stan. Je ne crois vraiment pas…

— Excuse-moi, dit-il précipitamment, l'interrompant. Je me suis sans doute mal exprimé. Je voulais seulement dire qu'il m'arrive parfois de songer à tout ce que j'ai manqué et…

Il laissa sa phrase inachevée et s'éclaircit la voix.

— L'audience a lieu la semaine prochaine.

— Oui, je sais.

— Je l'ai inscrit au jardin d'enfants de mon quartier — pour le cas où le juge… trancherait en ma faveur.

Mélanie haussa imperceptiblement le menton.

— Moi aussi. Il ne se tient plus de joie ; tous ses petits camarades y seront, cet été.

Stan se dandina d'un pied sur l'autre.

— J'ai appris que tu as trouvé une avocate particulièrement brillante…

— Cela semble te surprendre. A qui croyais-tu que j'allais m'adresser ?

— Pas à Pamela Barrett, en tout cas. Les bras m'en sont tombés, je l'avoue.

— Une amie m'a recommandé Pamela. Il faudra que je la remercie.

— Bref, c'est tout ce que je voulais te dire.

Il semblait mal à l'aise, indécis, remarqua Mélanie. Le formidable Stan May, toujours si sûr de lui, redoutait-il à présent de ne pas gagner la partie ? Craignait-il que Mᵉ Barrett obtienne la réduction de son droit de visite auprès de Casey, comme elle avait menacé de le faire ?

Aurait-il perdu de son arrogance, à propos du procès ?

Mélanie dissimula sa surprise — ainsi que l'espoir qui commençait à poindre en elle. S'il était inquiet, elle avait réellement une chance de l'emporter. Ou de le faire changer d'avis.

Comme il s'apprêtait à rebrousser chemin, elle posa une main sur son bras.

— Tiens-tu absolument à aller jusqu'au bout ? Est-ce si important pour toi de me punir ? Maintenant, après tout ce temps ? Je suis une mère attentive, tu le sais très bien. Un changement aussi radical brisera le cœur de Casey.

— Comment peux-tu être si sûre que le fait de venir vivre avec moi lui briserait le cœur ?

Il la regarda bien en face.

— Et pourquoi ne serais-je pas simplement motivé par l'amour que je porte à mon fils ?

— Stan, je t'en prie : ne sous-estime pas à ce point mes facultés d'observation. La fibre paternelle n'est pas ton fort. Tu n'as jamais manifesté le moindre intérêt pour ton rôle de père.

Il rougit légèrement et jeta un coup d'œil vers Casey qui jouait à la marelle avec sa tante. Son regard s'attendrit.

— Je ne suis plus le père que j'étais au début de notre mariage.

Marquant une pause, il se retourna vers elle.

— Je ne suis plus le même homme, non plus. Comment le saurais-tu ? Tu n'es pas là quand nous sommes ensemble,

Casey et moi. Je l'emmène au cirque, au zoo, nous jouons souvent… je passe beaucoup de temps avec lui, Mélanie.

Mélanie dévisagea son ex-mari, mesurant ses paroles, évaluant d'instinct le crédit qu'elle pouvait leur accorder. Casey ne pleurait plus quand il devait passer le week-end chez son père ; il ne boudait pas et semblait y aller de bon cœur. Elle ne savait pas exactement quand le changement s'était produit — mais la constatation s'imposait. Elle avait supposé que l'enfant avait simplement fini par s'accoutumer et en prendre son parti.

Aujourd'hui, elle se demandait s'il n'avait pas cessé de se plaindre parce qu'il était heureux d'y aller. Comme Mélanie se taisait, Stan poursuivit :

— J'aime mon fils. Il me manque quand il est avec toi. Cela n'a rien à voir avec le fait de te punir. J'ai simplement envie d'être le plus souvent possible avec Casey.

Tout comme elle avait envie d'être avec son fils. La gorge soudain nouée, Mélanie se reprocha d'avoir été injuste envers Stan. Il avait réellement changé. Sans doute était-il temps pour elle de changer également.

Hélas, à l'issue de ce procès, l'un des deux perdrait la garde de leur fils. Personne n'avait rien à y gagner. A moins de mettre un terme à cette guerre ridicule.

— Nous aimons tous les deux notre fils, murmura-t-elle. Nous nous préoccupons l'un et l'autre de son intérêt. Ne pourrions-nous trouver un compromis ? Ou, du moins, faire l'effort d'essayer ?

Il se massa un instant le menton, visiblement réticent. Stan May n'était pas un homme qui transigeait volontiers ; sans doute était-ce l'une des clés de sa réussite dans son métier. En l'occurrence, il ne s'agissait pas de défendre un client ; il s'agissait de son fils.

— Pensons d'abord à Casey, insista Mélanie, consciente de son dilemme. Cessons de le prendre en otage dans nos querelles. Je plierai si tu plies.

— Très bien, admit-il enfin, sans hâte. Je ne suis pas hostile à cette idée. Pour Casey, je veux bien essayer.

47

Connor traversa en coup de vent le hall central du siège de la PJ de Charlotte en direction des ascenseurs. Il entra dans la cabine, appuya sur le bouton du second étage et recula d'un pas, exaspéré par le temps que mettaient les portes à se refermer.

Comme il s'en était douté, les inspecteurs de la PJ avaient finalement reconnu qu'il n'existait aucun lien entre le meurtre de Boyd Donaldson et celui de Joli Andersen. Les différences flagrantes entre les détails relevés sur les lieux des crimes et l'absence de toute preuve matérielle les avaient contraints à abandonner cette piste.

Toutefois, ils ne se montraient pas du tout disposés à admettre que Donaldson fût une victime de l'Ange Noir. Connor pouvait les comprendre. Se ranger à cette opinion les obligeait à abandonner l'enquête à son profit — au profit de Mélanie, plus exactement. Cela, ils n'étaient pas prêts à le faire. Connor n'avait pas éprouvé le besoin d'insister ; du moins, jusqu'à présent.

A son retour de Myrtle Beach, où il était allé interroger plusieurs témoins, il avait appelé Mélanie qui s'apprêtait à quitter le commissariat. Harrison venait de la convoquer par téléphone au siège de la PJ, lui avait-elle expliqué.

Apparemment, les inspecteurs souhaitaient l'interroger au sujet du meurtre de son beau-frère.

Cette convocation ne l'inquiétait manifestement pas. Il s'agissait d'une simple formalité, avait-elle affirmé. La PJ cherchait simplement à glaner des renseignements.

350

Connor lui avait néanmoins demandé de les faire patienter jusqu'à son arrivée. Pour sa part, il n'était pas vraiment persuadé qu'Harrison et Stemmons voulussent seulement obtenir des informations. Ils avaient vérifié l'alibi de Mia qui la mettait indubitablement hors de cause. En l'absence de toute piste concrète, les deux hommes jetaient leurs filets dans l'entourage de la victime — en particulier, parmi les personnes qui avaient des raisons de lui en vouloir.

L'ascenseur arriva au second. En quittant la cabine, Connor faillit se cogner dans les deux inspecteurs.

— Parks, quelle bonne surprise ! dit Pete avec un sourire qui manquait singulièrement de chaleur. Nous nous apprêtons justement à questionner un suspect dans l'affaire Donaldson. Peut-être aimeriez-vous l'entendre ?

Un petit rictus étira les lèvres de Roger.

— Mais vous étiez sans doute au courant ? Vous semblez entretenir d'excellentes relations avec votre petite collègue de Whistletop.

Connor lui aurait volontiers flanqué son poing dans la figure ; il s'exhorta au calme. Il n'aurait certes pas rendu service à Mélanie en favorisant ce genre de commérages.

— Oui, je suis au courant, dit-il. Du reste, cette initiative me paraît tout à fait hors de propos. Si vous avez du temps à perdre...

— Ma foi, nous verrons bien. A mon avis, vous pourriez avoir des surprises.

Ils s'arrêtèrent devant l'une des salles d'interrogatoire. Pete lui indiqua la première porte à droite.

— On se retrouve tout à l'heure de l'autre côté.

Connor entra dans la pièce et se dirigea vers l'écran qui occupait une partie du mur du fond. Mélanie était assise à une table dans la pièce contiguë ; il la voyait de profil. Elle semblait agacée par les propos de Pete qui lui présentait des excuses pour l'avoir fait attendre.

Connor ébaucha un sourire. La réaction de la jeune femme n'avait rien d'étonnant. Elle connaissait aussi bien que lui la valeur de ces excuses. Il s'agissait d'un procédé

351

courant destiné à déstabiliser le suspect et à le rendre ainsi plus vulnérable.

La jeune femme jeta un coup d'œil sur sa montre.

— J'ai un emploi du temps très chargé, aujourd'hui. Si vous n'y voyez pas d'inconvénient, les gars, j'aimerais ne pas m'éterniser ici.

— Naturellement.

Pete se cala dans son fauteuil et croisa les bras devant lui.

— Si nous commencions par parler de vos relations avec Boyd Donaldson, par exemple ?

Mélanie opina d'un hochement de tête et, durant les minutes qui suivirent, elle répondit aux questions de l'inspecteur. Depuis combien de temps connaissait-elle le chirurgien ? Que pensait-elle de son caractère ? Et ainsi de suite. Finalement, il en vint au fait.

— Aimiez-vous votre beau-frère ?

Mélanie ne tergiversa pas.

— Non, je ne l'aimais pas.

— Vous ne l'avez jamais apprécié, n'est-ce pas ?

— Non, jamais.

— Vous aviez même vivement déconseillé à votre sœur de l'épouser, m'a-t-on dit. Est-ce exact ?

— C'est exact.

— Pourquoi donc ?

Elle haussa les épaules.

— Je connais ma sœur mieux que quiconque. J'estimais que ce n'était pas l'homme qu'il lui fallait. Je ne le trouvais ni sincère, ni très équilibré. Rétrospectivement, je constate que mon intuition ne m'avait pas trompée.

Comme dans un scénario bien rodé, les deux inspecteurs se regardèrent d'un air intrigué. Mélanie les ignora, leur mimique ne lui arrachant pas même un battement de cils. En son for intérieur, Connor l'applaudit et admira son sang-froid.

Roger enchaîna aussitôt.

— Se pourrait-il qu'il y ait eu un peu de jalousie de votre part ? Après tout, votre sœur avait décroché ce qu'il

352

est convenu d'appeler un beau parti — un riche et brillant chirurgien, encore jeune et fringant…

Mélanie sourit.

— Je n'étais pas jalouse.

— Vous dites que vous aimez votre sœur. Peut-on en déduire que vous feriez n'importe quoi pour la protéger.

La jeune femme n'hésita pas une seconde.

— Pourvu que ce soit légal — certainement.

— Légal, répéta Pete. Est-ce ainsi que vous qualifieriez le fait de menacer votre père de le tuer, un couteau pointé sur sa gorge ?

Désarçonnée pour la première fois, elle jeta un coup d'œil vers la caméra. Elle savait qu'il l'observait. Pensait-elle que c'était lui qui leur avait raconté cette histoire ?

— J'étais encore une enfant. J'ai fait la seule chose qui me soit venue à l'idée.

— Afin de protéger votre sœur.

Elle s'agita légèrement sur sa chaise.

— Oui.

— Et cela, c'était légal ?

Ses joues rosirent ; elle plissa les yeux.

— Mon père abusait de ma sœur. Nous avions treize ans. Qu'aurais-je bien pu faire d'autre ?

— Ainsi, vous avez le sentiment que c'était là un acte justifiable ?

— Dans cette situation-là, oui.

— Et qu'auriez-vous fait s'il avait continué à abuser de votre sœur ? Auriez-vous mis votre menace à exécution ?

— Je bénis le ciel chaque jour de ne jamais avoir eu à prendre cette décision.

— Mais s'il en avait été autrement, comment auriez-vous résolu la question ?

Elle regarda tour à tour les deux hommes.

— Je me refuse à raisonner avec des « si ». Point final.

— Et pour votre beau-frère ?

— Pour mon beau-frère ?

Roger vint se placer en face d'elle.

353

— Il maltraitait votre sœur, Mélanie. Vous étiez hors de vous, inquiète pour elle. Vous vouliez l'empêcher de continuer.

— Vous l'avez donc menacé, lui aussi, enchaîna Pete. Apparemment, les vieilles habitudes ont la vie dure.

— C'est ridicule.

— Vous l'avez pourtant menacé clairement.

D'un geste sec, Pete ouvrit le dossier posé sur sa table.

— Selon le témoignage du vigile de la clinique où travaillait le Dr Donaldson, vous avez déclaré, je cite : « Si tu frappes encore ma sœur, je ne répondrai plus de mes actes. » Reconnaissez-vous ces propos ?

— Ce n'étaient que des paroles en l'air.

— Des paroles en l'air ?

Pete haussa les sourcils d'un air incrédule.

— Votre beau-frère les a prises suffisamment au sérieux pour venir nous les rapporter. Le vigile y a accordé assez d'importance pour accepter de témoigner. Trouvez-vous cela si insignifiant ?

— Contre toute apparence, oui. J'étais en colère. Cela m'a échappé malgré moi.

— Vous mettez-vous souvent en colère ?

— De temps en temps.

— Pensez-vous avoir un tempérament emporté ?

Elle parut soudain très lasse, comme si ces questions et la tension qu'elles engendraient avaient finalement raison de son endurance.

— J'ai été coléreuse, naguère. Mais aujourd'hui, non, je ne le suis plus.

Aussi convaincu fût-il de son innocence et malgré l'antipathie que lui inspiraient les deux inspecteurs, Connor était bien obligé d'admettre que leurs soupçons ne manquaient pas de fondements. Mélanie détestait son beau-frère — elle l'avait menacé publiquement. L'homme battait sa sœur et elle avait reconnu qu'elle ferait n'importe quoi pour la protéger. Si Connor admirait la loyauté et le courage de la jeune femme, d'un point de vue différent, on pouvait fort bien les juger condamnables.

Néanmoins, il aurait voulu que cet interrogatoire prît fin.

— Où étiez-vous la nuit où Boyd Donaldson a été assassiné ?

— Chez moi.

— Seule ?

— Non. Avec mon fils.

— Dormait-il entre 23 heures et 1 heure du matin ?

— Oui, Inspecteur, il dormait. Il n'a que quatre ans.

— Vous auriez donc pu vous absenter sans qu'il s'en aperçoive.

— Je ne laisserais jamais mon petit garçon tout seul à la maison. Jamais. Sous aucun prétexte.

Elle prononça les derniers mots en décochant à chacun des deux hommes un regard glacial. Les inspecteurs faisaient tout leur possible pour l'intimider et lui faire perdre son sang-froid mais elle était restée totalement imperturbable — à l'exception du moment où ils avaient évoqué l'incident avec son père. Elle ne s'était pas trémoussée sur sa chaise et avait répondu de façon succincte, d'une voix ferme et posée, avec une assurance tranquille.

S'il ne la connaissait pas aussi bien, Connor aurait pu croire que toutes ces questions la laissaient réellement indifférente. En fait, elle était sans doute émue, voire bouleversée. Parce que cet interrogatoire n'avait rien à voir avec la formalité banale à laquelle elle s'attendait.

Elle consulta de nouveau sa montre. Connor remarqua que sa main tremblait légèrement.

— Messieurs, si vous n'avez rien de plus à me demander, je pense que le commissaire aimerait me revoir à mon poste avant la fin de la journée.

— Certainement, Mélanie. Nous vous remercions de vous être déplacée et d'avoir répondu à toutes ces questions, dit Pete en se levant.

Mélanie l'imita et ils se dirigèrent vers la porte, tandis que Roger s'attardait sur place.

355

— Un instant, dit-il, j'allais oublier. J'ai encore une petite question à vous poser. A propos de votre père.

Elle se retourna vers lui.

— Allez-y.

— De quoi est-il mort ?

— D'une crise cardiaque.

— Rien d'inhabituel à propos de cette crise cardiaque ?

Elle marqua une brève pause, pâlissant imperceptiblement.

— Si. Elle a été provoquée par un taux excessif de digitaline dans le sang.

48

Tout au long de la journée, Mélanie feignit de ne pas avoir été perturbée par l'interrogatoire des inspecteurs de la PJ. De retour à Whistletop, elle avait renseigné le commissaire sur l'orientation et le contenu de son entretien avec Harrison et Stemmons puis s'était remise au travail avec énergie. A 17 heures, après être allée chercher Casey, elle s'était immergée dans le rituel du dîner et du coucher ; à 8 heures du soir, elle l'avait bordé dans son lit et embrassé comme chaque soir — comme si rien ne lui causait le moindre souci.

Rien n'était plus éloigné de la vérité. Elle n'était ni impassible, ni insouciante. Elle se sentait vulnérable, blessée, fragilisée. Par l'interrogatoire, certes ; mais aussi par la réaction de Connor, qui n'avait pas donné signe de vie depuis lors.

Elle s'attendait à le voir en quittant les locaux de la PJ — elle pensa ensuite qu'il viendrait la trouver. Il ne s'était pas manifesté. Finalement, juste avant de quitter le commissariat, elle avait ravalé sa fierté et décidé de l'appeler. Son répondeur était branché et elle lui avait laissé un message lui demandant de la rappeler.

Il n'avait pas téléphoné.

Voilà pourquoi elle se retrouvait là, en train de sonner à sa porte à 8 h 30 du soir, la gorge nouée. Mme Saunders — sa voisine, une charmante veuve de soixante ans — avait accepté avec empressement de venir veiller sur Casey pendant son sommeil. La brave femme avait supposé que

Mélanie s'absentait pour raison professionnelle et Mélanie ne l'avait pas détrompée.

Inspirant profondément pour se donner du courage, elle pressa le bouton de la sonnette. Connor était chez lui : la lumière brillait aux fenêtres et sa voiture était garée dans l'allée.

Il vint ouvrir et ne parut guère surpris de la voir.

— Bonsoir, Mélanie.

— Je peux te parler ?

Sans rien dire, il s'effaça pour la laisser entrer. Elle franchit le seuil puis le suivit jusqu'à la cuisine. Un verre de lait et une assiette contenant un sandwich au thon à peine entamé étaient posés sur la table, à côté du *Charlotte's Observer* ouvert aux pages sportives.

— Je te dérange en plein repas.

— Ce n'est pas grave. Je grignotais un en-cas, sans plus.

Il avança une chaise pour elle.

— Tu permets que je termine ?

— Je t'en prie.

Elle s'assit, embarrassée et jugeant soudain sa démarche ridicule.

— Tu étais là aujourd'hui ?

— Oui.

— Je pensais que tu… Tu ne m'as pas rappelée.

Connor mordit dans son sandwich, en mangea une bouchée, puis but une gorgée de lait. Sans doute voulait-il se donner le temps de formuler sa réponse. Mélanie regretta de ne pas avoir refréné son élan ; elle aurait dû rester chez elle. C'était un véritable supplice.

— J'avais besoin de réfléchir, dit-il enfin, d'essayer d'y voir clair pour me faire une opinion.

— Te faire… une opinion ? répéta-t-elle, le sang refluant soudain de son visage. Tu ne peux tout de même pas… tu ne penses pas que… j'ai assassiné mon beau-frère ?

Au lieu de lui répondre, il la regarda droit dans les yeux.

— Pourquoi ne m'as-tu pas dit comment ton père était mort ?

Mélanie n'était pas de ces femmes qui pleurent aisément. En cet instant cependant, elle se sentit sur le point de fondre en larmes. Se ressaisissant tant bien que mal, elle entrelaça nerveusement ses doigts.

— Tu ne me l'avais pas demandé.

— Ne me raconte pas de salades, Mélanie.

Il repoussa son assiette vide.

— Compte tenu des similitudes entre le décès de Mac Millian et celui de ton père, tu aurais dû m'en parler. L'occasion s'est présentée une bonne dizaine de fois — et même davantage. Pourquoi n'as-tu rien dit ?

— Je ne sais pas.

Comme il grommelait entre ses dents d'un air écœuré, elle tendit vers lui une main suppliante.

— Je t'assure, Connor. C'est le rapprochement entre ces deux accidents cardiaques rarissimes qui a initialement attiré mon attention et m'a incitée à m'intéresser à l'affaire Mac Millian. Puis je me suis aperçue que cette constatation m'orientait surtout vers une autre, bien plus troublante — à savoir la mort accidentelle, à quelques mois d'intervalle, de deux individus poursuivis pour voies de fait, et jamais inculpés. En somme, le cas de mon père m'avait seulement servi de révélateur. Il n'avait aucun rapport avec l'Ange Noir. Ce n'était qu'un support.

Connor fronça les sourcils.

— Un support ?

— Oui. Que cherches-tu à dire, au juste ? Que tu me crois coupable ?

— L'es-tu ?

— Non.

Ulcérée, Mélanie se leva d'un bond et alla s'adosser au mur près de l'évier. Refoulant les larmes qui lui brûlaient les yeux, elle le dévisagea d'un air farouche.

— Non, répéta-t-elle.

— Je devais te poser la question, dit-il à mi-voix, se levant à son tour.

Il la rejoignit et s'immobilisa devant elle.

— Je te crois.

— Tu m'en vois ravie.

Elle fit un pas vers la porte mais il la retint par le bras et l'attira doucement contre lui. Elle sentit les pulsations puissantes et régulières de son cœur. Mélanie s'exhorta à le repousser, à refuser le réconfort qu'il lui offrait ; elle s'abandonna pourtant à son étreinte.

Il enfouit les lèvres dans ses cheveux.

— Je ne pense pas que tu aies tué Donaldson. Je ne l'ai jamais cru. Mais j'étais obligé de te le demander, parce que c'est mon métier. Et parce que je fonctionne comme cela. Je retourne la moindre pierre, Mélanie. Et il en sera toujours ainsi. Pourras-tu le supporter ?

Mélanie renversa la tête pour le regarder.

— Je savais que tu étais là. Comme tu ne m'appelais pas… j'ai pensé… j'ai craint…

Elle inspira péniblement.

— Retourne toutes les pierres que tu voudras, Connor Parks, mais ne me laisse plus jamais ainsi, dans l'incertitude. Ça, je ne pourrai pas le supporter.

— Pardonne-moi.

Il prit son visage en coupe dans ses mains.

— J'aurais dû t'appeler, en effet. Je n'ai pas l'habitude d'être responsable d'autres sentiments que des miens.

Inclinant la tête, il l'embrassa et s'écarta légèrement.

— Est-ce que ça va ?

— Ça va, dit-elle avec un sourire. Beaucoup mieux depuis que tu m'as rassurée.

Il promena lentement un pouce sur sa bouche pulpeuse.

— Tu étais si impassible. Tu m'as impressionné.

— Je n'ai rien à cacher.

— Ce n'est pas moi qui leur ai dit… à propos de ton père, et du couteau.

— Je me suis posé la question.

— Je l'avais remarqué.

Il l'embrassa encore. Et encore. Elle noua les mains sur sa nuque et savoura la chaleur de son corps.

360

— Combien de temps ? murmura-t-il contre sa bouche. Combien de temps peux-tu rester ici ?

— Une heure, répondit-elle. Maximum.

Lui volant un autre baiser, il fit glisser ses mains jusqu'au bas de ses reins et la souleva comme une plume. A quoi bon demander la permission ? Elle lui était accordée d'avance. Mélanie replia les jambes autour de sa taille tandis qu'il l'emportait vers la chambre. Jusqu'à son lit défait.

Ils roulèrent en riant sur le matelas. Elle se débarrassa tant bien que mal de son jean, lui du sien — la tâche étant rendue presque impossible par leur réticence à s'écarter l'un de l'autre.

Enfin nue, haletante, Mélanie s'installa sur lui. Elle aimait le sentir en elle, entendre son prénom franchir ses lèvres à l'ultime seconde précédant l'orgasme. Elle aimait, dans ses bras, se sentir belle, séduisante, adorée — aimait la manière dont il la conduisait lentement vers l'extase, jusqu'à la jouissance, si intense qu'elle avait presque l'impression de mourir de plaisir.

Plus tard, étroitement enlacés, ils laissèrent leurs respirations s'apaiser lentement dans un agréable silence. Mélanie soupira, revenant à la réalité.

— Je dois m'en aller.

Connor resserra son étreinte.

— Reste.

— Je ne peux pas.

Elle fit glisser sa main sur son torse lisse, savourant la texture de sa peau, qui s'accordait si bien à la sienne.

— J'ai dit à Mme Saunders que je ne m'absenterais pas plus de deux heures.

Il la libéra et roula sur le côté, face à elle. En quittant le lit, Mélanie posa le pied sur un livre posé par terre. Elle se pencha pour ramasser le mince volume : *Le manuel pharmaceutique des allergènes et des substances toxiques*.

Mélanie relut le titre, se souvenant des propos de Connor concernant la mort de sa sœur — de sa haine envers les hommes violents, du vœu qu'il formulait, parfois, pour que l'Ange Noir leur échappât. Elle se souvint de la manière dont il s'était dit convaincu que l'Ange Noir était une femme.

Pas un homme.

— Qu'as-tu trouvé de si intéressant par terre ?

Elle tressaillit légèrement. Connor jeta un coup d'œil par-dessus son épaule et elle lui montra le livre.

— Un de tes loisirs favoris ?

— J'effectue un petit travail de recherche, répondit-il, lui prenant le manuel des mains. Je voulais savoir si les connaissances de l'Ange Noir étaient difficilement accessibles. Pour t'en donner une idée, j'ai trouvé cet ouvrage au drugstore du coin. Il décrit de manière détaillée ce qui se produit au cours d'une sérieuse réaction allergique, le temps qu'il faut pour provoquer la mort, et fournit une liste des principaux allergènes — notamment, le venin d'abeille.

Il lui rendit le livre.

— Une lecture tout à fait distrayante — et qui nous prouve comment on peut apprendre ces choses sans aller à l'école.

Honteuse, Mélanie posa le manuel sur la table de nuit en riant. Comment avait-elle pu imaginer — même un bref instant — que Connor pût être un assassin ?

Elle enfila son jean puis ramassa son chemisier sur le parquet.

— Je te l'emprunterai peut-être un de ces jours. La prochaine fois que je voudrai empoisonner quelqu'un.

— A ta place, étant donné la situation, j'éviterais ce genre de plaisanterie.

Il parlait sérieusement. Cessant de boutonner son chemisier, elle croisa son regard.

— J'ai une question à te poser, reprit-il.

Elle acquiesça et il poursuivit :

— As-tu jamais songé que ton père aurait pu être l'une des victimes de l'Ange Noir ?

Son père ? Une des victimes de l'Ange ? Mélanie le dévisagea d'un air interdit. La gorge soudain sèche, elle secoua lentement la tête. Elle n'avait pas envisagé cette éventualité. Pas une seule fois.

— Et si l'Ange l'avait tué, murmura Connor, ainsi que Boyd…

Il laissa sa phrase en suspens ; le reste était superflu.

Cela ferait deux victimes de l'Ange dans une même famille. Bonté divine. Dans sa propre famille.

49

Bien qu'il fût à peine 10 heures du soir, les trottoirs étaient pratiquement déserts et la circulation, sporadique. Mélanie conduisait comme un automate sur le chemin du retour, profondément ébranlée par les événements de la journée et la dernière réflexion de Connor.

Son père, victime de l'Ange Noir ? Pourquoi n'y avait-elle pas songé plus tôt ? Ce n'était pas impossible. Il avait subi le même sort que Jim Mac Millian — ainsi que tous les autres, du reste —, victime de sa principale faiblesse. C'était un homme violent qui maltraitait ses filles et n'avait jamais eu à répondre de ses méfaits.

Elle aurait dû s'en rendre compte. Pourquoi avait-elle été aussi aveugle ?

Mélanie s'assouplit les doigts sur le volant. De toute évidence — même si elle avait bien du mal à l'admettre —, l'Ange Noir n'avait pu frapper à deux reprises dans sa famille par pure coïncidence. Pareille probabilité était sans doute infime, voire inexistante.

L'Ange Noir était donc un membre de leur entourage. Elle connaissait leur famille et ses secrets.

Bonté divine. Ashley.

Mélanie retint inconsciemment sa respiration. Sa sœur correspondait tout à fait au profil établi par Connor. Elle en présentait toutes les caractéristiques — âge, mauvais traitements subis durant l'enfance, vie sentimentale jalonnée d'échecs, troubles du comportement de plus en plus marqués… Elle avait même un membre de sa famille

364

dans la police. Ashley ne s'était jamais privée d'affirmer que les victimes de l'Ange Noir avaient bien mérité leur sort. A la réflexion, il semblait même que le dérèglement de son comportement se fût aggravé à partir du jour où Mélanie avait exposé sa théorie sur l'Ange Noir. A ce moment-là, n'avait-elle pas précisément commencé à faire allusion aux « choses » qu'elle aurait faites pour ses sœurs — des choses apparemment inavouables ?

Voulait-elle alors parler de ses vraies sœurs, Mélanie et Mia ? Ou bien, au sens large, de toutes les femmes ?

C'était épouvantable. Comment ces idées pouvaient-elles lui venir à l'esprit ? se demanda Mélanie, cependant incapable de les écarter. Drogues, poisons et réactions allergiques n'avaient aucun secret pour Ashley ; sa profession de visiteuse médicale lui permettait en outre d'obtenir tous les renseignements qui pouvaient lui être utiles en posant ici et là quelques questions en principe anodines à ses clients médecins. Elle sillonnait les routes des deux Etats de Caroline, s'absentant parfois des semaines entières. Rien de plus facile pour elle que de choisir une victime à Charleston, Myrtle Beach ou Columbia.

Seigneur, était-ce possible ? Se pouvait-il qu'Ashley fût leur Ange Noir ?

Non. Les doigts crispés autour du volant, Mélanie secoua la tête. Non. Ashley avait des problèmes, mais ce n'était pas une criminelle. Mélanie le démontrerait.

Mais de quelle manière ? Le seul moyen imparable de prouver l'innocence de sa sœur serait de découvrir le véritable Ange Noir.

La sonnerie du portable la fit tressaillir. Songeant immédiatement à Casey, elle s'arrêta sur le bas-côté pour décrocher et fut rassurée en entendant la voix de Loretta, l'agent de faction au commissariat ce soir-là.

— Bonsoir, Mélanie, dit la jeune femme. Navrée de vous déranger mais j'ai pensé que c'était indispensable.

— Que se passe-t-il ?

— Quelqu'un vient de vous demander au téléphone.

Une femme. Elle était dans tous ses états. Complètement affolée. Elle ne voulait parler à personne d'autre qu'à vous.

— Une femme ? répéta Mélanie. Mais qui ?

— Elle ne m'a pas dit son nom ; simplement qu'il avait repris contact avec elle. L'homme auquel vous vous intéressiez. Elle a dit que vous sauriez de qui il s'agissait.

— Que je saurais de qui il s'agit ?

Mélanie fronça les sourcils.

— A-t-elle laissé un numéro où la joindre ?

— Non. Quand j'ai insisté pour en savoir davantage, elle a raccroché.

De qui pouvait provenir cet appel ? Mélanie fit un effort de mémoire, essayant de décrypter l'énigme : il avait repris contact avec elle ? L'homme auquel…

L'assassin de Joli Andersen. Sugar. Evidemment.

Dix minutes plus tard, Mélanie s'arrêtait au bord du trottoir où Sugar avait été ramassée par les flics quelques mois plus tôt. Le taux de criminalité atteignait des records dans les quartiers ouest de Charlotte. C'était l'endroit idéal pour se procurer de la drogue ou du sexe. C'était également l'endroit idéal pour se faire agresser, violer ou abattre en pleine rue.

Mélanie balaya du regard les deux trottoirs. Sugar n'était sans doute pas retournée à son domicile. Si elle craignait d'être poursuivie par un assassin, elle ne prendrait pas le risque de le conduire chez elle, jusqu'à son fils. Elle éviterait également de traîner dehors où elle deviendrait une cible facile.

Dans son rétroviseur, Mélanie aperçut l'Explorer blanche qui tournait au coin de la rue, derrière elle. Après s'être arrangée avec Mme Saunders à propos de Casey, elle avait appelé Connor. Les conventions établies à propos de l'affaire Andersen l'obligeaient en principe à alerter également Harrison et Stemmons, officiellement chargés de l'enquête.

Mais Sugar était son témoin et Mélanie se fichait pas mal des conventions.

Connor se gara derrière elle, descendit de voiture et s'approcha de sa portière.

— As-tu une idée de l'endroit où elle se trouve ? s'enquit-il.

— Oui, elle se planque probablement dans un lieu public. Un lieu très fréquenté — où elle se sent en sécurité.

— Ma présence ne va pas la faire fuir ?

— Je la rassurerai.

Mélanie ouvrit sa portière et se glissa sur le siège du passager.

— Tu conduis, moi, je vais en reconnaissance.

Ils sillonnèrent toutes les rues environnantes dans un rayon de deux kilomètres à partir du carrefour que Sugar arpentait d'habitude, visitant les bars, les restaurants, et un petit supermarché ouvert toute la nuit. A chaque halte, Mélanie descendait seule tandis que Connor l'attendait au volant.

Mélanie découvrit enfin la jeune femme dans une brasserie populaire, Chez Mike's, un endroit destiné aux gens comme Sugar — aux oiseaux de nuit. Elle était assise sur une banquette tout au fond de la salle, à une table d'angle. Adossée au mur, elle surveillait la porte.

Elle avait l'air terrorisée.

Mélanie se fraya un chemin jusqu'à elle.

— Salut, Sugar. On m'a dit que vous me cherchiez.

L'autre femme opina.

— Il vous a retrouvée, ce soir, n'est-ce pas ? Le type sur lequel je voulais des renseignements ?

Sugar hocha encore la tête. Elle tremblait de tous ses membres.

— Sur le… trottoir. Je… lui ai faussé compagnie.

— Comment avez-vous fait ?

— J'ai dit… qu'il fallait que j'aille faire pipi. J'ai filé… par la fenêtre des W.C. Me suis… coupée.

— Venez, murmura Mélanie. Partons d'ici.

Quelques instants plus tard, comme elles atteignaient la jeep, Sugar aperçut Connor et se figea sur le trottoir.

— Qui est-ce ?

— Un ami.

Mélanie jeta un coup d'œil sur lui et se retourna vers la femme.

— Je réponds de lui, Sugar.

— Ce n'était peut-être pas une si bonne…

— C'est lui qui a mis au point le profil du type que nous recherchons — l'assassin de la fille Andersen. Il saura mieux que quiconque si l'homme dont vous parlez est un meurtrier.

Sugar recula d'un pas.

— Je ne sais pas. Je crois que c'était une erreur, je crois…

— Vous m'avez appelée parce que vous avez peur, Sugar ; parce que vous avez reconnu le mec que je vous avais décrit — parce que vous l'aviez déjà rencontré. Aujourd'hui, il vous a retrouvée.

La prostituée pâlit et Mélanie augmenta la pression.

— Cette fois, il ne va pas vous rater. Il n'est plus maître de lui. Et puis vous êtes la seule personne qui pourrait le dénoncer.

Tout en parlant, Mélanie ouvrit la portière arrière.

— Qu'allez-vous faire, Sugar ? Nous aider, ou bien attendre qu'il revienne ?

La femme hésita encore une fraction de seconde puis monta en voiture.

Mélanie l'imita. Elle lui présenta Connor qui démarra ensuite sans attendre.

— Votre fils est-il en sécurité ? s'enquit Mélanie, se tournant vers leur passagère. Y a-t-il quelqu'un qui s'occupe de lui en ce moment ?

— Il est chez une voisine qui le garde de temps en temps.

— Bon. Racontez-moi ce qui s'est passé.

Sugar commença son récit d'une voix entrecoupée.

— Vous aviez raison… j'ai reconnu ce type dont vous m'aviez parlé. Je l'avais déjà rencontré quatre ou cinq fois. Au début, tout allait à peu près bien. Il aimait épater, jouer le grand jeu de la séduction, vous savez. Il apportait même du vin, des chocolats...

— Du champagne ? demanda Mélanie.

— Oui, enfin, un genre de vin mousseux, je ne sais pas trop.

— Continuez.

— Il ne me baisait jamais, ne me demandait pas de le sucer ni quoi que ce soit. C'était plutôt sympa. Un genre de récréation.

— S'il ne voulait pas de rapports sexuels, qu'est-ce qu'il voulait ?

— Il m'attachait et se contentait de me toucher. De me caresser — gentiment. Et puis il me parlait.

— Et vous, lui parliez-vous ?

— Pas beaucoup. Il préférait que... je reste passive.

Elle se tut un instant.

— On aurait dit qu'il... s'amusait. Qu'il explorait. Comme s'il jouait à la poupée. Oui, c'est ça : comme si j'étais une poupée.

Mélanie observa Connor du coin de l'œil. Il croisa son regard dans le rétroviseur puis reporta son attention sur la route.

— Ensuite, quelque chose a changé, n'est-ce pas, Sugar ? Vous avez pris peur.

La jeune femme se massa les bras comme si elle avait soudain froid.

— Il a commencé à m'introduire des trucs... un peu partout. A me sodomiser avec. Des trucs qui faisaient mal ; même très, très mal, quelquefois. Quand je lui ai dit d'arrêter, il...

Elle se tut brusquement comme si les mots s'étranglaient dans sa gorge.

— Oui ? demanda Mélanie. Qu'a-t-il fait alors ?

— Il... avait un... une bande... de sparadrap. Il m'a bâillonnée avec pour que... pour que je ne... J'étais ligotée, je ne pouvais rien faire... j'étais...

Sa voix s'éteignit dans un frisson. Mais les mots leur

parvinrent aussi sûrement et avec autant de force que si elle avait hurlé. A sa merci. Elle était entièrement à sa merci.

Mélanie se pencha vers la prostituée et posa une main sur la sienne.

— Qu'avez-vous fait, Sugar ?

Elle regarda Mélanie ; ses yeux hagards reflétaient une indicible épouvante.

— Je suis restée complètement immobile. Exactement comme il voulait. Et même quand il m'a fait très mal, je me suis tenue tranquille. Je voulais vivre, agent May. Je voulais vivre pour revoir mon petit garçon.

50

Hélas, comme il fallait s'y attendre, Sugar ignorait le nom du bonhomme. Mais elle pouvait le décrire de façon très précise et Mélanie la persuada de le faire pour un dessinateur spécialisé dans ce genre de travail.

Ils la conduisirent au commissariat de Whistletop. Là, après avoir informé le commissaire de ce qui s'était passé au cours de la nuit et pris rendez-vous avec le portraitiste, Mélanie appela Harrison et Stemmons.

Les deux inspecteurs ne furent pas enchantés de la situation. Ils furent encore plus contrariés d'apprendre, dès leur arrivée, que Sugar avait fait sa déposition auprès de Mélanie, en présence de Connor.

Mélanie dut leur rappeler que, sans elle, ils n'auraient aucun témoin ; puis elle leur suggéra d'oublier leur amertume et de s'atteler plutôt à la tâche.

Il semblait évident que le client de Sugar et le meurtrier de Joli Andersen n'étaient qu'un seul et même homme. Il apparut tout aussi évident, une fois le portrait terminé, que cet homme n'était pas Ted Jenkins. Ils procédèrent néanmoins à une séance d'identification. Jenkins fut éliminé d'emblée.

Après le départ de Jenkins et de son avocat, Harrison et Stemmons se tournèrent vers Connor.

— Auriez-vous une idée sur la manière de débusquer notre homme ?

Connor opina.

— Le bonhomme est en manque, il commence à chercher une proie. Mais il n'est pas rassuré. Il est donc retourné

371

quelque part où il ne craignait rien, jusque-là. Quelque part où il était certain de trouver ce qu'il lui fallait.

— Auprès de Sugar, conclut Mélanie. Mais elle lui a filé entre les doigts. Il n'est pas idiot : il doit se douter qu'elle l'a dénoncé.

— Je le pense aussi, dit Connor. A mon avis, il n'avait pas reparu jusqu'à présent parce qu'il avait peur. Le battage médiatique engendré par son crime l'a sans doute excité mais, aussi, effrayé. Il n'a plus osé draguer dans les bars et les discothèques, de crainte d'être reconnu. Maintenant, il s'affole de plus en plus.

Pete jura entre ses dents.

— Cet enfoiré va quitter la région.

— Cela m'étonnerait. Il jouit d'une bonne situation ; il en a besoin pour maintenir son train de vie. Ce serait le moment de surveiller la tombe de Joli.

— On a déjà essayé — pour des prunes.

— Aujourd'hui, le vent a tourné. Il est en manque, dans une impasse, et il a peur. Il va se tourner vers les souvenirs.

Harrison fronça ses sourcils broussailleux.

— Que proposez-vous ?

— Installez des caméras vidéo, des micros, des infra-rouges. Planquez des flics en civil tout autour du cimetière, pendant trois jours. Au-delà, ce sera inutile. Qu'avez-vous à y perdre ?

L'inspecteur réfléchit un instant puis hocha la tête.

— Je vais appeler la base.

Il revint quelques minutes plus tard, mi-figue, mi-raisin.

— On a le feu vert. Mais ils m'ont prévenu : si ça ne donne toujours rien, le coût de l'opération sera pour ma poche.

Il regarda Mélanie.

— Voulez-vous vous joindre à nous, avec Taggerty ? Un coup de main nous rendrait service.

Vingt minutes plus tard, Mélanie raccompagnait Connor à sa voiture — qu'il avait fait ramener durant la nuit par un policier. Harrison et Stemmons étaient partis depuis quelque temps, après une petite mise au point avec elle et Bobby concernant la souricière qu'ils allaient tendre le soir même.

Mélanie leva les yeux sur le ciel de midi, d'un bleu éclatant, sans un nuage à l'horizon.

— Je devrais être épuisée. Eh bien, pas du tout. Je me sens pousser des ailes.

Connor esquissa un sourire.

— Rien de tel qu'une affaire qui progresse pour faire monter l'adrénaline. Cet état d'euphorie peut parfois durer plusieurs jours.

— J'ai l'impression de connaître ce type, à présent. Comme s'il était tout près — presque au point de pouvoir lui passer les menottes. Oh ! là, là ! j'en meurs d'envie.

— C'est drôle, mes pensées auraient tendance à prendre une autre direction.

— Ah bon ?

Une lueur espiègle dansa dans les yeux de Connor.

— Une envie de menottes, d'accord — mais les tiennes sur mon corps nu, par exemple.

Mélanie s'esclaffa.

— Vous êtes incorrigible, agent Parks.

— J'espère bien, agent May.

Ils atteignirent l'Explorer et Connor déverrouilla sa portière.

— Tu n'as jamais fait ça dans un cimetière ?

— Pas vraiment. Et si tu l'as fait, inutile de me le raconter.

Le sourire de Connor s'estompa.

— Sois prudente, ce soir.

— Naturellement.

Il tendit une main vers elle puis la laissa retomber.

— N'oublie pas un seul instant que ce type est un assassin. Promets-le-moi, Mélanie.

— Je te le promets, dit-elle, songeant au récit de Sugar, à la terrible épreuve qu'elle avait subie, revoyant le visage sans vie de Joli Andersen.

Un frisson courut entre ses omoplates.

— J'ai trop de projets dans la vie pour ne pas y penser.

Mélanie le regarda démarrer et s'éloigner puis regagna

son bureau, pensive. La mésaventure de Sugar l'avait profondément affectée. Elle comprenait sa terreur ; sans doute aurait-elle réagi comme elle — prête à faire à peu près n'importe quoi pour survivre. Jusqu'où irait son endurance, sachant qu'elle risquait de ne plus revoir Casey ? Dans quelle mesure serait-elle capable de se cramponner à la vie ?

Ashley. L'Ange Noir.

Elle n'avait plus pensé à sa sœur ni aux soupçons qui l'angoissaient depuis l'appel au secours de Sugar, la veille au soir. A présent, cet imbroglio reprenait brutalement sa place au premier rang de ses préoccupations.

Bien que la tentation fût grande, elle ne pouvait pas faire part de ses craintes à Connor ; ni à toute autre personne associée — même indirectement — à l'affaire. Elle commettrait là une trahison impardonnable à l'égard d'Ashley. Toutefois elle pouvait en parler à Mia, lui demander ce qu'elle pensait du comportement de sa sœur, de sa stabilité mentale, faire appel à ses souvenirs concernant la réaction d'Ashley à la mort de leur père... Peut-être aussi en saurait-elle plus que Mélanie sur les allées et venues d'Ashley, ces derniers temps. Ensuite, elle téléphonerait à celle-ci.

Pendant que Bobby était aux toilettes, elle composa le numéro de Mia et pesta entre ses dents en obtenant le répondeur automatique.

— Mia, c'est Mélanie. Il faut que je te parle. A propos d'Ashley. Je crains que...

— Allô, Mel ?

Sa sœur avait l'air essoufflée.

— Excuse-moi, je faisais un peu de gymnastique.

Elle inspira profondément.

— Que se passe-t-il ?

— Je voudrais te parler... au sujet d'Ashley. Mais pas au téléphone. Puis-je venir chez toi ?

— Tout de suite ?

— Oui. C'est urgent.

Mia observa un bref silence.

— Maintenant, cela ne m'arrange pas. Disons, dans… une heure. Est-ce que cela te convient ?

Mélanie acquiesça et, une heure plus tard, elle s'asseyait en face de sa sœur, dans sa grande cuisine rutilante.

— Eh bien, dit Mia en se servant un verre de jus d'orange, pourquoi toute cette agitation à propos d'Ashley ?

— Lui as-tu parlé depuis l'enterrement ?

Mia secoua la tête et but une gorgée de jus de fruits.

— Cela ne fait que deux jours, tu sais.

— Et avant le décès de Boyd, vous étiez-vous souvent téléphoné, par exemple ?

— Pratiquement pas. Mais enfin, pourquoi ?

Trop nerveuse pour rester immobile, Mélanie se leva.

— Je crois qu'elle ne va pas bien, Mia. Pas bien du tout.

— C'est maintenant que tu t'en aperçois ?

Mélanie regarda sa sœur, surprise par la rudesse de sa question.

— Véronica m'a raconté ce qu'elle a manigancé au bureau du procureur de Charleston, poursuivit Mia. Enfin, tout de même : se faire passer pour toi afin de fouiner dans la vie de Véronica, quelle aberration ! Véronica pense qu'Ashley devrait se faire soigner et je suis obligée d'en convenir.

— C'est pire que cela, Mia. C'est… je crois qu'elle…

Mélanie fut incapable de le dire. Pas encore — pas même à sa sœur. Elle essaya une autre tactique.

— Aux obsèques de notre père et… après, comment Ashley s'est-elle comportée ? Comment a-t-elle… réagi à sa mort ? Moi, je ne parviens pas à m'en souvenir.

Mia réfléchit un instant.

— Je ne sais pas. Comme nous, je suppose. Elle s'est sentie soulagée. Un peu coupable.

— Coupable ? répéta Mélanie. Que veux-tu dire par là ?

— Coupable de se réjouir, répondit Mia. Nous étions toutes ravies, comment le nier ?

Elle avait raison. Dans le secret de son âme, Mélanie avait exulté en apprenant le décès de leur père. Cela ne faisait pas d'elle une tueuse — ni de ses sœurs, non plus.

375

Elle se pencha en avant.

— Parle-moi de tes impressions : as-tu remarqué quelque chose d'étrange dans son comportement ? Te souviens-tu d'avoir été frappée par quelque détail singulier ?

— Dans le comportement d'Ashley ? dit Mia, haussant exagérément un sourcil. Voyons, Mélanie, tu plaisantes.

— Je parle sérieusement. Du reste, Ashley ne s'est mise que récemment à faire n'importe quoi.

Mia l'observa un instant d'un air perplexe.

— Que me caches-tu, Mélanie ? Que se passe-t-il ?

— Je n'en suis pas certaine. Mais je commence à soupçonner que...

— Salut, Mélanie.

Surprise, elle sursauta et se tourna vers la porte. Vêtue d'un tailleur de lin écru, Véronica se tenait à l'entrée de la cuisine, un porte-documents à la main. Elle gratifia Mélanie d'un sourire légèrement crispé. Bien qu'elles fussent réconciliées, rien n'avait plus été tout à fait pareil entre elles depuis l'incident du dojo et Mélanie en éprouvait un certain remords.

Véronica reporta son attention sur Mia.

— Je retourne au bureau. Appelle-moi ce soir, veux-tu ?

Déconcertée, Mélanie observa tour à tour les deux femmes. Que faisait Véronica chez sa sœur à midi, un jour ouvrable ? Et pourquoi Mia ne lui avait-elle pas dit que son amie était là ? Elle avait cru qu'elles étaient seules dans la maison.

— Merci pour tout, Véro, dit Mia, lui envoyant un baiser du bout des doigts. Tu es un amour.

— Au revoir, Mélanie.

— Au revoir, murmura-t-elle en la regardant partir, intriguée.

Deux minutes plus tard, elle entendit la porte du garage rouler sur ses gonds puis le ronflement d'un moteur qui démarrait.

Mélanie se tourna vers sa sœur.

— Véronica est-elle toujours installée ici ?

Mia vida son verre de jus d'orange et le posa devant elle sur la table.

— Elle m'a tenu compagnie jusqu'ici mais elle regagne ses pénates ce soir. Elle est passée chercher le reste de ses affaires. Elle va certainement me manquer. Franchement, toute cette affaire a été un tel cauchemar. Je ne sais pas ce que je serais devenue sans elle.

Une pointe de culpabilité teintée de jalousie étreignit le cœur de Mélanie. Autrefois, c'était vers elle que Mia se serait tournée ; sur elle qu'elle aurait compté — sa meilleure amie, sa confidente, sa sœur.

Que leur était-il arrivé ?

Mélanie ravala péniblement son amertume, s'efforçant d'écarter l'impression qu'un changement important s'était produit dans sa vie, à son insu.

— Que nous est-il arrivé, Mia ? demanda-t-elle, une légère fêlure dans la voix. Qu'est-ce qui s'est dégradé entre nous trois ? Nous étions si proches, si soudées.

— Je ne sais pas. Nous nous sommes sans doute éloignées avec le temps.

— Eloignées avec le temps ? répéta Mélanie, stupéfaite. Comment peux-tu dire cela de manière aussi désinvolte ? Vous avez toujours eu la priorité dans ma vie, Ashley et toi. Je pensais que c'était réciproque.

— Moi ? La priorité dans ta vie ? Oh, je t'en prie. A mon avis, tu me gardais plutôt sous la main parce que je n'étais pas contrariante. Tu avais besoin de te croire appréciée.

Blessée, Mélanie eut un mouvement de recul.

— Ce n'est pas vrai. Nous avons toujours formé une équipe. A égalité.

— Certes, dit Mia d'un ton sarcastique. Toi, tu menais le jeu et moi, je suivais. Tu étais le roc, moi, la petite fleur fragile.

Elle se pencha vers Mélanie, un pli amer au coin des lèvres.

— Tu n'as jamais eu envie que je sois forte, n'est-ce pas ? Tu aimais trop ton rôle de battante, de fille énergique, intrépide, admirable. Evidemment... si tu avais été la poule mouillée, l'éternelle victime, c'est à toi que papa s'en serait pris — pas à moi.

Mélanie demeura un instant interdite, incrédule. Comment interpréter ce déferlement inattendu de colère et d'amertume ? Elle secoua la tête.

— Si j'avais pu, j'aurais pris ta place quand papa a fait de toi son souffre-douleur.

Mia se leva et Mélanie remarqua qu'elle tremblait d'émotion contenue.

— A mon avis, tu es bien capable de le croire, Mélanie. C'est tellement héroïque, tellement courageux et altruiste. C'est aussi un point de vue qui te permet de t'accommoder beaucoup plus aisément du passé, n'est-ce pas ?

Le cœur broyé dans un étau, Mélanie eut soudain l'impression de suffoquer.

— D'où vient ce discours insolite ? Depuis quand me voues-tu cette haine féroce ? Quand t'es-tu mise à penser...

Elle porta subitement une main à sa gorge.

— C'est Véronica, n'est-ce pas ? C'est elle qui te monte contre moi et Ashley. C'est elle qui est en train de... te transformer — elle qui te rend si amère.

— Il faut toujours que tu trouves un bouc émissaire, hein ? Toi, tu n'es jamais responsable, bien sûr. Véronica est mon amie. Elle me comprend. Elle a envie de me voir heureuse.

L'univers de Mélanie vacillait. D'abord Ashley. A présent, Mia. Etait-ce un cauchemar ?

— Je ne t'ai jamais rien souhaité d'autre, moi non plus. Tout ce que je voulais, c'était ton bonheur.

— Eh bien, ton vœu est exaucé, jeta sèchement Mia. Parce que, vois-tu, je n'ai jamais été aussi comblée.

378

51

Moins d'une heure après en avoir reçu l'ordre, les techniciens de la PJ avaient mis en place la souricière : trois caméras et leurs émetteurs radio et vidéo avaient été dissimulés dans des arbres, à proximité de la tombe de Joli Andersen. Depuis le poste de commande, situé dans un hangar inoccupé à quelques kilomètres de là, Harrison et Stemmons surveillaient les lieux ; ils pouvaient même obtenir une vue panoramique d'ensemble à l'aide de caméras individuelles et faire un zoom sur tout objet apparaissant dans le périmètre. Des projecteurs à infrarouges étaient montés sur les caméras. Les infrarouges, invisibles à l'œil nu, éclaireraient la scène le soir — moment le plus favorable à l'arrivée du suspect.

Sitôt cette tâche achevée, la veille put commencer, la ronde invisible des sentinelles. Des policiers en civil — à pied ou au volant de véhicules banalisés — circulaient aux abords du cimetière, à leurs deux entrées surtout. Chaque policier était équipé d'écouteurs et d'un micro, relié ainsi en permanence au poste de commande. C'était une chance, le cimetière — le plus ancien de la ville, au cœur du quartier historique de Dilworth — formait un triangle délimité par trois rues assez résidentielles. Quelques amateurs de jogging, deux ou trois promeneurs de chien, un véhicule inconnu n'éveilleraient sans doute pas la curiosité des riverains.

Bobby et Mélanie, affectés à des postes d'infanterie, jouaient respectivement le rôle du gardien de nuit à demi assoupi dans son cabanon et celui d'une sportive en jambes sur la piste cyclable qui longeait l'enceinte extérieure. Après deux nuits passées à trotter sans autre motif de gloire qu'une promesse d'ampoule au talon droit, Mélanie estima que son coéquipier avait été mieux loti qu'elle.

Arrivée à une vingtaine de mètres de l'entrée ouest, elle cessa de courir pour marcher d'un bon pas, feignant de contrôler son pouls. Vêtue d'un short de jogging et d'un T-shirt, elle portait une banane en guise de ceinture. Son « nécessaire » — revolver, menottes et badge — y était rassemblé.

Elle inspecta du regard l'entrée du cimetière. Une femme promenait deux caniches blancs, l'endroit était désert. Aucun véhicule n'était arrivé ou parti depuis son dernier passage, dix minutes plus tôt.

— Porte ouest, rien à signaler, murmura-t-elle dans son micro miniature.

L'heure tournait. Elle brûlait de passer à l'action. La souricière ne resterait pas en place plus de trois ou quatre jours. Connor l'avait expliqué : le suspect venait de subir un échec, il était aux abois, inquiet, tenaillé par le désir d'assouvir ses instincts pervers ; toutes les conditions étaient réunies pour qu'il éprouvât le besoin pressant de visiter la tombe de sa victime.

Mélanie craignait qu'il ne fût déjà trop tard ; ils l'avaient peut-être manqué. Pire : il pouvait avoir déjà frappé ailleurs, encore une fois.

Soudain, la voix d'Harrison.

— Attention, attention, voici du nouveau. Une silhouette masculine, isolée, vient d'apparaître dans le champ de vision. L'homme a atteint l'entrée du cimetière. Tenez-vous prêts à intervenir.

L'inspecteur avala distinctement sa salive — les micros du troisième millénaire étaient d'une haute définition.

— L'inconnu porte un pantalon et un polo noirs. Des chaussures de sport. Il est brun. Hum… il ralentit le pas, avance avec précaution. Quelque chose lui a fait peur. Il s'arrête régulièrement pour jeter un coup d'œil derrière lui.

Mélanie perçut un frémissement dans la voix de l'inspecteur ; l'adrénaline montait. La sienne aussi, du reste. Elle retint son souffle, le cœur battant.

— Allez, vieux, l'exhorta Harrison ; tu es seul et elle est tout près, maintenant. Approche-toi… voilà, sur la droite. Oui ! Il y est. Que personne ne bouge. Si c'est bien notre homme, il faut filmer le plus possible.

Les secondes passaient, Mélanie se mit à suer. Le faisceau des phares d'une voiture qui passait balaya un instant l'endroit où elle se trouvait. Dans un jardin, un chat miaula, une portière claqua, dont les échos mouillés, dans l'air humide du soir, s'abîmèrent bientôt dans le silence.

Soudain, juron d'Harrison. Mélanie tressaillit.

— Parks avait raison. Ce taré est à genoux devant la plaque mortuaire. Il est en train de se mastur… Attendez… Faites un zoom. Parfait, roucoula-t-il, charmant spectacle pour le jury. Donne-nous-en pour notre argent, enfoiré. C'est ça, très bien… vas-y.

Mélanie serra les dents. Il ne fallait pas se laisser distraire par les commentaires de l'inspecteur. Dès que le suspect aurait fini de revivre ses fantasmes, son anxiété reprendrait le dessus et il s'évaporerait.

Finalement, Harrison donna le signal.

— Attention, attention, il s'en va. Il se dirige vers la porte est, je répète, la porte est.

Suivit une série d'ordres destinés aux différentes unités dispersées sur le site, chacune indiquant sa position actuelle. Bobby était le seul policier présent à l'intérieur du cimetière.

— May, où êtes-vous ?

— Devant la porte ouest, sur le trottoir.

— Bon. Coupez à travers le cimetière pour assurer les arrières et prêter main-forte à Bobby, le cas échéant.

— J'y vais.

Elle se mit à courir en douceur. Son ampoule au talon se rappela douloureusement à son souvenir. Au lieu d'emprunter les sentiers qui longeaient le périmètre intérieur du cimetière, elle s'élança directement dans l'allée centrale.

— Quelqu'un l'a-t-il déjà aperçu ? demanda Harrison. Bobby ?

— Négatif. Je suis à la porte est — rien à signaler.

Harrison émit un juron.

— Je n'aime pas ça. Qu'est-ce qui peut bien le retenir sur place ?

Droit devant elle, Mélanie aperçut une ombre mouvante — une haute silhouette, qui avançait vers l'autre extrémité du cimetière. Le suspect avait opéré un brusque virage à droite et filait maintenant vers le nord. Il n'y avait pas d'entrée de ce côté-là : il avait sûrement l'intention d'escalader le mur.

— Merde, grommela-t-elle. J'aperçois le suspect, ajouta-t-elle à voix basse. Il ne se dirige pas vers la porte est. Je crois qu'il va tenter de s'enfuir par-dessus le mur du fond ; quelqu'un est-il posté au nord ? Je le prends en chasse.

Porté par la brise, son murmure dut parvenir jusqu'à l'homme. Il se retourna, la repéra, et prit ses jambes à son cou : Mélanie s'élança à sa poursuite, sortant son revolver de son étui.

— Arrêtez ! Police !

— J'arrive, Mel, cria Bobby. Pas d'imprudence.

Harrison lui adressa la même recommandation, ajoutant :

— Arrêtez-le sans tirer, May. Je répète : à moins qu'il ne vous menace, ne tirez pas. Nous le voulons vivant.

Mélanie accéléra sa course, franchit d'un bond buissons et pierres tombales, le souffle court. Le suspect atteignit le mur et prit son élan. Avec une agilité remarquable, il entreprit de se hisser au sommet. Mélanie le rejoignit et bondit derrière lui. Elle l'attrapa par la ceinture de son pantalon et le tira en arrière, perdant son revolver au passage. Il lâcha prise et ils tombèrent ensemble à la renverse. Mélanie le reçut sur l'estomac ; le choc la fit suffoquer. Il se releva d'un bond et se remit à courir vers le mur.

Derrière eux, elle entendit les pas de Bobby qui arrivait en courant, l'entendit crier qu'il les avait vus. Craignant qu'il arrivât trop tard, elle plaqua de nouveau le fugitif qui s'écroula avec elle. Légèrement étourdi par sa chute, il resta une fraction de seconde à terre ; Mélanie en profita pour se relever et se plaça automatiquement en position de combat. Quand il se redressa à son tour, elle le vit enfin de face, d'assez près. Il était si beau qu'elle en eut le souffle coupé. Troublée, elle crut un instant avoir commis une erreur. Cet homme ne pouvait pas être un assassin. Ce visage harmonieux, cette prestance… Ce ne pouvait être lui qui avait ligoté et étouffé Joli Andersen.

Pourtant… à elle aussi, il avait coupé le souffle. Au sens propre du terme. Mélanie lui régla son compte d'un coup de pied en ciseaux — le premier à l'épaule droite, le second sur le côté de la tête. Il retomba lourdement à plat ventre. Vive comme l'éclair, elle sauta sur lui, lui tordit les bras dans le dos.

Les renforts arrivèrent peu après — Bobby, le premier, arme au poing. De l'autre côté du mur leur parvint le tintamarre des sirènes de police, des crissements de freins, des appels, le bruit de portières qui claquaient. Les gyrophares illuminaient les branches, au-dessus d'eux, d'une lueur d'incendie.

Mélanie scella les menottes aux poignets du suspect, lui récita ses droits et se leva, vacillant légèrement sur ses jambes. Une bosse à la tempe irradiait sa douleur, son genou gauche saignait et son ampoule au talon la faisait horriblement souffrir.

Bobby l'observa d'un œil inquiet.

— Ça ira, matelot ?

— Tu plaisantes ?

Elle esquissa un sourire.

— Je me sens en pleine forme, Bobby.

52

Le samedi matin, Casey réveilla Mélanie en lui sautant sur le dos.

— Maman ! Debout ! C'est l'heure !

Mélanie grogna et roula sur le côté, faisant tomber son fils sur le lit.

— Va regarder des dessins animés, marmonna-t-elle en se mettant l'oreiller sur la tête.

Déjà épuisée par ses deux nuits de planque au cimetière, elle avait ensuite très mal dormi, s'inquiétant du sort d'Ashley et de la détérioration de ses rapports avec Mia.

— Laisse-moi encore une heure.

Imperturbablement, l'enfant, comme font les enfants, se mit à exécuter une sorte de danse guerrière sur le lit.

— Au zoo ! cria-t-il d'une voix perçante. Au zoo !

Elle jeta l'oreiller par terre et tant bien que mal entreprit de s'asseoir — ce qui n'est pas une sinécure, quand un gamin se démène comme un fou autour de vous.

— Au zoo, j'y habite déjà, gémit-elle — avec le sourire. Tu me parais bien euphorique, toi.

A vrai dire, depuis qu'elle était pleinement éveillée, l'euphorie commençait à la gagner, elle aussi. Connor les emmenait tous les deux au zoo, ce jour-là. Bien qu'il eût déjà passé quelques moments avec Casey, c'était leur première véritable excursion à trois.

Elle sourit à l'enfant et lui tendit les bras.

— Viens me donner un gros baiser pour m'aider à me lever.

Il l'embrassa avec fougue, dégringola du lit et fila comme une flèche vers la cuisine. Elle n'était pas encore sortie des draps qu'il réapparut, les yeux brillant d'impatience.

— Dépêche-toi, maman. Il va bientôt arriver.

Deux heures plus tard, après avoir préparé le pique-nique, fait leur toilette et (très) vaguement rangé la maison, Mélanie accueillait Connor sur le pas de la porte.

— Tout le monde est prêt ?

— Tu parles !

Casey sautillait d'un pied sur l'autre comme s'il était monté sur ressorts.

— Maman ! Viens vite !

Mélanie le regarda en riant.

— Nous sommes prêts. Je n'ai plus qu'à prendre le panier de pique-nique.

— Je vais le chercher.

Connor la scruta un instant avec intérêt puis se tourna vers Casey.

— La voiture est ouverte, bonhomme. Il y a une surprise pour toi sur le siège arrière. Si tu veux, tu peux aller voir tout de suite.

Casey s'élança en poussant un cri de joie.

— Une surprise ? dit Mélanie.

— Une casquette à l'insigne du FBI.

Connor haussa les épaules.

— Il m'a paru intéressé quand je lui ai parlé du Bureau.

— Intéressé ? Il était carrément aux anges. Tout juste quatre ans et il joue déjà au gendarme et au voleur.

Elle croisa le regard de Connor.

— A propos, as-tu entendu les dernières nouvelles concernant le suspect de l'affaire Andersen ?

Comme il répondait par la négative, elle lui fit part de ses informations.

— Apparemment, ton profil lui correspond parfaitement. C'est un étudiant en médecine, en deuxième année de résidanat à la clinique de Queen's City. Il habite encore chez sa mère, avec laquelle il entretient une relation compliquée d'amour et de haine. Il roule en BMW d'occasion, relativement récente, et mène une existence largement au-dessus de ses moyens — le reste à l'avenant.

— Alors, vous venez, oui ou non ? lança Casey d'un ton exaspéré.

Ils mirent fin à son supplice, gagnant la voiture où il les attendait. En chemin, Connor jeta un coup d'œil oblique sur sa compagne.

— Est-ce que tu vas bien ?

— Oui. Pourquoi ?

— Tu as la mine de quelqu'un qui ne dort pas beaucoup.

Sur le point de lui parler de ses soupçons concernant Ashley, Mélanie se ravisa. Le moment était mal choisi.

— Je ne suis pas encore remise de ces trois nuits de planque au cimetière. Rien de plus, murmura-t-elle.

Il s'arrêta pour la regarder. Mélanie sentit ses joues s'enflammer. Il lisait en elle comme dans un livre. Comment s'y prenait-il ? La connaissait-il déjà suffisamment pour deviner à quel moment elle lui cachait quelque chose ?

— Si tu as envie d'en parler, je suis là.

— Merci.

Ils atteignirent l'Explorer ; Connor rangea le panier dans le coffre et s'installa au volant. Mélanie remarqua que Casey avait remplacé sa casquette des Panthers par celle que Connor venait de lui offrir — pour le plus grand plaisir de ce dernier.

Connor démarra et manœuvra pour sortir de l'allée.

— Alors, bonhomme, es-tu prêt à passer une journée formidable ? demanda-t-il en adressant un clin d'œil au garçon.

La journée fut mieux que formidable. Elle fut parfaite. Magique. Casey s'était entiché de Connor et Connor de Casey. Ces deux-là s'éclataient littéralement ensemble. Mélanie n'aurait jamais cru que l'un des plus brillants profileurs du FBI pût faire de telles pitreries — jusqu'à mimer la démarche de l'éléphant tandis que Casey se balançait de gauche à droite sur son dos.

Le soir arriva trop vite, bien qu'ils eussent prolongé les

festivités par une partie de bowling et un dîner sur place — hot-dogs et crèmes glacées, régime que ne pouvait qu'approuver un diététicien de quatre ans.

De retour chez Mélanie, Casey tira énergiquement Connor par la main, suppliant sa mère de l'autoriser à lui montrer sa chambre et sa collection de figurines. Mélanie capitula, amusée.

— Mais je t'avertis, jeune homme, lui dit-elle en tournant la clé dans la serrure de l'entrée, dans une demi-heure, au lit.

Pendant que Casey montrait ses trésors à Connor, Mélanie parcourut le courrier et écouta négligemment les messages enregistrés sur son répondeur, en feuilletant un catalogue. Soudain la voix d'Ashley résonna dans la pièce. Elle pleurait, sa voix éteinte était entrecoupée de sanglots pathétiques. Mélanie laissa tomber le catalogue avec un frisson.

— Mel... Mellie, c'est moi. Il faut que tu... que tu... Je suis désolée ; tellement désolée. Tu ne peux pas imaginer ce que j'ai fait pour... Tu n'as jamais compris, tu n'es jamais intervenue ; je t'ai toujours aimée quand même, Mel. Je voudrais...

Le bip final du répondeur interrompit sa phrase.

Le cœur serré par l'angoisse, Mélanie regarda l'appareil. La date et l'heure du message indiquaient qu'Ashley avait appelé la veille, pendant que Casey était chez son père et Mélanie, à son entraînement de taekwondo. Epuisée et préoccupée, elle avait omis de vérifier en rentrant s'il y avait des messages.

Elle rembobina la bande, l'écouta de nouveau, essayant de déchiffrer les paroles sibyllines de sa sœur. Son inquiétude se mua en angoisse. Pourquoi Ashley était-elle désolée ? Qu'avait-elle pu faire ?

Mélanie décrocha le téléphone et composa le numéro de son domicile. Le répondeur, hélas : Mélanie pria sa sœur de la rappeler. Puis elle essaya le numéro de son portable, laissa un autre message, puis...

— Que se passe-t-il ?

Mélanie fit brusquement volte-face, portant une main à sa gorge.

— Connor ! Tu m'as fait peur. Je ne t'ai pas entendu arriver.

Il désigna le téléphone qu'elle tenait encore à la main.

— Mauvaises nouvelles ?

— Non.

Elle replaça le récepteur sur son support. Elle préférait lui parler de tout cela une autre fois.

— Ma sœur Ashley a appelé. Elle a quelques… ennuis personnels.

Elle sourit d'un air faussement dégagé.

— Que fait Casey ?

— Il est en train de former un commando armé jusqu'aux dents. Il m'a envoyé te chercher.

Mélanie émit un petit rire qui sonnait terriblement faux — même à ses propres oreilles.

— Je ne voudrais surtout pas manquer la bataille.

— Certes, murmura Connor, une question muette dans le regard. Allons-y.

Après deux guerres interplanétaires avec force effets sonores — la spécialité de Casey —, Mélanie ordonna un cessez-le-feu afin que le général pût s'octroyer un repos bien mérité. Nonobstant quelques protestations — entre deux bâillements —, l'enfant céda obligeamment, à condition que Connor lui lût une histoire pour l'endormir. Mélanie s'apprêtait à tirer Connor de ce mauvais pas ; il s'empressa tant d'accepter qu'elle n'eut pas le temps d'intervenir.

Deux histoires succédèrent à la première. Assise à l'écart, Mélanie écoutait en observant la scène, peu à peu envahie par une étrange impression. Manifestement, Connor passait un excellent moment ; et Casey s'était fait un nouvel ami.

Mais, pour Mélanie, il était tout aussi évident que Connor s'investissait beaucoup trop — et beaucoup trop tôt — dans ce rôle. Tandis qu'elle commençait à s'éprendre de lui, il se prenait d'affection pour son fils…

Consternée, elle détourna le regard. Elle se remémora les propos qu'il avait tenus sur son mariage — son constat d'échec, sa tendresse paternelle pour l'enfant et le rôle qu'ils avaient joué dans sa vie.

Elle songea ensuite à la journée qu'ils venaient de passer, à la manière dont il s'était animé, retrouvant l'insouciance de la jeunesse en compagnie de Casey.

Son cœur se serra douloureusement.

— Encore une histoire. S'il te plaît.

— Il n'en est pas question, dit-elle en se levant.

Après les récriminations d'usage, Casey se calma rapidement. Mélanie l'embrassa, le borda avec soin et quitta la chambre sur la pointe des pieds, Connor sur ses talons.

— Veux-tu boire quelque chose ? offrit-elle quand ils eurent regagné le salon. Une bière ? Un verre de vin ?

— Merci — je suis au régime sec.

Connor l'attira contre lui.

— J'ai passé une excellente journée.

— Moi aussi, dit-elle avec un sourire, passant les bras autour de son cou.

— C'est un petit bonhomme épatant que tu as là.

— Merci. C'est aussi mon avis.

— Il n'a pas sa langue dans sa poche ; et il ne raconte pas n'importe quoi, le bougre, ajouta Connor en riant.

Le sourire de Mélanie s'estompa et elle se dégagea de son étreinte.

— Une tasse de café, peut-être ?

— Avec plaisir. Puis-je t'aider ?

— Installe-toi plutôt confortablement.

Il la suivit dans la cuisine et s'appuya contre le bar, la regardant verser de l'eau dans l'appareil et moudre le café.

— On oublie, dit-il après un bref silence, la mine rêveuse. Quand on n'a plus d'enfants autour de soi, on oublie comme ils peuvent illuminer l'existence.

Elle murmura quelque réponse évasive, le cœur battant soudain la chamade. « Parle de nous, supplia-t-elle en silence. Parle de l'affaire, de ton travail, de la pluie et du beau temps — de n'importe quoi sauf de mon fils et des bons moments que tu passes avec lui. »

— C'était la même chose avec Jamey. Je rentrais parfois du travail accablé par tout le malheur du monde et, en moins d'un quart d'heure, j'avais retrouvé mon insouciance d'antan. Cela m'a manqué ; beaucoup plus que je n'aurais cru…

— Arrête, veux-tu ? l'interrompit-elle, se retournant vers lui. Tais-toi.

Connor fronça les sourcils.

— Ai-je commis un impair ?

« Oui, tu t'es épris de mon fils mais pas de moi », faillit-elle rétorquer. Elle se borna à secouer tristement la tête.

— Ecoute, nous ferions mieux… Je crois que nous devrions nous expliquer clairement. Essayer de savoir où nous en sommes, toi et moi.

Il attendit. Mélanie inspira profondément afin de se donner du courage. Cette mise au point était indispensable — inévitable. Pourtant, à dire vrai, elle se serait contentée de ce qu'il voulait bien lui donner ; son affection ou sa tendresse, le cas échéant.

— Casey n'est pas le beau-fils que tu as perdu, Connor, murmura-t-elle. Je ne suis pas ton ex-femme et nous ne sommes pas là pour t'aider à reprendre goût à la vie.

Elle marqua une pause, espérant qu'il en profiterait pour démentir énergiquement, pour protester de son innocence. Il se contenta de la regarder, les traits hermétiques. Déçue, elle ravala son amertume.

— Je ne veux pas que tu te serves de nous — de Casey — pour te sentir mieux dans ta peau. Ce n'est pas une solution — tu le sais aussi bien que moi. Nous savons aussi que Casey risque d'en souffrir, un jour.

— Je vois, murmura Connor.

Il se redressa.

— Tu me donnes mon congé, c'est ça ?

— Je n'en ai pas la moindre envie, Connor. J'ai envie que tu restes. J'ai envie de faire l'amour avec toi. Mais ce dont j'ai envie n'a pas d'importance. L'important, c'est Casey.

— Me demandes-tu de prendre un engagement ?

— La question n'est pas là.

Elle détourna les yeux puis les reporta sur lui.

— Regarde-moi bien en face, Connor. Regarde-moi dans les yeux et dis-moi que tu n'es pas en train de faire avec nous ce que tu as fait avec ton ex-femme. Dis que c'est moi qui t'intéresse — que tu ne cherches pas simplement une compensation à tes angoisses, au stress de ton métier. Voilà ce que je te demande, Connor.

Il garda un moment le silence puis secoua la tête.

— Je ne peux pas te dire cela. Pardonne-moi.

Malgré elle, Mélanie laissa échapper un petit gémissement plaintif. Elle gagna la porte du fond, l'ouvrit et, se retournant vers lui, déclara :

— Il vaut mieux que tu t'en ailles.

Connor la rejoignit, sans franchir le seuil. D'un geste tendre, il lui caressa les cheveux. Elle sentit avec horreur que ses yeux s'étaient remplis de larmes et que l'une d'elles, échappant à sa vigilance, roulait le long de sa joue.

— Je ne peux pas le dire, murmura-t-il, parce que je n'en sais rien. Cette journée a été merveilleuse. Vraiment merveilleuse. Elle m'a rappelé des souvenirs heureux. Des journées comme celle-ci, je n'en ai pas eu beaucoup, depuis quelques années. Et les souvenirs aussi précieux sont encore plus rares.

Du bout des doigts, il cueillit une larme sur son visage.

— Je ne peux pas le dire, Mélanie, parce que je ne voudrais pas commettre une erreur. Parce que je ne veux pas vous faire de mal. A lui ou à toi.

Le téléphone sonna. Il laissa retomber sa main et franchit la porte. Mélanie fit un geste pour le retenir. Son appel mourut sur ses lèvres. Il était déjà parti.

La sonnerie retentit de nouveau et Mélanie alla décrocher, persuadée que c'était sa sœur.

— Ashley ?

— Non, Stan.

— Stan ?

Déconcertée, elle jeta un coup d'œil sur l'horloge murale.

— Je croyais que tu avais une conférence à New York…

Il l'interrompit.

— J'en ai assez de ta petite campagne de terreur, Mélanie. Tu vas cesser immédiatement ces enfantillages !

— Cesser quoi ?

— Ne te fatigue pas, Mélanie. Je sais ce que tu essaies de faire et ça ne marchera pas. As-tu imaginé que j'allais prendre peur et renoncer à revendiquer la garde de Casey ? As-tu vraiment cru que Shelley serait assez effrayée pour me dissuader d'insister ?

— Effrayer Shelley ?

Une panique subite s'empara d'elle.

— Je t'assure, Stan, j'ignore totalement de quoi tu veux parler ! Je n'ai jamais rien…

— Je ne croyais pas Shelley avant de t'avoir vue de mes propres yeux. Si je te revois rôder ainsi dans les parages, j'appelle les flics. C'est compris ?

— Stan, je t'en prie. Nous étions parvenus à un accord, pourquoi risquerais-je de compromettre…

— Nous étions d'accord. Ce n'est plus le cas. Tu as tout gâché, Mélanie.

53

Le lendemain matin, le carillon de l'entrée réveilla Mélanie. Elle quitta le lit, attentive à ne pas réveiller Casey — il s'était faufilé auprès d'elle au cours de la nuit.

Au second coup de sonnette, elle pesta entre ses dents, enfila un peignoir et se hâta d'aller ouvrir.

Pete Harrison et Roger Stemmons se tenaient sur le pas de sa porte. Avec leurs lunettes noires et leurs costumes sombres, ils ressemblaient aux personnages d'une mauvaise série policière. Elle les dévisagea d'un air interdit.

— Pete ? Roger ? Que faites-vous là ?

— Mélanie, il va falloir nous accompagner au siège de la PJ pour répondre à quelques questions.

— Des questions ?

Elle secoua la tête dans l'espoir de s'éclaircir les idées.

— Quelle heure est-il donc ?

Roger consulta sa montre.

— 8 h 30.

8 h 30 ? Un dimanche ? Mélanie les regarda tour à tour sans comprendre.

— C'est donc tellement urgent ?

— Je crains que oui, murmura Pete. Il y a eu tentative de meurtre sur la personne de votre ex-mari.

Cela la tira enfin de sa léthargie.

— Stan ? Quelqu'un a essayé de le tu…

— De l'empoisonner.

— Heureusement, la tentative a échoué, ajouta Stemmons.

— Maman ?

393

Elle pivota sur ses talons. Casey se tenait à l'entrée du couloir, son lapin en peluche serré contre lui, le regard anxieux. Elle le rejoignit et le souleva dans ses bras.

— Ne t'inquiète pas, mon ange. Maman doit aller au travail.

Se retournant vers les deux inspecteurs, elle les invita à entrer.

— Je n'en ai pas pour longtemps. Juste le temps de m'habiller et d'appeler la voisine.

Ce fut seulement vingt minutes plus tard, tandis qu'ils roulaient en direction de la PJ — Harrison et Stemmons visiblement peu disposés à communiquer —, qu'elle prit vraiment conscience de ce qui se passait : ils voulaient l'interroger en tant que suspect.

La chose lui parut invraisemblable. C'était une ridicule méprise. Une ignoble plaisanterie commise par quelque désaxé.

Elle leur fit part de ses réflexions dès qu'ils furent disposés à l'entendre.

— Vous faites fausse route si vous imaginez que je suis pour quoi que ce soit là-dedans.

— Votre ex-mari vous a assignée en justice pour reprendre la garde de son fils, répondit Pete. A mon avis, c'est un mobile valable.

Ils s'assirent dans la même salle d'interrogatoire que la fois précédente, Mélanie en face d'eux à la même table, la caméra perchée braquée sur son visage. Qui pouvait assister à l'entretien dans la pièce adjacente, jugeant ses moindres paroles, ses moindres gestes ? Connor ? Le commissaire ? Un représentant du ministère public ? Quel degré de gravité la police accordait-elle à cet interrogatoire ?

— Non, répondit-elle.

Elle se pencha au-dessus de la table, s'évertuant à leur démontrer l'ineptie d'un tel raisonnement.

— Stan et moi étions parvenus à un accord. Nous étions convenus de transiger, dans l'intérêt de notre fils.

— Ce n'est pas ce que dit votre ex-mari, rétorqua Pete.

— Il affirme que vous cherchiez à les effrayer, lui et son épouse, renchérit Stemmons. Il vous a vue fureter sur le parking de son immeuble depuis la fenêtre de son bureau. Et l'un de ses voisins vous a également aperçue, en uniforme, rôdant la nuit autour de son domicile.

— C'est complètement absurde !

— Que mange votre ex-mari pour son petit déjeuner, le matin ?

Déconcertée par ce brusque changement de sujet, elle reporta son attention sur Harrison, qui venait de poser cette question insolite.

— Il se prépare un mélange de céréales complètes et fruits secs.

— Du temps de votre mariage, comment aviez-vous baptisé cette préparation ?

— Je l'appelais son gloubi-boulga de brindilles.

Mélanie soupira et jeta un coup d'œil sur sa montre, songeant à Casey.

— Il ne se nourrit que de produits biologiques, entretient sa forme en courant huit kilomètres tous les matins et ne s'autorise aucun écart de régime, expliqua-t-elle. Je l'ai toujours connu ainsi.

— Personne d'autre ne mange de ses céréales ?

— C'est impossible à ingurgiter. Croyez-moi, j'ai essayé.

Les inspecteurs échangèrent des regards entendus. Harrison s'éclaircit la voix et poursuivit :

— A quelle heure votre ex-mari se lève-t-il chaque jour ?

— A 4 heures du matin. Pour aller courir ; à moins qu'il n'ait changé d'habitude depuis notre divorce.

— Le décririez-vous comme quelqu'un dont l'existence est réglée sur des habitudes ?

— Oui.

— Se conforme-t-il à une routine quotidienne absolument invariable ?

— Oui.

L'inspecteur se leva et vint se placer derrière Mélanie, l'obligeant à tordre le cou pour le regarder.

— A 4 heures précises, ce matin — comme tous les autres —, votre ex-mari se lève, enfile son survêtement et se prépare un grand bol de céréales. Le mélange lui semble d'une consistance légèrement inhabituelle mais il met cela sur le compte de l'humidité et n'y accorde pas trop d'importance. Jusqu'au moment où il est pris de malaise pendant son exercice.

Mélanie porta une main à sa gorge, devinant, redoutant ce qui allait suivre.

— Il fait demi-tour, vomissant trois fois en chemin, transpirant abondamment, pris de vertige. Il songe d'abord à la grippe puis se souvient de ce qu'il avait remarqué avant de déjeuner. Il va faire un tour à l'office et, comme de juste, découvre dans sa mixture des ingrédients inconnus — comme par hasard, des brindilles et des feuilles hachées menu.

— Oh, mon Dieu, murmura Mélanie, une moiteur glacée l'envahissant insidieusement. Qu'est-ce que…

— Du laurier-rose. Une plante extrêmement toxique.

L'un des poisons favoris des auteurs de romans noirs. Harrison marqua une pause et prit son gobelet de café.

— Comment va-t-il ? demanda Mélanie.

— Il a eu de la chance. Sa femme l'a conduit à l'hôpital où il a subi un lavage d'estomac. Heureusement qu'il est observateur. S'il avait attribué ces symptômes à la grippe…

— Il ne serait plus de ce monde, acheva Stemmons.

Harrison s'assit de nouveau en face de Mélanie et croisa les mains sur la table.

— Vous avez une haie de lauriers-roses dans votre jardin, n'est-ce pas, Mélanie ?

— Comme plus de la moitié des habitants de la région, répondit Mélanie, tâchant de contrôler la panique qui montait en elle. Ce n'est pas une plante rare dans le sud des Etats-Unis.

— Mais la moitié de la population de Charlotte n'a pas de raisons personnelles de souhaiter la mort de Stanley May. Vous, si.

Indignée, Mélanie eut un mouvement d'incrédulité.

— C'est insensé, dit-elle.

Son regard alla de l'un à l'autre.

— Vous ne pensez pas sérieusement que j'ai tenté de tuer mon ex-mari, tout de même ?

— Pourquoi pas ? Les chiffres le prouvent : cinquante-sept pour cent des meurtres sont commis par des personnes proches des victimes. Et sur ce pourcentage, dix-sept pour cent appartiennent à leur famille. Vous connaissez les statistiques, Mélanie.

— Ne tenez-vous aucun compte du fait que j'appartiens à la police ? Que je me suis engagée à faire respecter la loi — pas à la violer ? En outre, la victime de l'empoisonnement en question est le père de mon enfant ; pourquoi voudrais-je faire de mon fils un orphelin ?

— Peut-être pourriez-vous nous le dire.

— Dois-je prendre un avocat ?

— La loi vous y autorise, bien entendu.

Elle examina les deux hommes, pesant le pour et le contre, puis secoua la tête.

— Continuez. Pour le moment.

— A propos de faits, reprit Harrison, en voici un qui pourrait vous intéresser. Saviez-vous que la substance toxique que contient le laurier-rose provoque des symptômes identiques à l'empoisonnement à la digitaline ? Et que le traitement est le même, dans les deux cas ?

Mélanie fronça les sourcils.

— Je ne vois pas très bien où vous voulez en venir.

— Ne trouvez-vous pas la coïncidence étrange, Mélanie ? A ma connaissance, votre père est décédé des suites d'un empoisonnement à la digitaline ; la première victime de l'Ange Noir, également.

L'impact de ces paroles la fit vaciller. Leur signification et leur portée la confrontaient à une réalité désormais impossible à ignorer.

Son père. L'Ange Noir. Boyd. Et maintenant Stan. Ashley.

— Mélanie ? répéta Harrison d'une voix pressante. Ne trouvez-vous pas la coïncidence un peu suspecte ?

La jeune femme croisa son regard. Elle était au supplice — contrainte de trahir quelqu'un qu'elle aimait et s'était toujours efforcée de protéger. Mais elle n'avait pas le choix. Ashley avait besoin d'aide. Il fallait l'arrêter.

— Si, en effet.

Stemmons émit un sifflement imperceptible qui lui valut un coup d'œil réprobateur de son collègue.

— Continuez, Mélanie. Dites-nous tout.

Elle inspira profondément et se jeta à l'eau.

— Je n'ai remarqué tout cela que très récemment. Je n'en ai parlé à personne — pas même à Connor Parks, bien qu'il collabore à l'enquête qui m'a été confiée. Je ne pouvais rien dire avant d'avoir acquis une certitude.

Elle regarda brièvement ses mains étroitement serrées sur ses genoux puis leva de nouveau les yeux sur Pete.

— Ma sœur Ashley se comporte de manière inquiétante, depuis quelque temps. Elle me causait du souci mais je ne m'étais pas réellement affolée jusqu'à maintenant.

D'une voix tremblante, elle leur fit part de leurs conversations, des propos qu'Ashley avait tenus sur l'Ange Noir et sur la justice, de ses allusions à ce qu'elle aurait fait pour aider ses sœurs, du message trouvé deux jours plus tôt sur son répondeur. Elle termina en exposant les conclusions auxquelles elle avait été obligée d'aboutir.

Quand elle se tut, Pete se cala dans son fauteuil, la mine incrédule.

— Si je comprends bien, vous préférez orienter les soupçons sur votre sœur ?

La gorge serrée, elle secoua la tête.

— Ce n'est pas de gaieté de cœur. J'aime ma sœur. Mais si elle est l'auteur de ces crimes, il faut mettre un terme à ses agissements.

Stemmons esquissa une moue écœurée.

— Quelle mentalité : attribuer les faits qui vous sont reprochés à votre propre sœur pour lui faire porter le chapeau, c'est du joli ! Je n'ai jamais rien entendu de tel.

Pete fit chorus.

— Dites-nous plutôt la vérité.

— C'est la pure vérité !

Mélanie renversa un instant la tête, rassemblant ses souvenirs.

— Ashley correspond tout à fait au profil de l'Ange Noir : même âge, même passé, même niveau social. Il lui est manifestement de plus en plus difficile de conserver à sa vie une apparence de normalité. Son métier de visiteuse médicale lui donne en outre accès à toutes sortes d'informations sur l'effet des médicaments et des substances toxiques. Elle voyage en permanence à travers les deux Etats de Caroline et peut aisément y rencontrer les femmes qu'elle se propose de secourir. Tout cela se tient parfaitement.

Pete resta de marbre.

— Tout cela correspond aussi parfaitement à votre cas, Mélanie. Vous avez le même âge, le même niveau social, le même passé ; votre tempérament emporté et la profession que vous exercez vous désignent également comme suspect. Vous aviez un mobile et les moyens d'agir.

Elle correspondait au profil, en effet. Pourquoi n'y avait-elle pas songé plus tôt ?

— Votre ex-mari vous a vue, Mélanie. Il vous a reconnue. Comment l'expliquez-vous ?

— Nous sommes des triplées, mes deux sœurs et moi ; les gens nous confondent souvent, toutes les trois. En pareille circonstance, la méprise était aisée.

— Vous portiez votre uniforme.

Stupéfaite, elle eut un mouvement de recul.

— Mon uniforme ?

— Votre uniforme d'agent de police ; ce qui explique sans doute que le gardien vous ait laissée pénétrer dans la résidence où habite votre ex-mari. Voulez-vous essayer de justifier cela ?

Elle secoua lentement la tête, en plein désarroi. Apparemment, Ashley avait bien préparé son coup.

— Voulez-vous revenir sur vos déclarations ? demanda

Stemmons. Vous ne vous en tirerez pas comme cela. Nous savons tous que vous êtes coupable.

Mélanie regarda la caméra bien en face. Connor se trouvait de l'autre côté, elle n'en doutait plus, à présent. Il avait suivi toute la scène avec attention. Etait-il d'accord avec eux ? Lui qui la connaissait si bien, la croyait-il sincèrement capable de commettre un tel crime ? Pouvait-il imaginer qu'elle fût l'Ange Noir ?

Cette idée lui causait une souffrance intolérable.

Elle soutint tranquillement le regard de l'inspecteur, espérant ne rien trahir de son angoisse, de son désarroi.

— Etes-vous décidés à m'inculper de crime ?

— Pas encore, avoua Harrison.

— Alors je m'en vais.

Elle se leva.

— Si vous avez d'autres questions à me poser, il faudra prendre contact avec mon avocat.

54

Debout face à l'écran, Connor contemplait l'image de la salle voisine, maintenant déserte. Derrière lui, Harrison et Stemmons s'entretenaient avec les trois autres occupants de la pièce — une représentante du ministère public, le commissaire Greer et Lyons, le chef de la brigade criminelle de la PJ.

— Mélanie fait partie de mes effectifs depuis plus de trois ans, disait le commissaire. C'est un élément remarquable et une excellente personne. Il en faudrait bien davantage pour me persuader qu'elle a commis un crime.

Le substitut l'approuva.

— Les preuves indirectes et hypothétiques que je viens d'entendre ne suffiront en aucun cas à former un chef d'accusation suffisant. Je ne l'inculperai pas sans un faisceau d'indices plus solides.

— Nous vous le fournirons, répliqua Harrison. Dans moins d'une heure, nous aurons le mandat de perquisition.

— Elle n'a pas marqué de défaillance lors de l'interrogatoire, dit Lyons. En fait, Pete, vous êtes peut-être allé trop loin. Elle risque de filer d'ici.

— Elle ne partira pas, affirma Stemmons. Elle a un fils, des sœurs, pour la retenir. Et puis elle ne manque pas de culot ; elle est persuadée de pouvoir se tirer d'affaire.

Connor se tourna vers eux.

— Sa sœur n'aurait-elle pu jouer un rôle dans l'affaire ? Ses arguments m'ont paru plausibles.

— Ses deux sœurs ont des alibis pour la nuit du meurtre

de Donaldson, répondit Harrison. Et puis, il y a la question de l'uniforme.

Connor haussa les sourcils.

— Oui, l'uniforme, parlons-en, justement. Pourquoi aurait-elle choisi une tenue qui la trahissait à coup sûr au lieu de s'arranger pour passer inaperçue ? Elle n'est pas stupide.

— Un point pour la défense, dit le substitut.

— Je vous le répète : elle a du culot. Et l'uniforme lui permet d'avoir accès à des endroits qui lui seraient interdits en civil.

— Comme la résidence privée de son ex-mari, fit remarquer le chef de la criminelle.

Stemmons opina.

— Exactement. En outre, personne ne s'inquiétera de voir rôder un flic. Les gens se sentent protégés quand la police patrouille.

Connor fronça les sourcils, contraint de reconnaître qu'ils avaient raison sur ce point.

— Je peux vous fournir les noms d'une dizaine de magasins qui louent des uniformes de policiers tout à fait ressemblants. A quoi pourrait-on distinguer celui de Whistletop ?

Les deux inspecteurs le foudroyèrent du regard ; Harrison, comme d'habitude, réagit le premier.

— En tout cas, nous avons un témoin rescapé de justesse qui affirme avoir été suivi et harcelé par son ex-femme ; elle a aussi proféré publiquement des menaces de mort à l'encontre de Donaldson. Et elle n'a aucun alibi pour ces deux affaires.

— Cela ne suffira pas à l'inculper mais c'est un bon début, dit le substitut du procureur en regardant tour à tour les trois hommes.

Connor secoua la tête.

— Je ne suis pas convaincu. Mélanie May n'est pas un assassin.

— C'est aussi mon avis, renchérit le commissaire.

— Examinez le profil que vous avez créé, Parks, conseilla

Harrison ; il semble taillé sur mesure pour elle — jusqu'à son passé d'enfant battue et sa connaissance approfondie du milieu policier.

— Un instant, dit Connor. Soupçonnez-vous réellement Mélanie d'être l'Ange Noir ? Elle est à l'origine de cette enquête. Pourquoi aurait-elle attiré notre attention sur ces crimes si elle en était l'auteur ? Cela n'a aucun sens.

— Bien au contraire, rétorqua Stemmons, jubilant manifestement. Il n'y a pas d'Ange Noir, Parks. Pas vraiment. C'est une invention de Mélanie pour créer un écran de fumée, un bouc émissaire virtuel à qui imputer les meurtres de son ex-mari et de son beau-frère. Réfléchissez : elle veut se débarrasser de ces deux hommes qui leur font du tort — à elle et à sa sœur. Une idée lui vient à l'esprit. Après s'être livrée à des recherches, elle déterre quelques prétendues victimes. Elle en fabrique peut-être même une ou deux — pour renforcer la crédibilité de sa théorie : ayant appris l'allergie dont souffre Thomas Weiss, elle place les abeilles dans sa voiture. Jim Mac Millian était soigné à la digitaline, comme son salopard de père : il subira le même sort que lui. Et quand tout est prêt, elle se met en quête d'une personne à qui faire avaler son histoire.

Il marqua une pause, un petit pli ironique au coin des lèvres.

— C'est là que vous apparaissez, Connor. Elle vous a rencontré le jour du meurtre de la fille Andersen ; vous êtes profileur, vous avez travaillé au bureau d'études de Quantico. Les tueurs en série sont votre spécialité. Si elle réussit à vous convaincre, le tour est joué.

Stemmons se tut. Dans le silence de la pièce, on entendait tout juste le cliquetis de la pendule murale. Connor brûlait de démolir la théorie de l'inspecteur mais il n'en avait pas les moyens. C'était non seulement possible mais ingénieux.

— Mélanie n'a commis qu'une seule erreur, enchaîna Harrison. Toute cette mise en scène s'est retournée contre elle. Elle a inventé l'Ange Noir et elle vous l'a livré, Parks ; mais le profil que vous avez élaboré était le sien.

403

Le commissaire grommela un juron à mi-voix. Le substitut ferma son porte-documents d'un coup sec et se leva.

— Faites préparer le mandat de perquisition, dit-elle.

— Il est déjà prêt.

Harrison reporta les yeux sur Connor.

— Je suis désolé. Je sais que vous aviez sympathisé, tous les deux.

— Vous ne m'avez toujours pas convaincu.

— Nous en aurons bientôt le cœur net. Si la perquisition s'avère fructueuse, nous continuerons. Sinon, nous chercherons ailleurs. Ce n'est pas plus compliqué que cela.

55

Mélanie rentra chez elle sans trop savoir comment elle était arrivée jusque-là. Elle tremblait si fort qu'elle pouvait à peine se tenir droite — encore moins manœuvrer un volant. La police n'allait pas tarder, cela ne faisait aucun doute. En moins d'une heure, ils auraient un mandat de perquisition et arriveraient en force.

Elle claqua la portière de sa voiture et se mit à marcher dans une sorte de brouillard. Seigneur, que lui arrivait-il ? Comment était-ce possible ? Comment Ashley avait-elle pu...

Brusquement assaillie par les larmes, elle les refoula tant bien que mal, craignant de ne plus pouvoir s'arrêter si elle se mettait à pleurer. Elle entra par la porte du garage, le plus discrètement possible. Elle préférait ne pas voir Casey avant d'avoir recouvré un minimum de sang-froid. A quoi bon l'effrayer inutilement ?

Elle trouva Mme Saunders occupée à compter à voix haute au milieu du séjour ; elle jouait à cache-cache avec Casey et c'était à son tour de chercher.

Mélanie s'efforça de prendre un air normal.

— Je suis de retour.

Sa voisine posa les yeux sur elle et la consternation se peignit sur son visage.

— Qu'est-il arrivé ?

— Est-ce tellement flagrant ?

Mme Saunders opina et les épaules de Mélanie s'affaissèrent.

— Quelque chose... de terrible s'est produit. Pourriez-vous rester encore un peu ? Je vais appeler ma sœur Mia pour savoir si elle peut garder Casey aujourd'hui.

La femme acquiesça et Mélanie alla téléphoner depuis sa chambre pour plus de discrétion. Heureusement, Mia répondit immédiatement.

— Mia ? C'est moi.

— Mélanie ! Je suis si contente que tu appelles. Je ne sais pas ce qui m'a pris l'autre jour, comment j'ai pu te dire des choses pareilles... Ecoute, je suis désolée. J'espère que tu...

Mélanie l'interrompit, craignant de perdre des minutes précieuses. Elle n'avait plus beaucoup de temps devant elle.

— Il s'est passé quelque chose, dit-elle. Quelque chose d'affreux. Je... J'aimerais que tu... Casey...

Les mots s'étranglèrent dans sa gorge, qu'un sursaut de courage oxygéna.

— J'ai des ennuis, Mia. Pourrais-tu venir ?

— J'arrive tout de suite, promit-elle avant de raccrocher.

Fidèle à sa parole, elle sonna à la porte quelques minutes plus tard. Mélanie tomba dans les bras de sa sœur.

— Si tu n'étais pas venue... Je ne sais pas ce que je vais faire, Mia. Quelqu'un a tenté de tuer Stan la nuit dernière et... et on pense que c'est moi !

— Oh, mon Dieu.

Mia l'écarta doucement.

— Calme-toi et raconte-moi exactement ce qui s'est passé.

D'une voix entrecoupée, Mélanie lui répéta ce qu'elle avait appris tout en s'évertuant à ne pas fondre en larmes.

— On m'accuse d'avoir tué Boyd et tenté d'empoisonner Stan, conclut-elle. La police me prend pour l'Ange Noir.

— C'est complètement absurde !

— Va donc le leur dire.

La gorge nouée, la jeune femme s'efforça de reprendre son souffle.

— Ils seront ici dans moins d'une heure avec un mandat de perquisition. Normalement, ce devrait être l'occasion de leur prouver mon innocence. Mais si je suis l'objet d'une machination... qui sait ce qu'ils pourront trouver...

Sa voix se brisa et elle demeura un instant muette, accablée.

— Je ne veux pas que Casey soit là… quand ils arriveront, reprit-elle enfin. Pourrais-tu l'emmener pour la journée ?

— Bien sûr, Mellie. Je ferai tout mon possible pour t'aider.

— J'ai autre chose à te demander, Mia. C'est important. Elle saisit les mains de sa sœur.

— Il faut m'aider à retrouver Ashley. Elle n'est pas étrangère à tout ceci.

Le front de Mia se plissa sous l'effet de la perplexité.

— Je ne comprends pas. Comment Ashley serait-elle mêlée…

Aussi rapidement que possible, Mélanie lui résuma les faits. Elle lui parla du profil établi par Connor et de sa ressemblance avec la personnalité d'Ashley.

— Du reste, souviens-toi : elle s'était fait passer pour moi à Charleston, prétendant se livrer à une enquête officielle. Pourquoi n'aurait-elle pas usurpé une fois de plus mon identité ?

— Oui, mais, Mel… Je me suis fait passer pour toi des milliers de fois ; cela ne signifie pas…

— C'étaient des jeux d'enfants : aucun rapport avec ce qu'elle a fait à Charleston. Elle portait un uniforme, un faux badge. Ce n'est pas tout. Sa profession de visiteuse médicale lui donne accès à toutes les informations nécessaires à l'Ange Noir ; toujours par monts et par vaux, elle avait tout le temps et le loisir de dénicher de nouvelles victimes en Caroline du Nord ou du Sud. Outre le fait que j'appartiens à la police, elle a fréquenté un détective pendant pas mal de temps. Et depuis plusieurs semaines, elle perd peu à peu les pédales, c'est évident. Autant d'éléments caractéristiques du profil de l'Ange Noir. Elle a téléphoné avant-hier soir — le soir même où les céréales de Stan ont dû être empoisonnées. Son message était complètement délirant : elle me demandait pardon pour des choses terribles qu'elle avait faites.

Horrifiée, Mia porta une main à sa gorge.

— Mon Dieu. Ashley ? L'Ange Noir ? Je ne parviens pas à y croire.

— Je voudrais ne pas le croire. Je ne sais pas quoi penser d'autre. Tout se tient parfaitement — les informations qu'elle détient, sa ressemblance avec moi et son étrange comportement, depuis quelque temps.

— Je vais la retrouver, dit Mia. Véronica m'aidera.

— Non.

Mélanie serra les mains de sa sœur.

— Elle ne peut pas, Mia. Véronica appartient au ministère public. Ses fonctions lui commandent la neutralité à cet égard.

Mia secoua la tête.

— Je connais Véronica. Elle nous aidera. Elle m'aidera. Nous sommes…

— Tatie Mia !

Mélanie lâcha les mains de sa sœur et Mia pivota sur ses talons.

— Coucou, bonhomme !

Elle lui tendit les bras.

— Viens faire un gros baiser à tatie Mia.

Casey courut jusqu'à elles et se jeta dans les bras de sa tante.

— Tu viens jouer avec nous ?

— Mieux que cela, mon grand. Je t'emmène chez moi et nous passerons la journée ensemble. Rien que toi et moi.

Il se rembrunit.

— Pas maman ?

Mélanie eut toutes les peines du monde à retenir ses larmes.

— Je suis désolée, poussin. Maman a du travail.

Une moue se dessina sur ses lèvres mais Mia intervint avant qu'il se mît à pleurer.

— Comme il fait une chaleur incroyable, j'avais pensé… Que dirais-tu d'un petit tour à la piscine ?

Le visage de l'enfant s'éclaira et il se tourna vers sa mère. Comme elle acquiesçait avec un sourire, il fila comme une flèche chercher ses brassards et ses palmes. Quand il eut disparu, Mélanie s'approcha de Mme Saunders qui se tenait dans l'entrée, ne sachant trop que faire. Mélanie la remercia et la raccompagna jusqu'à la porte. Après son départ, elle rejoignit sa sœur.

— Je vais préparer un sac pour Casey.

— Mets-y une trousse de toilette et un pyjama, à tout hasard.

Mia se dirigea vers la cuisine.

— Puis-je prendre un Coca pour la route ?

Mélanie lui dit de se servir et alla retrouver son fils dans sa chambre. Ensemble, ils remplirent le sac — sans oublier ses jouets favoris, naturellement. Puis ils rejoignirent Mia qui les attendait sur le pas de la porte.

Mélanie se pencha et serra son fils contre elle.

— Je t'aime, lui chuchota-t-elle à l'oreille. Amuse-toi bien et sois sage ; obéis à tatie Mia.

— Promis.

Il jeta les bras autour de son cou et l'embrassa sur la joue.

— Au revoir, maman, dit-il en lui lançant un dernier baiser du bout de ses doigts potelés.

Voyant que Mélanie était sur le point d'éclater en sanglots, Mia tendit le petit sac à dos à son neveu.

— Va vite porter ça dans ma voiture, bonhomme. Il y a ton maillot de bain dedans et il ne faudrait surtout pas l'oublier, tu ne crois pas ?

L'astuce fonctionna et il partit en courant, son sac à l'épaule. Mélanie le suivit des yeux puis s'effondra contre sa sœur, sanglotant comme elle ne l'avait plus fait depuis le décès de leur mère.

Mia l'étreignit farouchement.

— Nous éclaircirons ce mystère, ma grande. Ne t'inquiète pas.

— Ne laisse pas Casey entendre quoi que ce…

— J'y veillerai.

— La télévision : il pourrait…

— Je sais. Je l'occuperai autrement.

Mélanie appuya son front contre celui de sa sœur, infiniment réconfortée par sa présence. Peu à peu, ses larmes se tarirent.

— Il faut à tout prix retrouver Ashley. C'est elle qui est là-dessous, Mia. J'en suis sûre.

— Je ferai tout mon possible. Elle n'a pas disparu, tout de même. Nous la retrouverons, Mel. Sois tranquille.

Mélanie jeta un coup d'œil sur la Lexus garée au bout de l'allée. Casey était monté à l'arrière et attachait sa ceinture de sécurité. Elle se mit à trembler.

— Je n'arrive toujours pas à y croire, Mia. Comment Ashley aurait-elle pu... me faire ça ?

Sa voix se brisa de nouveau.

— Et pourquoi ? Pourquoi ?

— Les voilà, chuchota Mia. La police.

Mélanie se redressa, essuyant rapidement ses yeux. Deux fourgonnettes et une berline grise venaient de s'arrêter le long du trottoir. Harrison et Stemmons descendirent de la berline.

— Vas-y, dit-elle à Mia. Emmène vite Casey.

Sa sœur scruta un instant son visage puis hocha la tête.

— J'ai confiance en toi, Mélanie. Tout va s'arranger, tu verras.

Elle se dirigea vers sa voiture, saluant au passage les deux inspecteurs d'un signe de tête. Mélanie agita la main jusqu'à ce que la Lexus ait disparu au coin de la rue. Alors, seulement, elle se tourna vers Harrison et Stemmons.

— Vous saviez que nous allions venir, dit Pete en lui remettant le mandat de perquisition.

— Oui.

Elle jeta un coup d'œil dans la direction où sa sœur était partie puis reporta son attention sur les six hommes rassemblés sur le seuil.

— Je ne voulais pas que mon fils soit là.

— Je comprends, dit Harrison.

Mélanie ouvrit plus largement sa porte.

— Vous ne trouverez absolument rien, messieurs, dit-elle

avec une crânerie forcée, plutôt dérisoire eu égard à son nez rouge et à ses joues salies par les larmes.

Elle s'effaça pour les laisser entrer.

— Que diriez-vous d'en finir au plus vite afin que nous puissions reprendre nos activités respectives ?

56

Comme Mélanie l'avait craint, la police découvrit toutes sortes de choses qu'elle n'avait jamais vues jusque-là. Un rouleau de sparadrap du même type que celui qui avait servi à bâillonner Boyd était caché sous un siège de sa jeep. Sa bibliothèque contenait plusieurs ouvrages spécialisés sur les allergies, les empoisonnements et les techniques utilisées pour l'autopsie. Et on trouva plusieurs paires de gants chirurgicaux dissimulées parmi ses papiers, dans un tiroir de son bureau.

Tandis que les inspecteurs et deux membres du service d'expertise fouillaient la maison, les deux autres passaient l'intérieur de sa voiture au peigne fin pour y relever le maximum d'empreintes, fragments d'étoffe ou résidus biologiques. L'avocat de Mélanie — un excellent juriste mandaté par le commissaire — lui apprit qu'un poil, apparemment pubien, avait été trouvé à proximité du sparadrap. Il avait été aussitôt expédié au laboratoire d'analyses.

Tous ces éléments ne constituaient que des preuves indirectes, donc insuffisantes pour l'inculper, expliqua l'avocat. Toutefois, si l'analyse du poil correspondait aux tests ADN effectués sur Boyd, elle devrait s'attendre à ce qu'un mandat d'arrêt lui fût notifié.

Mélanie était effarée, affolée, au bord de la crise d'hystérie. Ce qui lui arrivait dépassait l'entendement. Où qu'elle se tournât, les jours suivants, elle se heurtait à un mur de rejet et de suspicion. Tout le monde l'évitait, lui raccrochait au nez. Le commissaire la mit immédiatement en congé exceptionnel et, en moins de vingt-quatre heures, Stan obtint une décision de garde provisoire pour Casey, interdisant à sa mère de le voir ou de lui parler ; elle ne fut pas même autorisée à lui dire au revoir.

Ce fut pour elle le coup de grâce. Le cœur brisé, elle ne cessait de s'inquiéter à son sujet, s'interrogeant sur sa réaction, redoutant qu'il fût traumatisé. Cette épreuve acheva presque de l'anéantir.

Elle aurait sans doute craqué sans Mia. Sa sœur l'épaula avec conviction, lui procura un soutien indéfectible. Elle régla les honoraires exorbitants de l'avocat et se mit en quête d'Ashley — hélas sans le moindre succès.

Ashley avait disparu. Mia constata que leur sœur n'était apparemment pas rentrée chez elle depuis un certain temps ; sa boîte aux lettres débordait de courrier et son paillasson disparaissait sous les imprimés publicitaires. En pénétrant à l'intérieur de l'appartement, elle avait trouvé le répondeur saturé de messages, le réfrigérateur à peu près vide ; une odeur de renfermé flottait dans le logement inoccupé. Inquiète, Mia appela l'employeur de la jeune femme ; il lui apprit qu'Ashley avait été congédiée une semaine environ avant le meurtre de Boyd.

Le récit de Mia renforça Mélanie dans ses convictions. Qui d'autre qu'Ashley aurait pu ourdir la machination dont elle était victime ? Elle devait à tout prix la retrouver sous peine d'être accusée du meurtre de son beau-frère. Bien placée pour savoir comment fonctionnait une enquête, elle ne pouvait douter que le résultat de l'analyse achèverait de l'incriminer.

L'heure tournait.

Connor.

A part Mia, il était la seule personne susceptible de l'aider ; il en avait les moyens et la capacité. Connor, mieux que quiconque, pourrait être en mesure de retrouver Ashley.

Sans se préoccuper de l'heure tardive, Mélanie prit la cassette contenant le message délirant d'Ashley dans le tiroir où elle l'avait rangée, attrapa son sac et ses clés et se précipita vers sa voiture. Elle avait besoin de savoir qu'il la croyait, qu'il lui faisait confiance.

En outre, s'avoua-t-elle en s'installant au volant, elle avait besoin de sa présence, de ses bras autour d'elle pour la réconforter. Murmurant une brève prière, elle tourna la clé de contact.

Sa prière ne fut pas exaucée. Il se montra inflexible et distant, le visage hermétique. Elle le scruta cependant comme un voyageur avide d'étancher sa soif après une traversée du désert. Il avait les traits tirés, l'air désorienté. Les rides qui marquaient le coin de ses yeux et de sa bouche semblaient s'être creusées.

— Tu ne devrais pas être ici, dit-il. Pas sans ton avocat.

Comme il s'apprêtait à refermer sa porte, elle l'arrêta d'un geste.

— S'il te plaît, Connor. On m'accuse à tort. Tu dois me croire.

— Ce que je crois est sans importance. En l'occurrence, nous ne sommes pas dans le même camp.

— Pour moi, c'est important, s'écria-t-elle. C'est même essentiel.

Elle avança d'un pas.

— Il faut m'aider, Connor. Je n'ai personne d'autre que toi.

Il regarda sa main tendue, visiblement torturé.

— Je regrette, Mélanie. Essaie de comprendre, je t'en prie : c'est impossible. Tu fais l'objet d'une enquête de police. Comment veux-tu…

— J'ai apporté la cassette de mon répondeur, avec le message d'Ashley. Ecoute-la, s'il te plaît. Je ne t'en demande pas plus.

— Mélanie…

Malgré elle, ses yeux se remplirent de larmes. Elle se mit à trembler.

— Ashley est introuvable. Mia m'aide à la chercher mais… tu pourrais nous épauler.

Il la fixa un instant en silence. Bien sûr, il devait réfléchir,

414

peser le pour et le contre. Les secondes passèrent. Mélanie attendait, le cœur battant à se rompre, la gorge sèche.

Finalement, il secoua la tête.

— Je suis désolé. Je ne peux pas.

Mélanie émit une plainte d'animal blessé. Prête à tout, même à mendier, elle lui saisit la main.

— Ils m'ont enlevé Casey ! Pourquoi aurais-je commis de tels crimes, au risque de le perdre ? J'appartiens à la police, je sais comment se déroule une enquête. Je n'ignorais pas que les flics de la PJ allaient venir perquisitionner à mon domicile. Pourquoi aurais-je laissé autant d'indices à leur portée ? Ecoute le message, rien de plus. Je t'en prie, Connor… tu me connais, je ne suis pas un assassin. Tu sais bien que c'est vrai.

Chacun de ses mots évoquait un abîme de souffrance. Connor hésita encore un instant puis, soupirant, s'effaça pour la laisser entrer. Elle lui tendit la cassette et le suivit dans la cuisine. Il ôta la cassette de son répondeur, la remplaça par celle de Mélanie et appuya sur le bouton de lecture.

Un long silence suivit.

L'enregistrement avait été effacé.

57

Mélanie regarda l'aube poindre à l'horizon. La fatigue, le désespoir avaient finalement raison d'elle. Elle ne pouvait s'empêcher de penser qu'en un sens, Stan avait gagné la partie ; que son père, depuis l'au-delà, avait enfin pris sa revanche.

Elle était punie pour un crime qui lui était parfaitement étranger.

Connor ne l'avait pas crue. Elle avait senti qu'il en avait envie — qu'il était déchiré. La cassette vide avait résolu son dilemme. Après cela, que pouvait-elle encore lui dire ? Qui aurait-elle pu dénoncer ? La police ?

Au lieu de dénoncer quiconque, elle était partie sans un mot. Humiliée. Au comble du désespoir.

A présent, elle s'interrogeait. Elle avait ôté la cassette de l'appareil après la perquisition du matin. Mme Saunders l'aurait-elle rembobinée par inadvertance ? A moins que sa mémoire ne lui eût joué quelque tour : bouleversée, l'esprit ailleurs, peut-être avait-elle appuyé elle-même sur le bouton ?

Mélanie se massa longuement les yeux. Si elle avait été honnête avec Connor depuis le début, si elle lui avait fait part de ses soupçons concernant Ashley — en le laissant écouter le répondeur chez elle ce soir-là —, elle se serait épargné bien des ennuis.

Le message de sa sœur l'aurait certainement convaincu. Maintenant, elle n'avait plus rien. La tête entre les mains, en proie à une détresse incommensurable, elle se sentit vaincue, anéantie.

Le téléphone sonna. Espérant malgré elle que ce fût Connor, elle saisit le récepteur d'une main tremblante.

— Allô ?

— Je suis bien chez Mme May ?

Mélanie esquissa une grimace. A la faveur de quelque indiscrétion, la presse avait appris qu'elle faisait l'objet d'une enquête liée à l'affaire de l'Ange Noir et de nombreux journalistes s'étaient empressés de l'appeler. Elle avait vite compris qu'il était inutile de les envoyer promener.

— C'est moi.

— Je m'appelle Vickie Hanson. Je travaille à l'hôpital psychiatrique de Rosemont, à Columbia.

Perplexe, Mélanie fronça les sourcils.

— Oui ? Que puis-je faire pour vous ?

— Avez-vous une sœur du nom d'Ashley Lane ?

Mélanie serra impulsivement le récepteur dans sa main.

— Oui, en effet.

— Dieu soit loué ! s'exclama son interlocutrice, manifestement soulagée. Je suis la psychiatre qui s'occupe de votre sœur et…

— Pardon, vous êtes… ?

— La psychiatre de Mlle Lane, ici, à la clinique. Laissez-moi vous expliquer. Vendredi soir, votre sœur a tenté de se suicider. Heureusement, un homme qui traversait le pont en voiture s'est arrêté et a plongé pour la secourir. Les pompiers l'ont ranimée et amenée ici.

— Oh, mon Dieu.

Mélanie tira une chaise et s'y laissa tomber. Ashley ? Une tentative de suicide ?

— Elle n'est pas blessée ?

— Physiquement, elle est indemne. Sur le plan émotionnel, elle est plutôt… perturbée.

— Pourquoi ne pas m'avoir avertie plus tôt ?

— Lors de son admission, Mlle Lane a affirmé qu'elle n'avait aucun parent proche.

La psychiatre marqua une pause. Mélanie entendit un

bruit qui ressemblait à celui d'un briquet qu'on allume —
puis le grésillement d'une flamme au contact du tabac.

— Mais hier soir, reprit la femme, elle a commencé
à vous réclamer en pleurant. Elle devait à tout prix vous
voir, répétait-elle ; selon elle, vous étiez en danger. Elle s'est
tellement agitée que nous avons dû lui faire une piqûre.

Tant bien que mal, Mélanie essaya d'y voir un peu plus
clair. Quelque chose ne concordait pas avec…

— Excusez-moi, dit-elle. Quand m'avez-vous dit qu'Ashley
a été conduite dans votre établissement ?

— Il y a quatre jours ; au milieu de la nuit.

— Et elle n'a pas quitté la clinique depuis lors ?

— Pas un instant.

Ce nouvel élément d'information renversait toute sa
théorie. Stan avalait chaque matin un grand bol de son
mélange spécial. Ses céréales avaient donc forcément été
empoisonnées après son petit déjeuner du samedi. Ce jour-
là, Ashley était enfermée dans une clinique psychiatrique,
à deux cents kilomètres de là.

Ashley n'avait pas pu tenter de tuer Stan. Ce n'était pas
elle qui avait échafaudé ce coup monté. Alors, qui était-ce ?

— Allô ? Madame May ? Etes-vous toujours à l'appareil ?

— Oui, oui, dit Mélanie, je suis là. Dites-moi ce que
je peux faire.

— Je vous l'ai dit : elle vous réclame à cor et à cri.

— Je pars immédiatement.

58

Après le départ de Mélanie, Connor était resté sur le pas de sa porte, la main sur la poignée, son nom au bord des lèvres. Il avait eu envie de la rappeler — tellement envie que maintenant encore, quelques heures plus tard, il en éprouvait toujours le besoin.

Il l'avait pourtant laissée partir, freiné par l'importance des preuves qui s'accumulaient contre elle, refusant d'écouter son intuition, d'admettre qu'elle n'avait pas fait ce dont les inspecteurs l'accusaient, qu'elle n'était pas cette femme-là.

Tout ce que Mélanie avait affirmé sonnait juste — cet ensemble de prétendus indices ne se tenait pas. Une femme aussi astucieuse n'aurait jamais commis l'imprudence de laisser traîner autant d'indices accablants chez elle.

Certes, les assassins commettent des erreurs. Ils s'enhardissent, prennent de plus en plus de risques — enterrent des cadavres dans leur propre jardin, conservent chez eux des souvenirs de leurs crimes, se vantent même parfois auprès de leurs amis.

Pas Mélanie. Mélanie était une personne intelligente, courageuse, d'une intégrité morale remarquable.

Il se massa les yeux d'un geste las, rongé par le doute et le remords. Il se souvint de l'angoisse qui perçait dans sa voix quand elle avait dit que Stan lui interdisait de revoir Casey ; et le cri de désespoir qui lui avait échappé à l'écoute de la cassette vide résonnait encore dans sa tête.

La dernière fois qu'une femme l'avait appelé au secours,

il avait fait la sourde oreille. Il avait laissé sa raison étouffer l'élan de son cœur et elle était morte.

Il ne se l'était jamais pardonné.

Ses mains retombèrent le long de son corps. Les assassins sont des individus prêts à tout pour tenter de se disculper. La manipulation n'a pour eux pas de secret : la paranoïa est une bonne école. Les psychopathes sont généralement les gens les plus persuasifs qui soient. Connor le savait par expérience — une trop grande expérience.

Il avait beau évoquer ces expériences, se rappeler incessamment les faits et l'importance des preuves accumulées contre elle — il persistait néanmoins à la croire innocente.

Sans doute s'était-il épris d'elle.

Cette révélation le bouleversa. Il chancela imperceptiblement, comme sous l'effet d'un choc. Elle l'avait conquis sans crier gare, à son insu, grâce à son charme, à sa spontanéité ; mais aussi grâce à son courage, ses qualités morales, son amour et son dévouement absolu pour son fils, ce bonheur dont elle le comblait.

Auprès d'elle, il se sentait revivre.

Il devait le lui dire, lui faire part de ses sentiments — de la confiance qu'il avait en elle. Il regagna la cuisine, décrocha le téléphone, composa son numéro et attendit. Le répondeur se déclencha à la quatrième sonnerie.

— Mélanie, c'est moi, murmura-t-il. Si tu es là, décroche.

Il attendit encore quelques secondes puis pesta entre ses dents.

— Appelle-moi, s'il te plaît. C'est important.

Il venait à peine de raccrocher quand son téléphone sonna. Il reprit immédiatement le récepteur.

— Mélanie ?

— Connor Parks ?

Il se figea, reconnaissant un policier à son intonation.

— Oui, Parks à l'appareil.

— Lieutenant Addison, du bureau d'investigation de Charleston. Nous avons découvert les restes de votre sœur.

59

Véronica se réveilla en sursaut et s'assit dans le lit, un cri étouffé au fond de la gorge. Elle balaya la pièce d'un œil hagard, s'attendant à voir des spectres fondre sur elle, des mains crochues l'attraper par les cheveux. Mais un calme absolu régnait autour d'elle, dans la chambre familière de Mia que baignait la lumière rosée du matin.

Véronica porta une main tremblante à sa joue ; elle était moite de sueur. Elle essuya ses paumes sur le drap et tâta sa poitrine, craignant que les battements insensés de son cœur le fissent exploser, comme dans un dessin animé qu'elle avait vu dans son enfance.

Rien de tel ne se produisit et elle respira le plus régulièrement possible par le nez, tâchant de se calmer.

Elle avait déjà fait ce rêve dans le passé et il revenait souvent la hanter depuis quelque temps. C'était un cauchemar peuplé de morts-vivants aux chairs pourrissantes qui grouillaient d'asticots et autres horreurs innommables, dégageant une odeur pestilentielle. Dans ce rêve, son père et son mari — ainsi que la maîtresse de Daniel — la poursuivaient, s'amusant follement de la voir prendre ses jambes à son cou, blême d'épouvante.

Il n'y avait aucune issue.

A côté d'elle, Mia s'étira et murmura son prénom dans un demi-sommeil. Véronica sentit son cœur se gonfler, débordant d'amour.

— Tout va bien, chuchota-t-elle en se penchant sur son

amie et en effleurant sa tempe d'un baiser. Tout finira par s'arranger.

Le plus discrètement possible, elle quitta le lit et gagna la salle de bains d'un pas chancelant. Elle alla soulager sa vessie puis fouilla sa trousse de toilette à la recherche de son tube d'antidépresseurs. Comment aurait-elle survécu, depuis quelque temps, sans ces miraculeux comprimés ? Elle ne pouvait plus s'en passer. Même en augmentant la dose prescrite par le médecin, elle ne parvenait cependant plus à dormir jusqu'au matin ; elle avait perdu l'appétit et n'éprouvait plus d'intérêt pour son travail. Ses deux derniers réquisitoires avaient été des fiascos et les gens commençaient à jaser autour d'elle.

Véronica fit tomber deux comprimés dans le creux de sa main et referma le flacon. Elle les plaça sur sa langue et les avala avec un verre d'eau. En regagnant le lit, elle s'immobilisa sur le pas de la porte. Mia avait repoussé le drap à ses pieds et reposait à demi nue, ses cheveux blonds répandus sur l'oreiller, le sommeil rosissant ses joues. Sa veste de pyjama de soie, largement déboutonnée, laissait entrevoir la courbe délicate d'un sein.

Bouleversée, Véronica la contempla un instant, retenant son souffle. Il lui avait été facile de s'éprendre de Mia — plus difficile de lui accorder sa confiance. Elle avait toutefois fini par s'épancher progressivement, laissant la jeune femme conquérir à la fois son cœur, son esprit et son âme. Désormais, elle n'avait plus de secrets pour Mia — et réciproquement.

Véronica serra son peignoir autour d'elle, marcha jusqu'au lit et couva son amie d'un regard passionné.

Elle ferait n'importe quoi pour elle, lui donnerait tout ce qu'elle voulait. Elle était capable de tout pour la rendre heureuse ; pour la garder toujours auprès d'elle.

Elle tenait à elle plus qu'à tout au monde.

60

Deux heures après son départ, Mélanie s'engagea dans l'allée de l'hôpital psychiatrique de Rosemont, près de Columbia. La psychiatre lui avait fourni d'excellentes indications ; elle ne s'était égarée qu'une seule fois — et uniquement à cause de son étourderie.

Mélanie trouva une place sur le parking, coupa le moteur et prit son téléphone portable, s'assurant qu'il était branché avant de le glisser dans son sac. En chemin, elle avait appelé Mia et laissé un message à son domicile, expliquant ce qu'elle venait d'apprendre et où se trouvait Ashley.

L'hôpital était un vaste bâtiment d'aspect assez peu engageant, c'est-à-dire qu'il se situait, pour un établissement public, plutôt dans une moyenne honorable. Mélanie traversa le hall et se dirigea vers le bureau d'accueil où elle demanda à voir Vickie Hanson.

La psychiatre, une jolie brune au charme piquant, arriva presque aussitôt. Elle lui tendit la main avec un sourire.

— Madame May, votre ressemblance avec votre sœur est frappante. Elle m'a dit que vous étiez des triplées mais je n'étais pas certaine que ce soit…

— Que ce soit vrai ? On hésite généralement à nous croire, en effet.

Les deux femmes échangèrent une poignée de main.

— Je vous remercie de m'avoir appelée, dit Mélanie.

Le sourire de Vickie s'estompa.

— Votre sœur est une jeune femme très perturbée. J'espère que vous pourrez m'aider à la soigner.

423

— Je l'espère aussi. Je l'aime énormément. Est-elle réveillée ?

— Oui.

La psychiatre lui indiqua les ascenseurs sur leur gauche et elles se dirigèrent de ce côté.

— Je l'ai avertie de votre arrivée. Elle m'a demandé de lui laisser quelques instants.

La gorge nouée, Mélanie assura qu'elle comprenait ; à vrai dire, il n'en était rien. Elle se sentait bourrelée de remords — persuadée que sa sœur n'en serait pas arrivée là si elle avait été plus attentive. Tandis qu'Ashley sombrait dans le désespoir, elle l'avait accusée d'être une criminelle !

Elles entrèrent dans la cabine. La psychiatre appuya sur le bouton du troisième étage.

— Auriez-vous une idée sur l'origine de ses angoisses ? demanda-t-elle.

— Je crois bien que oui. Que vous a-t-elle dit ?

— Pas grand-chose. Elle est en pleine dépression et semble nourrir une grande hostilité envers les hommes. Pourriez-vous me parler un peu d'Ashley, telle que vous la connaissez ?

Mélanie réfléchit un instant ; un sourire effleura ses lèvres.

— C'est une fille très intelligente, fine observatrice, amusante. Elle aime surprendre — voire choquer — en disant tout haut ce que les autres pensent tout bas ; elle a toujours fait preuve d'un humour caustique — mais sans aucune méchanceté. Elle manie volontiers l'autodérision. Elle nous faisait souvent rire aux larmes…

L'ascenseur atteignit le troisième étage et les portes s'ouvrirent. Les deux femmes sortirent et enfilèrent le couloir de droite.

— Ashley est la plus tourmentée, la plus passionnée de nous trois. La plus lunatique, aussi. Ses sautes d'humeur sont extrêmement violentes, imprévisibles, et très vite oubliées. Elle se comporte vraiment… comme une écorchée vive. Voilà sans doute pourquoi je ne me suis aperçue que très récemment qu'elle avait… qu'elle était…

— En difficulté ? suggéra la psychiatre.

— Oui.

Mélanie s'arrêta et la regarda.

— Je m'en veux terriblement de ne pas avoir su l'aider. Quand je me suis rendu compte qu'elle commençait à délirer, j'aurais dû réagir. Je n'ai rien fait. Rien du tout.

— Ne vous accablez pas de reproches, Mélanie. Les membres de la famille sont généralement pris par surprise. Du jour au lendemain, vous vous retrouvez engluée dans un bourbier auquel vous ne vous attendiez pas du tout.

Un bourbier ? Etait-ce donc cela ? Sa vie et celle de ses sœurs s'enfonçaient-elles insensiblement, depuis peu, dans des sables mouvants ? La gorge de Mélanie se serra.

— Ashley est vraiment quelqu'un d'exceptionnel, madame Hanson.

— Je sais.

La psychiatre lui indiqua une porte, un peu plus loin, à gauche.

— Si vous alliez le lui dire, tout simplement ?

— Nous pourrons peut-être parler encore un peu d'elle, ensuite ?

— Certainement.

Mélanie la regarda s'éloigner dans le couloir puis s'approcha de la porte et l'entrouvrit légèrement.

— Ashley, murmura-t-elle en passant la tête dans l'entrebâillement. C'est moi.

Debout devant la fenêtre, sa sœur lui tournait le dos. Les bras étroitement serrés autour de sa taille, les épaules raides, elle semblait vouloir se protéger d'une éventuelle agression. De la part de qui ? De sa propre sœur ?

— Ash, répéta-t-elle en entrant dans la pièce. C'est moi, Mel.

La jeune femme se retourna. Mélanie réprima un cri de consternation en découvrant sa physionomie. Ses joues creuses, son teint blafard, ses yeux enfoncés dans leurs orbites vieillissaient terriblement son visage. Elle était méconnaissable.

— Oh, Ash, chuchota Mélanie, je ne savais pas.

Les yeux de sa sœur s'emplirent de larmes.

— Je suis désolée… vraiment désolée.

Mélanie la rejoignit et la prit dans ses bras.

— C'est moi qui suis désolée. Je ne savais pas à quel point tu avais besoin de moi.

Ashley éclata alors en sanglots, de gros sanglots déchirants qui semblaient issus du plus profond de son être. Le cœur chaviré, Mélanie la serra contre elle. Elle paraissait si fragile dans ses bras, si menue, si vulnérable ; où était la jeune femme à l'esprit frondeur, facétieux, indépendant, qu'elle appréciait tant ?

Comment avait-elle pu remarquer les prémices de ce désastre sans rien faire pour l'enrayer ?

Quand les larmes d'Ashley commencèrent à s'espacer, Mélanie la conduisit vers le lit. Elles s'y assirent face à face comme elles le faisaient, enfants — jambes croisées en tailleur, têtes baissées, front contre front.

Mélanie prit les mains de sa sœur entre les siennes. Elles étaient glacées et elle les frotta vigoureusement pour les réchauffer. Elle ne la bouscula pas, ne l'interrogea pas, n'exigea aucune explication. Si Ashley avait envie de parler, elle parlerait.

Ce qu'elle fit, du reste, au bout de quelques instants. Sur le ton de la confidence, elle entama son monologue à la manière dont on évoque quelque lointaine anecdote sans importance, à demi oubliée.

— Tu te souviens quand papa a commencé à… abuser de Mia ?

Mélanie resserra son étreinte sur les mains d'Ashley. Après tant d'années, elle souffrait encore d'entendre prononcer ces mots-là.

— Tu as été si courageuse, poursuivit Ashley. L'audace avec laquelle tu l'as menacé, un couteau sur la gorge… J'ai toujours admiré ta détermination, et surtout ce jour-là.

Ashley marqua une pause avant de reprendre :

— Ensuite, un beau jour, il s'en est pris à moi.

426

Sa voix s'atténua jusqu'au murmure — un murmure à peine audible pour Mélanie, bien que sa tête touchât celle de sa sœur.

— Il m'a dit ce que tu avais fait — et qu'il pourrait te dénoncer à la police, à cause du couteau, et que, dans ce cas, tu serais sans doute condamnée, qu'on t'emmènerait. Ensuite, nous resterions seuls tous les trois : lui, moi et Mia.

Les choses qu'elle avait faites pour ses sœurs. Mélanie ferma les yeux, horrifiée. « Seigneur, non, non, pas cela. »

— Il m'a dit que si... si je racontais à quiconque ce qu'il... alors, il appellerait la police. Il te ferait arrêter.

Ses doigts moites, glacés, se crispèrent sur ceux de Mélanie.

— J'attendais que tu voles à mon secours, Mel, comme tu avais secouru Mia.

Sa voix se fêla.

— Tu n'as pas fait un geste.

La source de tout. La vérité.

Elle avait abandonné Ashley aux griffes du démon, ignoré ce qu'elle endurait.

— Je ne savais pas, chuchota-t-elle, les larmes jaillissant et roulant sur ses joues. Si seulement j'avais su... je l'aurais tué sans hésiter, Ashley. Je t'assure que je l'aurais fait.

Elles s'étreignirent, se réconfortant mutuellement avec affection, avec tendresse, avec chaleur — soudées par l'amour sororal.

— Pourquoi ? demanda enfin Mélanie après un long moment. Pourquoi ne m'as-tu rien dit ?

— D'abord, j'étais terrorisée. Ses menaces m'avaient impressionnée. Ensuite, quand j'ai compris son chantage, j'ai eu affreusement honte — de ma faiblesse, de ma stupidité. De ne pas avoir su me défendre comme toi.

Ces derniers mots atteignirent Mélanie en plein cœur. En cet instant, elle sut qu'elle haïssait leur père de toute son âme, de toutes ses forces — au-delà du temps et de la mort. S'il avait été là, elle l'aurait tué sur-le-champ. Avec son revolver de fonction, elle lui aurait fait sauter la cervelle.

Elle applaudit mentalement l'Ange Noir. Elle savait que

c'était une réaction éphémère — que sa raison l'emporterait sur ce coup de sang. Oui, l'espace de quelques secondes, elle se félicita que ces hommes fussent morts. Ils l'avaient bien mérité.

Sans crier gare, Ashley pouffa de rire. Un rire de gamine, insouciant et joyeux. Déconcertée, Mélanie s'écarta légèrement et regarda sa sœur.

Ashley l'attira de nouveau vers elle.

— Je lui ai réglé son compte, lui glissa-t-elle à l'oreille. Pour nous trois — une bonne fois pour toutes.

Mélanie se dégagea. Le cœur battant à se rompre, elle sonda le regard d'Ashley.

— Je l'ai tué, Mel. Je l'ai fait pour nous : pour toi, pour moi et pour Mia.

Le souffle coupé, Mélanie se sentit brusquement prise de vertige, privée de parole, l'esprit vide.

— C'était si facile. Vois-tu, je savais ce qui se produirait en augmentant la dose de son traitement. Je savais aussi quelle quantité risquerait d'éveiller les soupçons… et laquelle passerait à peu près inaperçue. Je me suis arrangée pour en verser subrepticement quelques gouttes dans son repas.

La jeune femme esquissa un petit sourire plein de malice.

— Rien de plus facile, Mélanie. Facile. Discret. Définitif. Une sale brute de moins sur cette terre.

Mélanie respira à fond. Elle devait lui poser la question. Elle voulait entendre ces mots de la bouche même d'Ashley.

Elle regarda sa sœur bien en face — bien que cela lui arrachât le cœur.

— Il faut me répondre, Ash. Serais-tu… serais-tu l'Ange Noir ?

Ashley parut d'abord stupéfaite. Puis la stupeur céda la place à la colère.

— Non, dit-elle. Non, ce n'est pas moi. Mais je sais qui c'est.

61

Connor contempla le squelette qu'on lui présentait. Un squelette féminin — celui de sa sœur, Suzy. Un groupe de plongeurs qui s'entraînaient l'avait découvert la veille ; les avait découverts, plus exactement. Car l'assassin de Suzy avait aussi tué un homme, les avait attachés ensemble dans une grande bâche de plastique, lestés à l'aide de poids en fonte et jetés à l'endroit le plus profond de l'immense lac Alexander. Dans ce macabre paquet, on avait également découvert le tisonnier qui avait disparu du tourniquet de la cheminée de Suzy.

— Sans ce tisonnier, nous n'aurions jamais pu l'identifier aussi rapidement, expliqua le jeune policier qui accompagnait Connor. Ben Miller s'est souvenu de votre sœur et en a aussitôt tiré les conclusions qui s'imposaient.

Connor demeurait sans voix. Toutes ces années de recherches, d'incertitudes s'achevaient là. A présent, il savait.

— Vraisemblablement, poursuivait la nouvelle recrue, elle n'a pas eu le temps de voir qui l'avait frappée.

C'était aussi l'avis du médecin légiste que Connor avait rencontré quelques instants plus tôt. A en juger par la taille et l'emplacement de la fracture du crâne, derrière la tête, il pensait qu'un seul coup de tisonnier avait suffi à la tuer. Selon lui, la jeune femme était déjà morte quand son corps avait été jeté à l'eau.

Sans doute était-ce préférable. Connor reporta son attention sur l'autre squelette. Il s'était toujours douté qu'un élément important lui avait échappé au cours de son enquête sur ce meurtre. Quelque chose d'évident, pourtant. A présent, il se rendait compte que l'émotion l'avait empêché d'y voir clair. Il avait été aveuglé par ses préjugés à l'égard de l'amant, par sa trop grande certitude d'avoir tout compris.

En l'occurrence, il avait omis d'envisager un scénario aussi vieux que le monde.

L'épouse trompée tue le mari volage — et sa maîtresse avec lui. Le puzzle était complet, désormais ; tout s'expliquait parfaitement. Le tiroir à lingerie, le contenu du sac de voyage, le soin avec lequel l'assassin avait nettoyé le lieu du crime.

Une tristesse poignante le submergea brusquement. Quel dommage de ne pouvoir revenir en arrière pour tout changer. Quel gâchis que la mort de cette jeune femme rayonnante, débordante de vie. Une personne si généreuse, à l'avenir si prometteur... finir de cette façon...

— Le meurtrier n'avait rien laissé au hasard.

Le policier désigna les poids.

— Nous estimons le poids total des victimes à cent trente kilos, environ. L'assassin a calculé qu'il fallait un contrepoids de cent cinquante kilos. Le fait d'avoir logé une balle dans le cœur de notre homme favorisait également son projet.

Connor opina. Pour qu'un cadavre restât submergé pendant longtemps au fond de l'eau, le contrepoids devait être au moins supérieur de dix pour cent au poids total du corps car les gaz qui se formaient au cours du processus de décomposition le faisaient peu à peu remonter. Une perforation dans la cavité abdominale, en permettant l'évacuation des gaz, contribuait en outre à maintenir la submersion ; c'était là une technique mise au point par la mafia.

Il se tourna vers le jeune homme.

— Savons-nous déjà de qui il s'agit ?

— L'examen des dents a permis de l'identifier grâce aux dossiers dentaires informatisés. Il s'agit de Daniel Ford, un avocat réputé dans la région. Fait étrange, il avait été porté disparu lors de l'explosion de cet avion qui se rendait à Chicago, cette année-là.

— Je m'en souviens.

Connor plissa les yeux, brusquement stimulé par la perspective d'agir, d'obtenir enfin justice pour la mort de sa sœur.

— La compagnie d'assurance a payé ?

— Ouais. Sa femme a encaissé le chèque. Une certaine Véronica Ford.

Connor sentit les cheveux se dresser sur sa nuque.

— Véronica Ford, répéta-t-il lentement. L'amie de Mélanie. Le substitut du procureur.

— Nous ne savons pas encore grand-chose à son sujet. C'est une Markham. Son père était un notable de Charleston, un industriel qui participait à toutes les œuvres de bienfaisance...

— Qui participait ? coupa Connor, devinant déjà la réponse à sa question suivante. Parce qu'il est mort ?

— Oui, il y a trois ans, environ, dit le jeune policier. L'événement a fait la une des journaux locaux. Il a été victime d'un curieux...

— Un curieux accident, acheva Connor à sa place. Putain de merde.

Il sortit son téléphone portable et composa rapidement le numéro de l'antenne du Bureau de Charlotte tout en donnant une série d'ordres à la recrue qui l'accompagnait.

— Il me faut le rapport du coroner sur Markham et un hélicoptère, dare-dare.

Il reporta son attention sur le téléphone.

— Steve, c'est Connor. Prépare-moi un mandat d'arrêt au nom de Véronica Ford, substitut du procureur de Charlotte, pour les meurtres de Daniel Ford, Suzy Parks et un nombre encore indéterminé de victimes. C'est notre Ange Noir, Steve. Nous la tenons. Je la tiens.

62

Mélanie sonna à la porte de Mia puis se mit à marteler le battant à coups de poing.

Véronica était leur Ange Noir. Véronica était l'auteur de ce coup monté contre elle.

Ashley l'avait découvert, de manière indirecte, à travers sa vision déformée de la réalité. Véronica était devenue sa principale obsession — une obsession liée à sa jalousie délirante envers l'intruse qui, à ses yeux, usurpait brusquement sa place auprès de ses sœurs. Elle avait alors eu l'intuition que cette femme dissimulait quelque important secret — qu'elle avait une double vie.

Grâce à des stratagèmes tels que celui dont elle s'était servie au bureau du procureur de Charleston, Ashley avait appris que les maris de deux amies de la juriste étaient morts dans des circonstances rarissimes. Elle avait relevé la coïncidence sans en tirer de déduction particulière.

Au fil de plusieurs semaines de filature, elle avait remarqué bien d'autres bizarreries. Véronica ne passait pas souvent la nuit chez elle et fréquentait des endroits insolites — relais de routiers, lieux de rencontres nocturnes et clubs échangistes. A plusieurs reprises, Ashley l'avait vue y entrer mais pas en ressortir. En revanche, elle avait aperçu la même personne en plusieurs endroits différents — une blonde portant visiblement perruque, entièrement vêtue de cuir noir. Ashley n'avait fini par opérer le rapprochement qu'après avoir vu aux actualités un reportage sur l'enquête que menait Mélanie sur le meurtre de Boyd et ceux perpétrés par l'Ange Noir.

Pas une pièce du puzzle ne manquait, songea Mélanie. Sa taille, sa silhouette étaient à peu près identiques à celles de Véronica. Elles avaient en outre la même couleur de cheveux. Après la mort de Boyd, Véronica s'était installée chez Mia ; elle n'ignorait donc rien de l'emploi du temps de Mélanie. Elle avait accès au double des clés de son domicile et de sa voiture. Elle pouvait même avoir appris ce que mangeait Stan pour son petit déjeuner. Et Mia passait souvent prendre les vêtements de sa sœur au pressing — notamment ses uniformes d'agent de police.

Et qui, mieux que Mélanie, aurait pu passer à sa place pour l'assassin de Boyd ? Véronica avait estimé — à juste titre — que, dans la mesure où il n'y avait aucune preuve que les autres décès fussent des meurtres, la police pourrait en déduire que l'Ange Noir était une invention de Mélanie pour éliminer impunément son beau-frère et son ex-mari. Mélanie avait un mobile et pas d'alibi — elle correspondait en outre au profil établi par Connor.

C'était aussi le cas de Véronica : âge, niveau d'études, connaissance de la loi et enfance perturbée. Le suicide de sa mère, la manière dont Véronica avait changé ces derniers mois, son amitié avec Mia dont le mari avait ensuite été assassiné… tout concordait.

Mélanie cogna encore à la porte. Elle avait laissé plusieurs messages à sa sœur au cours du trajet et ne doutait pas qu'elle fût de retour, à présent. Mia pourrait lui fournir des informations supplémentaires, confirmer éventuellement certains soupçons qui lui étaient venus à l'esprit.

Le rideau du dormant s'écarta et Mia jeta un coup d'œil dehors avant d'ouvrir.

— Mia, Dieu soit loué ! s'exclama Mélanie en franchissant le seuil à la hâte. Où étais-tu passée ?

— J'étais allée courir. Je viens d'écouter tes messages, qu'est-ce que c'est que cette…

— Ecoute bien… je sais qui est l'auteur du coup monté contre moi. Ce n'était pas Ashley… J'ai parlé à Ashley, c'est elle qui m'a ouvert les yeux… Mia, je sais qui est l'Ange Noir.

Sa sœur lui saisit les mains.

— Doucement, Mélanie. Tu racontes n'importe quoi.

— Ce n'est pas n'importe quoi. J'ai besoin de ton aide. Il faut que nous réfléchissions ensemble et…

— Allons d'abord nous asseoir.

Mia referma la porte à clé derrière elle, la conduisit jusqu'au séjour et s'installa sur le canapé. Trop agitée pour rester immobile, Mélanie préféra rester debout.

— Très bien, Mélanie, dit Mia en croisant les mains sur ses genoux. Commence par le début. Raconte-moi tout.

— Oui, Mélanie, répéta Véronica derrière elle. Dis-nous tout.

Mélanie se retourna lentement, le dos parcouru d'un frisson. La juriste se tenait sur le pas de la porte reliant la cuisine au séjour ; comme Mia, elle était vêtue d'un short et d'un T-shirt, une paire de baskets aux pieds.

Elle fit quelques pas dans la pièce.

— Et commence bien par le début, s'il te plaît. Au moment où tu as décidé de supprimer ton ex-mari.

Mélanie songea à Casey, à Connor et à tout ce qu'elle avait enduré ces derniers jours. Une vague de colère la submergea.

— C'est ce que tu as voulu faire croire à tout le monde, n'est-ce pas, Véronica ? C'est terminé, maintenant. Je sais tout, figure-toi. Et la nouvelle va se répandre comme une traînée de poudre.

— Tu aurais dû être écrivain, dit Véronica avec un sourire glacial. Tu ne manques pas d'imagination.

Elle s'approcha de la table basse et ouvrit la boîte laquée posée au centre. Quand elle se retourna, Mélanie vit qu'elle tenait un revolver.

— Tu es une criminelle, Mélanie May. Tu as tué le mari de ta sœur, tu as tenté de tuer ton ex-mari. La police en détient la preuve.

— Des preuves que tu as fabriquées !

— Combien d'hommes as-tu supprimés ? demanda Véronica en s'approchant encore. Combien de salauds qui

434

méritaient la mort ? Combien d'êtres méprisables et cruels qui avaient réussi à glisser entre les doigts de la justice ?

— Est-ce pour cela que tu les as tués ?

Mélanie brûlait d'envie de regarder Mia par-dessus son épaule mais redoutait de quitter Véronica des yeux, même une fraction de seconde. Elle espéra qu'au moment opportun, sa sœur serait capable de saisir sa chance.

— Parce qu'ils méritaient de mourir ? poursuivit-elle. Parce que tu as été autrefois l'une de leurs victimes sans défense ? Est-ce pour cela que tu es devenue l'Ange Noir ?

— L'Ange Noir ? répéta Véronica avec un ricanement dédaigneux. C'est ainsi que tu l'as baptisée. Ce nom ne lui convient pas. Elle est un ange de miséricorde et de justice.

— Vraiment ? Et combien d'êtres humains ont perdu la vie grâce à sa miséricorde ? Une dizaine ? Une vingtaine, peut-être ?

— Devrait-elle se sentir coupable de les avoir éliminés ? Sois honnête, Mélanie. Le monde est un endroit un peu plus fréquentable sans ces douze déchets de l'humanité. Tu le sais aussi bien que moi ; seulement, tu n'auras pas le courage de le reconnaître.

Douze. Il y avait eu douze victimes jusqu'à ce jour.

— Tu as sans doute raison. J'ai peut-être trop peur de secourir efficacement les plus faibles. Car c'est ce que fait l'Ange, n'est-ce pas ? Elle vole au secours des femmes et des enfants martyrs ?

Véronica esquissa un petit sourire satisfait.

— Les hommes comme eux ne s'amendent jamais. Quels que soient l'amour qu'on leur donne, ou les efforts qu'on consent pour eux. Ils savent uniquement rendre le mal pour le bien, n'hésitent jamais à te trahir. La cruauté est leur unique credo.

— L'Ange l'a compris mais les femmes maltraitées sont naïves, crédules, avança Mélanie. Il fallait les libérer de leur joug.

— Exactement. En les libérant, l'Ange leur ouvre aussi

les yeux. En les aidant, elle leur procure une seconde chance. Un nouveau départ dans la vie.

Ils avaient donc vu juste ; le lien entre toutes ces affaires, c'étaient les femmes. Pas les hommes.

— Alors, que faire ? demanda Mélanie, s'approchant imperceptiblement. Nouer des liens d'amitié avec la femme, puis entrer en relation avec l'homme ? Apprendre à le connaître, pour découvrir ses points faibles ?

— Nous avons tous des faiblesses, admit Véronica. Un talon d'Achille qui nous rend vulnérables. L'astuce consiste à le trouver.

Elle rit sous cape, comme à l'évocation d'un souvenir amusant.

— Parfois, l'astuce est superflue. Il suffit d'avoir l'audace d'agir. Comme pour ton Thomas Weiss. L'Ange n'a pas même eu besoin de l'approcher pour apprendre qu'il était allergique aux piqûres d'abeilles. Il était si loquace qu'il suffisait de passer quelques soirées à boire un verre au Blue Bayou en prêtant l'oreille à son bavardage.

Ecœurée, Mélanie esquissa une grimace.

— Et si je ne me trompe, la première femme que l'Ange ait secourue, c'était elle-même ?

— Il n'y a pas d'accidents, Mélanie — rien que des visites impromptues d'anges miséricordieux ; uniquement à quelques élus. Elle faisait partie du lot.

Véronica poursuivit son récit, racontant l'enfance de l'Ange, décrivant son propre père — un être implacable, égoïste, sans cœur, qui semblait prendre un malin plaisir à l'humilier, la rabaisser. Elle parla de sa mère dépressive qui un beau jour, découragée par l'indifférence et la cruauté de son époux, s'était tiré une balle dans la bouche.

— Pourtant, l'Ange éprouvait toujours un immense besoin d'amour, murmura Véronica. Elle crut enfin avoir trouvé l'homme de sa vie sous les traits d'un garçon charmeur, brillant, superbe, dont elle s'éprit follement. Il s'appelait Daniel. Hélas, il ne tarda pas à se révéler aussi mesquin et cruel que les autres. A la moindre bévue, elle recevait des volées de coups. Elle ne pouvait jamais prévoir ses accès de violence.

La gorge serrée, Mélanie reconnut immédiatement le scénario pour l'avoir vécu — et ses sœurs avec elle —, naguère. Elle hasarda un coup d'œil vers Mia, figée sur le canapé, dans son dos. Son expression trahissait une émotion, une colère identiques aux siennes.

Les traits de Véronica s'adoucirent.

— L'Ange t'avait choisie, Mélanie, parce que ta situation s'apparentait à ce qu'elle avait vécu. Comme ton ex-mari, le sien s'ingéniait à lui rogner les ailes, à la soumettre à sa volonté. Il avait même poussé le cynisme jusqu'à la mettre au défi de se suicider, comme sa mère, à l'aide d'un revolver qu'il lui avait offert pour lui permettre, soi-disant, de se défendre en son absence.

Véronica marqua une pause, songeuse.

— Elle commença à se douter qu'il avait une maîtresse. Elle lui posa la question.

— Il nia effrontément, avança Mélanie.

— Evidemment. Il suffisait pourtant de le suivre. L'Ange ne tarda pas à découvrir le nom et l'adresse de sa maîtresse. Cette fois, elle le menaça de tout révéler à son père, qui employait son gendre dans son affaire. Une fois au courant, combien de temps le garderait-il comme avocat ? lui fit-elle observer. Il s'effondra et la supplia de ne rien dire, jurant que sa liaison était terminée. Cette réaction était tellement inattendue de sa part qu'elle se laissa attendrir. Elle crut qu'il l'aimait, qu'il avait changé.

— Il n'avait pas changé, n'est-ce pas ?

Véronica pinça les lèvres.

— Il l'avait épousée pour sa fortune. Il n'aimait que son argent.

Elle baissa les yeux sur le revolver puis les reporta sur Mélanie.

— Quelques jours plus tard, elle l'accompagna à l'aéroport. Il devait prendre un vol pour Chicago dont il rentrerait le soir même, à l'issue d'une réunion. Comme d'habitude, ils se séparèrent au portillon ; elle le regarda s'éloigner avec les autres passagers de première classe et s'en alla. L'avion explosa en plein ciel ; il n'y eut aucun survivant.

— Mais son mari n'avait pas pris l'avion, j'imagine, murmura Mélanie.

— Elle ne le sut que plus tard, le même soir, quand il réapparut à la porte. Bien vivant, dans son costume trois-pièces impeccable. A la joie de le revoir, au soulagement, succéda bientôt la perplexité. Manifestement, il n'était pas au courant de la catastrophe. Elle comprit bientôt pourquoi : il s'était joué d'elle. Il avait passé la journée avec sa maîtresse.

Il ne chercha même pas à nier ; au lieu de cela, il la mit au défi. Que ferait-elle si c'était vrai ? Se ferait-elle sauter la cervelle, comme sa faible mère ? En était-elle seulement capable ? Il sortit le revolver d'un tiroir, le jeta sur le lit et alla faire sa toilette après lui avoir conseillé d'en finir. Une bonne fois pour toutes.

Véronica s'interrompit, reprenant son souffle.

— J'entendais couler la douche, reprit-elle, passant à la première personne sans paraître s'en apercevoir. Je regardais le revolver, tentée d'imiter ma mère, de mettre un terme définitif à mes souffrances. Ce serait si rapide, si facile. Je tendis la main pour le prendre, et j'eus une sorte de révélation. Une certitude tranquille, une détermination inébranlable s'emparèrent de moi. Je pris le revolver. Je l'armai, j'entrai dans la salle de bains, j'écartai le rideau de la douche et logeai une balle dans sa poitrine.

— Seigneur, dit Mélanie dans un souffle.

Véronica poursuivit comme si de rien n'était.

— Il était nu. L'eau de la douche évacua le sang. J'allai chercher une grande bâche en plastique au garage et le roulai dedans, attachant le paquet à l'aide d'une corde en Nylon. Il était lourd mais nous avions acheté un appareil de levage pour déplacer les meubles ; ainsi, j'ai pu le mettre sans trop de difficulté dans le coffre de ma voiture. J'avais l'intention de le lester avec les poids de ses haltères avant de le jeter dans le lac.

— Le lac ? répéta Mélanie.

— Nous possédions une résidence secondaire au bord du lac Alexander, à deux heures et demie de route, environ. Comme toutes les maisons des alentours, elle était fermée pour l'hiver. Je pouvais prendre le canot à moteur en pleine nuit sans me faire remarquer.

Elle eut un rire léger.

— Je me sentais soudain libre comme l'air, puissante, invincible. Personne ne saurait jamais rien.

— C'était le crime parfait, renchérit Mia d'une voix étrange, inhabituelle. Puisqu'on le croyait déjà mort depuis la veille.

— Sauf sa maîtresse, corrigea Mélanie. Mais tu connaissais son nom et son adresse.

— J'avais même trouvé un double de sa clé dans la poche de Daniel. Finalement, je les ai réunis — pour l'éternité — dans le même linceul. N'était-ce pas à la fois équitable et poétique ?

— Et personne n'a jamais tenté de le retrouver, conclut Mia.

— Jamais, dit Véronica avec assurance. Dès lors, mon existence a été transformée. Tout allait bien. Je me sentais bien dans ma peau. J'ai achevé mes études de droit. Je me suis juré de ne plus jamais être une victime. Et je n'ai jamais éprouvé ni remords, ni regrets. J'avais tourné le dos au passé.

Son sourire s'estompa.

— Du moins jusqu'à ce jour, Mélanie. Tout s'était passé sans la moindre anicroche avant notre rencontre. Quel besoin avais-tu d'aller jouer les superflics et de tout gâcher ? Pourquoi être venue fourrer ton nez dans mes affaires ?

— Ne me rends pas responsable de tes erreurs, répliqua Mélanie. Tu as commis des bévues. Bon sang, c'est moi qui ai attiré ton attention sur Weiss ; pensais-tu que je ne remarquerais pas les circonstances insolites de son accident ? Croyais-tu qu'en apprenant ensuite ce qui était arrivé à Mac Millian, je n'allais pas opérer le rapprochement ?

— Personne d'autre ne l'avait remarqué.

Le visage de Véronica s'enflamma.

— Mon unique erreur, c'est toi, Mélanie : le fait de t'avoir choisie. A Starbucks, j'ai surpris plusieurs de tes conversations avec tes sœurs. Je t'ai entendue évoquer tes ennuis avec Stan. J'ai appris ce que Mia endurait avec Boyd. J'ai éprouvé une sympathie immédiate pour vous. J'ai eu envie de vous venir en aide.

Comme Mélanie la dévisageait d'un air incrédule, elle leva les yeux au ciel.

— Crois-tu vraiment que nous nous soyons retrouvées par hasard au même dojo ? Qu'une amitié spontanée soit née aussi rapidement entre nous ? La réponse est non, bien sûr. Je vous ai choisies, toi et Mia. Je voulais que vous retrouviez le sourire. Et toi, tu as tout fichu en l'air.

Consternée, Mélanie se traita mentalement d'imbécile. Elle lui avait rendu la tâche si facile. Comment avait-elle pu être aussi naïve, aussi aveugle ?

— Est-ce ainsi que tu prétends m'aider ? s'enquit-elle, évitant à dessein de regarder le revolver dont elle n'oubliait pas un instant la menace. En détruisant ma vie ? En me faisant passer pour une criminelle ? Avec des amies telles que toi, Véronica, je n'ai pas besoin d'ennemis.

— C'est ta faute, pas la mienne ! Tout ce qui t'est arrivé…

— Tu es une tueuse en série. Une simple criminelle, qui ne vaut pas mieux que les ordures dont tu prétendais vouloir débarrasser l'humanité.

— Non.

Véronica secoua la tête avec véhémence.

— Les femmes que j'ai aidées méritaient d'être heureuses. Elles méritaient de ne plus vivre dans l'angoisse. Je leur ai permis d'échapper à cet enfer quotidien.

— Tu te justifies un peu trop aisément, dit Mélanie, avançant insensiblement vers elle.

Si elle parvenait à s'approcher suffisamment, à prendre Véronica par surprise, peut-être serait-elle en mesure de lui arracher son arme.

— Chacun ne devrait-il pas prendre en main sa propre vie ? poursuivit-elle.

— Ce n'est pas toujours possible, hélas. Pas pour une femme prise au piège d'un cycle infernal — pas pour une femme qui…

— Excepté Dieu, seul un tribunal et un jury peuvent décider qui mérite ou non le châtiment suprême, trancha Mélanie.

Elle fit un pas de plus ; le revolver était enfin à sa portée.

— L'appareil juridique est là pour cela.

— Conneries !

Manifestement ébranlée, Véronica se mit à gesticuler avec son arme.

— Le système est en pleine crise. Tout s'écroule !

Mélanie passa à l'attaque. Pivotant sur une jambe, elle projeta son pied sur la main de l'autre femme qui lâcha le revolver. Il alla atterrir plus loin et Mélanie cria à Mia de le ramasser, profitant de l'effet de surprise pour assener deux directs à son adversaire.

Déséquilibrée, Véronica trébucha en arrière. Du coin de l'œil, Mélanie vit Mia se précipiter sur le revolver. Ce moment d'inattention lui coûta cher. Déjà, Véronica s'était redressée, prête à contre-attaquer. Avec un cri d'une férocité inouïe, elle fonça. Mélanie reçut son coup de pied au creux de l'estomac et vacilla sous le choc. Pliée en deux, elle vit trente-six chandelles.

Triomphante, Véronica avança sur elle. Après avoir réussi à bloquer quelques coups de poing, Mélanie perdit l'équilibre sous l'effet d'un second coup de pied. Dans cette position, elle n'était plus en mesure de se défendre efficacement.

— Tu ne peux pas me battre, Mélanie. Tu en es incapable, parce que je suis plus forte que toi.

Comme elle s'apprêtait à lui donner le coup de grâce, Mélanie se jeta vivement de côté, hors d'atteinte, roula sur elle-même et se releva d'un bond. Cette feinte dérouta l'adversaire qui hésita un instant, désorientée. Sans attendre qu'elle eût recouvré ses esprits, Mélanie revint à la charge.

Son coup de pied atteignit Véronica à la tempe. Sous l'impact, le substitut s'effondra. Vive comme l'éclair, Mélanie la plaqua au sol, le poing levé pour l'ultime coup, qui la mettrait hors de combat.

— Eh bien, qui l'a emporté, hein ? s'écria-t-elle, haletante. Qui est la plus forte des deux ?

Véronica sourit. Ses dents étaient maculées de sang.

— A ta place, je ne pavoiserais pas tant.

— Lâche-la, Mellie.

Dans son dos, Mélanie entendit un bruit métallique — le bruit d'un revolver qu'on arme.

— Lâche-la tout de suite.

63

L'hélicoptère survolait la forêt en direction de Charlotte où l'atterrissage était prévu pour midi et demi. C'est-à-dire beaucoup trop tard, d'après Connor. Il en informa le pilote puis appela par radio le siège de la PJ, à Charlotte. Rice avait accédé à sa demande. Il avait pris contact avec le patron de la PJ et un mandat d'arrêt avait été établi au nom de Véronica Ford. Un fourgon de police avait été envoyé à son domicile — un autre au tribunal, pour l'arrêter.

— Où est l'agent May ? demanda Connor. J'essaie de la joindre depuis plusieurs heures, en vain.

— Elle a été fort occupée ce matin. Le gars chargé de la prendre en filature l'a suivie jusqu'à Rosemont, à proximité de Columbia. Elle a passé plus d'une heure là-bas, dans un établissement psychiatrique.

Connor fronça les sourcils.

— Votre homme a-t-il découvert pourquoi ?

— Négatif. Il craignait de se faire remarquer.

— Où est-elle en ce moment ?

— Chez sa sœur Mia. Elle s'y trouve depuis une demi-heure, environ. Plusieurs véhicules banalisés sont garés dans la rue.

Connor pesta à mi-voix. Il aurait dû se sentir soulagé. Ce n'était pas le cas. Son intuition lui disait que quelque chose ne tournait pas rond, dans tout cela.

Pour tout dire, il ne parviendrait pas à se sentir à l'aise, ou soulagé, tant que Mélanie ne serait pas en sécurité dans ses bras.

443

— Trouvez-moi l'adresse de l'héliport le plus proche du domicile de Mme Donaldson, maugréa-t-il. Il me faudrait également une voiture, sur place. Pouvez-vous me procurer cela ?

— Ne quittez pas.

Quelques instants plus tard, la radio crépita et une voix masculine se fit entendre.

— Parks, ici Roger Stemmons. Nous vous avons trouvé une voiture. Le brigadier White vous attend à l'héliport avec les clés.

— Merci, Stemmons.

— Bonnes nouvelles dans l'affaire Andersen : les empreintes digitales et le groupe sanguin correspondent à ceux qu'on a relevés sur le lieu du crime. Nous attendons les résultats d'analyses et les tests ADN mais nous avons déjà assez d'éléments pour inculper le suspect. J'ai pensé que vous aimeriez le savoir.

Connor sourit ; une victoire de plus contre les méchants.

— Nous vous sommes tous reconnaissants de l'aide que vous nous avez apportée, Parks, poursuivit l'inspecteur. Ce qui ne veut pas dire pour autant que vous ne me cassez plus les couilles.

— A votre service, dans un cas comme dans l'autre.

Connor consulta sa montre.

— Rendez-moi un service, Stemmons : continuez à surveiller Mélanie jusqu'à mon arrivée. J'ai un mauvais pressentiment à son sujet.

— Entendu. Le substitut devrait être amené ici d'un moment à l'autre, vous savez. Mélanie peut dormir tranquille, à présent. Elle est hors de cause.

64

Mélanie regarda par-dessus son épaule. Sa sœur tenait fermement le revolver à deux mains, la mine implacable. Seulement voilà : elle pointait son arme sur sa sœur — pas sur Véronica.

— Mia, qu'est-ce que tu…

— J'ai dit : lâche-la.

Elle agita légèrement le canon du revolver.

— Tout de suite.

Mélanie libéra de mauvaise grâce Véronica qui se remit péniblement debout, jeta un regard triomphant à son adversaire et alla se réfugier clopin-clopant auprès de Mia.

— Rien de cassé ? demanda Mia à son amie sans quitter des yeux Mélanie.

— Non, ça va.

Véronica s'essuya la bouche du revers de la main.

— Bien joué, Mélanie. Je ne t'aurais pas crue capable d'une telle performance, je l'avoue.

— Je ne comprends pas.

Mélanie regarda tour à tour les deux femmes.

— Mia… n'as-tu pas entendu ce qu'elle vient de dire ? C'est une criminelle. Une tueuse en série. Elle…

— En effet, tu n'as rien compris, ma chère sœur, coupa Mia.

Elle regarda Véronica.

— Viens là, ma chérie. Ta Mia va tout arranger.

Véronica se glissa contre elle, dans son dos, l'enlaçant tendrement par la taille. Mélanie recula involontairement

445

d'un pas et laissa échapper une exclamation étouffée. Véronica s'esclaffa.

— Eh oui, agent May, nous avons eu le coup de foudre. Nous nous aimons.

Elle déposa de petits baisers dans le cou de Mia.

— Je ferais n'importe quoi pour elle — et réciproquement.

Mélanie secoua la tête. C'était impossible. Elle nageait en plein cauchemar ; elle perdait pied. Elle tourna vers sa sœur un regard suppliant.

— Réfléchis un peu, Mia. Véronica a tué douze personnes. En la soutenant, tu deviens sa complice. Non seulement c'est illégal mais aussi...

— Quoi d'autre ? demanda Mia. Stupide ? C'est bien ce que tu allais ajouter, n'est-ce pas ? Cette pauvre, cette pathétique Mia est encore en train de faire une bêtise ?

— Non !

Désemparée, Mélanie tendit une main vers sa sœur.

— Je t'en prie, donne-toi seulement la peine d'envisager une seconde les conséquences d'un tel choix. En prenant son parti, tu vas sombrer avec elle.

— Réfléchis ? Songe aux conséquences ? répéta Mia dans une véritable explosion de rage. Comme si j'étais une gamine. Ou une débile mentale.

— Mais enfin, pas du tout ! Je voulais seulement dire...

— Ferme-la ! Ferme ta grande gueule, nom de nom ! J'en ai vraiment ras le bol de tes sermons. De tes conseils avisés. Mademoiselle Je-sais-tout. L'infaillible, l'irréprochable Mélanie. Celle qui mérite d'être aimée ; pas comme Mia, bien sûr.

— C'est faux ! Je ne me suis jamais considérée comme un modèle. Jamais !

— A d'autres, Mélanie. Tu te prenais pour une sainte. Et tu n'étais pas la seule, puisque tout le monde prenait exemple sur toi. La petite fille modèle. C'était agréable, n'est-ce pas, d'être celle qui montre la voie. Et il n'y avait place pour personne d'autre tout là-haut, au sommet.

Mélanie porta une main à sa gorge. L'agression verbale

de sa sœur la blessait plus profondément que les coups de Véronica.

— Je ne comprends pas ce qui te rend aussi… déchaînée, dit-elle d'une voix tremblante. J'essayais de te protéger. Je voulais seulement que tu sois heureuse, en sécurité.

— Oublie cette rengaine, Mélanie. Personne n'est dupe. Tu adores ton rôle de sœur responsable, d'héroïne, de Zorro en jupons.

— Non. Tu te trompes.

— Sans toi, je n'aurais pas eu besoin qu'on vole à mon secours. C'est à cause de toi que papa s'en est pris à moi. Deux, c'est une de trop, tu le sais bien.

— Nous ne sommes pas deux, Mia. Nous sommes trois. Oublierais-tu Ashley ?

Mia eut un petit ricanement de mépris.

— Elle n'a rien à voir avec nous. Elle est arrivée ensuite. Séparément. C'est la dernière roue du carrosse. L'étrangère. L'erreur.

L'étrangère ? L'erreur ? se répéta Mélanie, atterrée. Etait-ce vraiment sa chère Mia qui se tenait là, un revolver pointé sur elle, suintant de haine, et débitant pareilles énormités ?

Elle se rappela la conversation qu'elle avait eue avec Ashley, quelques heures plus tôt, songea au secret que leur sœur lui avait révélé et des larmes lui brûlèrent soudain les yeux. Mia aurait-elle seulement éprouvé quelque remords en apprenant tout ce qu'Ashley avait enduré pour elles ?

Probablement pas, estima-t-elle. La sœur qu'elle avait cru connaître, cette sœur adorée, en qui elle avait eu confiance, n'existait plus. Mia ne s'intéressait qu'à sa propre personne, à travers sa vision déformée du monde. Il était inutile de faire appel à sa raison, à sa sensibilité ; elle était maintenant dépourvue de l'une comme de l'autre. Une fois mis à nu, son esprit tordu s'affichait dans toute sa laideur.

— M'en as-tu toujours voulu ainsi ? questionna Mélanie dans un souffle. Chaque fois que je t'ai défendue, chaque fois que je me suis interposée entre notre père et toi, aurais-je commis une erreur ? Ai-je simplement retourné le fer dans la plaie ? Aurais-je mieux fait de m'abstenir ?

— Tu t'apitoies sur ton propre sort, à présent.

Mia inclina la tête, un pli ironique au coin des lèvres.

— Je préfère presque te voir ainsi, Mellie. Pitoyable, pathétique. Peut-être aurions-nous dû avoir cette petite explication beaucoup plus tôt. Hélas, je n'ai été que très récemment en mesure d'analyser tout cela.

Que signifiait ce discours ? s'interrogea Mélanie. Se pouvait-il que… Soudain assaillie par un horrible doute, elle recula d'un pas.

— Tu étais déjà au courant, murmura-t-elle d'une voix brisée. Tu savais que Véronica… avait tué Boyd… et les autres ?

Mélanie porta une main à sa bouche.

— Oh, mon Dieu… Stan. Tu savais pour lui aussi… tu savais que Véronica essayait de me faire accuser à sa place… tu savais d'où provenait ce coup monté contre moi.

Sa sœur ne répondit pas tout de suite. Puis elle se mit à rire — d'un rire glacial, inhumain, qui fit frissonner Mélanie.

— Comment peux-tu être aussi stupide, aussi aveugle ? Ce coup monté, comme tu dis, ne provenait pas de Véronica. C'est moi qui ai empoisonné les céréales de Stan ; moi qui me suis arrangée pour qu'on trouve tous ces indices chez toi, dans ta voiture. Moi, Mélanie : ta petite sœur soumise, timorée, incapable de se défendre.

Mélanie s'efforça d'assimiler tout ce qu'elle entendait, de lutter contre le vertige qui s'emparait d'elle.

— Alors, tu as aussi effacé le message d'Ashley sur mon répondeur, juste avant la perquisition, quand tu es venue prendre Casey à la maison.

— Bravo, détective.

Un sourire amusé erra sur les lèvres de Mia.

— Quelqu'un veut un Coca ?

— Et mon uniforme ? Tu l'avais récupéré au pressing — ce qui n'a étonné personne, bien sûr.

— Il me va comme un gant.

448

Mia approcha d'un pas et Mélanie recula d'un mouvement instinctif. Sa sœur ne lui inspirait plus désormais qu'un irrésistible sentiment de répulsion.

— Rien de plus facile que de me faire passer pour toi, comme autrefois, quand nous étions enfants. Cela va me manquer quand tu auras disparu, Mellie, je t'assure.

— Ne fais pas ça, Mia, dit Mélanie, serrant les bras autour de sa taille. Casey a besoin de sa mère. Il a besoin de moi.

— Il aura sa tante chérie pour tempérer la rigidité de son père, et pour l'aider à surmonter son chagrin.

L'idée que cet être pervers et dégénéré puisse jouer un rôle quelconque dans l'éducation de Casey était insoutenable. Mélanie réprima cependant le cri de protestation qui lui montait aux lèvres.

Mia regarda son amie.

— Qui aurait imaginé que Mélanie pourrait tenter de supprimer sa propre sœur ?

— En effet, qui l'aurait cru ? renchérit Véronica. Heureusement que tu avais un revolver chez toi pour te protéger.

Mia pointa le canon de son arme sur la poitrine de Mélanie.

— Pareille occasion ne se reproduira jamais plus.

— Attends ! Ce n'est même pas plausible ! Je ne suis pas armée. Comment aurais-je pu essayer de te tuer ?

Les deux autres femmes se consultèrent du regard. Véronica reprit la parole.

— Tu savais que ta sœur avait un revolver.

— Parfaitement, affirma Mia. Je l'avais acheté pour me protéger contre Boyd. On ne savait jamais jusqu'où pouvaient aller ses accès de rage.

— Tu en avais parlé à Mélanie. Elle connaissait ta cachette.

— Mais pourquoi aurais-je essayé de te supprimer ? dit vivement Mélanie, le cœur battant à se rompre. Forcément, les flics se poseront la question. Et quand les flics s'interrogent, ils entament une enquête.

Sa voix trahissait son affolement et elle s'efforça de se maîtriser.

— Ils découvriront bien des choses.

L'assurance de Mia parut fléchir légèrement. Hésitante, elle jeta un coup d'œil sur sa compagne.

— Cette fois, personne ne s'interrogera, rétorqua Véronica. Tu es le principal suspect dans une affaire de meurtre et de tentative de meurtre. Venant de toi, plus rien ne les surprendra.

— Tu es venue ici pour me demander de t'aider à quitter le pays, enchaîna Mia. Mais Véronica était là ; elle s'est interposée pour t'empêcher de filer. Vous vous êtes battues férocement : ce ne sera pas difficile à prouver, grâce aux marques laissées par votre petit pugilat.

Véronica esquissa un sourire approbateur.

— Rien de plus vraisemblable, en effet. Du reste, je sais comment fonctionne le système : tout le monde sera ravi de régler l'affaire au plus vite et d'économiser l'argent du contribuable.

Mélanie sentit la panique la submerger. Leur histoire pouvait passer pour vraie, compte tenu des soupçons qui pesaient sur elle. Et Véronica avait raison : dans le doute, la police choisirait probablement de s'en tenir à la version la plus simple.

— Ashley est au courant de tout, dit-elle d'une voix altérée. Elle ne se taira pas. Elle ne laissera pas passer...

— Cette pauvre vieille Ashley est enfermée chez les dingues ; que vaudra sa parole contre la mienne et celle d'un magistrat ?

Mia secoua tranquillement la tête.

— Personne ne la croira. Du reste, je crains qu'un tragique accident ne coûte la vie à notre très chère sœur.

— Non ! Je t'en prie, Mia, ne t'en prends pas à Ashley.

— L'admirable héroïne vole encore au secours des plus faibles, railla Mia. Arrête un peu, veux-tu ? Cela devient pénible.

Mélanie s'efforça de ne pas céder au désespoir. Elle ne voulait pas mourir maintenant — quand tout le monde la prenait pour une criminelle. Surtout Casey. Bonté divine, surtout Casey. Les larmes lui brouillèrent la vue. Elle voulait voir son fils, le tenir dans ses bras, le regarder grandir.

Et elle voulait dire à Connor qu'elle l'aimait. Elle ne voulait pas mourir sans qu'il le sache — sans avoir connu l'amour, le véritable amour.

Mia tendit le bras et inclina légèrement la tête pour mieux viser, sans se départir de son sourire glacial.

— Adieu, Mélanie.

65

Plusieurs sonneries, en vain. Connor se mit marteler la porte du domicile de Mia.

— Madame Donaldson ! Connor Parks, du FBI. Je dois vous parler immédiatement — à propos de votre sœur Mélanie. C'est urgent.

Il s'apprêtait à frapper de nouveau quand le battant s'entrebâilla légèrement. Connor présenta son badge.

— Mia Donaldson ?

— Oui ? Que puis-je faire pour vous ?

Elle ouvrit un peu plus largement et Connor se sentit brièvement désorienté, comme il l'avait été lors de sa première rencontre avec elle. La jeune femme qui l'observait avec circonspection était le portrait craché de Mélanie — mais pas tout à fait, cependant. Son visage semblait avoir subi une métamorphose, bien qu'il ne pût s'expliquer avec précision en quoi consistait la différence entre les deux sœurs.

— Nous nous sommes rencontrés l'autre jour. Nous travaillons ensemble, Mélanie et moi. Je dois lui parler tout de suite, c'est très urgent.

Comme elle hésitait, il ajouta :

— Je sais qu'elle est ici. Sa voiture est garée dans votre allée.

Il posa la main sur la porte, prêt à forcer le passage, le cas échéant.

— Dites-lui qu'il s'agit de l'enquête.

Elle jeta un coup d'œil derrière elle puis hocha la tête.

— Entrez, je vous en prie.

Connor franchit le seuil. Elle lui fit signe de la suivre en direction du séjour, situé juste en face.

— Asseyez-vous, je vais la chercher.

Elle contourna la cheminée et disparut dans un couloir, au fond de la pièce. Au lieu de s'asseoir, Connor se mit à déambuler dans le séjour, admirant le mobilier luxueux, les tableaux et objets d'art, signes d'une opulence indiscutable. Rien ne l'intéressa davantage que les photographies des trois sœurs, à différents âges ; elles se ressemblaient vraiment de façon troublante.

Pourtant, sur chaque cliché, il distinguait immédiatement Mélanie. Dès le plus jeune âge, elle arborait déjà ce sourire espiègle, effronté, qui la caractérisait.

L'attente se prolongea. Un silence absolu, étonnant, régnait dans la maison. Connor consulta sa montre. Mia l'avait quitté depuis près de dix minutes. Une brusque appréhension le fit frissonner. Tout cela n'était pas normal.

Il porta la main à son étui de revolver. Comme la plupart des agents du FBI, il ne sortait jamais sans son semi-automatique prêt à l'usage. Il dégaina et libéra le cran d'arrêt.

— Soyez le bienvenu, agent Parks. Mia va vous débarrasser de cet objet.

Connor se retourna lentement. Mélanie se tenait sur le pas de la porte reliant le séjour dans la cuisine. Derrière elle, Véronica Ford la maintenait fermement par la taille, pointant le canon d'un petit revolver sur sa tempe.

Mia passa devant elles et rejoignit Connor. Elle tendit la main.

— Donnez-moi votre arme.

Il obéit sans hésiter. Elle lui fit signe d'avancer en direction de la cuisine.

— Après vous.

Connor regarda Mélanie et leurs yeux se croisèrent. Ceux de la jeune femme étaient chargés de regret, d'effarement et de peur mêlés. Il eut un mouvement vers elle, aussitôt réprimé.

— Je ne savais pas que nous étions invités, dit-il. Je me serais habillé pour l'occasion.

Mia lui administra une bourrade entre les omoplates avec le Beretta.

— Taisez-vous.

Ignorant son injonction, il se tourna vers Véronica.

— Vous ne croyez pas vraiment pouvoir vous en tirer ainsi, n'est-ce pas ?

— Nous ne le croyons pas, nous en sommes persuadées.

— C'est bien présomptueux, compte tenu du fait que la police est au courant…

Mia enfonça le canon de l'arme dans son dos, lui arrachant une grimace.

— J'ai dit : la ferme.

Véronica recula avec Mélanie à l'intérieur de la cuisine afin de lui céder le passage. Il tressaillit imperceptiblement en découvrant ce qui les attendait là : deux chaises à barreaux étaient fixées dos à dos par du chatterton au milieu de la vaste pièce.

— Allez, beau gosse, dit Mia. L'un de ces sièges t'est destiné.

Du coin de l'œil, il observa Mélanie. Quoique visiblement terrorisée, elle semblait extrêmement concentrée. Sans doute, comme lui, cherchait-elle désespérément une idée pour les tirer de ce mauvais pas.

Connor alla s'asseoir.

— Apparemment, dit-il, tandis que Mia s'employait à le ligoter rapidement au siège avec du chatterton, cette mise en scène est destinée soit à vous faire gagner un peu de temps, soit à vous permettre de nous éliminer sur place. Peut-être pourriez-vous nous faire part de vos projets, puisque nous sommes concernés au premier chef, semble-t-il.

Sa question demeura sans réponse. Après avoir achevé sa tâche, Mia fit signe à Véronica de lui amener Mélanie. Sans se décourager, il essaya une autre tactique.

— Ce qui se passe ici me surprend un peu, je l'avoue.

Je n'aurais jamais soupçonné que vous étiez dans le camp de l'adversaire, Mia. Le savais-tu, Mellie ?

Il utilisa à dessein le diminutif qu'il savait être celui que Mia réservait à sa sœur. Mélanie secoua la tête.

— Non, murmura-t-elle. Je l'ignorais.

— Il est aussi étonnant de constater quel est l'ordre hiérarchique qui préside aux opérations.

Il essaya de remuer chacun de ses membres, vérifiant la solidité de ses liens.

— Il semble que ce soit Mia qui mène la danse, désormais. Est-ce que je me trompe, madame Ford ?

Il se contorsionna pour la regarder.

— Auriez-vous perdu du galon ?

Le substitut jeta un coup d'œil vers Mia, comme pour connaître sa réponse. Mia secoua légèrement la tête et Connor s'esclaffa.

— Tiens, tiens, c'est bien ce que je pensais. Que se passe-t-il, au juste ? Formeriez-vous un charmant petit couple, toutes les deux ? Assisterions-nous maintenant à quelque bras de fer pour savoir laquelle va porter la culotte ?

Mia se pencha et le regarda droit dans les yeux.

— Ferme ta gueule, Parks ; sinon, je vais te la fermer moi-même. Compris ?

Connor soutint son regard sans ciller.

— Compris.

Les deux femmes quittèrent la pièce, sans doute pour décider de ce qu'elles allaient faire et s'entendre sur leur version des faits. Connor soupçonna que son arrivée avait considérablement modifié leurs projets.

— Pourquoi, Connor ? demanda Mélanie d'une petite voix au timbre fêlé. Pourquoi a-t-il fallu que tu viennes ?

« Parce que je t'aime. » Sur le point de lui en faire l'aveu, il se ravisa.

— La police sait tout sur Véronica. Un mandat d'arrêt a été lancé contre elle. Des hommes la cherchent en ce moment même à son domicile et sur son lieu de travail. J'étais venu t'annoncer que tout s'arrangeait pour toi.

— Dieu soit loué, dit-elle avec un profond soupir. A présent, Casey ne risque plus de croire que sa mère est une criminelle.

— Elles n'ont aucune chance de s'en tirer, Mélanie. Quoi qu'il puisse nous arriver, du moins est-ce une certitude.

Mélanie opina et inhala péniblement un peu d'air.

— C'est elle qui a tout manigancé pour me faire accuser, Connor; ma propre sœur. Elle m'a toujours… détestée. Tout ce que j'ai pu faire pour elle ne servait qu'à attiser sa haine. Pourtant, je n'ai jamais… je l'aimais, c'est tout.

Sa voix se brisa et Connor maudit les liens qui l'empêchaient de la prendre dans ses bras, de la réconforter. S'il en avait encore la possibilité un jour, il ne la laisserait plus jamais s'éloigner — il s'en fit la promesse.

— Je suis désolé, dit-il à mi-voix. Pas seulement pour ta sœur. Je voudrais que tu me pardonnes pour hier soir. Après ton départ, je t'ai appelée pour te dire que j'avais confiance en toi.

— N'en parlons plus. J'ai l'impression que c'était il y a un siècle.

— Moi, pas. Si nous n'en réchappons pas, je veux que tu saches que je te croyais innocente. J'ai téléphoné pour te rassurer, te promettre de t'aider à découvrir qui t'avait tendu ce piège. Comme tu ne répondais pas, j'ai laissé un message. En fait, j'ai dû laisser une dizaine de messages depuis hier.

Elle n'entendrait jamais ses messages, désormais. A moins qu'il ne réussît à les tirer de là. Elle laissa échapper un petit rire qui se mua en sanglot — comme si elle venait de penser la même chose que lui.

— Merci, Connor. Je t'en suis infiniment reconnaissante.

— Ecoute… nous n'avons pas beaucoup de temps et j'avais autre chose à te dire, avant qu'il soit trop tard. Je t'aime, Mélanie. Je suis éperdument amoureux de toi. Et bien sûr, j'aime aussi ton fils. C'est un gamin formidable; mais il ne s'agit pas de lui. Il s'agit de nous deux et de ce que j'éprouve auprès de toi ; c'est merveilleux, Mélanie. C'est grâce à toi que je me sens revivre.

Dans le silence qui suivit, il eut l'impression de l'entendre sourire.

— Moi aussi, Connor, murmura-t-elle avec ferveur. Moi aussi, je t'aime.

Il renversa la tête en arrière pour l'appuyer contre la sienne — l'unique caresse qui leur fût possible. Il ne laisserait pas les choses se terminer ainsi. C'était trop stupide, trop injuste.

— Ecoute, si nous trouvions un moyen de nous tirer d'affaire afin de pouvoir vivre heureux ensemble le restant de nos jours ? Qu'en dis-tu ?

Elle eut un petit rire étranglé.

— Si vous insistez, agent Parks…

— J'insiste, agent May.

Un mouvement, dans la pièce voisine, leur indiqua que les deux femmes s'apprêtaient à les rejoindre.

— Voici mon plan, dit-il précipitamment, sans élever la voix. Avec un peu de chance, quelqu'un finira par se souvenir que Véronica et Mia sont d'excellentes amies et s'étonner de ne pas nous voir réapparaître. La police viendra jeter un coup d'œil. Nous avons tout intérêt à essayer de gagner du temps et de leur donner du fil à retordre — en les déstabilisant, par exemple, puis en les dressant l'une contre l'autre. C'est moi qui commence, d'accord ?

Avant que Mélanie ait pu lui répondre, leurs geôlières pénétrèrent dans la pièce. Connor ne perdit pas une minute.

— J'informais à l'instant Mélanie des derniers rebondissements de notre enquête sur l'Ange Noir. Voulez-vous les connaître ?

Mia le toisa d'un œil indifférent.

— Tout cela me semble un peu dépassé, à présent.

— Ah bon ?

Il reporta son attention sur Véronica. Des deux, c'était elle qui semblait la plus nerveuse. Il n'en faudrait sans doute pas beaucoup pour lui faire perdre son sang-froid.

— Un mandat d'arrêt a été lancé contre vous, madame Ford. Ainsi qu'un avis de recherches dans tout l'Etat.

— Oh, sans aucun doute.

— C'est pourtant la vérité. C'est ce qui arrive généralement quand on supprime son mari infidèle ainsi que sa maîtresse. Vous n'imaginiez tout de même pas que vous ne seriez jamais inquiétée ?

Véronica pâlit. Mia la considéra d'un œil perplexe.

— Mélanie vous a raconté cela pendant que nous étions dans l'autre pièce, dit-elle.

— Désolé, il ne faut pas rêver, ma petite dame. Mme Ford a descendu son mari à bout portant, d'une balle dans l'abdomen ; elle a ensuite fracturé le crâne de sa maîtresse d'un coup de tisonnier. Elle les a enveloppés dans une bâche en plastique, lestés à l'aide de poids et jeté le tout dans le lac Alexander. Ces détails évoquent-ils quelque chose pour vous ? demanda-t-il à Véronica.

Soudain blême, Véronica recula imperceptiblement. Connor ne lui laissa aucun répit, révolté par le sort qu'elle avait fait subir à sa sœur.

— Bien entendu, nous l'avons établi, vous n'en êtes pas restée là. Stimulée par ce premier exploit, vous avez décidé de vous débarrasser également de votre père.

Dans son dos, Mélanie tressaillit légèrement ; manifestement, la nouvelle était inédite pour elle.

— Cependant, reprit-il, vous deviez vous montrer plus discrète, cette fois. Une aubaine telle que l'accident d'avion dans lequel Me Ford avait été porté disparu ne se produit qu'une fois. Vous vous êtes donc arrangée pour que M. Markham soit victime d'un accident en mer, sur son voilier.

Connor hocha légèrement la tête.

— L'idée d'utiliser les passions des gens pour les détruire vous a servi à plusieurs reprises, n'est-ce pas ? Après le voilier, la chasse et la moto... L'ennui, c'est que, de cette façon, vous signiez infailliblement vos crimes.

Il regarda le magistrat droit dans les yeux.

— Je parie que vous ignorez totalement qui je suis ; ou,

plus exactement, qui était ma sœur. Suzy Parks. Ce nom ne vous est pas inconnu ?

Le teint déjà pâle de Véronica devint livide. Elle porta une main à sa bouche. Un grand cri de rage, de chagrin, monta en lui. Cette femme avait assassiné sa sœur. De sang-froid, sans aucun remords, elle lui avait ôté la vie.

— Vous y êtes, murmura-t-il d'une voix sourde. Ma sœur était la maîtresse de votre mari. La femme que vous avez assassinée.

— Elle se tapait le mari d'une autre, dit sèchement Mia. Elle n'a eu que ce qu'elle méritait.

Connor serra les poings, sans quitter Véronica du regard.

— La vengeance était bien disproportionnée. Du reste, Suzy ignorait que son amant était marié. Quand elle l'a appris, elle a voulu rompre. Il l'a menacée de la tuer.

Il marqua une pause. L'écho de ses paroles résonna dans le silence.

— Elle était comme vous, Véronica, conclut-il : sa victime.

Véronica resta muette ; sa bouche remuait comme si elle voulait parler sans qu'aucun son parvînt à franchir ses lèvres. Connor enfonça davantage le clou.

— L'Ange Noir passait pour un redresseur de torts, un assassin au grand cœur, réparant de flagrantes injustices. Croyez-vous que le meurtre d'une jeune fille innocente ait servi cette nobl…

— Ça suffit ! cria Mia.

Connor fit la sourde oreille. Véronica s'était mise à trembler, si violemment que le revolver oscillait entre ses mains tendues.

— Cette noble cause ? acheva-t-il d'un ton sarcastique. A présent, vous allez nous tuer tous les deux, Mélanie et moi. Pourquoi ? Parce que votre tendre amie vous le demande ? A cause de la jalousie dévorante qu'elle éprouve à l'égard de sa sœu…

— Je t'ai dit de la fermer, bordel !

Mia arracha le revolver des mains de Véronica et se tourna vers lui. Il comprit alors qu'il était allé trop loin —

459

que, cette fois, ils étaient cuits. Il rassembla son courage et pria pour que Mélanie fût épargnée.

Presque aussitôt, une douleur fulgurante lui traversa le crâne.

66

Mélanie poussa un cri étranglé quand Mia assomma Connor avec la crosse du revolver. En voyant sa sœur assener un coup d'une violence inouïe sur le crâne d'un homme ligoté, elle comprit de manière absolue, irrévocable, que la Mia de jadis n'existait pas — n'avait jamais existé. Elle n'avait été qu'une illusion, un personnage endossé par sa sœur avec une étonnante authenticité.

La vraie Mia Donaldson était un être perfide, d'une cruauté implacable. C'était une malade mentale.

Mélanie réprima les larmes qui lui montaient aux yeux. Sa sœur ne les méritait pas. Plus tard, peut-être, mais pas maintenant. Dans l'immédiat, Connor avait besoin d'elle. Elle devait à tout prix les tirer d'affaire.

« Pourvu, Seigneur, pourvu qu'il ne soit pas mort. »

Elle devait éliminer de son esprit tout ce qu'elle avait cru à propos de Mia. Elle devait repartir de zéro. Mélanie sonda frénétiquement sa mémoire, revenant sur les événements des derniers mois à la recherche des incohérences, des détails inexplicables qui auraient dû l'alerter sur le moment et qu'elle avait omis de relever.

Boyd. Evidemment.

Son beau-frère adorait se faire dominer et punir par les femmes — et non l'inverse. Lors de leur altercation à l'hôpital, il s'était défendu d'avoir frappé Mia.

Il avait dit la vérité.

Mélanie regarda la femme qu'elle avait appelée sœur, et inclina légèrement la tête, l'air faussement admiratif.

— Boyd ne t'a jamais frappée, n'est-ce pas ? Tu avais tout inventé.

— Bravo, superflic. Ce lamentable pervers n'aurait jamais eu le cran de lever la main sur moi.

Mia s'esclaffa sans vergogne.

— Boyd ne valait pas un clou en tant qu'homme mais il gagnait beaucoup d'argent. Ses revenus me permettaient de mener un train de vie que j'appréciais à sa juste valeur. Je ne tenais pas du tout à y renoncer sous prétexte qu'il m'avait fait signer un contrat de mariage qui me privait de tout en cas de divorce.

Connor émit un petit gémissement et Mélanie sentit son cœur bondir de joie ; elle redoubla aussitôt d'efforts, sachant qu'il n'y avait pas une minute à perdre.

— Hum, je commence à comprendre, murmura-t-elle, glissant un rapide coup d'œil vers Véronica.

A en juger par sa mine consternée, la véritable nature des relations entre Mia et son mari était une révélation pour elle.

— Alors, une idée t'est venue, poursuivit Mélanie. Tu as prétendu qu'il devenait de plus en plus violent. Tu t'es arraché quelques larmes, infligé quelques bleus pour « faire plus vrai ». Mais dis-moi, qu'espérais-tu obtenir ainsi, à part un divorce ?

Une moue affligée accueillit cette question candide.

— Voyons, réfléchis un peu : ce contrat ne s'applique qu'en cas de divorce. Veuve, j'héritais de tout.

Comme Mélanie demeurait sans expression, elle secoua la tête.

— Tu manques vraiment d'imagination, Mélanie. Le caractère ombrageux de ma grande sœur, l'instinct protecteur qu'elle manifestait à mon égard, prenant farouchement ma défense en toute occasion — jusqu'à menacer la vie de notre père —, n'étaient plus un secret pour personne. Ces admirables dispositions pouvaient m'être infiniment utiles pour me débarrasser d'un mari encombrant.

Mélanie pinça les lèvres pour ne pas crier. Le ton persifleur de Mia, le cynisme avec lequel elle ridiculisait sa crédulité et son affection lui causaient une souffrance intolérable.

— Quoi de plus simple ? poursuivit Mia. Il suffisait d'endosser l'un de tes uniformes, de le descendre avec ton revolver de service si je parvenais à me le procurer — à défaut, avec le mien.

Elle désigna d'un geste l'autre arme posée sur le bar, derrière Véronica.

— Lequel, soit dit en passant, n'est pas déclaré. Ensuite, je me serais arrangée pour qu'on te voie quitter le lieu du crime. Bien entendu, j'aurais choisi un soir où tu te trouvais seule chez toi avec Casey. Tu n'aurais pas eu d'alibi. Personne n'aurait douté de ta culpabilité.

— C'est alors que Véronica entre en scène, te facilitant encore la tâche.

— Exactement. Un substitut du procureur comme amie : quelle aubaine ! Quand j'ai suivi Boyd et découvert son vilain petit secret, j'ai compris que je le tenais. En définitive, elle a fait le boulot à ma place et, en prime, son témoignage a donné du poids à mon alibi.

Visiblement contente d'elle, Mia eut un rire léger.

— Non que son aide m'eût été indispensable, à vrai dire. Tu favorisais mes projets à merveille, Mélanie — jusqu'à proférer en public des menaces contre Boyd. Tu parles d'un détective : tu as gobé tout ce que je disais sans jamais t'interroger un seul instant.

— Je m'y suis laissé prendre, moi aussi, murmura Véronica d'une voix brisée. Tu m'as menti, Mia. A propos de Boyd... à propos de tout. Comment as-tu pu ?

Mia lui jeta un regard chargé de mépris.

— Un peu de cran, Véronica. La vie n'est pas un roman.

Avec un gémissement, Véronica se retourna contre elle.

— J'étais prête à faire n'importe quoi pour toi... absolument n'importe quoi ! Je t'aimais et toi, depuis le début... tu m'as toujours menti ? Tu t'es servie de moi ?

— Je te suis reconnaissante de ton dévouement, de tout ce que tu as fait pour moi, en effet. Pourquoi n'en aurais-je pas profité ? Tu m'as considérablement simplifié la vie. Et si cela peut te consoler, j'avais l'intention de te garder encore quelque temps ; hélas, je suis obligée de modifier mes projets. Mais bon — nous avons passé de bons moments, non ? Les meilleures choses ont une fin.

— Une fin ?

Véronica recula d'un pas ; ses yeux s'emplirent de larmes.

— Mais nous... je ne comprends pas.

— Vraiment ? dit Mia. C'est pourtant évident. A présent, la police et le FBI savent tout sur ton compte, mais pas sur le mien. Et ils resteront dans l'ignorance.

Elle soupira.

— Quelle horreur d'avoir tué Mélanie et Connor comme tu l'as fait ! J'ai voulu t'en empêcher, j'ai tenté de leur sauver la vie... mais en vain, dit-elle, répétant son rôle d'une voix faussement émue. En fait, j'ai de la chance d'avoir échappé au massacre.

Elle brandit le revolver et le pointa sur sa compagne.

— Adieu, mon amour.

Avec un effroyable hurlement de rage, Véronica attaqua, passant avec une fluidité remarquable de la position de combat au coup de pied en ciseaux. Au même instant, Mia appuya sur la détente. La balle atteignit l'Ange Noir sans arrêter son élan. Avec le revolver de Connor, Mia fit feu une seconde fois.

Projetée en arrière, Véronica s'écroula, une main plaquée sur l'abdomen, tandis qu'une tache écarlate s'élargissait à vue d'œil sur son T-shirt blanc. Sans perdre une seconde, Mia fit volte-face et visa Mélanie.

Un coup de feu éclata. La détonation fit trembler les vitres et résonna dans la pièce, mêlée au cri de Mélanie et à celui de Connor qui lui enjoignait de se jeter vers la droite.

Mélanie se sentit tomber. Toute sa vie défila devant elle : les bons moments, ceux qui valaient la peine d'être emportés — la naissance de Casey, son premier sourire... une promenade avec sa mère et ses fous rires avec Ashley... l'amour avec Connor.

La chaise heurta le sol. Une douleur fulgurante lui traversa l'épaule ; sa tête rebondit sur le carrelage et des étoiles dansèrent devant ses yeux.

Elle mit quelques instants à recouvrer ses esprits — à se rendre compte qu'ils n'étaient morts ni l'un ni l'autre. Elle tordit le cou pour regarder derrière elle — et aperçut sa sœur, étendue par terre dans une flaque de sang, les yeux grands ouverts, le regard vide.

Mélanie balaya la pièce du regard. Véronica avait réussi à se traîner jusqu'au bar et à prendre l'autre revolver — celui de Mia. Immobile, elle se tenait debout par la seule force de sa volonté, le revolver encore à la main.

Ses yeux croisèrent ceux de Mélanie ; son regard était chargé de tristesse, de remords, de résignation. Lentement, résolument, elle porta le revolver à sa bouche — et appuya sur la détente.

67

La lumière éclaboussa Mélanie à la sortie des locaux de la PJ. Eblouie, elle cligna des yeux tout en savourant sa morsure. Quelques heures plus tôt, à peine, elle avait bien cru ne plus jamais avoir la chance de revoir le soleil, de s'abandonner à sa chaleur bienfaisante.

Ils en avaient finalement réchappé. Ils étaient sains et saufs, tous les deux.

Comme Connor l'avait prédit, l'un des inspecteurs avait appris par Bobby que Mia et Véronica étaient d'inséparables amies. Bobby lui avait également fait remarquer que personne n'avait revu Mélanie et Connor depuis qu'ils étaient entrés chez Mia.

Les renforts étaient arrivés — et les avaient découverts tous les deux ligotés à ces maudites chaises, baignant dans une mare de sang ; dans une position plutôt inconfortable, mais bel et bien vivants.

Après avoir reçu le feu vert d'un médecin, pris une bonne douche et s'être changés, ils avaient fait leur déposition au commissariat. Lyons — le patron de la Pj — était là, ainsi que Harrison, Stemmons et Steve Rice. Lyons avait félicité Mélanie pour son travail dans l'affaire Andersen et l'enquête de l'Ange Noir. Steve Rice avait suggéré qu'il pourrait y avoir une place pour elle au FBI. Pour ne pas être en reste, le patron de la PJ lui avait adressé une proposition équivalente.

Dire qu'elle avait attendu si longtemps cette promotion… et elle ne ressentait qu'une sorte d'hébétude.

Leurs dépositions terminées, on les avait renvoyés à leurs occupations respectives — libres d'affronter les jours à venir.

Mia.

Un gémissement douloureux échappa malgré elle à Mélanie. Accablée par l'horreur des heures qu'ils venaient de vivre, elle se figea et s'efforça à grand-peine de respirer normalement. Où trouver la force de dépasser tout cela ? Où pourrait-elle l'enfouir pour continuer à vivre ?

Connor la prit dans ses bras, tout contre lui.

— Je sais combien c'est douloureux, ma belle. Je sais.

— Comment parvenir à dépasser cette épreuve ? demanda-t-elle, une fêlure dans la voix. Comment réussir à… oublier ?

— Tu n'oublieras jamais. Mais un jour, en te réveillant, tu découvriras que tu souffres moins.

Il prit son visage en coupe dans ses mains.

— Je serai avec toi ce jour-là, et tous les autres aussi.

— Je t'aime, Connor.

Un sourire éclaira son regard.

— Je t'aime aussi, Mélanie.

— Maman !

Mélanie se retourna. Casey se tenait à quelques mètres d'eux, sur le même trottoir. Son père avait une main posée sur son épaule.

— Casey !

Elle s'agenouilla et lui tendit les bras. Stan le laissa partir et l'enfant s'élança vers elle, le visage radieux.

En moins d'une seconde, il était blotti contre elle, contre son cœur.

— Tu m'as terriblement manqué, mon trésor, murmura-t-elle en le serrant éperdument dans ses bras.

Il l'étreignit en retour avec une force dont elle ne l'aurait pas cru capable.

Au bout d'un moment, Mélanie relâcha son étreinte sans le quitter et leva les yeux sur son ex-mari. Il lui adressa un petit signe de tête, fit demi-tour et regagna sa voiture.

Elle le regarda s'éloigner puis sourit. Il fallait éviter de

penser à Mia, refouler les affres de la trahison, de la désil-
lusion. Elle aurait bien le temps, plus tard, de pleurer une
sœur qu'elle avait tendrement chérie. Elle devrait surtout
s'occuper d'une autre, Ashley, qui souffrait sans doute bien
plus qu'elle encore. La vie, et la plus belle part de la vie,
l'amour, reprenait ses droits. Elle entendait s'y consacrer
pour l'heure entièrement.

Soulevant son fils dans ses bras, elle se tourna vers Connor.

— Que diriez-vous de rentrer à la maison, agent Parks ?
— Excellente idée, brigadier May. Elle me plaît infiniment.

REMERCIEMENTS

Dans notre monde survolté, le temps semble être la denrée la plus recherchée. Les personnes que voici, en m'offrant généreusement le leur, ont permis à ce roman de voir le jour. Elles m'ont fait, avec sincérité et enthousiasme, profiter de leur compétence et de leur expérience. Je leur en suis infiniment reconnaissante.

Je remercie Barton M. Menser, substitut du procureur de l'Etat de Caroline du Nord, 28e circonscription, de m'avoir patiemment expliqué le fonctionnement des services du ministère public. J'adresse aussi tous mes remerciements à Keith Bridges, coordinateur des forces de police de Charlotte/ Mecklenburg, pour ses explications concernant la PJ, depuis l'importance de son dispositif jusqu'au déroulement d'un interrogatoire. Toute ma gratitude, également, à mes amis Elaine et Léon Schneider qui m'ont fait découvrir Charlotte et m'ont hébergée sous leur toit ; j'ai tout particulièrement apprécié la patience d'Elaine qui m'a accompagnée à tous mes rendez-vous, m'accueillant avec le sourire, même quand ces entretiens s'éternisaient. Merci encore à Tommy Patterson, spécialiste des enquêtes criminelles, d'avoir détaillé pour moi les aspects techniques d'une opération de surveillance, ainsi qu'à l'agent secret Joanne Morley, du FBI, d'avoir répondu à mes questions sur l'organisation du bureau fédéral, notamment sur l'antenne de Charlotte. Merci, encore et toujours, à Linda West (Linda Lewis, de son nom de plume), avocate, d'être ma rédactrice juridique attitrée.

Merci, enfin, à David Shilman, visiteur médical des Laboratoires Organon, pour ses renseignements sur la vie professionnelle d'un visiteur médical, et à Bobby Russo, directeur du Collège américain des Ceintures noires, de m'avoir initiée aux arcanes du taekwondo.

Si vous avez aimé *La griffe du mal*, découvrez le nouveau roman d'Erica Spindler *Les anges de verre*, à paraître en août 2012 en grand format chez Mosaïc.

Le livre en quelques mots :

« Il reviendra pour juger les vivants et les morts. » Après l'ouragan Katrina, les vitraux restaurés par la veuve Mira Gallier ont été vandalisés avec ces mots peints à la bombe. Deux nouveaux meurtres surviennent dans l'entourage de Mira, et elle commence à douter de ses facultés mentales quand certains signes lui laissent croire que son mari est toujours en vie.

Pour en découvrir davantage, voici un extrait de ce livre en avant-première…

Mardi 9 août 2011, 1 h 48
La Nouvelle-Orléans, Louisiane

Il était seul depuis si longtemps… Présent parmi les vivants sans en être.

Jusqu'à maintenant.

Car Marie, enfin, lui était revenue. Ils avaient été unis, par le passé, puis séparés. A la fois par la volonté de son père et sous la pression d'un monde meurtri et perverti.

Mais ces épreuves appartenaient au passé. Marie était de nouveau à sa portée et, cette fois, il ferait le nécessaire pour la garder.

Le processus était à présent en cours.

Il gravit l'escalier qui menait à la chambre de sa grand-mère, allégeant son pas pour ne pas troubler son sommeil. L'éclat de la lune filtrait à travers les rideaux tirés, dessinant sur les marches des échardes d'argent, aiguës comme des lames de couteau.

Ces marches, il aurait pu les négocier les yeux fermés. Combien de centaines, de milliers de fois n'avait-il pas monté un plateau avec de la nourriture ou une boisson — pour sa mère d'abord, foudroyée si jeune, et maintenant pour sa grand-mère alitée ?

Il contempla la forme endormie sur le lit. Elle était couchée tranquillement, la tête relevée par ses oreillers, le dessus-de-lit soigneusement tiré sur ses maigres épaules. Il plissa les narines, assailli par l'odeur fétide de la vieillesse et de la maladie. Elle était devenue si frêle, ces derniers mois, qu'il ne lui restait plus guère que la peau et les os. Et sa faiblesse était telle qu'elle avait peine à soulever la tête.

Qu'elle aurait peine, aussi, à se défendre contre lui.

Il fronça les sourcils. Tiens, pourquoi cette pensée ? Il aimait sa grand-mère ; il lui devait la vie. Lorsque sa mère était décédée, elle avait tout sacrifié pour l'élever. Il y avait vingt-deux ans maintenant qu'elle était son soutien et son guide. Elle avait cru en lui. En ce qu'il était, et en ce qu'il avait vocation de devenir.

Il secoua la tête pour se clarifier l'esprit. Lorsqu'il lui avait annoncé le retour de Marie, sa grand-mère et lui s'étaient disputés. Elle avait dit des choses terribles au sujet de « cette créature ». Ses paroles avaient été imprégnées de laideur et de haine. Et chacun de ses mots lui avait poignardé le cœur.

Mais, dans son amour pour Marie, il ne se laisserait pas fléchir.

Il s'avança vers le lit jusqu'à ce que le rayon de lune qui tombait sur le torse frêle de son aïeule l'éclaire à son tour. Il leva les mains en pleine lumière, écartant les doigts.

Le sang s'étalait sur ses mains.

Le sang de l'agneau. Qui avait giclé sous l'impact.

Ton âme est troublée.

Il cilla en entendant les mots clairement articulés. Derrière lui, la chambre était vide. Il baissa les yeux sur sa grand-mère endormie.

— Qui me parle ?

Tu sais qui je suis — celui qui toujours est auprès de toi.

— Père ? chuchota-t-il. Est-ce toi ?

Oui, mon fils. Qu'est-ce qui te tourmente, ce soir ? Ta mission a commencé. Tu devrais te réjouir et ne plus vivre dans la peur car, à travers le Père, le Fils sera glorifié.

— C'était l'un des tiens, Père. Je n'ai pas pu faire autrement. Il m'a surpris.

Un martyr. Il restera inscrit dans les mémoires. Il sera sanctifié pour le rôle qu'il aura joué dans ton avènement.

A l'écoute des paroles de son Père, ses doutes se dissipèrent. Il sentit une détermination renouvelée s'installer paisiblement en lui.

— Oui, Père. Il en va comme tu me l'avais annoncé. Le jour que j'attendais est arrivé. Je suis entre tes mains.

Il inclina humblement la tête.

— Je suis ton serviteur. Instruis-moi, et je ferai selon ta volonté.

Laisse la vieille femme, maintenant. Souviens-toi : une seule peut se tenir à ton côté.

— Marie.

Oui, Marie. Le moment est venu pour elle aussi.

Il ôta l'un des oreillers qui soutenaient la nuque de sa grand-mère et la fixa intensément, buvant ses traits des yeux, submergé par l'émotion. Que ferait-il sans elle ?

Les larmes aux yeux, il tapota l'oreiller et se pencha pour le remettre en place, tout doucement, sans la réveiller.

Il posa un baiser sur son front.

— Bonne nuit, grand-maman. Dors en paix.

A paraître le 1er septembre

Best-Sellers n°526 • roman
Le temps d'un été - Emilie Richards

Trois femmes – Tessa, sa mère et sa grand-mère – se retrouvent dans la propriété familiale, une grande demeure de Virginie, chargée d'histoire et de souvenirs, où ont vécu plusieurs générations avant elle. Tessa, la plus jeune des trois, noyée dans le chagrin d'avoir perdu sa petite fille, s'est éloignée peu à peu de son mari. Nancy, sa mère, n'a quant à elle jamais cessé de lutter pour échapper à ses origines. Mais à présent qu'elle mène une vie confortable et mondaine, elle est persuadée que son mari ne l'a pas épousée par amour, et qu'elle a trahi celle qu'elle est vraiment. Helen, la grand-mère, est une battante qui a fait face aux épreuves toute sa vie durant, mais s'est murée dans une solitude têtue, prétendant n'avoir besoin de personne et négligeant ses talents artistiques. Toutes trois, bien qu'unies par un lien indestructible, se sont repliées sur leurs propres blessures. Mais si chacune est hantée par un secret douloureux, elles vont tenter, le temps d'un été, de se remettre à croire en l'espoir.

Best-Sellers n°527 • roman
Un été au lac des Saules - Susan Wiggs

A vingt-sept ans, Olivia Bellamy a déjà deux fiançailles annulées derrière elle. Et alors qu'elle s'attend à une demande en mariage, son petit ami lui annonce leur rupture. Pour tromper son désespoir, elle accepte la proposition de sa grand-mère : passer l'été au lac des Saules pour remettre en état le camp de vacances appartenant à ses grands-parents et où, enfant, elle a passé tous ses étés. Pour la décoratrice de talent qu'elle est, la mission est passionnante. D'autant plus que l'endroit est paradisiaque et empreint de nostalgie... même s'il ne lui évoque pas que de bons souvenirs. Adolescente mal dans sa peau et fragilisée par le divorce de ses parents, elle y a, à l'époque, beaucoup souffert. Une seule personne, alors, l'aidait à supporter le rejet des autres... une personne à laquelle elle se refuse de penser : le passé est passé. Mais voilà que, le jour où se présente l'entrepreneur venu l'aider à réaliser son projet, elle reconnaît avec stupéfaction Connor Davis, le garçon qu'elle a secrètement aimé durant son adolescence... et qui lui a brisé le cœur.

BestSellers

Best-Sellers n°528 • thriller

Jusqu'au bout du mal - Michelle Gagnon

A peine remise d'une grave blessure et déterminée à retrouver sa confiance en elle après avoir frôlé la mort, l'agent spécial Kelly Jones refuse l'idée de ne pas reprendre le travail sur le terrain. Aussi décide-t-elle envers et contre tout d'accompagner Jake Riley, son fiancé, ainsi que son équipe d'élite, pour d'une périlleuse mission de libération d'otage. Une mission qui la conduit dans les bas-fonds de Mexico. Mais malgré son courage, Kelly redoute secrètement de ne plus être à la hauteur. C'est alors que dans les bidonvilles de Mexico, elle retrouve l'homme qu'elle recherche depuis des années. Un tueur machiavélique qui semble désormais mettre en scène un effroyable rituel macabre avec ses victimes, des enfants, dans la frange la plus pauvre de la société. Horrifiée et décidée à saisir cette ultime chance de faire ses preuves, Kelly se sépare momentanément de Jake et de son équipe pour se lancer seule dans une mission plus périlleuse que jamais…

Best-Sellers n°529 • thriller

Noire était la nuit - Lisa Jackson

Le jour de son quinzième anniversaire, à La Nouvelle-Orléans, Abby Chastain a vu sa mère se jeter par la fenêtre de l'hôpital psychiatrique Notre-Dame-des-Vertus où celle-ci vivait enfermée, victime d'hallucinations. Et personne n'a jamais su quelle terrifiante vision avait bien pu pousser Faith Chastain à commettre l'irréparable. Vingt ans plus tard, Abby est encore hantée par le souvenir de cette tragédie. L'hôpital, désormais abandonné, est promis à la destruction. Mais Abby pressent qu'il n'a pas révélé tous ses secrets. Et, lorsque des meurtres en série sont commis, elle comprend que les démons du passé sont en train de se réveiller : toutes les victimes ont un lien avec elle, ou avec l'hôpital. A commencer par son ex-mari, sauvagement assassiné. Un lien secret que l'inspecteur Montoya va devoir comprendre pour empêcher le dangereux psychopathe de poursuivre sa série macabre. Mais le tueur, lui, a d'autres plans…

Best-Sellers n°530 • thriller

Elles étaient si jolies - Andrea Ellison

Quand le lieutenant de la brigade des homicides de Nashville, Taylor Jackson, découvre la scène de crime qui l'attend au bord d'une autoroute par une étouffante journée d'été, elle reconnaît instantanément la signature de l'Etrangleur du Sud : une victime jeune, jolie, et des indices macabres qui ne laissent aucun doute sur l'identité du meurtrier. Profondément choquée par cette effroyable mise en scène, Taylor est prête à tout pour arrêter l'assassin, avec l'aide de son amant Jack Baldwin, un célèbre profiler du FBI. Car elle ne s'est pas dévouée corps et âme à ce métier pour se laisser manipuler par un tueur psychopathe qui la provoque en laissant derrière lui des poèmes. Des poèmes qui vont la mener dans les beaux quartiers de Nashville qu'elle connaît bien, là où les secrets sont si bien préservés au nom des apparences.

Best-Sellers n°531 • suspense
Noire révélation - Brenda Novak
Madeline, rédactrice en chef du journal de Stillwater, n'avait que 16 ans lorsque son père, le respectable Révérend Barker, a mystérieusement disparu de la petite ville. Vingt ans ont passé depuis, et tout le monde, y compris sa belle-mère et son demi-frère, lui conseille d'oublier ces douloureux souvenirs. Mais un hasard vient bouleverser leur existence et raviver le drame : la voiture de Barker est retrouvée au fond d'une carrière abandonnée. Contre l'avis de tous, Madeline engage Hunter Solozano, un détective privé, pour l'aider à remonter cette piste. Mais de sulfureux indices sont retrouvés dans la voiture de Barker, qui laissent Madeline perplexe. Et sa propre famille, au lieu de lui venir en aide, se mure dans le silence et cherche à la détourner de son enquête. Comme si tous étaient complices d'un passé trouble, soigneusement caché à Madeline ces vingt dernières années. Comme si le démon qui s'était emparé de la ville vingt ans plus tôt était sur le point refaire surface…

Best-Sellers n°532 • historique
Le secret d'Elysse - Brenda Joyce
Irlande, 1839
Si Elysse De Varenne occupe une place d'honneur dans la haute société irlandaise, elle n'ignore pas les cruelles rumeurs qui circulent sur son mariage. Des rumeurs qu'elles s'efforcent de démentir par tous les moyens. Pas question d'admettre qu'elle n'a pas vu son époux depuis le jour où ils ont échangé leurs vœux, et encore moins que leur union n'a jamais été consommée ! Car on ne tarderait pas alors à découvrir le scandaleux secret qui a poussé le ténébreux Alexi De Varenne à l'épouser six ans plus tôt… Hélas, son personnage de parfaite épouse vole en éclats lorsqu'après six ans d'absence, Alexi décide de rentrer en Angleterre. En effet, comment continuer à faire croire en leur mariage quand l'irrésistible Alexi refuse de lui adresser la parole ?

Best-Sellers n°533 • historique
Le mystérieux fiancé - Shannon Drake
19ème siècle, Londres.
Sous la protection des Carlyle depuis son enfance, Ally a grandi dans un havre de paix, loin des troubles qui agitent le royaume. Et si cette existence dorée a des inconvénients – comme celui d'être promise à un inconnu –, Ally a bien conscience que ses origines modestes auraient pu la conduire à un sort moins enviable. Aussi est-ce résignée qu'elle se rend au bal qui officialisera ses fiançailles avec Mark Farrow, l'époux que son parrain lui a choisi. Mais alors qu'elle est en chemin, sa voiture est attaquée par un ténébreux bandit. L'homme, aussi inquiétant que séduisant, fait aussitôt naître en elle un désir implacable. Un désir qu'elle s'efforce de réprimer pour lui tenir tête : comment ose-t-il s'en prendre à elle, Alexandra Grayson, pupille du puissant comte de Carlyle ? Son argument, elle le sait, est peu convaincant… Pourtant, contre toute attente, l'homme la libère dès qu'il apprend son nom, visiblement bouleversé par sa découverte…

www.harlequin.fr

Composé et édité par les
éditions HARLEQUIN
Achevé d'imprimer en juin 2012

La Flèche
Dépôt légal : juillet 2012
N° d'imprimeur : 68398

Imprimé en France